SV

ANNIKA SCHEFFEL

HIER
IST
ES
SCHÖN

ROMAN

SUHRKAMP

Erste Auflage 2018
© Suhrkamp Verlag Berlin 2018
Alle Rechte vorbehalten,
insbesondere das der Übersetzung,
des öffentlichen Vortrags sowie der Übertragung
durch Rundfunk und Fernsehen, auch einzelner Teile.
Kein Teil des Werkes darf in irgendeiner Form
(durch Fotografie, Mikrofilm oder andere Verfahren)
ohne schriftliche Genehmigung des Verlages
reproduziert oder unter Verwendung
elektronischer Systeme verarbeitet, vervielfältigt
oder verbreitet werden.
Satz: Satz-Offizin Hümmer GmbH, Waldbüttelbrunn
Druck: CPI – Ebner & Spiegel, Ulm
Printed in Germany
ISBN 978-3-518-42794-1

HIER IST ES SCHÖN

*

Für meine Eltern, in der Homebase.
Und für Jenny & Gesa, auf ihren Planeten.

Gehorchen! – Herrschen! ungeheure schwindlichte
Kluft – Legt alles hinein, was der Mensch kostbares hat –
eure gewonnenen Schlachten, Eroberer – Künstler,
eure unsterblichen Werke – eure Wollüste, Epikure – eure
Meere und Inseln, ihr Weltumschiffer! Gehorchen und
Herrschen – Sein und Nichtsein!

Friedrich Schiller: Die Verschwörung des Fiesco zu Genua, 1783

*

Er bewahrt den Brief unter seiner Kleidung, und wenn er sie ablegt, behält er ihn nah bei sich. Das Papier wird nass und wellig und bekommt Risse. Bald schon kann keiner außer ihm mehr lesen, was dort steht, doch die Worte bleiben ein fernes Versprechen in diesem lichtgrauen Labyrinth, in dem sie ihn leben lassen.

VORSPANN

Wasser, Land, Berge, Wolken. Städte nur als ziegelrote Flecken. Anschwellendes Klavier, mit Schwung stürzt sich die Kamera in den Himmel, ein Sternenmeer wie schon ewig nicht, hier unten ist es neblig. Aus den flackernden Gestirnen bildet sich der Titel heraus:

CARPE DIEM

Das Klavierspiel wird lieblich, dann leise, dann Stille.
Kein Black, ein White.
Die erste Sendung beginnt mit Olivier. Er tritt vor, sieht direkt in die Kamera, sein Blick bohrt sich in die Augen der Zuschauer.
Dann spricht er:
»Heute schreiben wir die Geschichte weiter, heute schreiben wir sie neu, schreiben wir sie gemeinsam besser!«
Er lächelt leicht.
Dann verschluckt ihn das Weiß.
Die Stimme übernimmt, und der Text dazu fließt in den jeweiligen Sprachen die Bildschirme hinauf:
Aus Tausenden wählen wir zwei Hoffnungsträger,
einen Mann, eine Frau.
Sie fliegen für uns in eine neue, weit entfernte Welt.
Eine Welt, in der noch alles möglich ist.
Sie haben die Chance, dort alles richtig zu machen.
Sie kommen niemals zurück, und wir werden in ihnen unsterblich.
Carpe Diem, nutze den Tag, gib nicht auf.
Sie werden leben!

Eine Minute Stille.
Dann beginnt die Sendung mit einem Knall.

INNEN

In ancient days, men looked at stars and saw their heroes in the constellations. In modern times, we do much the same, but our heroes are epic men of flesh and blood.

Others will follow, and surely find their way home. Man's search will not be denied. But these men were the first, and they will remain the foremost in our hearts.

For every human being who looks up at the moon in the nights to come will know that there is some corner of another world that is forever mankind.

William Safire: In Event of Moon Disaster, 1969

DIE BRIEFE I

Du,

du hast früher immer wieder nach der Sache mit deinem Daumen gefragt, wir haben dir Antworten gegeben, angepasst an dein jeweiliges Alter. Jetzt fragst du nicht mehr, und ich will dir noch sagen: Keine unserer Antworten entsprach der Wahrheit. Der fehlende halbe Daumen ist kein Zeichen dafür, dass du eine märchenhafte Prinzessin, Irma, oder die Reinkarnation eines berühmten Wissenschaftlers aus dem 18. Jahrhundert, jemand Außer- bis Überirdisches bist. Er bedeutet nicht, dass es sich bei dir um eine Besonderheit handelt. Der Finger ist nur eine Genmutation. Oder, was heißt »nur«? Nichts weiter. Er ist ein Teil von dir, etwas, was dich immer fasziniert und manchmal, glaube ich, geärgert hat. Wir haben dir die Zukunft im Superlativ erzählt, so viele Größenwahnsinnigkeiten. Alle Eltern machen das, denke ich. Aber vielleicht waren wir damit etwas schlimmer als die anderen. Das täte mir leid, das würde manches erklären. Weißt du, dass wir ständig nach unserer Schuld suchen? Du nennst keine Gründe außer dem Abenteuer. Wir sind deine Eltern, wir brauchen mehr als das. Irma, lass es uns auf den Finger schieben, auf die Hälfte, die fehlt. Auf einen Teil von dir, den es nicht gibt. Also: Ein nicht vorhandener halber Daumen ist schuld daran, dass du in die Unendlichkeit verschwinden willst. So was kann vorkommen, haben die Ärzte nach deiner Geburt gesagt. So ist das eben.

Papa

*

Kindchen,

ganz hinreißend sahst Du aus in dem Film, den sie über Eure Ankunft gezeigt haben! Das Blau stand Dir gut, aber so sieht Dein Haar noch viel schöner aus, und geflochten haben sie es Dir, und das Kleid war so hübsch, ich habe Dich noch nie im Kleid gesehen, Irma, oder irre ich mich? Du sahst aus wie aus einer anderen Zeit, einer, die es nur in Märchen und Sagen gibt. Es stand Dir wirklich gut. Und überhaupt sahst Du aus, als würdest Du genau da hingehören, wo Du jetzt bist, wo immer das ist. Die anderen gefielen mir auch, aber nicht ganz so wie Du, mein Irmchen. Höchstwahrscheinlich bin ich da parteiisch. Du hast das sehr gut gemacht, diesen ersten Auftritt, dabei warst Du sicherlich sehr aufgeregt. Du weißt ja wahrscheinlich, wie viele Menschen Euch zusehen. Lass mich nur eine Sache sagen: Du könntest ein bisschen mehr lächeln! Sieh Dir Viola an, die macht das gut, wenn auch ein wenig zu ausdauernd. So viel wie Viola musst Du nicht grinsen, bewahre, Du hast ja auch noch anderes zu tun. Aber ich weiß doch, wie schön Du lächeln kannst, und ich weiß auch, dass Du in den letzten Jahren nicht besonders viel Lust gehabt hast, zu strahlen. Tu es jetzt, Irma! Sei freundlich, sei nett, sei höflich und vor allem: lächle, strahle! Das heißt, wenn Du wirklich mitwillst, wenn Du überhaupt ausgewählt werden möchtest. Sonst nicht, sonst lass es und komm zurück zu Deinen Eltern, die sich schrecklich grämen, obwohl sie sich doch für Dich freuen sollten: Du weißt, was Du willst! Ich mische mich nicht ein, das ist nicht meine Aufgabe. Ich gebe Dir nur ein paar altersweise Tipps, so wie ich das auch täte, wenn Du zum Beispiel überlegen würdest, hier unten ein Haus zu bauen. Was man da alles beachten muss, da könnte ich auch die ein oder andere Sache zu sagen. Jetzt aber kein Haus, jetzt der Himmel und weiter. Zeig Dich von Deiner besten Seite, mein Herz,

Deine Oma

PS: Dieses Jahr sind die Äpfel exzellent. Ich schicke Dir einen mit, teil ihn Dir mit diesem Jungen, den sie Sam genannt haben. Glaub mir, der kann einen Apfel vertragen! Während Du eine grimmige Prinzessin warst, sah er aus wie ein verschrecktes Kind. Er spielt gar nicht, das hat mir gefallen, aber wenn er weiter so großäugig aus der Wäsche guckt, dann kommt er nicht weit. Gib ihm also was ab!

*

Hallo Irma,

nur eine Frage, du hast bestimmt viel zu tun: Kann man dein Kleid irgendwo bestellen? Ich meine das Kleid, das du bei deinem allerersten Auftritt in der Arena anhattest. Das grüne! Mir fällt kein Ort ein und kein Anlass, zu dem ich es tragen könnte, aber ich würde es einfach in meiner langweiligen Stadt an einem ganz normalen Tag anziehen. So gut gefällt es mir, und so mutig machst du mich!

Danke!

Ein sehr großer Fan

*

Irma,

du hast sie echt nicht mehr alle! Und ich bin feige bis zum Mond oder deinem beschissenen neuen Planeten. Ich habe dir nie gesagt, dass ich glaube, dass das ein verdammter Fehler ist. Völliger Wahnsinn. Komm gefälligst zurück! Mehr Erde, mehr Leben, mehr alles als hier gibt es nirgendwo. Hier sind deine Leute, hier bin ich. Übrigens: Dieses Foto von uns, *an deiner Pinnwand, das habe ich damals mitgenommen. Du hast das ewig gesucht, oder? Es steckt in meinem Portemonnaie – du hättest es Milliarden Mal entdecken können, hast du aber nicht. Das liegt daran, dass du nie richtig hinsiehst, du Brillenschlange. Ich bin fies, aber du auch. Ich sag's jetzt: Ich liebe dich! Echt, seit Ewigkeiten schon. Hast du auch nicht gemerkt. Blindschleiche. Das klingt so besch... in diesem ohnehin extrem pathetischen Brief, Briefe an sich sind pathetisch, völlig urzeitlich. Aber anders, behaupten sie, kann man dich nicht erreichen. So ein Quatsch, man könnte, wenn sie wollten. Ich meine, sieh dir die Arena an. Wer so ein Riesending hinstellen kann, der kann auch anderes. Kommunikation möglich machen, zum Beispiel. Aber sie wollen gar nicht, die wollen nicht, dass wir dich erreichen. Die denken, du gehörst ihnen. Lass dir das nicht gefallen, Irma! Noch mal: ICH LIEBE DICH. Verdammt noch mal, was immer das heißt, es fühlt sich so an, und glaub mir oder nicht: Ich bin selbst erschrocken. Solche Worte von mir an dich und noch dazu in einem Brief. So weit ist es mit mir und der Welt gekommen. Aber trotzdem: Das ist kein Grund. Das ist ganz bestimmt kein Grund, hier alles aufzugeben. Lass die Kometen kommen, die Sonne verglühen, die Menschheit völlig den Verstand verlieren und die scheiß Flüsse aufwärts fließen, hier ist es schön. Hier war es schön mit dir und ohne dich eher nicht so. Tritt die beknackten Masken in den Arsch und renn, so schnell du kannst. Sie werden dich natürlich nicht so einfach gehen lassen, aber du bist schnell, du kannst das schaffen. Komm zurück. Nicht nur meinetwegen oder für irgendwen sonst. Sondern einfach, weil alles andere völlig beknackt wäre. Hier fliegt keiner in Richtung Sterne, hier wird gefälligst die Suppe ausgelöffelt, und glaub mir: So schlecht schmeckt sie gar nicht. (Nur ein ganz kleines biss-*

chen nach mehligen Kartoffeln und gelblichen Erbsen, Millionen und Milliarden und Billionen und Billiarden Stunden und wenige Minuten länger zerkocht.) Ein paar Wochen kann ich noch warten, dann suche ich mir eine Frau fürs Leben aus den Heerscharen der Interessierten. Ich meine, ich bin fast siebzehn, und die Zeit rennt.

Ich glaube, das war alles, was ich schreiben wollte. Das wars.

Tom

PS: Doch nicht: Streberin! Das haben bisher nur die anderen gesagt, hinter deinem Rücken oder dir direkt ins Gesicht. Ich nie. Aber sie haben recht. Du musst immer die Beste sein, nicht nur in Mathe, in allem, weltweit. Dir reicht es nie. Irma, du bist die schlimmste Streberin, die mir je begegnet ist.

*

Hey Irma,

ich wollte nur sagen, ich guck das nicht mehr. Das geht gar nicht. Komm nach Hause, oder du hörst nie wieder von mir! So was macht man mit besten Freunden nicht. Sind wir doch, beste Freunde, oder? Meinerseits jedenfalls nicht mehr, wenn du da bleibst. Hör auf, so egoistisch zu sein. Heldentum jenseits der Erde ist scheiße und was für Feiglinge. Ihr verglüht doch nur, es wird sauweh tun, und ich seh da nicht zu, auch wenn die Shows wirklich gut gemacht sind. Aber ich habe mal recherchiert, wer das eigentlich ist, der diesen ganzen Wahnsinn veranstaltet. Ich will dich beunruhigen, und zwar so, dass du zurückkommst: Es sind Laien. Absolute Dilettanten in wissenschaftlicher Hinsicht. Eine Filmproduzentin, ein steinalter Bauunternehmer (er hatte vor sehr langer Zeit die Idee zu einem Flughafen, der nie fer-

tiggestellt wurde und auf dessen Startbahnen eine Koopera-
tive mittlerweile mitleiderregend schrumpelige Kartoffeln
anbaut), eine Astrologin (verwechsele das bloß nicht mit
Astronomin) und ein Typ, der früher Groschenhefte geschrieben hat und sich jetzt eure »Abenteuer« in der Arena aus-
denkt. Die spinnen, Irma, und die haben keine Ahnung
von dem, was sie mit euch vorhaben! Lass dich nicht ein-
spannen für deren Quatsch, deren wahnsinnige Träume!
Komm zurück!

Maja

PS: Dass die ausgerechnet meinen Namen für ihn ausgewählt haben, das ist doch irre, oder?

*

Mein Schatz,

ich bin so froh, dass du lebst. Wir waren am See, nach der Sendung. Du kannst dir denken, dass es uns beiden nicht gut
ging. Papa hat riesige Felsen ins Wasser gestemmt und sich
dabei verhoben, er hat einen langgezogenen Schrei ausgestoßen, wie man ihn sonst nur von Tieren kennt, der Löwe damals im Zoo, weißt du noch? (Falls ich dir mehr als nur
diesen einen Brief schreiben muss, wird es von »Weißt-du-
nochs« nur so wimmeln. Das machen Eltern so, vor allem
die verlassenen. Ich werde dich nach Nachbarn fragen, die
weggezogen sind, als du deine ersten Schritte machtest, ich
werde mich auf Ururgroßcousins – gibt es die? – beziehen,
die auch ich nur aus Erzählungen meiner Mutter kenne
und die aus Erzählungen ihrer Mutter. Ich werde dir unsere gemeinsame Vergangenheit vorhalten, erwarten, dass du
daraus irgendwelche Konsequenzen ziehst, und mich ärgern,
aber nicht wundern, wenn dem nicht so ist.) Der Löwe jedenfalls, der hat so gebrüllt wie dein Vater am See, du hast da-

mals vor Schreck deine Brezel fallen lassen, ich musste sie wegschmeißen, erinnerst du dich an den Geruch im Raubtierhaus, Pisse und Schweiß und Verzweiflung?

Jedenfalls: Ich konnte nichts sagen, mehrere Stunden lang nicht. So weit dürfen sie nicht gehen. Die dürfen doch niemanden sterben lassen! Ich habe mir die Einverständniserklärung genau durchgelesen. Sie dürfen. Warum haben wir das unterschrieben? Ich verstehe uns nicht. Wir wollten alles richtig machen und dann so was. Der einzige Trost: Ich bin mir sicher, dass sie dir nichts antun werden. Dich wollen sie dabeihaben. Sie sprechen anders mit dir als mit den anderen Mädchen. Du bist häufiger zu sehen und meistens, wenn du lachst. In letzter Zeit lachst du oft, viel mehr, als ich das in Erinnerung habe. Es sollte mich freuen, aber es macht mich traurig. (Eltern gehören übrigens zu den egoistischsten Wesen der Welt.) Du wirst gemocht. Weißt du noch, in der neunten Klasse? Da hast du mir erzählt, dass es niemanden gibt, jemals geben wird, der dich toll findet. Jetzt lieben dich alle. Dich und diese beiden seltsamen Jungen, Sam und Anas. Magst du einen von ihnen? Ich bin froh, dass du ihnen so wichtig bist, und dann auch wieder nicht, das heißt ja, du gehst. Die Hoffnung ist, dass sich das alles noch als gigantisch dummer Witz herausstellt. Wie Elin gestürzt ist. Es gab keinerlei Sicherheitsvorkehrungen. Was soll das? Sie haben ein Porträt über Anas gezeigt, während sie das, was von Elin nach dem Sturz übrig geblieben ist, weggebracht haben. Anas kommt aus einem ganz kleinen Dorf, dessen Namen ich noch nie gehört habe. Er hat zwei Geschwister. Seine Eltern sind stolz, aber besorgt, sie glauben, dass Anas das Zeug dazu hat. Und dabei geht es ihnen nicht anders als uns: Sie könnten sich dafür, dass sie ihrem Kind von Anfang an so viel Selbstbewusstsein eingetrichtert haben, gegenseitig in den Hintern treten. Und wie Papa und ich treten sie einander natürlich nicht, weil sie schon ahnen, dass sie einander brauchen werden wie zu den schlimmsten Zeiten. Mach dir keine Sorgen, wir sind nett zueinander. Sag mal: Ich hoffe, du hast nichts gesehen. Nichts davon, was mit Elin geschehen ist und wie sie nach dem Sturz aussah. Du bist hart im Nehmen, Irma, ich weiß, aber das ist dann doch ein bisschen viel, stelle ich mir vor?

Anderes: Wir haben Papas Geburtstag gefeiert, mit Kuchen und Kerzen und allem. Die ganze Verwandtschaft war da, bis auf die Kinder. Du bist also nicht die Einzige, die anderes zu tun hat. Deine Cousinen studieren, dein Cousin fährt zur See, bzw. er bereitet sich darauf vor. Er verrät nicht, was genau er dort will. Ich sag nur: Es gibt auch hier absurde Träume, denen du nachrennen könntest. Heute Nachmittag streiche ich den Flur blau. Das wird dunkel, aber schön. Die Wolken hängen bis in die Birnbäume. Den Satz habe ich schon den ganzen Tag im Kopf.

Warum lassen sie euch zwischendurch eigentlich nicht raus? Ihr seid doch nicht gefangen, hoffe ich. Papa schreibt dir auch. Er ist momentan oft wütend. Der Löwenschrei, die Felsen, wie gesagt.

Ein Kuss. Pass auf dich auf.

Mama

PS: Sam gefällt mir etwas besser als Anas, der ist doch eigentlich ein Angeber und gar nicht dein Typ, oder? Mit Sam stimmt etwas nicht, aber er scheint nett zu sein. Ich will mich nicht einmischen, aber das fiel mir auf. Und das: Manchmal wirkt er, ich weiß nicht, wie ich es anders sagen soll, irgendwie weggetreten. Weißt du, was ich meine? Er schließt ab und zu einfach die Augen und reagiert auf gar nichts mehr. Das macht mir Sorgen, so gut er mir sonst auch gefällt. Jemand, der dich begleitet, sollte wach sein und präsent. Ich denke, sie werden ihm das noch abgewöhnen. Aber, was soll das bitte heißen, was sie Sendung für Sendung und in jedem Bericht wiederholen: Er wurde angespült an einem der letzten Sommertage? Wo bitte, wann bitte und vor allem: warum? Willst du das nicht wissen? Findest du das heraus? Es gibt einen Aufruf, man soll sich melden, wenn man etwas über Sam weiß, wenn man verwandt ist. Ich bin mir sicher, es werden Hunderte auftauchen. Wo ich gerade dabei bin: warum überhaupt diese Sache mit dem Namen? Er muss doch schon vorher einen gehabt haben, oder? Ohne Gedächtnis, in Ordnung, aber dass jemand so vollkommen alleine ist, das kann man doch heute niemandem weismachen. Da müssen doch Leute angerufen haben, die ihn kennen, ihn und seinen richtigen Namen. Wenn ich er wäre, ich würde mich weigern, mir einfach einen Namen geben zu lassen! Wenn die versuchen sollten, deinen Namen auszutauschen, wehr dich bitte dagegen. Das ist nicht witzig! So was macht man doch nicht! Wenn du wüsstest, wie lange wir überlegt, wie wir Listen gemacht und penibel ausgewertet haben, und als wir den Namen gefunden haben, waren wir so froh! Irma, was machen sie da mit euch?

PPS: Es ist so lange her, dass ich Briefe geschrieben habe. Sie gingen immer an deinen Vater. Aber was mir gerade einfällt: Als du ganz klein warst, habe ich mir in einer dieser halbwachen Nächte vorgenommen, dir einen Brief zu schreiben. Einen langen, in dem alles gesagt wird, was gesagt werden muss, falls mir etwas passieren sollte, damit du nie zweifelst. Ich habe vergessen, diesen Brief zu schreiben, mir ist nichts passiert. Den Brief kann ich nicht nachholen, er hätte an eine Vorstellung von dir später gerichtet sein müssen, aus meiner Hormonmelancholie heraus. Erinnerst du dich? Ich habe dir fest versprochen, ihn zu schreiben. Ich glaube nicht an dieses Karmading, aber vielleicht sind die Briefe, die ich dir jetzt schreiben muss, eine Strafe dafür, dass es diesen einen Brief nicht gab.

So ein Quatsch. Nichts hängt zusammen, jedenfalls nicht auf eine derart einfache Weise. Aber: Erinnerst du dich, Irma, was ich dir damals alles ins Ohr geflüstert habe, ich, deine tränennahe Mutter? Keine Sorge, gerade weine ich nicht.

PPPS: Siehst du dir ab und zu die Bilder an, weißt du, die auf dem Mikrofilm?

*

Du,

das war knapp. Ich weiß nicht, ob ich mir das noch lange ansehen kann. Du solltest wissen, dass ich dagegen klage. Mit Anas', Violas und Baptistes Angehörigen. Von Elin konnte ich niemanden finden. Sicher brauchen sie Ruhe und Abstand. Wir werden verhindern, dass das so weitergeht, dass noch jemand stirbt. Baptiste hatte Kinder, Elin und Viola waren selbst noch welche. Mein Gott, was für ein Scheiß! (Achtung: So weit ist es mit mir gekommen, ich bete und klinge dabei wie ein betrunkener Hooligan!) Das dürfen die nicht, das geht zu weit. Verstehst du: zu weit! Schleich dich nachts raus, Irma, flieh!

Was gibt es sonst? Wir waren am See, es hat geregnet, und der Regen war irgendwie schwerer als sonst. Das ist nicht metaphorisch gemeint, der Regen war wirklich verdammt schwer. Wir haben uns unter einen Baum gestellt, aber das hat nicht geholfen. Die verdammten Bäume sind kahl. Ich sage dir, der Regen hat gehämmert auf dem Kopf. Das war wie Hagel, nur matschiger. Sei froh, dass ihr nicht rausdürft. Ihr verpasst nichts. Tom war ein paarmal hier, Maja nicht. Tom ist blass, und er grinst dagegen an wie ein Irrer. Seine Eltern machen sich Sorgen, wir treffen uns ab und zu und trinken was. Toms Vater brennt im Keller Schnaps, er macht das sehr gut, unsere Köpfe waren schwer am nächsten Morgen, aber auf eine gute Weise, eine, die zum Weiterschlafen einlädt und die kurzzeitig vergessen lässt.

Mehr Neues gibt es nicht.

Bleib gefälligst am Leben, Irma. Deine Mutter sagt, das wäre nicht das Problem, aber ich finde schon, das ist das Grundlegende: erst mal am Leben bleiben und dann weitersehen. Egal wie, egal wo. Wir bekommen das schon irgendwie hin.

Papa

*

Liebe Irma,

weißt du mehr über Sam als wir? Was hat es damit auf sich, mit dem Angespült-Worden-Sein? Kannst du das erklären? Auch, wenn man angespült wird, muss man doch von irgendwoher stammen, oder nicht?

Erzähl uns mehr davon, bitte, ganz bald! Ich hoffe, man findet seine Familie. Ich bin so gespannt auf die nächsten Shows!

Ein Fan

*

Sehr geehrte Irma (noch ist dein Nachname nicht bekannt),

wir sind eine Organisation, die sich für die Menschenrechte einsetzt. In eurem Feld haben wir noch nicht viel Erfahrung, aber wir haben schon einige aus Gefängnissen befreit, während der Kriege an die 10000! Wir wissen noch nicht wie, aber wir können euch helfen. Gebt uns ein Zeichen, und

wir kommen. Wir sind nicht wenige, versprochen. Dir haben sie noch kein Haar gekrümmt, aber anderen ist schon zu viel passiert. Die Toten und jetzt das mit Sam. Es hätte nicht eure Aufgabe sein dürfen, das Feuer zu löschen. Es ist ihre Sendung, es wäre auch ihre Verantwortung gewesen. So etwas Schönes wie einen Geburtstagskuchen dafür zu nutzen! Ihr wart mutig, aber auch da gibt es Grenzen. Ihr konntet nichts verhindern, weil nichts verhindert werden sollte, es gehörte zur Show, und es hat niemanden überrascht, zu wenige wirklich erschreckt. Wir hoffen, Sam geht es besser. Und noch mal: Wir können euch helfen!
Pro Humanis, für Menschenrechte

*

Also,
sie schicken nur zwei? Was soll das? Wie stellt ihr euch das vor? Ich meine, das kann doch gar nicht gutgehen. Das müsst ihr doch wissen!
J.

*

Mein Schätzchen,
ein halbes Jahr bist du weg. Ich habe ganz feine Falten um die Mundwinkel, aber das hat nichts mit dir zu tun. Ich habe das anhand von Fotos überprüft: Meine Mutter hatte die auch, in genau dem Alter. Wie das wohl bei dir sein wird? Mein Haar ist jetzt ein paar Zentimeter länger, aber das fällt niemandem auf, nach wie vor trage ich immer meinen Zopf.
Es ist ein bisschen wärmer geworden als an den ganz schlimmen Tagen. Ich klebe die Artikel über dich in eine Mappe. Du warst mal Fan, erinnerst dich? Drei dicke Ordner voll von dieser Band, wie hieß sie noch gleich? Papa und ich liegen

abends im Bett und erzählen uns Sachen von früher. So sind wir jetzt. So sind vielleicht alle Eltern, aber wahrscheinlich erst ein bisschen später. Ich habe Maja am Fluss gesehen. Sie hat einen Freund und viel kürzeres Haar, sie sah zufrieden aus. Der Freund war mal in eurer Klasse, aber ich erinnere mich nicht an seinen Namen. Er hatte eine Schwester, glaube ich, die Eiskunstläuferin und ein bisschen berühmt war, er trug eine auffällige Brille, jetzt nicht mehr. Papa erinnert sich auch nicht, wie sie hießen, alle Namen, die er sagt, klingen falsch. Ich frage mich, was aus der Schwester geworden ist. Eiskunstlaufen kann man ja nicht ewig, es geht auf die Knochen und Gelenke, und ich weiß auch nicht, ob es überhaupt noch Bahnen gibt. Sie wird etwas anderes gefunden haben.

Schreibst du dir mit Maja und Tom? Ich hoffe doch. Falls du zurückkommst, ist es gut, wenn ihr einander habt. Jetzt bist du so eng mit denen da drinnen. Ich mag Carla. Alle mögen sie. Und Cal. Natürlich gewinnen die beiden nicht, sie sind zu alt, es hätte keinen Sinn, sie zu schicken. Ich wundere mich, dass ihr in den Sendungen so tut, als wäre es egal. Sam ist das, was Oma hinreißend nennen würde, bei Anas bin ich mir immer noch nicht sicher. Ich vermute, du magst ihn. Er sieht gut aus, er lächelt viel. Und ohnehin: Du bist näher dran als ich, und ich habe mich nicht einzumischen. Ich war doch bisher ganz gut im Zurückhalten, oder? Was ich verrückt finde (an diesem ohnehin völlig wahnsinnigen Projekt): dass sie nur zwei auswählen! Was, wenn einem etwas zustößt? Gibt es Notfallpläne? Sagen sie euch irgendwas? Hier draußen stellen wir uns viele Fragen, aber wir bekommen keine Antworten, jedenfalls nicht auf die wirklich wichtigen.

Bald schreibe ich dir wieder. Wir streichen das Wohnzimmer, der Flur sieht gut aus und doch gar nicht so dunkel, das we-

nige Licht, das sich hinein verirrt, fällt viel mehr auf, ich
schicke Fotos.
Küsschen an dich, Milliarden.
Mama

*

Liebe Irma,
du kennst mich nicht, aber ich kenne dich sehr gut. Ich bin
zehn Jahre alt, und du bist meine Heldin. Es ist so wahnsinnig mutig, was du machst. Ich hoffe, dass Anas für dich auserwählt wird. Er ist toll.
Ich weiß, dass du nicht viel Zeit hast, aber kannst du mir
eine Autogrammkarte schicken?
Ganz viel Glück, ich bin für dich!
Deine Emma
PS: Seit ich die Shows gucke, gebe ich mir viel mehr Mühe in
der Schule, weil ich weiß, dass du immer richtig, richtig gut
warst und man richtig, richtig gut sein muss, um auserwählt
zu werden. Man muss alles richtig machen, stimmt's?! Sonst
hat man überhaupt keine Chance.

*

Ihr!
Warum sprecht ihr nicht über die Insel? Warum sucht ihr
so weit weg, wenn es hier noch Orte gibt, die sich vielleicht
lohnen? Ich kann es mir nur so erklären, dass ihr nichts
von der Insel wisst.
Mit der Hoffnung, euch aufgeklärt zu haben,
M. L.
PS: Wenn ihr mich grüßt, während der Show, das würde
mich freuen! (Es reicht auch was Unauffälliges, ihr müsst
nichts sagen, ein kleines Zeichen an mich wäre schön!)

*

Mein Schatz,

jetzt habe ich dir lange nicht mehr geschrieben. Ich weiß immer noch nicht, ob du die Briefe überhaupt bekommst. Die meisten, die ich frage, meinen ja, aber mich wollen immer alle beruhigen und trösten. Dabei bin ich ganz ruhig und nur noch selten traurig. Man kann sich tatsächlich an alles gewöhnen. So, wie es jetzt ist, ist es okay. Früher sind Leute in deinem Alter für ein, zwei Schuljahre ins Ausland gegangen. Das ist ja gar nicht mehr ohne weiteres möglich. Ich sehe es so: Du hast einen Weg gefunden, deine Welt größer zu machen. Ich hoffe, dir gefallen die Bilder von Flur und Wohnzimmer. Als Nächstes sind die Küche und das Schlafzimmer dran, dann das Badezimmer und die Abstellkammer (gelb? hellgrün? der Raum ist so klein). Dein Zimmer bleibt, wie es ist, keine Angst. Aber wenn du irgendwann wiederkommst (zwischendurch oder zum Abschied), dann kannst du ja mal überlegen, welche Farbe dir gefallen würde. Ab der nächsten Woche habe ich Ferien. Drei Wochen. Papa hat vorgeschlagen, dass wir zu einer der Shows fahren. Aber wir dürfen ohnehin nicht mit dir sprechen, und das, was wir vom Zuschauerraum aus sehen würden, können wir uns auch von zu Hause aus anschauen. Ist das schlimm? Lassen wir dich im Stich? Ich bin mir ehrlich gesagt auch überhaupt nicht sicher, ob das stimmt, dass man sich für die Shows einfach Tickets kaufen, dass die Arena ein Ort ist, der gefunden werden kann. In der Stadt hängen Plakate mit deinem Gesicht. Sie werden ständig gestohlen. Du hast Fans und bekommst davon wahrscheinlich gar nichts mit, oder?

Etwas Trauriges: Toms Bruder Mads ist verschollen. Es gab einen Sturm, ganz plötzlich ging das los, er war draußen auf der Plattform, hat die Bohrungen betreut. Er ist von der Bohrinsel gespült worden. Ein Kollege hat es gesehen, konnte aber nicht mehr helfen. Er ist ausgerutscht, kurz bevor er Mads greifen konnte. Es war schrecklich knapp. Der Kollege hat eine Boje geworfen, dann ein Rettungsboot abgelassen, Mads hat nicht danach gegriffen. Das Meer ist an dieser Stelle angeblich besonders kalt, es gibt Eisschollen, und es ist sehr wahrscheinlich, dass er nach wenigen Minuten tot war. Trotzdem wird immer noch nach ihm gesucht, aber ehrlich gesagt glaube ich nicht, dass sie ihn finden. Nicht einmal tot. Das Meer ist nur noch selten ruhig, sagen sie, das macht die Bergung schwierig. Warum ich dir das erzähle? Hier draußen wird für jeden alles gegeben, und bei euch in der Arena führen sie sich auf –

Letzte Woche waren wir wieder bei Toni und Kai (hast du Toms Eltern eigentlich geduzt?), wir sind da jetzt oft. Toni hatte Geburtstag, und es gab Selbstgebrannten, wie immer, der Schnaps schmeckt ekelhaft, aber wir trinken tapfer. Tom war auch kurz da. Ihm geht es gut, aber er vermisst dich, das sieht man. Und jetzt das mit Mads. Bei Toni und Kai hängen überall Bilder von ihm. Mehr als bei uns von dir. Du bist nicht tot. Du bist nicht tot. Derzeit (»derzeit« – warum klingt das nach Vergangenheit?) gibt es nichts, was mich glücklicher macht als das: Du bist nicht tot.

Pass auf dich auf.

Küsschen, Mama

PS: Alle reden ununterbrochen über euch und seit kurzem auch über die Insel. Erinnerst du dich? Die Geschichte, die Papa dir früher erzählt hat? Dass es noch eine Insel gibt, irgendwo in irgendeinem Meer, und dass dort alles ist, wie es sein soll (was immer das bedeuten mag). Papa und ich haben über die Insel gesprochen, er ist der festen Ansicht, dass dort jeder das findet, was er sucht. Wir alle hier draußen suchen *nach einer Zukunft, die sich lohnt. Ich frage mich, ob das so schlau ist – wer kümmert sich um die Gegenwart? Warum wird Lohnenswertes immer in anderen Zeiten, an anderen Orten vermutet? Ich habe dabei irgendwie das Gefühl, wir lassen die Gegenwart im Stich. Früher, das heißt, als ich nur ein bisschen älter war als du jetzt, gab es eine Phase, da hat nichts anderes gezählt. Wir haben es uns zu Hause schön gemacht, kleine Gärten gemietet und versucht, Gemüse und Obst anzubauen. Wir haben nichts verstanden von Anbau, die Schnecken haben den Salat gefressen, und die Sonne hat die Tomaten zerstört. Irgendwann haben wir wieder aufgehört damit, so unvermittelt, wie wir angefangen hatten. Jetzt sorgen wir uns öffentlich um die Zukunft und träumen von einer Insel, die es, ehrlich gesagt, gar nicht geben kann. Habt ihr da drinnen von der Insel gehört? Mir gefällt die Geschichte, aber irgendwas daran fühlt sich gefährlich an. Und neulich, als Kai und ich uns an der Tür verabschiedet haben, hat sie etwas geflüstert, was wie* »Er hat die Insel gesucht« *klang. Ich bin mir nicht sicher, ob ich sie richtig verstanden habe, als ich nachgefragt habe, tat sie so, als wäre nichts. Aber eigentlich glaube ich Folgendes: Sie sprach von Mads. So ganz geheuer ist mir die Sache mit der Insel also nicht.*

*

Eine Frage: Was ist mit Sam? Was macht er eigentlich, wenn er die Augen schließt und sich nicht mehr rührt? Ist das irgendeine Meditationstechnik? Kann man das lernen? Gibt es Kurse? Weißt du da was?
S. Io

*

Streberin,
ich weiß nicht, ob dich das interessiert, aber mein Bruder ist
tot. Es gibt kein Grab, nur einen Stein im Garten meiner El-
tern. Die Suche wurde aufgegeben, meine Eltern bekommen
eine Entschädigung und zahlen davon das Haus ab. Alles
ist seltsam. Scheiße. Mir geht es gut, viel zu gut, trotzdem.
Hast du meinen Brief bekommen? Ich sehe mir die verdamm-
ten Shows an, nur um ein Zeichen von dir zu bekommen.
Dass du kapiert hast, was ich dir geschrieben habe. Viel Zeit
bleibt dir nicht, tritt Anas und Sam in den Arsch und komm
nach Hause. So bringe ich dich zu nichts, was? Oder zum Ge-
genteil von dem, was ich will. In der Schule gibt es ein Denk-
mal für dich! Geil, einen Stein für Mads, ein Denkmal für
dich. Was ist eine beschissene Bohrinsel anderes als ein ver-
dammter Planet im All? Ich sehe da nicht viele Unterschiede.
Doch: Mads war an den meisten Feiertagen zu Hause, und
ich habe, gerade in der letzten Zeit, Milliarden Mal mit
ihm telefoniert. Er war immer schwer zu verstehen, der Wind
fuhr in die Leitung, dass es donnerte. Aber weißt du, was er
gesagt hat (es war nicht bei unserem letzten Telefonat, das
würde es noch größer machen, oder?): Vergiss sie! Ich nehme
es als seinen letzten Wunsch. Ich vergesse dich, Irma Lewyn.
Mach es gut, mach, was du willst. Und bleib gefälligst am
Leben, ich will nicht auch noch um dich trauern müssen.
Tom

*

Mein Schatz,
wie geht es dir? Du sahst nicht unglücklich aus, nach dem
»Kompatibilitäts-Test«. Trotzdem: Das kann doch nicht wahr
sein! Dass ihr euch aneinander ausprobieren musstet, vor

laufender Kamera! Man konnte nichts erkennen, zum Glück, aber natürlich wussten alle, was ihr da gerade macht. Dein Vater tobt, ich auch. Wir streiten oft. Das haben wir vorher besser hinbekommen, und ich bin mir sicher, es wird wieder. Wir haben noch mal mit dem Anwalt gesprochen, aber er sagt, man kann nichts machen: die Einverständniserklärung, der freie Wille, ihr dürft tun und lassen, was ihr wollt. Aber willst du das? Es sieht dir nicht ähnlich. Wobei Papa sagt, dass ich das nicht wissen kann, so gut würden wir dich schließlich nicht kennen. Hat er recht? Du warst viel in deinem Zimmer in den letzten Jahren, das stimmt. Aber davor warst du bei uns, bei mir. Ich kenne dich doch, Irma, ich weiß doch, dass du das nicht gut gefunden haben kannst.

Anderes: Oma ist im Krankenhaus, aber sehr tapfer. Sie will zurück nach Hause, zum Garten. Sie macht sich Sorgen, dass die Äpfel verfaulen. Wir waren gestern da. Die Äpfel liegen längst wurmstichig unter den Bäumen. Es macht keinen Unterschied, ob man sie aufsammelt oder nicht. Wir sagen ihr nichts davon. Ich habe Äpfel gekauft (die Preise – bekommt ihr dort drinnen mit, was mittlerweile alles kostet?), und nachher backe ich einen Kuchen. Den bringen wir ihr morgen und erzählen, es seien ihre Äpfel. So viel Lüge muss erlaubt sein. Wir grüßen sie von dir, jedes Mal, wenn wir sie sehen. Noch mehr Lügen. Sie denkt, wir hätten Kontakt, sie weiß nicht, dass das alles nur in eine Richtung geht. Bestenfalls. Nächstes Jahr sind Maja und Tom fertig mit der Schule. Die Fächer werden immer seltsamer, jetzt lernt man in der Elften Ackerbau und Stricken. Es kann nicht alles bleiben, wie es ist. Ab und zu setze ich mich auf die Hollywoodschaukel und stelle mir den Sommer vor. Ich hätte niemals schimpfen sollen über die Hitze. Aber besser weiß man es immer erst hinterher, nicht wahr? Ich habe nichts zu erzählen, aber ich will dir schreiben. Da kommt es zu solchen Sätzen. Sam mag dich wirklich, das sieht man ihm an. Ich würde ihn gerne kennenlernen. Vielleicht geht das, wenn die Sache durch ist. Da müsste es doch noch mal eine Gelegenheit dazu geben, oder? Vielleicht kannst du mal fragen, wir haben keinen Kontakt zu denen, die Papa pauschal »Wahnsinnige« nennt.

Heute Morgen habe ich mich mit der alten Mol gestritten. Sie hat behauptet, wir hätten Privilegien, wir würden durch dich was verdienen. So ein Quatsch. Sie glaubt mir nicht. Ich hätte sie fast geschlagen. So eine Mutter hast du, mein Schatz. Vor dem Geschäft auf der anderen Straßenseite parkt jeden Mittwoch eine Frau mit einem kleinen Kind. Es kann höchstens anderthalb sein. Und fast jede Woche rennt es in Richtung der Straße, und sie merkt es immer zu spät. Bisher hatten sie Glück. Einfach nur Glück. Wir haben aufgepasst, Irma, nicht wahr? Solange wir konnten. Ich schon wieder. Entschuldigung. Dieser Brief könnte tagelang, wochenlang werden. Ich schicke ihn jetzt ab. Wir benutzen die Marken aus Opas Sammlung. Ich weiß nicht, ob die Briefe bis zu dir in die Arena gelangen, aber sie kommen jedenfalls nicht zurück.

Ich hab dich lieb, meine Maus.

Mama

PS: Ist dir der dicke Mann aufgefallen? Er sitzt bei jeder Show im Publikum und macht lustige Sachen. Ich bin mir nicht sicher, ob es ihn wirklich gibt oder ob er von irgendeinem Programmierer in die Arena platziert wurde.

PPS: Seit neuestem tauchen immer wieder Hinweise auf die Insel auf. Einer der letzten Fischer soll im Sturm dort gelandet sein. Er erinnert sich angeblich nicht daran, wo genau *das war, und er weiß auch nicht, wie er zurückgekommen ist. Er klingt also nicht sehr vertrauenswürdig, aber wir glauben ihm. Er war einmal im Rahmen der Shows zu sehen, im Vorbericht saß er mit Olivier auf dem Sofa, und sie haben die Insel mit dem Planeten verglichen. Herausgekommen ist dabei natürlich nichts, aber der Fischer ist jetzt ein bisschen berühmt und hat in seinem Haus ein Museum eingerichtet. Man kann ein Büschel trockenes Gras und ein paar Steine besichtigen, die angeblich von der Insel stammen. Papa hat vorgeschlagen, dort hinzufahren, ich glaube, das ist Quatsch, zumal das Auto immer häufiger spinnt und Benzin exorbitant teuer geworden ist. Aber vielleicht leisten wir uns das: den Besuch bei jemandem, der dir eventuell sogar begegnet sein könnte. Wahrscheinlich fahren wir hin. Es gibt sonst nicht viel zu tun.*

*

Mein Ochsenfrosch,
das klingt nicht nett, aber so habe ich dich genannt, als du ganz klein warst. Mein Ochsenfrosch. Worauf man so kommt. Aber du hast diese seltsamen Geräusche gemacht beim Einschlafen. Ich denke an dich, mehr wollte ich nicht schreiben.
Papa

*

Guten Tag.
Man bekommt doch irgendwie das Gefühl, dass mittlerweile alles erlaubt ist. Aber nur, weil hier momentan Chaos herrscht, können doch nicht jegliche Vorstellungen von Ethik, Moral und gesundem Menschenverstand einfach über den Haufen geworfen werden, oder? Doch, können sie. Das Ergeb-

nis sind die sogenannten »Shows«, in denen Sie, Irma, sich gerade befinden. Ich bin entsetzt und besorgt, was die Zukunft betrifft. Wenn so etwas möglich ist, was erwartet uns dann noch?

Deshalb schwöre ich hiermit und hier und wahrscheinlich an der völlig falschen Stelle, dass ich alles daransetzen werde, die Welt zu retten. Zumindest mein unmittelbares Umfeld. Es ist noch nicht zu spät, aber es wird (nicht besonders langsam) brenzlig.

Ich hoffe das Beste, aber ich bin nicht optimistisch.

Ihnen alles Gute,

J.S.

*

Mein Schatz,

nur ganz kurz heute: Ich mag den dicken Mann am liebsten. Er bringt mich zum Lachen. Ich bin mir jetzt sicher, einer der Programmierer hat sich einen Scherz erlaubt: Wenn man genau hinsieht, dann erkennt man, dass der dicke Mann im Block links, zehnte Reihe, einen Rüssel hat. Und wenn man so genau hinsieht wie ich (ich klebe am Bildschirm, ich suche in deinem Gesicht nach Zeichen, sei deutlicher Irma, bitte, ich verstehe so wenig), dann sieht man auch noch die Tasche, die an seiner teigigen Seite lehnt, und aus der Tasche ragt die Schnauze eines Krokodils. Das Krokodil klappt im Takt von Oliviers Moderatorenlyrik sein Maul auf und zu. Als er dich zu deinen Träumen befragt hat, hat das Krokodil den dürren Mann neben dem dicken Mann in den Arm gebissen. Niemand hat es bemerkt, keiner außer mir. Wenn ich nicht mehr aushalte, was sie mit dir anstellen, dann suche ich im Publikum nach dem dicken Mann. Manchmal fehlt er, einmal hat er das Studio mitten in der Show lautlos schimpfend

verlassen. Ich hatte Angst, dass der Programmierer es mit
dem auffälligen Abgang des Rüsselmannes übertrieben hat.
Aber niemand hat etwas dazu gesagt, nicht im Netz, nicht
in der Zeitung, nicht Phil. Ich und der dicke Mann, wir sind
auf eine seltsame Art ein Team, und wenn mir der Programmierer eines Tages begegnen sollte (was unwahrscheinlich
ist), dann werde ich ihm danken, für seinen dicken Mann
und dafür, dass hier ab und zu noch etwas zum Lachen ist.
Alles Liebe
deine Mama.

*

Ihr werdet verglühen. Lasst das bloß sein.
I.

*

Hallo, mein Schätzchen,
die Zeitung hat über die Fähre berichtet, hier eine Passage
daraus, falls du neugierig bist:
»Da ist die Fähre. Sie liegt seit Wochen im Hafen. Wächter
stehen aufgereiht davor. Das Schiff ist aus Holzimitat, sein
Äußeres orientiert sich an der Mayflower der englischen Pil-
ger. Es hat Segel, aber nur zur Dekoration. Im Inneren sieht
es auf eine plüschige Art sehr gemütlich aus. An den Wänden
hängen Gemälde in schweren goldenen Rahmen, sie zeigen
Tiere, Wälder, Menschen, vom Aussterben Bedrohtes. In der
Kommandozentrale wurde ein Steuerrad installiert wie je-
nes auf der Bounty. Angeblich versteckt sich hinter dem
Rad feinste, modernste Mechanik, aber das kann man sich
nur schwer vorstellen. Ich höre ein Gespräch mit, eine Frau
zweifelt daran, dass das Ganze überhaupt abheben kann,
ein anderer verweist auf Jules Verne, bei dem ging das doch

auch. *Wir Umstehenden lachen. Die Stimmung ist gut, fast euphorisch, man freut sich angesichts dieses gigantischen Rettungsbootes.*

Mehr Neugierige kommen. Eltern halten Kinder hoch, Menschen recken Daumen in die Luft, es wird fotografiert. Die Stadt ist stolz, dass man sie ausgesucht hat. Ein Denkmal ist bereits geplant. Die Fähre liegt im Hafen, als würde sie in See stechen wollen. Dabei wissen wir alle: Sie sticht nicht in See, sie sticht in die Sterne. Wenn alles gutgeht. Und ich frage mich, während ich den Steg hinabgehe, unter mir das brackige Wasser, vor mir die kalte Stadt, wie das eigentlich alles finanziert wird.«

Ehrlich gesagt, Irma, frage ich mich das nicht, ist mir das vollkommen egal, sollen sie die letzte Münze aus dem Bullauge werfen, wenn es sich überhaupt öffnen lässt, meinetwegen, für deine Sicherheit dort oben. Ihr selbst habt die Fähre noch nicht gesehen, habe ich gelesen. Neben dem Artikel war ein Foto abgedruckt, das ich dir nicht mitschicke, ich vermute, es hat einen Grund, dass ihr sie noch nicht sehen sollt. Aber glaub mir, sie ist wirklich schön, und sie sieht nicht aus wie ein Schiff, das euch im Stich lassen wird. Das macht mir Mut. Ich hoffe, dir auch.

Küsschen, Mama

PS: Die Speisekammer ist gelb. Es sieht aus, als gäbe es in dem winzigen Raum ein Fenster und draußen ein anderes Wetter.

PPS: Bei dem Fischer waren wir nicht.

PPPS: Mit Sam stimmt doch etwas nicht, oder?! Man hat den Eindruck, er weiß von nichts. Er kommt mir vor wie jemand ohne Geschichte. Klar, ganz ohne Geschichte ist niemand. Vielleicht meine ich auch eher, wie jemand ohne Menschen um sich herum. Menschen, die seine Geschichte erzählen könnten. Zu jedem der Anwärter ist mittlerweile min-

destens eine Person aufgetaucht, die erzählen konnte oder wollte. Bei dir waren es schon sechs: deine Flötenlehrerin, zwei ehemalige Mitschüler (ich konnte mich nur noch an eine von ihnen dunkel erinnern, Jo, du hast sie eine Zeitlang sehr bewundert, sie war immer sehr gut in Sport), ein Paketbote (er hat dir angeblich mal etwas gebracht, das so schwer war wie eine Kiste Bücher – hast du jemals eine Kiste voller Bücher bestellt? Sicher nicht. Warum auch? Wir haben genug Bücher), die alte Mol von nebenan (Natürlich! Irgendwas von Kirschbäumen, wie du ihre Kirschen gestohlen hast, mit sieben oder acht. Die Geschichte könnte wahr sein, aber ich habe mich trotzdem geärgert. Die alte Mol wurde schon mehrmals interviewt. Sie erfindet dich neu – ich weiß nicht, ob du lachen würdest darüber oder ob du wütend wärst. Ich denke, du würdest lachen. Wenn ich höre, was die alte Mol alles weiß über dich, dann bekomme ich ein schlechtes Gewissen. So viel weiß ich nicht. Eigentlich weiß ich nichts. Seit du unter den Anwärtern bist und mir nur noch über den Bildschirm begegnest, weiß ich nichts mehr von dir, und die alte Mol weiß anscheinend alles. Ich grüße sie nur noch, wenn es gar nicht anders geht, aber sonst sprechen wir nicht). Maja haben sie auch interviewt. Keine Ahnung, wie freiwillig das war. Sie hat nicht viel über dich erzählt, es ging vor allem darum, was sie von der ganzen Sache hält. Maja war ziemlich wütend während des Interviews, fast ausfallend. So habe ich sie noch nie erlebt. Wie du dir denken kannst oder vielleicht weißt: Sie hält nichts von der Mission. Durch ihren Wutanfall ist Maja ein bisschen berühmt geworden, ich glaube nicht, dass sie das besonders toll findet, es würde nicht zu ihr passen, jedenfalls nicht zu der Maja, die ich kenne. Was ich eigentlich sagen will: Zu Sam gibt es niemanden. Ab und zu jemanden, der behauptet, er sei ein Elternteil, eine

*Schwester, ein Bruder, aber sie wurden alle als Lügner ent-
tarnt. Wer ist jemand, über den niemand etwas weiß? Nimm
dich in Acht, Irma! Nicht vor Sam, sondern vor den Umständen. Hier stimmt etwas ganz grundsätzlich nicht.*

*

Du,
*wir haben uns das angesehen. Es war mutig von dir und ris-
kant. Ich weiß nicht, ob sie zugelassen hätten, dass dir etwas
geschieht. Du bist wichtig für die Show, das merkt man hier
draußen an jeder Ecke (überall hängen Plakate, alle sprechen
über dich, wir bekommen Post – mittlerweile sind auch nette
Briefe dabei). Aber manchmal ist man eben auch als Favorit
nicht sicher. Elin mochten alle gerne, und dann das. Du hast
Sam das Leben gerettet, ich hoffe, er revanchiert sich, indem
er alles tut, damit du nicht ausgewählt wirst für die Mission.
Ich habe lange überlegt, ob ich es sage, und habe entschieden,
ich sag's: Sam sah nicht aus wie jemand, der gerettet werden
will. Er hat sich doch mit Absicht so dumm angestellt. Er wäre erstickt in dem winzigen Raum, wenn du nicht gewesen
wärst. Sein Blick, als er wieder zu Bewusstsein gekommen ist.
Ich weiß nicht. Hast du rausgefunden, was mit ihm ist? Hier
draußen gibt es die wildesten Theorien. Die beste: Er ist eine
Art Roboter, einzig erschaffen für die Mission. Ich glaube das
nicht, er wirkt zu echt, und wie kann einem Roboter alles zu
viel werden? Aber er ist anders als ihr, anders besonders. Du
solltest alles über ihn wissen, bevor es zur Auswahl kommt,
man muss wissen, mit wem man den Rest seines Lebens verbringt. Nichts mehr davon, ich nerve, nicht wahr?*
*Geht es dir gut? Wir bekommen mittlerweile Briefe, in unre-
gelmäßigen Abständen, manchmal wochenlang gar nichts,
dann stapelweise, die wie Pressetexte klingen. So schreibst*

du nicht. In den Briefen steht viel Positives, ab und zu eine Sorge, aber die wird jedes Mal schon im Nebensatz zerstreut. Wir stellen uns vor, die Briefe sind von dir, und glauben es ehrlich gesagt nicht.

Weihnachten haben wir Oma zu uns geholt. Sie hat in deinem Zimmer geschlafen, die Treppe war nicht einfach für sie, aber es ging. Sie hat sich gefreut, so dicht bei dir zu sein. Oma nimmt das alles erstaunlich gut auf. Ich habe das Gefühl, ihr sind Orte mittlerweile weitestgehend egal. Und dabei war es so schwer damals, mit dem Haus. Weißt du noch, der Garten? Ich versuche, es genauso zu sehen wie sie, dass es keine Rolle spielt, wo jemand ist, Hauptsache, er existiert (und nicht einmal das scheint wirklich wichtig für sie zu sein, so spricht sie zum Beispiel mit einem Hund, den sie meines Wissens nie hatte). Es gelingt mir nur sehr bedingt. Ich will dich bei uns haben. Es tut mir leid, dass ich das sage, aber nicht genug, um es nicht zu schreiben.

Weihnachten gab es Kartoffeln und Fisch. Wir haben alles im Ofen gebacken, der Fisch wäre fast verbrannt, aber er war gerade noch perfekt. Am Weihnachtsmorgen stand Tom vor der Tür mit einem Kuchen. Er sah gesund aus, älter, irgendwie sortierter, und er wollte nicht reinkommen. Seine Eltern lassen dich grüßen, er sicherlich auch, aber er hat vergessen, es zu sagen. Dieses Jahr gab es für jeden ein Geschenk. Mama hat mir ein Picknick am See geschenkt, ich ihr eine Kette. Ich schmiede jetzt. Wir haben so viel altes Besteck, es macht Spaß. Sie trägt die Kette manchmal, aber es ist ungewohnt für sie, sie trägt ja eigentlich keinen Schmuck. Der Anhänger hat die Form der Insel, seit neuestem kursieren unscharfe Luftaufnahmen. Niemand fragt, wer die macht und verteilt, aber sie tauchen überall auf. Ein Anhänger in Form einer wahrscheinlich erfundenen Insel also. Ich bin

*mir selbst nicht ganz sicher, was ich Mama damit sagen will.
Das Gute: Sie hat sie gar nicht erkannt, sie dachte, die Insel
sei ein Elefant, und sie hat sich gefreut. Sonst gibt es nichts
Neues. Oder das Neue fällt uns nicht mehr auf. An vieles ge-
wöhnt man sich schnell.
Wir vermissen dich sehr. Pass auf dich auf.
Papa
PS: Bist du aufgeregt wegen der Entscheidung? Bestimmt.
Ganz egal was: Du kannst jederzeit zu uns zurückkommen.
Daran denke ich jeden Tag, aber ich glaube, ich habe es dir
noch nie geschrieben. Noch mal: Du kannst jederzeit nach
Hause kommen. Komm nach Hause, Irma!*

*

*Irmchen,
ich drücke Dich fest!
Oma*

*

*Mein Schatz,
du bist auserwählt. Du und Sam. Ich weiß nicht, was ich dazu schreiben soll. Wenn es wirklich dein Traum ist, gratu-
liere ich dir. Es tut mir so leid, mein Schatz, aber es gelingt
mir nicht, mich für dich zu freuen. Jemand hat gesagt, dass
es doch wohl nicht darauf ankommt, wo jemand ist, sondern
dass jemand ist. Was für ein besch ... Spruch. Und: Wie kann
ich wissen, dass du dann noch bist. Die können mir alles erzählen und erzählen uns nichts. Nicht mal die Mühe einer
guten Geschichte machen sie sich.
Wir akzeptieren, was ist, was du willst.
Küsse
Mama*

PS: Du machst das gut. Wie immer machst du das gut. Bei allem Grusel, ich bin so stolz auf dich, mein Kind. Mein Kind, mein Kind, mein Kind! Du gehörst niemandem, ich weiß, aber ich wünschte, es wäre so. Ich wünschte, ich könnte für dich entscheiden und über dich bestimmen und dich einsperren, ein für alle Mal, am besten in unseren Kleiderschrank, der hat ein besonders gutes Schloss (wer sollte sich daraus eigentlich befreien – die Hosen, die Hemden?)!

*

Irma, wow!!! Herzlichen Glückwunsch! Das ist Wahnsinn! Du musst dich so verdammt freuen! (Hast du auch Angst?) Das nächste Mal bewerbe ich mich auch, es wäre das Tollste, dich kennenzulernen. Du bist meine Heldin. Echt.
E.

*

Liebe Irma,
jetzt hast du den Salat. Jetzt bist du dabei. Wolltest du das wirklich? Wie fühlt es sich an, ausgewählt zu sein? Hier gibt es viele Menschen, die auf der Suche sind nach der Insel. Auch das ist eine Aufgabe, eine Mission. Auch dazu gehört Mut. Ich frage mich, ob du und Sam, ob ihr nicht einfach nur feige seid. Weglaufen ist vor allem für die Zurückbleibenden schwer, nicht für den, der läuft. Ich weiß das, ich bin ständig auf der Flucht, aber nicht so wie ihr. Ich stelle mich der Welt, immerhin. Wenn du kannst: Hau da ab. Such dir einen anderen Traum. Oder verglüh meinetwegen. Wir kennen uns nicht, und ich weiß auch nicht, warum ich dir schreibe.
Hochachtungsvoll
ICH

*

Du,

das war die letzte Sendung, erst mal. Zehn Jahre Pause. Sie haben einen bildschönen Abschied inszeniert. Wie das aussah für uns? Ich weiß nicht, ob dich das interessiert, aber ich erzähle es dir: Du saßt auf einem schlichten Stuhl im Lichtkegel, rundherum Schwarz. Sam trat aus der Dunkelheit, verbeugte sich leicht vor dir, nahm deine Hände. Ihr habt gelächelt. Ihr macht das wirklich gut mit dem Lächeln. In der Zeitung stand, dass es kein bisschen kitschig aussah, sondern nach echtem Leben. Wenn sie über euch beide sprechen, verwenden sie das oft: Leben. Du bist aufgestanden, du sahst ganz sicher aus. Sam führte dich in die Mitte der Bühne. Das war alles etwas altmodisch. Bisher warst doch du diejenige, die ihm gezeigt hat, wo es langgeht, und Sam der, der nie wusste wohin. Wahrscheinlich wollten sie etwas Neues ausprobieren. Die Musik schwoll an. Ein Walzer. Ausgerechnet zu »Take this Walz« haben sie euch über die Bühne tanzen lassen. Ihr seid einander jeweils einmal auf die Füße getreten und habt gelacht darüber, das war einstudiert, oder nicht? Danach lief jedenfalls alles perfekt. Du kannst gut tanzen, Irma, und du sahst aus, als hättest du Spaß. Hattest du Spaß? Ihr seid über die Bühne gewirbelt. Mama hat geschimpft und hatte Tränen in den Augen. Wir haben dich noch nie tanzen sehen, und wir werden sentimental hier draußen, sei gewarnt! Über euren Wiegeschritt floss der Abspann ins Bild. Als ob das alles ein Spielfilm wäre. Nach etwa fünf Minuten wurde eine Infotafel eingeblendet: »Liebe Zuschauer, liebe Welt, in zehn Jahren geht es genau an dieser Stelle weiter.« Das war zu viel für Mama. Sie ist rausgerannt und hat irgendwas im Flur umgeräumt, hat die Haustür geöffnet und wieder geschlossen, ohne hinauszugehen. Ich bin

42

sitzen geblieben. Am Ende hieß es, dass wir euch nicht vergessen sollen. Ihr habt weitergetanzt unter all der Schrift. Ihr habt nichts davon mitbekommen, dass ihr nun zwei Figuren seid für die Welt vor dem Bildschirm. Zwei Figuren in einer sehr merkwürdigen Erzählung. Ihr habt getanzt, euch gedreht, es sah schön aus, wie ihr euch zum Schluss noch einmal angelächelt habt. Dann wart ihr weg und der Bildschirm schwarz. Ich habe nicht abgeschaltet.

Geht es dir gut? Was passiert jetzt mit euch?

Grüße in eure Dunkelheit

dein Papa

PS: Was mir Angst macht: dass du selbst mir manchmal vorkommst wie ein Charakter in einem Film. Du rückst weg, Irma, schon jetzt, noch so weit vor der Reise. Was kann ich tun, damit du präsent bleibst für mich? Ich sehe mir die alten Fotos an, denke an die Wochen und Monate, an das erste Jahr nach deiner Geburt. Mama hat mich daran erinnert: Was wir dir alles ins Ohr geflüstert haben, Irma! Versprechen und Wünsche, als hätten wir etwas geahnt. Wir haben nichts geahnt, Irma. Wir haben geflüstert, dass wir bleiben, dass wir immer da sind. Wir bleiben, wir sind da, du gehst. Wie können wir einlösen, was wir versprochen haben, wenn du einfach gehst? Das war so nicht vorgesehen, verdammt noch mal, Irma, so war das nicht geplant! Wir sind hier definitiv ein bisschen verzweifelt.

*

Lebt für uns weiter!

Wir

PS: Macht das gefälligst gut, d. h. besser.

*

Hier:

Jeder Schritt, den man auf einen zumacht, den man liebt;
Treppen hinabspringen voller Vorfreude, der Abend vor dem
Kindergeburtstag, Wiedersehen, gemeinsam am Tisch sitzen
(egal an welchem), unerwartete Sonnenstrahlen (es gibt sie
noch), Aussichten genießen, Radfahren mit Rückenwind, Ge-
spräche bis tief in die Nacht; verstehen, was jemand meint;
ausgeschlafen sein; der Geruch, wenn die Luft wieder wär-
mer wird; einen Brief bekommen; zusammen sein; zusam-
men sein; zusammen sein;
genau: Mir fällt auf, dass fast alle Gründe, die ich für ein
Hierbleiben nenne, etwas mit Zusammensein zu tun haben.
Das macht sie nicht zu weniger guten Gründen, aber wenn
ich diesen Brief abgeschickt habe, werden mir noch tausend
andere Gründe gegen eine endgültige Abreise einfallen, jetzt
leider nur das. Sie würden mich vermutlich selbst nicht über-
zeugen. Ich habe Freunde gefragt, meine Familie, nach guten
Gründen. Alles, was uns eingefallen ist, kannst du weiter
oben lesen. Reicht das? Ist das alles? Es wirkt vielleicht kläg-
lich und klingt kitschig, aber das ist das Resümee der Men-
schen, die ich kenne und die übrigens allesamt nicht mit
dir tauschen möchten. Überleg es dir gut, es könnte sein, dass
das Fehlen einer dieser Kleinigkeiten dich dort oben um den
Verstand bringen wird. Und das will niemand.
Das Beste
ein dir Fremder

*

Mein Schatz,
also wirklich. Du gehst. Wir können dich nicht erreichen, be-
kommst du die Briefe? Sie sagen, kurz vor dem Start sehen

wir dich noch einmal. Das sind zehn Jahre. Wir sollen zehn Jahre warten, auf ein paar Tage zum Abschiednehmen? Es ist gut, dass es Sam ist. Bis zu eurer Abreise wird noch einiges passieren. Ich hoffe, dass ihr Freunde werdet. Das ist das Beste, was euch passieren kann. Wäre es möglich, dass ihr euch noch anders entscheidet, in den nächsten Jahren? Könnt ihr noch aussteigen? Zwingen dürfen sie euch nicht, oder doch? Wir sind hier, zu Hause. Wenn du uns brauchst, wenn du doch nicht willst.

Wir warten. Wir helfen dir. Wir holen dich da raus, mein Schatz!

Küsschen

deine Mama

PS: Neulich im Finale ist der dicke Mann ausgerastet. Wirklich, den dicken Mann mag ich am liebsten, und neulich habe ich mich dabei ertappt, wie ich beim Aufräumen mit ihm gesprochen habe.

PPS: Das mit den geschlossenen Augen macht Sam immer noch. Weißt du, warum? Ich hatte ehrlich gesagt gehofft, sie gewöhnen es ihm ab, anscheinend nicht. Ich rede mir ein, dass sie etwas getan hätten, wenn es die Mission (also dich) gefährden würde, und ich hoffe, dass ich recht habe damit.

*

Grottenolm,

der Pflaumenbaum ist umgestürzt, direkt auf die Johannisbeeren.

Wir waren am See, aber nicht lange, es war zu kalt.

Weihnachten gab es wieder Fisch.

Oma hat uns die alten Alben gebracht.

Wir schlafen schlecht, aber das kann am Wetter liegen.

Mama wurde bis auf weiteres krankgeschrieben.

Es gibt Gerüchte über Sam. Schlimme Dinge, aber nachzu-
weisen ist nichts. Ich bin mir sicher, wenn ich dir darüber
schreibe, bekommst du diesen Brief nicht. Sei nett zu ihm
und sei vorsichtig!
Papa

*

Liebe Irma,
alles Gute zum 18.! Ich bin mir sicher, das wird ein ganz
besonderes Jahr. So wie alle deine Jahre besondere sind.
Viele Grüße
ein Fan (oder sollte ich Bewunderer schreiben? Das klingt so
distanziert, und ich weiß, dass ich dir ganz nah bin, auch
wenn du mich nicht kennst. Ich bin eigentlich du, und ich bin
wirklich nicht verrückt, obwohl ich solche Sätze schreibe.)

*

Mein Schatz,
Papa hat sich das Bein gebrochen. Mir ist oft übel.
Weihnachten gab es Fisch.
Die alte Mol fragt nach dir, als ob ihr beste Freunde gewesen
wärt. Dabei war es doch das Gegenteil, oder? Sie hat ständig
geschimpft.
Wir sind zu Toms Hochzeit eingeladen. Was kann man ihm
schenken? Er will nur Essen, aber das kann ja nicht alles
sein. Ich hatte an ein Foto von euch beiden gedacht, aber
das einzige, das mir einfällt, das immer an der Pinnwand
hing, ist weg. Papa sagt ohnehin, dass es schräg wäre, ihm
zur Hochzeit ein Bild von dir zu schenken. Stimmt das? Ich
meine, ihr wart Freunde.
Die Bäume bleiben kahl.
Mama

*

Einladung
zur Hochzeit
von
Sophia & Tom

Wir heiraten und freuen uns, wenn du dabei sein kannst.
Wir wünschen uns nichts, außer, dass die Sonne
ausgerechnet an unserem Tag scheint (wenn du da
was machen kannst – ein paar Minuten reichen).
Bitte keine Geschenke, gerne aber etwas zu essen.
Wir freuen uns!
Sophia & Tom

PS: Irma, nur dass du nicht denkst, bei uns geht alles immer weiter den Bach runter. So ist es nicht. Vielleicht erzählen sie euch das, im Rahmen eures Weltuntergangsszenarios. Das müssen sie schließlich, ihr müsst an diese Apokalypse glauben. Wir nicht. Wir glauben daran, dass es weitergeht, dass wir das hier unten hinbekommen. Wie lange, weiß niemand. Aber das wussten wir doch eigentlich noch nie. Du hast deine Brille auf, wir unsere. Wir sehen eine Zukunft hier, auch wenn es von vielem, was einmal wichtig war, immer weniger gibt. Dafür kommt anderes dazu. Du musst mir nicht glauben, aber so ist es. Du weißt: Ich wollte nie heiraten, aber es ist der größte Widerstand, den ich leisten kann.

*

Mein Schatz,

die Hochzeit war ein Traum. Wir haben lange nicht mehr so gut gegessen. Sophias Vater muss großen Einfluss haben, und Sophia ist sehr nett, sie passen gut zueinander. Tom sah anders aus, sehr glücklich auf eine ganz eindeutige Art und dabei erschreckend wütend. In seiner Rede kamst du vor. Ich schicke sie dir mit. Er wird dich nicht vergessen. Wir haben getanzt bis nach Mitternacht, auf dem Rückweg waren überall Kerzen.

Oma ist wieder im Krankenhaus.

Zu Weihnachten hatten wir Kartoffeln zum Fisch.

Mama

*

Du Schnabeltier,

ich will nur, dass du es weißt, ich will damit nichts erreichen: Es geht deiner Mutter nicht gut. Sie vermisst dich zu sehr, sie kann sich nicht daran gewöhnen. Mir geht es nicht anders, aber auch nicht ganz so schlimm. Wir konnten nicht mehr oft schreiben. Nun sehen wir dich bald, und wir stellen uns vor, dass es für immer ist, wir denken nicht an die Zeit.

Anderes: Wir müssen die Magnolie fällen. Die Blüten öffnen sich braun und stinkend. Die alte Mol hat sich beschwert, und sie hat recht, es ist nicht mehr auszuhalten. Irgendwer hat uns erzählt, dass es gut ist, eine Kräuterspirale im Garten zu haben. Wir haben keine Ahnung, woher wir die Kräuter bekommen sollen, aber wir sammeln fleißig Steine für die Umfriedung.

Apropos »Frieden«: deine Oma, meine Mutter, ist gestorben. Es ging ihr schon lange schlecht, wir sagen uns, dass es besser ist. Sie hat immer nach dir gefragt und war sehr stolz. Irma, wahrscheinlich konnte sie das am besten von uns: stolz sein auf dich ohne Wut. Ich glaube, ihr wart euch ähnlich. Wenn sie um Generationen jünger gewesen wäre, vielleicht hätte sie sich selbst für die Mission beworben.

Stell dir vor, dieses Jahr hat es nur die Kartoffelernte geschafft. Mir macht das nichts aus, ich mag Kartoffelbrot, aber viele beschweren sich.

Sei geküsst und gegrüßt

Dein Vater

PS: Ich laufe wieder. Einmal die Stadtmauer entlang, und das bei dieser Luft. Trotzdem tut es mir gut, und ich bin fit wie ein sehr junger alter Mann.

PPS: Du kannst dir nicht vorstellen, wie schön auch so ein grauer Himmel sein kann. Ich lerne die Farben neu. Vielleicht ist das ein gutes Zeichen.

*

Mein Schatz,

es sind noch fünf Jahre. Ich frage mich, ob du uns wiedererkennen wirst. Wir werden schneller alt, als wir sollten. Ich sehe das auf Fotos und an deinem Vater. Die Luft riecht nach Schwefel, gestern Nacht schien der Mond das erste Mal klar, der Himmel war schwarzblau, es war wunderschön, und niemand hat geschlafen. Wir haben Wunderkerzen in den Himmel gehalten, mit allen sehr nachbarschaftlich gefühlt und gefroren. Haben sie euch das sehen lassen? Wie siehst du aus? Ab und zu schaffen es Bilder nach draußen, du siehst nicht mehr aus wie du und ich nicht mehr wie ich. Dabei dachte ich, die Zeit sei mir stehengeblieben, ich warte in dem Zustand, in dem ich war, als du gingst. Fünf Jahre. Ich werde verrückt. Mach dir keine Sorgen.

Mama

*

Alte Streberin,

*ich bin jetzt übrigens Vater. Nicht, um dir irgendwas zu be-
weisen, aber ich sag's doch: Auch hier geht es weiter. Auf eine
immer wieder erstaunlich gute Art. Vielleicht sind wir Egois-
ten, kann sein, aber wir haben jetzt ein Kind, es ist unfassbar anstrengend und nervenaufreibend und schlafraubend,
und es füllt jede Sekunde, und es ist wunderbar und fühlt
sich richtig an. Denk darüber, was du willst, aber uns geht
es wirklich sehr gut. Nicht nur wegen des Kindes.*
Tom

*

Seeigel,

*es wird besser. Wir fangen an, uns abzufinden. Ich habe
nachgedacht, hier also das, was ich mir sage, wenn es gar
nicht mehr geht: So ist das nun mal. Das mit dem Elternsein.
Eigentlich ja schon ganz von Anfang an, vom ersten Schritt,
vielleicht vom ersten Atemzug an ist es ein Abschiednehmen.
Wir haben uns über alles gefreut, was du gelernt hast, wir haben jeden Fortschritt akribisch notiert, Erinnerungen gehor-
tet in unserem Zettelkasten (kennst du den Zettelkasten?). Alles Wissen und Können hat uns voneinander entfernt. Ganz
unbemerkt, nebenbei, klammheimlich. Wenn man sein Baby
im Arm hält, denkt man: Das ist es jetzt. So bleibt das. Wir
zusammen und so. Es ist sentimental, und es wird tragisch:
Denn so bleibt es nicht. Kinder gehen. Eltern bleiben und warten auf Anrufe und Besuche. Den Fehler machen wir schon
ganz am Anfang, wenn wir sagen: Wir bekommen ein Kind.
Besser wäre vielleicht: Da kommt ein Mensch vorbei, in acht,
neun Monaten. Und, so sehe ich das, und obwohl es irrsinnig
traurig ist, tröstet es mich: Du warst von Anfang an nur zu*

Besuch bei uns. Ein Gast, von dem ich mir gewünscht hätte, dass er für immer bleibt. Und dann fliegt einem die Zeit um die Ohren, Irma, die blöde Zeit, und ehe wir uns versehen, beginnt das Vermissen. Aber Irma, wenn du nicht willst – wir haben kein Recht darauf, dich aufzuhalten.

Hier draußen geht das Leben weiter. Es wird immer noch viel über euch gesprochen, aber nicht mehr ganz so häufig. Es gibt Minuten, in denen ich nicht an dich denken muss. Ich habe Maja gesehen, sie scheint zu arbeiten. Sie sah normal aus, wie jemand aus der alten Zeit, der an eine Zukunft hier unten glaubt. Manchmal denke ich auch, dass das geht. Ich sollte Hobbys haben, aber zum Laufen fehlt mir die Kraft. Nur Kartoffeln, auf Dauer ist das nichts. Ich backe Brot aus dem Mehl. So schlecht schmeckt es nicht. Hinten im Schrank steht noch Kakao. Hält der sich? Es sind noch zwei Jahre. Wenn du kommst, zum endgültigen Abschiednehmen, dann koche ich dir Kakao und backe unseren Marmorkuchen aus Kartoffelmehl. Stell dir vor, ich bin schon dabei, Eier zu organisieren. Vielleicht verkaufe ich das Auto. Oder den Schmuck. Es ist nur so: Fast keiner braucht heute noch Autos (Treibstoff ist unsagbar teuer und rar), und niemand, den ich kenne, hängt sich mehr Ketten um (auch deine Mutter hat den Insel-Elefanten vergessen). Aber ich finde schon was. Mein Plan für die nächsten Jahre: Alles zu tun, damit du einen ordentlichen Marmorkuchen bekommst.

Dein Papa (du bist fast vierundzwanzig, wie würdest du mich heute nennen?)

PS: Bald, Irma, gar nicht mehr lange.

INTERMEZZO

Zehn Jahre sind hier eine unbestimmbare Zeit, sie werden in Einheiten aufgeteilt, die mit der Zählung der restlichen Menschheit nichts zu tun haben. Die Auserwählten werden im Kreis geschleudert, immer wieder zentrifugiert, so lange, bis sie jedes herkömmliche Gefühl für Zeit und Raum vollkommen verloren haben. Wenn sie aus der Kapsel torkeln, geht es im eigenen Rhythmus weiter. Es wird geschlafen und gegessen, selbstverständlich, aber häufiger und dabei kürzer als gewohnt. Bald ist nichts mehr alltäglich, dann das Neue. Arena und Masken spielen die Neuzeit mit. Niemand beschwert sich. Einer beschwert sich doch, er wird schnell ersetzt.

Geburtstage werden nicht gefeiert, Spiegel entfernt.

Eine Zeitlang versuchen die Auserwählten, sich ineinander zu sehen:

Ich geh dir mittlerweile bis zum Kinn.

Hattest du nicht mal Sommersprossen?

Bald sind sie einander zu nah, als dass sie Veränderungen noch wahrnehmen könnten. Getrennt werden sie nur, wenn sie schlafen. Sie lernen alles und mehr, sie haben nichts anderes zu tun. Vieles ist ihnen am Anfang unangenehm, all das Körperliche, das von ihnen erwartet wird, das der eigentliche Grund ist, warum sie dabei sind. Die Kompatibilität wird mehrmals bewiesen, und insgeheim redet Irma sich ein, dass es später, wenn es erst losgeht, anders sein wird. Freiwillig und schön, wie in den Träumen, die es früher irgendwann einmal gab. Wie lange ist früher eigentlich her? Bald spielt auch das keine Rolle mehr.

Von draußen gibt es ab und zu Nachrichten.

Insgesamt könnte man denken, es bliebe alles ganz genau so, wie es ist und schon immer war. Durch die Briefe erscheint die Welt seltsam vertraut und kein bisschen fern. So interessant wie ein Buch, das nach fünfzig Seiten nicht weitergelesen wurde und aufgeschlagen, kopfüber auf dem Nachttisch wartet, wasserfleckig und staubig. Man könnte meinen, alles wäre gut. Aber die Briefe werden kürzer und seltener. Sie geben eine Ahnung von einer Welt, in der es *aber* und *leider* und *erschreckenderweise* gibt und Wichtigeres zu tun, als dafür zu sorgen, dass zwei Aussteiger sich weiterhin dazugehörig fühlen. Und je unschärfer die Vorstellung des eigenen Gesichtes wird, desto weiter verblassen die Erinnerungen an diese Welt. Welche Farbe hatte ihr Zimmer? Welche Diele hat geknarrt, und wie roch ihre Mutter in der Halsbeuge?

Es ist nicht mehr wichtig, sagen sie ihnen. Es zählt nur, was ist. Die Realität verschiebt sich. Nicht mehr ihr großes Vorhaben scheint unmöglich, sondern die Vorstellung eines Außen. Sie lernen, wie man Brot bäckt aus dem Mehl fahler Pflanzen, wie man einen Herzinfarkt behandelt und wie man selbstständig entbindet. Sie lernen, wie man es schafft, die Zeit so zu strukturieren, dass Langeweile ein Programmpunkt unter vielen ist.

Die Träume ändern sich, verlieren an Farbe, sie sind weißglänzend und manchmal rotblinkend, handeln erst von gescheiterten Missionen und später von nichts als Gutem. Das Gute ist ein Gefühl, immer noch weißglänzend wie alles hier, doch nun strahlend und lockend. Es wäre absurd, nicht an das zu glauben, was vor ihnen liegt. So sterben alle Zweifel, ohne dass es einer von ihnen bemerkt. Sie werden Tag für Tag umsorgt, und jeden Morgen gibt es Kakao, der kein bisschen nach Kakao schmeckt.

Besser als diese beiden wurde noch niemand auf nichts vorbereitet, und irgendwann ist es dann so weit, sind sie bereit, kann es losgehen, öffnet sich wieder, einen Spaltbreit, das Portal zur Welt, treten sie zurück auf die Bühne, sind die Briefe selten und kurz geworden:

Bald, mein Kind.

DIE BRIEFE II

Bald, mein Kind.

Mama

*

Irma,

da seid ihr wieder. Ihr tanzt weiter, wo ihr vor einem Jahr-
zehnt aufgehört habt. Weiter in der Drehung, die Jahre flie-
gen. Wir sehen euch jung, ihr altert, ihr werdet erwachsen.
Und im Dreivierteltakt erkennen wir dein neues Gesicht.
Kind, du bist schön und uns unheimlich fremd. Sam wird
einen halben Kopf größer als du, seine Haltung passt sich
deiner an, die Schultern wandern nach hinten, er hält sich
aufrechter. Dein Haar wächst, das Blau ist längst daraus
verschwunden, deine Augen blitzen, dabei hilft auch das Ge-
genlicht. Um Sams Kinn liegen dunkle Schatten, seine Augen
sind weniger rund, aber immer noch staunend. Ihr werdet
markanter. Du siehst aus wie Mama damals, es ist fast un-
heimlich. Es ist ehrlich gesagt richtig unheimlich. Du drückst
Sams Hand, es sieht aus, als wäre dein Daumen ganz, aber
das täuscht sicherlich, ihr seid euch nah, Sam und du, hoffe
ich? Das zumindest müssen die zehn Jahre geschafft haben.
Man sieht, dass Sam noch immer an den Nägeln kaut, es
wird Absicht sein, dass man das sieht. Ihr dreht euch und
mit euch die Zeit. Einen Moment lang dachte ich, wir wären
schon angekommen im Jetzt. Sie projizieren Bilder der ver-
gangenen Jahre auf den Bühnenboden. Ihr tanzt über die
Zeit. Du in einem eindeutig künstlichen Waldsee, Sam la-
chend am Ufer, zögernd, dann springt er. Du schirmst die Au-
gen mit den Armen ab. So einen Film hättest du früher ge-

hasst. Die Jahre strömen weiter. Noch eine Drehung, und dann sind wir in der Gegenwart. Die Musik klingt aus, ihr haltet euch an den Händen. Da bist du, sechsundzwanzig, mein großes kleines Mädchen. Olivier tritt neben euch, hakt euch unter. Er spricht bedeutungsschwer: Jetzt wird es ernst, sagt er, endlich. Es ist schon lange ernst, Olivier, verdammtes Arschgesicht. Viel ernster kann es nicht mehr werden. Das Publikum tobt, tosender Beifall (habe ich erwähnt, dass ich vermute, dass es die Zuschauer gar nicht wirklich gibt? Sie sehen irgendwie computergeneriert aus, und wenn man ganz genau hinsieht, wiederholen sich die Gesichter). Nahaufnahmen von tränenden Augen, verklärt lächelnde Münder. Olivier drückt euch beide an sich, stellvertretend: Super, meine Lieben, ganz, ganz super! Alle sind wieder vereint, das Publikum, ihr, als wären alle gemeinsam schon auf dem fernen Planeten. Nur Mama und ich, Irma, wir sitzen hier in unserem Wohnzimmer und gehören nicht dazu. Verstehst du das? »Wenige Tage«, sagt Olivier, »dann geht es los. Super«, brüllt er, »ist das nicht super?« Nein, denke ich. Und: Wie viele Tage sind das?

Es war gut, dich zu sehen, wir warten hier, auf unseren Abschied.

Ein Kuss,

dein Papa

PS: Mir fällt kein Nachschub ein, ich habe alles gesagt, Irma, nicht wahr?

*

Irma,

das können sie nicht machen. Uns den Abschied nehmen. Deine Mutter hat aufgehört zu sprechen. Ich mache mir Sorgen, auch um mich. War das alles? Wo seid ihr? Wie kann ich dich *jetzt noch überzeugen, dass du bleiben musst? Ich hatte einen Plan. Zehn Jahre, um einen perfekten Plan zu entwerfen. Der Marmorkuchen war nur ein Teil davon. Ich bin mir sicher, der Plan wäre aufgegangen. Vielleicht haben sie das geahnt. Vielleicht deshalb.*

Bin ich schuld?

Lass dir das nicht gefallen, Irma. Du musst dich verabschieden dürfen.

Dein Vater (das klingt archaischer, irgendwie stärker als Papa – sie sollen wissen, falls sie das lesen, und ich gehe davon aus, dass ich wütend bin. Sauwütend.)

*

Hey,
das ist doch das Allerletzte.
Gruß,
B.

*

Irma,
du fehlst uns.
Papa
PS: Man geht mittlerweile davon aus, dass Sam ein Alien ist. Kann das sein? Und: Spielt es überhaupt eine Rolle?

*

Mein Kind,
Mama

TÜR

Ich warte dort.

1

Es ist still. Die anderen sind weg. Links steht eine Tür offen,
die ihm bisher nicht aufgefallen ist. Er sieht Stufen, die hin-
abführen. Sam weiß: Er soll auf den vorgeschriebenen
Wegen bleiben, darf zwischen Zimmer, Waschraum, Trai-
ningszentrum, Aufenthaltsstation und Krankenzimmer hin-
und herlaufen, wie er will, der Rest ist tabu. Aber: Er ist allein. Unter der Decke flackert die Lampe, *Komm, komm.*
Morsezeichen. Er tritt aus dem Gang. Im Treppenhaus ist
es kühl. Langsam steigt er die Stufen hinab. Sein Herz donnert in seiner Brust, er fürchtet, es könnte sich durch Rippen und Gewebe und Haut und Kleidung arbeiten und
ihm auf den Boden fallen, sein Herz könnte ihn verraten.
Er hat so etwas gesehen, da war er noch klein. Die Treppe
knirscht staubig unter seinen Füßen, sie ist dreckig-grau.
Nichts sonst hier ist schmutzig. Gänge, Zimmer, die Ka-
cheln der Dusche – die Welt ist weißglänzend, und dann
eine Treppe wie diese. Es ist die erste steile Treppe seines
Lebens, und so geht er, Schritt um vorsichtigen Schritt, immer den rechten Fuß zuerst und den Blick auf den Boden
gerichtet.

Unten steht eine schmale Tür einen Spaltbreit offen, ein
Streifen Licht fällt ihm entgegen.

Er stößt die Tür auf.

Alles ist zu sehen: eine Karte, ein großes Blau. Das Meer,
das haben sie ihm schon einmal gezeigt, auf einem Globus,
einer merkwürdig schiefen Plastikwelt. Im Blau ein winzi-

ger Fleck. Er zieht den Brief unter seinem T-Shirt hervor. Vergleicht. Der Fleck auf dem Papier, unter der Schrift. Die gleiche Form, Insel und Insel und vielleicht der erste Hinweis auf etwas, von dem er nicht weiß, was es ist, nur, dass er es unbedingt finden muss.

Ich warte.

Sam zögert nicht. Er faltet die Karte zusammen, schiebt sie mit dem Brief unter seine Kleidung.

Von weitem hört er Stimmen. Sie suchen ihn. Als Schritte die Treppe herabkommen, drückt er sich hinter der Tür an die Wand. Zwei Masken betreten den Raum, die Kapuzen tief in die Stirn gezogen, die Schritte in den groben Stiefeln schwer. Und zum ersten Mal versteht Sam, warum die anderen Anwärter immer wieder zurückschreckten, wenn eine Maske den Raum betrat, warum Irma auch jetzt noch leiser spricht, wenn eine Maske sich nähert. Sie sind unheimlich. So nennt man das, wenn man beim Anblick eines Lebewesens oder eines Gegenstandes ein schlechtes Gefühl bekommt. Ein schlechtes Gefühl, hat Irma ihm schon vor langer Zeit erklärt, beginnt meistens irgendwo in der Mitte des Körpers. Manchmal auch im Kopf. Es lungert unter allem, was man tut, und bricht immer wieder ganz plötzlich hervor. Bei Irma breitet es sich kalt im Bauch aus, bei Sam streicht es kratzend die Wirbelsäule hinab. Die Wirbelsäule ist das, was alles verbindet, und es ist wichtig, dass man sie sich nicht bricht, denn dann kann man im schlimmsten Fall gar nichts mehr.

»Die Karte ist weg.«

»Sie bringen uns um.«

Die beiden suchen den leeren Raum ab, aber sie sehen nicht hinter die Tür. Als die dreieckigen Anstecker an ihren Umhängen zu blinken beginnen, eilen sie schimpfend davon.

Erst jetzt atmet Sam wieder aus. Die Karte liegt kühl an seiner Brust. Was soll er tun? Richtungen gibt es nur, um ihnen zu folgen, Wege existieren, damit sie jemand geht. Das haben sie ihm beigebracht. Aber wie soll er das anstellen? Wie kann er hier weg, von dem einzigen Ort, der mit ihm etwas zu tun hat, und noch dazu so kurz vor der Abreise?

2

Irma schläft unruhig, ist sofort wach, als die Tür aufgeht. Sam steckt den Kopf ins Zimmer.

»Was willst du?«

Sekunden später sitzt er auf ihrer Bettkante, nagt an seinen Fingernägeln, die aufwendige Politur für die nächste Sendung blättert ab. Sie zieht an seinem Arm, er wehrt sich, sie gibt auf. Soll er sich doch aufessen, ihretwegen. Haut wächst nach, und wenn es blutet, sprayt man eben was drauf. Sie haben gegen alles ein Mittel, selbst gegen das dumpfe Gefühl im Magen, das sie in letzter Zeit immer häufiger plagt und von dem sie ihnen am Ende doch erzählen musste.

Irma zieht die Decke hoch bis zum Kinn, dann sofort wieder runter, der Ausschlag an Nacken, Kopfhaut und Hals juckt immer noch, offenbar hat sie die neue Farbe gestern nicht vertragen. Aber Blond steht ihr gut, da haben sie recht. »Was willst du hier, ich muss schlafen.«

Sam wird ganz bleich, springt auf, als hätte er sich verbrannt:

»Entschuldigung!«

Sie legt den Finger auf die Lippen, das war zu heftig.

»Was ist denn?«

Er schüttelt den Kopf, sieht aufgeregt zur Tür, niemand kommt.

»Schon gut.«

Er will gehen. Irma hält ihn fest.

»Ne, sag's mir!«

Er zögert, tritt von einem Bein auf das andere. Was soll man bitte mit einem so dermaßen nervösen Helden? Da steht er und sieht merkwürdig aus in seiner Kombination aus T-Shirt, Schlafshorts, Felljacke und Turnschuhen. Er sieht aus wie jemand, der eine Reise machen will, aber noch nicht so genau weiß, wohin. Er hat die Arme vor der Brust verschränkt, und Irma erkennt deutlich, dass er unter seinem dünnen T-Shirt etwas zu verstecken versucht, irgendwas aus Papier.

»Kommst du?« Er streckt Irma die Hand entgegen. »Ich will raus.«

Sie sieht ihn entsetzt an, er zieht den Kopf ein unter ihrem Blick.

»Nur ganz kurz.«

»Nein.«

Sam zuckt zurück, unschlüssig steht er vor ihrem Bett, zappelt schon wieder, reibt sich mit der Handfläche aufgeregt über den Oberarm. Das ist so ein Tick, den hat er schon, seit sie ihn kennt, jeder Versuch der Masken, ihm das abzugewöhnen, ist gescheitert. Vom ersten Tag an hatte Irma bei Sam das Gefühl, er könnte sich jede Sekunde in Luft auflösen, einfach in Moleküle zerfallen und davonschweben. Wie kann jemand sich seiner selbst so unsicher sein und dabei doch so präsent und strahlend, dass er den Leuten vor den Bildschirmen suggeriert, ihn schon ewig zu kennen und, das ist das Wichtigste, ihn zu lieben wie das eigene Kind, den besten Freund, den Bruder? Irma lässt sich demonstrativ in ihr Kissen fallen. Es ist warm, sie haben mehr als genug zu essen, alles wird für sie geregelt, und sie hat ein großes Ziel. Warum sollte sie diesen Ort früher verlassen als notwendig?

»Nein?«

»Nein.«

Sam beißt sich auf die Lippen. Ohne sie wird er nicht gehen, das weiß sie, sie weiß alles über ihn und genau genommen gar nichts. Aber: Wenn sie bleibt, verlässt ihn sein bisschen Mut. Hier zu bleiben ist richtig. Nicht nur für sie, auch für ihn.

»Zum letzten Mal, ich komme nicht mit. Und du solltest auch bleiben. Es geht doch bald los.«

»Eben!«, er sieht sie bittend an. »Es ist meine letzte Chance. Irma, ich muss raus, und du musst mir helfen!«

»Ich muss gar nichts«, sagt Irma.

»Nichts, außer in ein paar Tagen in die Fähre steigen und losfliegen. Erinnerst du dich, wir haben Verträge unterschrieben. Es gibt Abmachungen, jetzt ist es zu spät, um zu kneifen.«

»Ich kneife niemanden.« Er ist ehrlich empört.

»Du Blödmann, das sagt man nur so! Ich meine, dass du jetzt nicht mehr aussteigen kannst. Du hattest deine Chance wie die anderen auch. Jetzt bist du dabei und bleibst gefälligst hier, bis es losgeht!«

Sam schluckt, nickt und geht zurück zur Tür, öffnet sie leise und verschwindet ohne Abschied. Irma sieht ihm zufrieden nach. Was auch immer das für eine blödsinnige Idee war, sie hat ihn davon abgebracht. Der Gang endet irgendwo in der Außenwelt. Aber Sam wird vorher links abbiegen. Wenn man nach links geht, kommt man erst zu den Aufenthaltsräumen, die viel zu groß sind, seit die anderen weg sind, und dahinter zu Sams Zimmer. Dort wird er seine geliebten Turnschuhe sorgfältig im Schrank verstauen, er wird die Jacke ausziehen und nur seine Hose und das T-Shirt anbehalten, er wird das geheime Papier unter sein Kopfkissen schieben, ein Versteck wie das eines Dreijährigen und sicher unbequem, er schläft darauf wie ein ägyptischer Pharao, er wird sich aufs Bett legen und die Decke bis zur Nasenspitze hochziehen, er wird einschlafen. Und im Schlaf wird er vergessen, dass er je rauswollte. Irma steht auf, geht durch den perfekt temperierten Raum und schließt leise die Tür. Auf sie ist Verlass, und wenn das eben ein letzter Test war, dann wissen sie jetzt, dass Irma sich nicht vom rechten Weg abbringen lässt.

3

Da vorne ist die Tür, links neben ihm der Pfeil, der in Richtung seines Zimmers zeigt. Der Pfeil blinkt grellgrün, das tut er sonst nicht. Wenn er es ernst meint, muss er sich beeilen. Er biegt nicht ab, geht weiter auf die Tür zu. Lauscht auf das Surren von Kameras, da ist nichts. Als seine Hand schon auf dem silbernen Knauf liegt, kommt ihm die Idee, dass es ein Trick sein könnte. Zwar hängt an der Wand ein Schild, auf dem dick und fett *DRAUSSEN* steht, aber wer sagt, dass das wahr ist? Vielleicht gibt es hinter der Tür einfach noch mehr Gänge, noch mehr Türen, noch mehr dieser Zwischenräume, von denen Irma sagt, dass sie mit der echten Welt nichts zu tun haben. Sams Hand zittert. Das sollte sie eigentlich nicht. Das wurde ihm abgewöhnt. *Ruhig, ruhig,* denkt er und tatsächlich hilft das. Er fasst den kalten Knauf fester. Selbst wenn hinter dieser Tür nur noch mehr Gänge sind, egal, dann weiß er es zumindest. Dann kann er damit aufhören, wachzuliegen und sich auszumalen, diesen Türknauf zu drehen und einfach nach draußen zu gehen, die Insel zu suchen und dort endlich zu wissen, wer auf ihn wartet, ob es da überhaupt jemanden gibt, der ihm seine Geschichte erzählen kann.

Er wird nie wieder schlafen können, nie wieder an etwas anderes denken, wenn er es heute nicht versucht. Bis zur Abreise sind es nur noch wenige Tage, der Raum, der sich am Anfang riesig anfühlte, wird enger und die Vorstellungen von der Welt unvorstellbarer. Mit dem Brief unter dem Kopfkissen zu bleiben, das war eine Sache, aber jetzt hat er die Karte. Karte und Brief, es wäre dumm, es wäre feige, zurück ins Bett zu gehen. Niemand will, dass er dumm ist und feige, sie können nicht wollen, dass er bleibt, dass er dem Schild nicht folgt. Sein Atem klingt laut in dem leeren Gang, die Leuchtröhren surren, alles dröhnt nach Gefahr, doch keiner kommt. Er dreht den Knauf.

Die Tür lässt sich öffnen, er stößt sie auf.

Ein Schwall kalter Luft kommt ihm entgegen.

Sam atmet tief ein.

»Hallo«, flüstert er. »Hallo, Welt.«

Es muss gut sein und aufregend und wieder gut. Sam weiß: Die Welt ist schön, und alles, was er kennt, ist Linoleum.

AUSSEN

I see trees of green, red roses too,
I see them bloom for me and you.
And I think to myself, what a wonderful world.
Yes, I think to myself,
what a wonderful world
Oh yeah.

Bob Thiele: What a Wonderful World, 1967

Komm mit!

Sie sieht ihn das erste Mal auf dem Nachhauseweg: sein breites Gesicht, ein Grinsen im Mundwinkel, die dunklen Augen, die Locken, die kreuz und quer abstehen, ihm in die Stirn fallen, perfekt unperfekt, und wenn man ganz genau hinsieht: Sommersprossen auf der Nase. Er sieht aus wie jemand, mit dem man Zeit verbringen möchte. Gerne auch eine Ewigkeit. Natürlich gefällt er ihr, aber das ist es nicht. Auf seiner Brust steht ein einziger Satz in fetten roten Lettern:

KOMM MIT!

Irma hat das Gefühl, er zwinkere ihr zu, dabei sind beide Augen des Plakatjungen weit geöffnet, sie zwinkert trotzdem zurück. Maja sieht es und lacht: »Jetzt spinnst du völlig, komm weiter, wir weichen durch!« Maja muss sie ziehen, sie will nicht weg, auch wenn es regnet wie zu Zeiten der Sintflut.

Zu Hause gibt Irma *Komm mit* in die Suchmaske ein. Sie landet auf der Seite einer merkwürdigen Organisation. Carpe Diem. Es klingt völlig verrückt und dabei wie für Irma gemacht und einfach und sinnvoll und nach einem Plan für die Zukunft, nach einer großen Sache und nach etwas, was die Lösung sein könnte, für im Grunde genommen alles. Draußen rauscht der Regen am Fenster vorbei, ist der Himmel verhangen, seit zwei Monaten ist das so, ununterbrochen, gibt es nichts für sie zu tun, außer dem Alltäglichen, das sie langsam, damit hat Maja recht, um den Verstand zu bringen droht. Irma sitzt an ihrem Schreibtisch, vor sich einen Teller mit Apfelspalten, sie riechen sauer, noch aus der Entfernung, und färben sich an den Schnittstellen lilagrau. Irma ekelt sich kurz, beißt dann aber hinein und ist in Gedanken

längst wieder anderswo, überlegt, wie es wäre, mit ihm zu
gehen.

1

Draußen! Er ist draußen! Und niemand hält ihn auf. Nicht
direkt vor der Tür, nicht am Tor. Und nicht hier, auf dem
Weg, der erst hart, jetzt weich federnd und stumm jeden seiner Schritte begrüßt. Im gelblichen Licht einer Laterne bleibt
er stehen. Hier draußen gibt es keine weißglänzende Decke,
nur den Himmel, wolkenverhangen, ewig hoch, so gut wie
endlos. So viel Platz, so viel, so viel. Sam will schreien und
tanzen vor Freude, also schreit und tanzt er und streckt die
Arme weit aus, reckt sie hinauf in den Himmel. Er schaut
zurück, zu dem langen, flachen Gebäude, das sich wie eine
Schlange hinter ihm windet. Der Buckel der Arena wie der
Magen, in dem das Beutetier langsam verdaut wird. Sam
wartet, gibt ihnen eine Chance, aber niemand kommt. Er
geht weiter, als wäre es das Natürlichste auf der Welt, ausgerechnet für ihn, hier langzuwandern. Ist es nicht, ist es
nicht! Gierig saugt er die Luft ein, mit Nase und Mund gleichzeitig, und verschluckt sich daran, hustet und lacht. Alles
hier draußen: zu viel, und das jetzt schon. Er macht sich
so groß wie nur möglich, steht auf den Zehenspitzen, greift
mit den Händen nach der Luft, dabei weiß er sehr wohl,
dass man Luft nicht greifen kann, mit Chemie kennt er sich
aus. So viel Platz! Schon nach diesen wenigen Metern weiß
er, dass es sich gelohnt hat, die Tür zu öffnen. Und wie! Er
friert, und er fürchtet sich wie noch nie zuvor, aber das ist
nicht schlimm. Es ist so schön! Jetzt auch noch der Mond!
Drängt der sich extra für Sam an den Wolken vorbei und be-
strahlt alles, wie es eigentlich nicht sein kann, es ist doch
nur der Mond! Der Mond! Wirklich, der Mond! Vor ihm auf

dem Weg blitzt etwas silbern auf. Er schleicht näher, geht in die Hocke, das Ding ist vor ihm auf der Flucht. Er läuft ihm nach, halb geduckt. Hinter sich hört er ein Zischen, die Tür. Dann Schritte. Jetzt folgt man ihm doch, viel zu früh. Er will mehr davon, viel mehr Welt. Das silberne Ding führt ihn weiter auf dem Weg, und er zögert keine Sekunde, sich mit ihm in die Dunkelheit zu begeben.

Der Junge

Die erste Show sieht sie mit Tom und Maja. Auf Irmas altem Rechner ist die Übertragung nicht besonders gut, aber daran sind sie gewöhnt. Ihr Bildschirm ist der größte. Maja hat eine Tüte Chips mitgebracht, die sie mit spitzen Fingern auf den Schreibtisch fallen lässt, Tom Cola. Phil bringt ihnen Wasser und die wurmstichigen Gartenäpfel. Auf dem Rückweg bleibt er in der Tür stehen, als würde er noch etwas wollen. Irma hält nichts von lungernden Eltern.

»Was ist?«

»Nichts, ich finde es einfach nur interessant –«

Sie sieht ihn fragend an.

»Dass ihr euch diesen Blödsinn anschaut. Erst meckert jeder und regt sich auf, und dann sitzen doch alle davor.« Er zieht mit den Armen einen Kreis, als wäre Irmas Zimmer die Welt.

»Man könnte meinen, es gäbe nichts Wichtigeres.«

»Stimmt«, murmelt Maja, den fransigen Pony wie immer bis weit über die Augen und den Mund voller Apfel. Seit gestern trägt Maja die Haare hellpink, und sie ist die Einzige, die konsequent Phils Fallobst isst. Maja achtet seit einiger Zeit auf ihre Ernährung, so demonstrativ, dass Chips in ihrer Gegenwart nur Tom schmecken, dem ohnehin so ziemlich alles egal ist. Jedenfalls tut er so, ganz sicher ist Irma sich nicht. Zu ihrer neuen Haarfarbe hat er nichts gesagt, dunkelblau, vielleicht denkt er, es wäre schwarz. Das dachte Julie gestern Abend auch und war dann ganz erschrocken, als sie erkannt hat, was Irma da auf dem Kopf hat. *Das wäscht sich aber raus, oder?* Irma hat behauptet, dass sie das nicht weiß, dabei war sie sich ziemlich sicher, dass auf der knallbunten Packung *permanent* stand. Phil hat zu den Haaren nichts gesagt, aber die Show macht ihn unverhältnismäßig wütend.

»Das ist der allergrößte Mist! Aber ihr seid alt genug, ihr müsst das selber wissen.«

»Genau«, sagt Irma, ohne ihren Vater anzusehen. Anscheinend hat auch er heute nichts Wichtiges zu tun. Dabei könnte er doch Laub harken oder nachsehen, ob im Kühlschrank noch etwas fürs Abendbrot ist, immer nur Wurmstich geht auf Dauer ja auch nicht. Er könnte für Brot anstehen, und vielleicht gibt es sogar noch irgendwo Wurst. Aber anstatt zu verschwinden und sich zu kümmern, schiebt Phil sich wieder weiter ins Zimmer, steht nun hinter ihnen, als gehöre er dazu.

»Wer ist der Kleine eigentlich?«, fragt er.

Irma verdreht die Augen. *Der Kleine!* Soll das etwa cool klingen?

»Das weiß niemand«, flüstert Maja extra geheimnisvoll, und sie hat recht: Niemand weiß irgendwas über den Jungen, den sie heute als ersten Anwärter präsentieren.

»Das kommt bald raus«, sagt Tom und stopft sich noch eine Handvoll Chips in den Mund. »Das bauen die langsam auf, wetten? Es muss ja spannend bleiben.« Ihm fallen feuchte Krümel aus dem Mund, er wischt sich die fettige Hand an der ohnehin schon schmierigen Hose ab, Maja rümpft die

Nase. Phil lacht: »Und was bitte ist so spannend an der ganzen Sache? Zwei Typen auf einem riesigen Sofa? Ich bitte euch, das ist doch nicht der Kram, der euch sonst interessiert!«

Irma will fragen, woher er plötzlich so genau weiß, wofür sie sich interessieren, verkneift es sich aber. Sie will hören, was der Junge sagt, wenn sie Phil in eine Diskussion verwickelt, dauert das ewig, führt zu nichts, und sie kriegt nichts mehr mit.

»Willst du nicht gehen?«, fragt sie stattdessen. »Ich glaube, das ist eh nichts für dich.« Phil sieht sie verletzt an. Das passiert in letzter Zeit häufig. Er tut ihr leid, aber sie schafft es nicht, ihm das zu zeigen. So ist es nun mal zwischen Kindern und Eltern, in einem bestimmten Alter. Damit muss er klarkommen und sie auch.

»Störe ich?«

»Ne«, sagt Maja, bevor Irma antworten kann. Sie drückt den Zeigefinger auf den Bildschirm, auf den Jungen. Auf Majas Fingernägeln grinsen Totenköpfe. Irma hat sie ihr gestern nach dem Haarefärben aufgeklebt. Sie war stolz auf ihr Werk, auf die Geduld, die sie sonst nicht hat. Maja wollte ihr auch einen aufkleben, aber das ging Irma zu weit: *Das bin dann nicht mehr ich.* Maja hatte verständnisvoll genickt, als ob das irgendeinen Sinn ergeben hätte, als wenn Irma irgendein Konzept davon hätte, wer sie ist, und einen Grund dafür, warum Totenköpfe dazu auf keinen Fall passen.

»Das ist der erste Anwärter, er wird vielleicht für uns zu dem Planeten reisen.«

Phil grinst. Irma weiß, er freut sich, dass wenigstens Maja normal mit ihm spricht.

»Er sieht nicht aus wie ein Astronaut.«

»Angeblich ist er ziemlich schlau«, nuschelt Tom.

»Wie bitte?«, fragt Phil scharf.

Phil gibt sich nie Mühe, Tom zu verstehen. Neulich hat er Irma verraten, dass er sich sorgt, aus ihr und Tom könnte eines Tages ein Paar werden. Phil hat auch gesagt, dass er von Tom nicht sonderlich viel hält. Irma hat ihn nicht beruhigt, nur gegrinst. Seitdem ist das zwischen Phil und Tom nicht besser geworden, und Irma hasst es, dass sie immer übersetzen muss.

»Er ist schlau. Und gut ausgebildet. Seit er ein Kleinkind ist, bereiten sie ihn darauf vor. Er wurde irgendwo angespült, sie haben ihn rausgefischt –«

»Er wurde angespült, sie mussten nicht fischen!«, stöhnt Maja übertrieben genervt.

»Und die Eltern?« Phil ist entsetzt.

Irma, Maja und Tom zucken synchron mit den Schultern.

»Ist ja wahrscheinlich auch cool, wenn das eigene Kind für so was ausgewählt wird. Ich meine, ins All fliegen, die Menschheit vor dem Aussterben retten. Das ist doch was!«

Maja beißt so herzhaft in den Apfel, als stecke darin kein fetter Wurm. Irma muss würgen, Maja verzieht nicht einmal das Gesicht.

»Besser als Kunstwissenschaft, vermute ich.«

»Kunstwissenschaft?«, fragen Irma und Tom gleichzeitig. Maja kaut genüsslich: »Mal sehen, warum nicht.«

»Hm«, macht Phil, »Hauptsache, ihr kommt nicht auf dumme Gedanken!«

Keiner der drei sagt etwas dazu.

Auf dem Bildschirm sehen sie, wie der Junge aufsteht und sich einmal im Kreis dreht. Es ist ein bisschen so wie auf dem Viehmarkt, so, wie Irma sich einen Viehmarkt vorstellt. Im Mittelalter oder bei den Römern oder so. Oder Sklavenhandel. Er ist gekleidet wie die meisten Jungs in seinem Alter, trägt ein dunkles T-Shirt, Jeans, schmale Sneakers.

»Er ist wirklich sehr schön«, sagt Maja, und Irma nickt heftiger, als sie wollte. Er sieht tatsächlich noch besser aus als auf dem Plakat.

»Er muss bestimmt viel Sport machen«, sagt Tom. Er klingt neidisch.

Der Moderator, ein greller Mann, der von der Off-Stimme so selbstverständlich *Olivier* genannt wird, als müsste man ihn kennen, legt dem Jungen eine Hand auf die Schulter. Der dreht sich weiter, bis der Moderator ihn mit beiden Händen festhält. Irma findet, dass der Junge verwirrt aussieht. Wunderschön und irgendwie interessant, aber zuallererst und vor allem verwirrt.

»Bewerbt euch!«, ruft Olivier. »Ihr habt jetzt die Chance, Großes zu vollbringen. Bewerbt euch, werdet Anwärter, begleitet uns in die Unsterblichkeit!«

Irma, Tom und Maja sitzen mit offenem Mund, so lange, bis Phil »So ein Müll!« ruft und aus dem Zimmer stürmt. Die Tür knallt hinter ihm zu, etwas, was er bei Irma ganz und gar nicht mag.

»Was hat er denn?«, fragt Maja verwundert.

»Angst«, sagt Tom. »Irma, dein Vater hat Angst, dass du dich da bewirbst.«

»Kann sein«, murmelt Irma gedankenverloren. »Der malt sich ja immer alles Mögliche –«

Sie verstummt, als Oliviers Stimme lauter wird.

»Ab jetzt könnt ihr Namen einschicken, für unseren ersten Anwärter. Gebt ihm einen Namen oder bewerbt euch, auf jeden Fall: Seid dabei! Seid Teil der Mission, werdet Zukunft!«

Er grinst ihnen entgegen, dabei greift er den Jungen irgendwie aggressiv im Nacken, der Junge lächelt breit, Irma sieht, wie Maja zurücklächelt. Er ist gut, er steckt an.

Tom schüttelt den Kopf: »Er hat keinen Namen. Wieso hat der Typ bitte keinen Namen?«

»Seltsam«, sagt Irma, obwohl es ihr ganz und gar nicht seltsam vorkommt.

»Hallo, Leute?! Angespült? Egal – wie soll er heißen?«, ruft Maja. »Sagt mal was! Ich finde, wir sollten auch ein paar Namen einsenden! Wäre doch cool, wenn der erste Mensch der neuen Menschheit von uns seinen Namen bekäme, oder nicht?«

»Na ja«, murmelt Tom. Irma wundert sich über den komischen Blick, den er ihr zuwirft. Er ahnt etwas.

»Sam«, sagt Maja. »Sam fände ich schön. So würde ich mein Kind nennen, wenn ich eins wollte.«

Sie sehen sich an. Dann müssen sie lachen. Keiner der drei weiß so genau, warum. Sie lachen noch, als sie den Namen in das Feld eintippen und auf *senden* drücken, ihren Beitrag zur Zukunft, ein Name mit nur drei Buchstaben.

2

Die Welt fängt an zu tanzen, ganz ohne Musik. Es dröhnt in der Ferne, der Himmel ist fast schwarz, die Wolken, der Mond nicht mehr zu sehen. Er steht auf einem Feld und staunt in die Luft. Das glänzende Ding presst er an sich, fast hätte der Wind es ihm gestohlen, er wäre alleine gewesen, mit Brief zwar und Karte, aber ohne Idee von Richtungen und Wegen. Das Wasser stürzt auf Sam herab. Es ist wie unter der riesenhaften Dusche, an dem Tag, als sie ihn in die Arena brachten, nur ein bisschen kälter. Damals wusste er noch weniger von allem, hatte er sich ununterbrochen gefürchtet, mussten sie ihn festhalten unter dem harten Wasserstrahl, ist er trotzdem ausgerutscht, hat sich die Nase blutig geschlagen und gebrüllt vor Schreck und Schmerz und Angst. Er war an ein Waschbecken gewöhnt, an weiches Wasser in seinen Händen. Jetzt ist es besser, das lange Training zahlt sich aus. Er will sich wegducken, dann nimmt er all seinen Mut zusammen, streckt dem Wasser sein Gesicht entgegen, sperrt den Mund weit auf. Das Wasser schmeckt säuerlich. Das Wort? Das Wort? *Regen.* Regen! Er steht im Regen! Er trinkt gierig. Seine Kleidung klebt am Körper, es ist kalt! Es ist wunderbar! Er braucht Irma nicht! Er kann das alleine! Soll sie doch in ihrem Bett liegen und abwarten, er hat genug gewartet, er holt jetzt alles nach, was ihm bisher gefehlt hat an Welt. Sam zuckt zusammen, als es direkt über ihm unfassbar laut knallt. Es ist lauter als absolut alles! Lauter noch als der Beifall. Ein schmaler Streifen leuchtet am Himmel. Die Ränder flimmern, es ist, wie wenn jemand fotografiert. *Blitz* fällt ihm ein. *Blitz* nennen sie das! Wenn das ein Blitz ist, dann ist das Ganze ein *Gewitter.* Bei einem Gewitter soll man Schutz suchen. Es ist großartig, wie die Wörter lebendig werden. *Regen! Gewitter! Wind!* Er sieht sich um. In der Ferne steht ein Baum. Ein echter Baum, gerade jetzt! Sam beginnt zu rennen. Der Boden quietscht unter seinen Füßen, es wird immer schwieriger, vorwärtszukommen. Die Erde schnappt nach ihm, ein Fuß bleibt stecken, das Bein sinkt ein, Sam verschwindet bis zum Knie. Er ist so nah dran, dass es wehtut. Nur mit Mühe kann er sich befreien. Seine schöne Jacke ist dreckig, das Ding in seiner Hand glänzt nicht mehr silbern, und ihm fehlt ein Schuh. Aufgeregt wühlt er im Schlamm, der Schuh ist nicht zu finden, und am Himmel blitzt es schon wieder. Donner und Blitz folgen jetzt dicht aufeinander, und der Baum ist noch immer viel zu weit weg. Sam stolpert weiter, etwas sticht in seinen Fuß, er kümmert sich nicht. Dann endlich ist es geschafft. Er drückt sich an den schmalen Stamm. Der einzige Baum weit und breit ist eher mickrig, aber egal, es ist ein Baum, und nur das zählt. *Danke, Baum!* Als es wieder donnert, presst er die Hände fest auf die Ohren. Jetzt wäre es doch gut, wenn Irma da wäre. Der nächste Blitz ist so hell, dass es blendet, ein schrilles Geräusch begleitet ihn. Etwas stößt ihn zur Seite, jemand packt seinen Arm, zieht ihn zu Boden. Der ist so weich und fühlt sich großartig an. Sam gräbt die Hände, die Arme tief hinein, schmiert sich die Erde ins Gesicht. Ein bisschen kalt, ziemlich schön. Er denkt an die Karte. *Was, wenn man die Karte nicht mehr lesen kann?* Sam kann nicht atmen, er wagt es nicht, sich zu rühren. Dann wird er hochgezogen, weitergezerrt, die Hand auf seiner Haut trägt keinen Handschuh, es kann keine Maske sein, die ihn hinter sich herschleift. Er öffnet die Augen. Irma. Sie ist ihm doch gefolgt, sie wird ihm helfen!

»Wir müssen zurück zum Baum!«, brüllt Sam gegen den Donner an. Warum ist sie plötzlich so dumm? Sie ist hier doch aufgewachsen, hier draußen.

Irma antwortet nicht, zieht ihn weiter, immer weiter in die vollkommen falsche Richtung, weg vom Baum.

Er brüllt und schlägt um sich: »Was machst du denn, Irma? Bleib stehen!«

Erst als sie so weit vom Baum entfernt sind, dass er auch ein dürrer, winkender Mensch sein könnte, bleibt Irma abrupt stehen. Sie fasst ihn an den Armen, die Wunde brennt, wenn man sie berührt, aber er unterdrückt den Schrei. Sie sieht zornig aus.

»Wie bescheuert bist du denn bitte? Du kannst dich doch nicht unter –«

Hinter ihnen schlägt krachend der Blitz ein. Der Baum

brennt: hohe Flammen, knallrot gegen den düsteren Himmel. Irmas Hand krallt sich noch immer in seine Schulter, und gemeinsam beobachten sie, wie der einzige Baum weit und breit von den Flammen aufgefressen wird. Es regnet ohne Pause, und aus irgendeinem Grund laufen ihm Tränen über das Gesicht und Rotz aus der Nase.

»Scheiße«, flüstert Irma, »so was habe ich noch nie erlebt.«

Eine Weile betrachten sie den brennenden Baum. Er wehrt sich nicht gegen die Flammen, schreit nicht, wie Sam damals in der Arena, als bei seiner Feuertaufe alles schiefging, was schiefgehen konnte. Der Baum lässt sich auffressen, als wäre ihm alles egal oder als hätte er mehr als nur ein Leben. Ein lautes Heulen lässt sie zusammenzucken, ein riesiges Auto donnert über die Wiese. Weiß-schwarze Masken springen heraus, sie tragen Helme und spritzen Wasser aus einem Schlauch auf den Baum.

»Na, immerhin«, sagt Irma.

»Was meinst du damit?«

»Immerhin wird hier noch gelöscht.« Sam versteht nicht, warum löschen die den Baum? Es regnet doch, das Feuer wird irgendwann von allein ausgehen. Fasziniert sieht er zu, wie die Masken sich abmühen, hört, wie sie einander Anweisungen zurufen, wie sie nicht aufhören, bis sie das Feuer erlegt haben.

»Ich bringe dich jetzt zurück«, sagt Irma und nimmt Sams Hand, ihre Hand ist viel wärmer als seine.

»Nein«, sagt Sam. »Ich will nicht.«

»Es ist besser«, sagt Irma. »Du hast dich getäuscht, warst kurzfristig verwirrt und bist vom richtigen Weg abgekommen. Deswegen bin ich hier, um dich zurückzuholen. Komm, vertrau mir!«

Er vertraut ihr, aber das spielt keine Rolle. Er hat die Karte, den Brief, das glitzernde Ding, er hat ein Ziel, und er will noch viel mehr sehen von der Welt.

Augusttag

Als Irma Henrietta Lewyn endgültig beschließt, die Welt zu verlassen, ist sie völlig zufrieden. Es ist ein Tag im August, an den man sich noch Jahre später als den vielleicht letzten richtigen Sommertag erinnern wird. Einer, an dem man den Himmel sehen konnte und an dem auch sonst alles so war, wie es eigentlich immer sein sollte. Der Himmel ist blau wie erfunden, das Gras leuchtet im Licht wie im Mai, es ist warm, aber nicht heiß. Irma liegt in der Hängematte, auf jedem ihrer neuneinhalb Finger sitzt eine Himbeere, ihre Fußspitzen stecken im weichen Gras, irgendwo mäht jemand den Rasen, lacht eine Frau, lacht ein Kind, lacht ein Mann, bellt kein Hund. Es ist ein Tag, an dem alles möglich scheint und alles wahr werden kann, und Irma entscheidet sich nach sorgfältigen Abwägungen für das, was viele das größte Abenteuer nennen und andere die schlimmste Dummheit seit Menschengedenken, springt auf, schließt die Augen, während der Schwindel abklingt, öffnet sie wieder und rennt ins Haus, warum unnötig zögern, wenn ab jetzt alles so einfach ist?

3

Der Regen hat schlagartig aufgehört, aber die Wolken hängen noch tief, die Reste des Baumes qualmen in den dunklen Himmel, die Feuerwehr ist weggefahren. Irma steht ratlos vor Sam, der schüttelt unablässig den Kopf:

»Ich muss weiter!«

Irma packt ihn am Arm: »Glaub mir, es lohnt sich nicht. Es

lohnt sich wirklich nicht, dafür nass zu werden und am Ende noch krank. Ich erzähle dir die Welt, wenn du jetzt mitkommst! Ich kann dir eine Welt erzählen, ganz nach deinen
Wünschen. Du musst nicht selbst da durch! Sieh dich um,
das hier ist alles, mehr brauchst du nicht zu sehen, glaub
mir!«

»Ich will aber!«

»Wenn du jetzt mitkommst, geben sie dir Schokolade!«
Irma lächelt Sam breit an. Sie weiß nicht, ob sie in der Arena Schokolade vorrätig haben, aber ihr fällt nichts Besseres
ein.

Sam lässt sich zu Boden fallen. Er sitzt da wie verwurzelt,
seine Hände und Beine sind schlammbedeckt, sein Gesicht
verschmiert, ihm fehlt ein Schuh, sein Fuß ist blutig. Das
kann er doch nicht wollen. Irma seufzt und hockt sich neben ihn. Seine Finger krallen sich um eine verdreckte Chipstüte, sie spart sich einen Kommentar.

»Wo willst du eigentlich hin?«

»Zu der Insel.«

»Welche Insel?« Natürlich weiß sie, welche Insel er meint.

»Es soll noch eine geben.«

»Niemand weiß, wo.«

»Ich finde sie, ich habe eine Karte.« Er schlingt die Arme
fest um seinen völlig durchnässten Körper. Das also hat
er unter seinem T-Shirt versteckt. Damit hat sie nicht gerechnet. Aber wer weiß, was für eine Karte das ist. Ein fran-
siger Fetzen Papier vielleicht, eine Werbebeilage, ein Bei-
packzettel, dem er Namen und Bedeutung verpasst hat.

»Okay, selbst wenn? Warum ausgerechnet diese verdammte Insel?«

Er zuckt die Schultern. Irma wird ungeduldig. Wenn er wenigstens eine schöne Geschichte hätte. Einen großen Traum.

Irgendetwas, was den Ausbruch nachvollziehbarer macht. Davon würde sie sich vielleicht, würde sie sich natürlich ganz sicher nicht überzeugen lassen.

»Eine Insel ist Land mit viel Wasser drum rum. Ich weiß nicht, was das Getue soll. Es ist schwierig und gefährlich, da hinzukommen. Guck dich um, die Welt spielt verrückt. Wir haben nicht mehr viel Zeit, bis die Fähre startet.«

Sam überlegt einen Moment.

»Ich will da hin.«

»Das ist kein Argument.«

»Ich weiß. Trotzdem.«

Das ist wie ein Gespräch mit einem Dreijährigen, sie hat keine Übung mit Kleinkindern.

»Ich gehe jetzt.«

Er steht auf, geht los.

Sie läuft ihm hinterher und kommt sich dumm vor dabei, aber was soll sie machen, sie braucht ihn.

»Es kann sein, dass es die Insel gar nicht gibt. Sie ist einer der Mythen. Weißt du, wie viele neue Mythen Tag für Tag entstehen? Das ist wie eine Seuche. Bevor ich gegangen bin – man kann mit niemandem mehr sprechen, ohne irgendeine Geschichte um die Ohren gefeuert zu bekommen. Das ist so, wenn Menschen Angst bekommen, sie erfinden sich Rettungen. Mythen sind Rettungen, und die Insel ist garantiert ein Mythos. Eine Rettungsinsel. Haha. Da siehst du es. Und dann? Wo rennst du hin? Fünfzig Jahre quer durch die Welt, einer nicht mal besonders originellen Erfindung hinterher? Und verpasst dafür die Fähre?«

Er überlegt.

»Vielleicht.«

Natürlich werden sie die Fähre nicht verpassen. Ohne Irma und Sam gibt es keine Mission, fliegt niemand weg. Höchstwahrscheinlich. Oder doch? Was, wenn sie zwei der anderen zurückholen, vielleicht sind die noch irgendwo, warten nur darauf, reaktiviert zu werden, endlich als Auserwählte. Unwillkürlich sieht Irma zum Himmel, stellt sich vor, wie die Fähre dort oben an ihr vorbeizieht, genau jetzt, so unerreichbar wie der vergangene Tag. Selbst, wenn das unwahrscheinlich ist: Sie muss Sam zurückbringen, möglichst schnell. Wenn sie nur Bescheid gegeben hätte, eine Nachricht hinterlassen, auf das Kopfkissen gelegt, in der die Masken erfahren, dass sie nur kurz rausgegangen ist, um ihn zur Vernunft zu bringen, um ihn zurückzuholen.

Sie wartet, er bewegt sich nicht.

»Komm mit, wir gehen zurück. In der Arena ist es warm und trocken, du bekommst etwas zu essen, und insgesamt ist es da eh viel schöner als hier draußen.«

»Ne«, sagt Sam. »Ist es nicht.«

»Du nervst.«

»Das tut mir leid.«

»Gib mir die Karte!«

Er zögert, dann greift er unter sein dreckiges T-Shirt, zieht ein feuchtes Stück Papier hervor.

»Wo hast du das her?«

»Gefunden.«

»So was findet man nicht einfach, Karten sind extrem selten.«

Sie reißt ihm die Karte aus der Hand, er schreit auf, als hätte sie ihm den Arm abgerissen.

»Ganz ruhig, Sam. Ich passe schon auf!«

Vorsichtig breitet Irma die Karte auf einem Baumstumpf aus. Das Licht ist schlecht, Irma muss sich weit vorbeugen, um etwas zu erkennen.

»Das muss eine Fälschung sein.«

»Niemals!«, ruft Sam. »Niemals ist das eine Fälschung!«

Sie sieht kurz auf: »Glaub mir, es ist extrem unwahrscheinlich, wenn nicht unmöglich. Niemand kennt die Lage der
Insel. Wenn es sie überhaupt gibt. Ich denke, sie haben dich
reingelegt.«

»Wo rein?«

»Vergiss es.«

Sie will die Karte zusammenknüllen, er stürzt sich auf sie,
hat viel zu viel Schwung, sie fallen zu Boden. Irma stößt
ihn von sich.

»Du übertreibst!«

Er zieht ihr die Karte aus der Hand. Streicht sie glatt. Sie
hat einen Riss, quer durch die Mitte, aber alles ist noch erkennbar.

»Sie ist echt.«

Irma überlegt. Dann nickt sie.

»Okay. Aber noch mal: Woher hast du die Karte?«

»Sie lag im Kontrollraum, ganz offen. Ich weiß, dass man
nicht stehlen darf. Ich weiß das, ich weiß das, ich –«

Jetzt geht das wieder los. Sie packt ihn, sieht ihn fest an. Das
haben sie ihr beigebracht, ihn wieder auf den Boden zu
bringen.

»Ist ja gut. Kapiert. Du hast nichts falsch gemacht, okay?«
Er nickt.

»Ich habe sie mir ausgeliehen. Ich wollte nur mal gucken.
Und dann habe ich die Insel entdeckt, und die Insel –«

»Was?«

»Nichts.«

Irma mustert die Karte genauer. Sie wird daraus nicht schlau.
Das ist keine gewöhnliche Karte, nichts, womit sie irgend-
etwas anfangen könnte, geschweige denn, eine erfundene
Insel finden. Aber das muss Sam ja nicht wissen. Irma ent-

scheidet sich dafür, das Spiel mitzuspielen, so lange, bis die Masken sie zurückholen:

»Wir können es versuchen.«

Sam strahlt über das ganze Gesicht, das funktioniert immer noch, sie lächelt zurück, auch wenn sie eigentlich nicht will.

»Wo lang?«, fragt er ungeduldig.

Irma sieht auf die Karte, zeigt in irgendeine Richtung, hoffentlich die, aus der sie vorhin gekommen ist. Sie hat ihn gefunden, es muss doch auch möglich sein, die Arena wiederzufinden.

»Also suchen wir jetzt wirklich die Insel?«, fragt Sam vorsichtig.

»Klar«, sagt Irma und schenkt ihm ein Lächeln. »Wenn du dir das wünschst.«

Er nickt heftig, verstaut die Karte sorgfältig unter seinem nassen T-Shirt, und dann läuft er los, fröhlich und unbekümmert, als spaziere er über die vor das Speiseraumfenster projizierte Blumenwiese und nicht durch ein nachtschwarzes Schlammfeld. Irma wartet einen Moment, sieht sich um, atmet tief durch, wie sie es gelernt hat, für Krisensituationen, dann stolpert sie ihm hinterher. Der Schlamm suppt in ihre Schuhe, ihr ist kalt, und es hört nicht auf zu regnen. Wie kann man das wollen? Wie kann man sich hier nur freiwillig hineinbegeben? Und so unwahrscheinlich es ist, tritt sie jetzt in all dem Schlamm, bei all der Welt, die sie plötzlich wieder so aufdringlich umgibt, ausgerechnet genau auf Sams verlorenen Turnschuh. Er macht ein quietschendes Geräusch, als sie ihn aus dem Dreck zieht.

»Dein Schuh!«, brüllt sie ihm hinterher, und weil er nicht stehen bleibt, läuft sie los, höchstwahrscheinlich in die völlig falsche Richtung, weg von Arena, Mission und Zukunft.

Video

»Was machst du da?«

Er fragt schon zum dritten Mal. Julie reagiert nicht. Erst jetzt entdeckt er die Ohrstöpsel. Phil zieht einen heraus, Julie fährt herum, sieht ihn ärgerlich an.

»Was machst du?«

»Nichts.« Sie sieht aus wie ertappt.

Phil beugt sich über ihre Schulter. Sie ist auf der Seite.

»Ich steig hier nicht durch!« Mit der Maus fährt sie wilde Kreise über den Bildschirm, Fenster öffnen, verschieben sich, ein virtuelles Papierchaos. Er legt seine Hand auf ihre Hand. Einen Moment lang steuert sie gegen ihn an, dann wird ihr Griff um die Maus leichter.

»Lass mich mal kurz.«

Julie lehnt sich erschöpft auf dem Schreibtischstuhl zurück, verliert fast das Gleichgewicht. »Wir müssen die Schrauben nachziehen«, murmelt Phil geistesabwesend. Das müssen sie schon lange, der Schreibtischstuhl ist in die Jahre gekommen, wie so vieles im Haus, das nicht mehr so richtig sitzt und passt. Und die angekritzelten Wände wollten sie auf jeden Fall streichen, wenn Irma aus dem Alter raus wäre, und jetzt ist sie längst aus dem Alter raus, und trotzdem streicht keiner, wollte man so vieles eigentlich und mal und stört es ehrlich gesagt niemanden mehr.

Julie wirft dem Bildschirm feindselige Blicke zu.

»Wahrscheinlich wollen die gar nicht, dass irgendwelche Eltern da rumschnüffeln.«

Phil nickt: »Wahrscheinlich nicht.«

Er klickt sich durch die Unterseiten, landet bei den Anwärtern, sucht in der alphabetischen Liste nach Irma. Ihr Name leuchtet hellgrün auf, als ihn der Mauszeiger streift.

»Dass sie da mit ihrem echten Namen steht, ich fasse es nicht! Stell dir vor, das sieht ein Lehrer oder so.«

»Selbst wenn«, sagt Phil gespielt ruhig. »Die wissen doch, dass Kinder manchmal auf seltsame Ideen kommen. Es gibt Schlimmeres. Ich meine, immerhin nimmt sie keine Drogen.«

»Nicht, dass wir wüssten.«

»Tut sie nicht, glaub mir.«

Julie zerrt den ächzenden Stuhl näher an den Tisch heran, setzt die Lesebrille auf, der Brille fehlt ein Glas, sonst sitzt sie gut.

»Wie, und da hat sie jetzt ein Foto von sich in ihrem Zimmer veröffentlicht?«

»Ein Video.«

»Na herrlich! Kann man sich das einfach so ansehen?«

»Klar.«

»Dann mach mal an!«

»Willst du das wirklich sehen?«

Julie nickt. Natürlich will sie das sehen. Sie ist die Mutter. Sie hat doch ein Recht, hat vielleicht sogar die Pflicht herauszufinden, warum ihr Kind gottverdammtnochmal die Welt verlassen will. Julie legt ihre Hand auf Phils, ihren Zeigefinger auf seinen, es ist ein bisschen romantisch, aber nur sehr kurz. Gemeinsam drücken sie auf den kleinen Pfeil, und mit einer leichten Verzögerung startet das Video. Irma sitzt da, freundlich lächelnd, als spräche sie mit Tom oder Maja, ihre Eltern sieht sie so nett schon lange nicht mehr an. Julie muss schlucken, und Phil senkt den Blick, und beide denken sicherlich das Gleiche, bevor sie sich auf Irma konzentrieren:

Hallo! Ich bin Irma Lewyn. Ich habe die ganzen Videos gesehen. Von allen Kandidaten bisher. Verglichen mit den meis-

*ten habe ich es nicht besonders schwer hier unten. Ich meine,
ich lebe in einem Land, dem es noch ganz gut geht. Wir haben
zu essen. Meine Eltern sind echt okay.*

Phil und Julie merken es nicht, aber bei diesem Satz grinsen
sie. Selig und überrascht und ein bisschen tumb sieht es aus,
dieses breite, stolze und irgendwie erleichterte Elterngrin-
sen.

*Ich habe gute Noten, mich hat noch nie jemand geschlagen,
und ich nehm keine Drogen. Nicht mal was Harmloses. Ich
meine, ich rauche nicht mal, ich trinke auch keinen Kaffee
oder so.*

»Siehst du?«, sagt Phil. »Sag ich doch!«

Julie nickt, Spuren des Elterngrinsens noch im Gesicht. »Ja,
du hattest mal wieder recht.« Sie sagt das ohne jede Spur
von Sarkasmus.

*Also, eigentlich ist alles okay bei mir. Ich habe gute Freunde.
Nicht besonders viele, aber dafür echt gute. Hey, um euch geht
es nicht, wenn ihr das seht. Auch nicht um diese Sache, Tom.
Versprochen.*

Julie seufzt: »Das ist doch öffentlich! Was sagt Irma da?
Wie kann sie das in die Welt hinausposaunen? Ich meine,
davon wusste nicht mal ich was, und ich bin ihre Mutter!
Wusstest du davon? Dass da irgendwas war zwischen Irma
und – ?«

Ausgerechnet Tom, will sie eigentlich sagen und verkneift
es sich. Phil schüttelt den Kopf. Natürlich hat er etwas geahnt, aber gewusst? Was soll er schon wissen über sein
fremd gewordenes Kind?

*Alles gut. Soweit. Soweit das geht. Aber glaubt mir bitte. Ganz
ehrlich: Trotz des durchschnittlichen alles gut: Ich will hier
weg! Unbedingt. Und ich verspreche euch: Wenn ich das mache, dann richtig! Wenn ich mitdarf, dann gebe ich alles. Oh-*

ne Zögern. Ich fliege euch da hin, zu diesem Planeten, und versuche, da oben alles gut zu machen. So gut ich kann. Ich bin auch nicht größenwahnsinnig oder so. Echt nicht. Ich will nur mehr und anderes, als es hier jemals geben wird für mich. Mir ist hier alles zu unübersichtlich und zu viel und gleichzeitig zu wenig. Klingt irre, oder? Ich bin echt nicht dumm oder so, aber ehrlich gesagt: Ich steig durch die meisten Sachen, die man hier tun sollte oder sogar muss, nicht durch. Das wäre da oben anders. Da ist ja noch niemand, da bin ich von Anfang an dabei. Das müsste dann zu verstehen sein. Die sagen, der Planet ist lebensfeindlich und unwirtlich. Glaub ich nicht. Lasst mich hier weg und da hin. Ich bereite alles vor für euch. Ich mache es euch schön dort oben.

Irmas schiefes Grinsen, ihre Hand, die schnell unter der Nase lang wischt, als könnte das heimlich geschehen, als hätte sie nicht schon über eine Million Klicks.

Versprochen.

Dann wird das Bild schwarz, und das Logo der Organisation erscheint. Carpe Diem, der i-Punkt ein Planet, wie von einem verspielten Fünftklässler gemalt, und in der Tür lehnt jetzt Irma, blitzt ihre Eltern ärgerlich an, und sie fragen sich, wie lange sie schon dort steht und zusieht, wie für Phil und Julie die Welt zerbricht.

4

Ihr ist alles zu nass, zu dünn und zu kurz: Ihre Kleidung ist perfekt geeignet für die Scheinwerferhitze in der Arena und konstante dreiundzwanzig Grad Raumtemperatur, aber sie ist nun mal nicht gemacht für die Welt. Sam krümmt sich vor Schmerzen, erst sorgt Irma sich, dann wird ihr klar, dass es der Hunger ist. Nur der Hunger. Er ist an regelmäßige Rationen gewöhnt.

»Tja, blöd gelaufen, du hättest dir halt was einstecken sollen!«

Irma hat selbst nicht dran gedacht. Es war ihr nicht klar, dass das hier dauern würde. Das Gute: Der Hunger und die Kälte sind unangenehm, aber noch lange nicht lebensbedrohlich. In der Arena haben sie auch gelernt, Dinge auszuhalten und durchzustehen. Sam ist darin besser als sonst jemand, nach dem Feuer wusste sie, wie gut, sein Mund war schmal geworden, aber er hatte nicht geweint, obwohl es saumäßig wehgetan haben musste. Jetzt ringt er sich ein Lächeln ab:

»Mir gehts gut! Ich muss mich nur kurz setzen.«

Sie nickt, hält ihn vom Hinsetzen ab. Wer einmal sitzt, steht selten oder zu spät wieder auf. Auch das haben sie gelernt. Sie müssen weiter, zurück. Je schneller, desto besser, aber in welche Richtung? Warum hat sie keinen Kompass dabei, warum hat sie eigentlich gar nichts mitgenommen? Was hat sie sich gedacht, als sie vorhin blindlings hinter ihm hergestürzt ist, aus der schweren Tür, die sich, blöderweise, einmal ins Schloss gefallen, von außen nicht mehr öffnen lässt.

Irma sieht sich um, nirgendwo die Spur eines anderen Menschen, die Straße liegt verwaist. Sie hat Sam gefunden, nun ist es an den Masken, sie beide zurückzuholen. Irma hat bei jedem Schritt damit gerechnet, dass sie irgendwo auf sie warten, dass eine Tür aus dem Nichts heraus geöffnet und sie und Sam hineingezogen würden. Nun sind sie bereits ewig unterwegs, ohne, dass etwas dergleichen passiert wäre. Warum haben sie vorhin nicht reagiert, ihn nicht, sie nicht aufgehalten? Sam war nicht ihr Gefangener, genauso wenig wie sie selbst, aber sie können doch nicht wollen, dass der Auserwählte ihnen wegläuft! Sie hat alles getan, was sie konnte: hatte den Knopf gedrückt, gleich nachdem sie entdeckt hatte, dass Sam nicht in seinem Bett lag und auch nicht bloß wieder an seinem Stammplatz vor dem bulläugigen Fenster im Speiseraum saß, wo er sonst jede freie Minute verbringt und auf die Leinwand starrt, die rosarot, warmgelb, tiefblau eine Sommerwiese im Tageswechsel zeigt, wo er mit den Augen einem Vogelschwarm folgt, der in Dauerschleife immer wieder von rechts nach links in die Freiheit fliegt. Irma war durch die Gänge gelaufen, hatte in Kameras gewinkt und den Feueralarm ausgelöst, nichts war daraufhin passiert, niemand aufgetaucht. Da war ihr nichts Besseres eingefallen, als ihm zu folgen. Vielleicht ist es nur ein weiterer, ein letzter Test, und sie wollten, dass Irma und Sam die Arena verlassen, aber warum und wofür?

»Was ist das?«, ruft Sam in Irmas Gedanken hinein. Sie schaut auf, das grell-blaue Licht blendet sie nach der Dunkelheit der Felder.

»Du solltest deine Kapuze in die Stirn ziehen«, sagt sie. Sam gehorcht, ohne zu fragen, warum.

»Nicht so tief, sonst bekommen sie Angst!«

Sam zieht die Kapuze ein Stück zurück. Man sieht jetzt seine Augen, man könnte ihn erkennen, wenn man wüsste, dass er hier draußen unterwegs ist. Aber noch, hofft Irma, rechnet niemand in der Welt mit Sam oder ihr, und bevor das passiert, wird sie ihn wieder abgeliefert haben, ihn und sich, zurückgebracht in die Sicherheit der Arena, wo ihnen ungefähr um diese Zeit ein gesundes und ausgewogenes Essen serviert würde. Hirse, Hülsenfrüchte und etwas, was aussieht wie Orangensaft, aber vollkommen anders schmeckt. Hier stinkt es nach Benzin und darunter nach ranzigem Fett. Der Himmel über dem flachen Gebäude ist schwefelgelb. Die schwefelgelben sind die Schönwettertage. Das hat Maja ihr geschrieben, irgendwann, als sie noch Briefe von ihr bekam: *An den schwefelgelben Tagen gehe ich mit der Kleinen zum Spielplatz.* Maja hat nicht erwähnt, um welche *Kleine* es in ihrer Erzählung geht, aber Irma vermutet, Maja ist Mutter. Dann sagt man *Kleine*, dann verbringt man seine schwefelgelben Schönwettertage auf Spielplätzen, wo schon zu Irmas und Majas Zeiten alles quietschte und rostete und das Spielen gefährlicher war als auf der Straße. Irma kann sich Maja nicht als Mutter vorstellen, nicht anders, als sie selbst sich an sie erinnert: Maja eben. Nüchtern, launisch, einen Kopf größer als Irma, alle Tiere pauschal hassend, ununterbrochen kaugummikauend (*Ich brauche das zum Nachdenken. – So viel wie du kann kein normaler Mensch nachdenken*, hatte Tom gesagt), böse Blicke abfeuernd, aber nie auf Irma, Kleid-über-Jeans-tragend, eine selbst erfundene Form von Ballett tanzend, nicht besonders verstohlen rülpsend und einmal, vor langer, langer Zeit, ihre beste Freundin.

Sam streicht mit dem Finger sanft über die Zapfsäule, betrachtet fasziniert die bernsteinfarbene Schicht darauf. Er hält Irma den Finger dicht vor die Nase.

»Riech mal!«

Angeekelt schiebt Irma seine Hand weg.

»Nein danke!«

Als Sam die Zunge ausfährt, um das Benzin zu probieren, zieht sie ihn grob zurück. Er sieht sie verwundert an.

»Nicht essbar.«

»Woher weißt du das?«

»Das gehört zu den Dingen, die man weiß. Jeder normale Mensch weiß das!«

»Oh.«

»Ja. Oh.«

Sie stehen dicht vor der Scheibe, die gläserne Tür fährt auf und zu. Als Sam bemerkt, dass es mit seinem Gehampel zusammenhängt, macht er einen Tanz daraus. Bei jedem Öffnen springt aus einem kleinen Vogelhäuschen schräg über der Tür ein winziger Kuckuck, quietscht drei Töne und zieht sich wieder zurück. Sam ist außer sich vor Begeisterung:

»Das ist super!«

Irma gelingt nur ein müdes Nicken, aber ihn stört das nicht.

»So eine Tür«, sagt er, »so ein Haus mit einem singenden Vogel. Das ist schön, dass so etwas gebaut wird! So was –«

Er verstummt, verharrt, folgt der Scheibe erst mit dem Blick, läuft ihr dann hinterher, tritt zurück, damit sie sich wieder schließt.

»Da«, sagt er. »Das bin ich!«

Irma will ihm schon eine ruppige Antwort geben, damit er endlich runterkommt, aber dann versteht sie, was er meint: sein Spiegelbild. Ihr Spiegelbild. Er nähert sich schon wieder der Scheibe.

»Bleib stehen!«, faucht sie. Er gehorcht. Die Tür schließt sich vor ihnen, und nach fast zehn Jahren sieht Irma sich wieder. In der schmierigen Scheibe spiegelt sich neben Neonlicht und Zapfsäule und Sam eine Fremde. Jetzt wäre sie selbst fast näher getreten, auf der Suche nach Spuren des Mädchens, an das sie sich erinnert. Woran erinnert sie sich? Mehr an ein Gefühl als an einen Körper. Als stecke sie in einem übergroßen Maskottchen-Kostüm und wedele ununterbrochen mit riesenhaften Schaumstoffhänden. Als gäbe es da eine Art Wucherung, eine Schicht totes Gewebe zwischen ihr und der Welt, den anderen Menschen. Das Gefühl ist verschwunden, ohne dass sie es bemerkt hätte. Irma blickt auf ihr neues Spiegelbild. Die Haut sitzt gut. Und selbst das Haar, auch wenn es wirr ist von Regen und Wind und sie meint, in den langen Spitzen Knoten zu erkennen. Irma lächelt der Fremden zu. Das ist sie. Sie ist richtig.

»Ich bin so, so –«

Sam neben ihr stammelt.

»Schön?«, kommt Irma ihm zu Hilfe.

»Findest du?« Er sieht sie erstaunt an. »Schön ist gut, oder?«

»Schön ist schön. Du bist schön, Sam, wusstest du das nicht? Und jetzt setz die Kapuze wieder auf!«

Er zieht die Kapuze über den Kopf, starrt wieder sein Spiegelbild an und schrickt dann zurück.

Hinter der Scheibe steht ein riesiger Mann. Er muss sich aus dem Boden geschraubt haben, anders kann Irma sich nicht erklären, dass dieser Gigant bisher unsichtbar war. Er tritt näher, die Tür öffnet sich. Irma versucht, Sam die klebrige Chipstüte aus der Hand zu reißen, aber er klammert sich an ihr fest, als sei sie überlebenswichtig. Wie fremd muss man eigentlich sein, um so überhaupt keine Ahnung von irgendwas zu haben! Dass Müll zum Beispiel nur Müll ist, immer noch.

»Kommt ihr jetzt rein?« Der Mann steht dicht vor ihnen. Er fragt nicht wütend, er fragt, als würde er sich über Gesellschaft freuen und nicht länger warten wollen mit dem heißen Tee. »Gerne!«, ruft Sam und streckt ihm seine dreckige Hand hin. Der Mann schüttelt sie und grinst: »Gut, dass ich noch nicht abgesperrt habe.«

»Der Vogel ist toll!«, sagt Sam. Irma schämt sich und hofft für ihn, dass er außerirdisch ist. Nur das könnte eine Entschuldigung dafür sein, dass er gar nichts weiß, dass er so selten richtig reagiert, dass er manchmal so unfassbar peinlich ist.

»Die Tür ist auch toll!«, brüllt Sam begeistert.

»Danke«, sagt der Mann und lässt sich nicht anmerken, wie befremdlich der aufgeregte Sam für ihn sein muss. »Das finde ich auch, aber du bist der Erste, der was dazu sagt. Ich glaube, das Vogelhaus hängt da jetzt seit zwanzig Jahren.«

»Vo-gel-hauuuus«, wiederholt Sam, als wenn es ein besonders schwieriges Wort wäre.

Irma boxt ihn in die Seite, sie kann nicht anders, sie schämt sich so für ihn und für sich, neben ihm, mitauserwählt.

»Einundzwanzig Jahre«, sagt der Mann.

Irma ist froh, dass er in seiner eigenen Schleife festhängt. Jeder andere würde doch spätestens jetzt misstrauisch werden.

»Seit genau einundzwanzig Jahren habe ich den Laden. Vorgestern vor einundzwanzig Jahren habe ich eröffnet. Das war ein Fest. Ich hatte Luftballons.«

»Einundzwanzig Jahre«, sagt Sam. »Das ist lange.«

Der Mann lächelt, wischt sich die Hände an der fleckigen Jeans ab, blickt aus dem Fenster in die Dämmerung, sucht wahrscheinlich ihr Auto, sieht aber nicht sonderlich erstaunt aus, als er draußen keines findet.

»Was kann ich für euch tun?«

»Wir haben Hunger.«

Der Mann nickt mit trauriger Miene.

»Ich habe nur Schokolade und Chips.«

»Schokolade ist gut!«, ruft Sam. »Und Chips auch! Was bitte sind Chips?«

Der Mann sieht lachend auf die Chipstüte, die Sam zärtlich an sich drückt, sagt aber nichts dazu: »Habt ihr Geld?«

»Was –« Irma tritt Sam auf den Fuß, bevor er weiterfragen kann.

»Warum trittst du mich?«

Der Mann sieht Irma streng an: »Ihr solltet nett zueinander sein. Seid froh, dass ihr zu zweit seid!«

Irma will keine traurige Geschichte hören. Sie kennt genug.

»Tut mir leid!«, sagt Irma. »Wir haben kein Geld. Wir gehen wieder.«

Sie dreht sich um, zieht Sam an der Jacke hinter sich her.

»Moment«, sagt der Mann. »Wartet mal.«

Er könnte alles Mögliche mit ihnen anstellen. Wie viel Lösegeld kann man für die Zukunft der Menschheit fordern? Welchen wackligen Posten in der maroden Welt?

Der Mann packt sie an den Händen, zieht sie mit sich. Sam wirkt unangemessen erfreut. Sein Tick mit der Nähe, das ist eines der Dinge, die sie in den Griff bekommen müssen, bevor sie sich auf den Weg machen in diese meilenweit entfernte Zukunft zusammen, wie soll sie es mit jemandem aushalten, der so klammert? Irma fragt sich nicht zum ersten Mal, warum gerade sie und Sam füreinander ausgesucht wurden. Mit Anas hat sie sich besser verstanden, und Sam mochte am liebsten Viola. Oder wenn man ehrlich ist, eigentlich auch Anas. Sie hat seine Blicke gesehen, jeder hat sie gesehen. Niemand hat etwas dazu gesagt, und irgendwann flog Anas dann auch raus. Zwei Männer dort oben wären wenig sinnvoll, da waren die Zuständigen pragmatisch. Sam und sie, es fühlt sich für Irma nicht nach Liebe an. Immer noch nicht, egal, was die Masken sagen. Sie kennen sich seit zehn Jahren, und es wurde wirklich alles versucht, um bei ihnen Gefühle füreinander zu wecken. Da ist nichts, nur eine grundlegende Sympathie, vielleicht auch eher Mitleid angesichts

Sams Ahnungslosigkeit und mindestens genauso viel Unge-
duld und Misstrauen darüber. Aber brauchen sie wirklich
Liebe auf ihrem Planeten? Es geht um die Rettung der
Menschheit, da sollte Liebe eigentlich nicht die wichtigste
Rolle spielen.

Der Mann zieht sie zur Süßigkeitenauslage, lässt sie los und
steckt ihnen gleich darauf wieder seine erstaunlich schmalen Hände entgegen:

»Ich bin übrigens Amos.«

Er grinst.

»Seltsamer Name für einen Tankwart, was? Aber meine Eltern haben nicht damit gerechnet, dass ich mal Tankstellen-
besitzer werde. Sie sind beide Klavierbauer. Ich meine, sie
waren – Klavierbauer heißen Amos, aber wer wird heute
noch Klavierbauer?«

»Niemand«, sagt Irma, weil das vermutlich stimmt und weil
sie die Pause überbrücken will, in der Sam seinen Namen
verraten könnte. Für solche Situationen brauchen sie eine
Vereinbarung.

»Ich bin Maja, und das ist Tom.« Nur diese zwei Namen?
Eine Sekunde länger nachgedacht, und ihr wäre sicher etwas Besseres eingefallen. Sam sieht sie irritiert an, sagt aber
nichts. Immerhin.

»Freut mich!«, sagt Amos und grinst schon wieder. Irma ist
sich sicher, er glaubt ihr nicht.

»Hier!«, ruft Amos. »Hier und hier und hier!« Er drückt ihnen Riegel in die Hände, bunte Tüten und kleine Päckchen.
Er stapelt Gummibären, Salzbrezeln, Nougat, zwei dieser
kleinen Salamis und Chips in ihren Armen, bis die Auslage
leer ist.

»Wir haben kein Geld«, wiederholt Irma.

»Ich auch nicht!«, ruft Amos, seine Augen glänzen leicht

wahnsinnig. »Und keine Brühwürstchen mehr und erst recht keine Brötchen und schon gar kein Benzin. Ich bin ein Tankwart ohne Benzin! Alles, was ich habe, ist dieses Zeug.«

»Und das Vogelhaus«, sagt Sam, und jetzt fängt Amos schallend an zu lachen, und Sam stimmt ein, und Amos zieht Sam an sich und drückt ihn fest, und Irma bekommt eine Gänsehaut, und zwar eine von der unangenehmen Sorte.

Umschlag

Nach der Arbeit holt Julie einen großen braunen Umschlag aus dem Briefkasten und entdeckt verwundert, dass er an Irma adressiert ist. Die schreibt nie und bekommt keine Post, die Ära der Rechnungen, Mahnungen und Werbungen ist für sie noch weit entfernt. Als Julie sieht, wer der Absender ist, überlegt sie kurz, den Umschlag ungeöffnet wegzuwerfen, legt ihn dann aber doch auf den Esstisch, auf Irmas Platz. Wenige Minuten später kommt sie nach Hause. Phil hat sie vom Fußball abgeholt. Die beiden lachen im Flur, und Julie nimmt den Brief wieder in die Hand und hält ihn über den Korb mit dem Altpapier wie über einen lodernden Abgrund, lässt ihn nicht los und weiß selbst nicht, was sie davon abhält. Phil kommt in die Küche, drückt ihr im Vorbeigehen einen Kuss knapp neben die Lippen, sucht im Kühlschrank und schenkt sich Mineralwasser ein.

»Irre, diese Hitze. Es stinkt nach Gummi, man hat das Gefühl, der ganzen Welt schmelzen die Reifen.«

»Bei uns ist die Klimaanlage ausgefallen, ich dachte, mir platzt der Kopf. Bei den Temperaturen kann keiner arbeiten.« Insgeheim liebt Julie diese Ausnahmetage. Wenn sie ehrlich ist, liebt sie sogar die Katastrophentage, die immer häufiger werden. Im Büro bessert sich die Stimmung von Katastrophe zu Katastrophe. Nichts scheint mehr so wichtig, dass man darüber schlechte Laune bekommen müsste, und knapp vorbeigezogene Katastrophen geben kurzzeitig ein Gefühl von Unsterblichkeit. Katastrophentage sind gute Tage, trotz der abstrakten Sorge. Bei der Arbeit gilt das, nicht hier zu Hause. Der braune Umschlag, immer noch in ihrer Hand, der müsste nicht sein. Phil entdeckt ihn, versteht, auch ohne den Absender gelesen zu haben. Er sieht Julie fragend an, sie zieht die Augenbrauen hoch. *Ich weiß auch nicht, warum ich ihn nicht verschwinden lasse.* Aber was soll sie tun, es ist Irmas Post, wo kämen sie hin, wenn sie die einfach zensieren würde?

Irma stürmt in die Küche, reißt ihrem Vater die Wasserflasche aus der Hand, trinkt gierig. Blaue Haarsträhnen kleben ihr in der verschwitzten Stirn, bei der Hitze will sie die Brille nicht tragen, verständlich, aber so ist Irma an den heißen Tagen fast blind. Julie hat es aufgegeben, sie deswegen zu ermahnen. Es gibt Dinge, die Irma selbst entscheiden muss, sie ist fast erwachsen. Irma setzt erst ab, als die Flasche halb leer ist, sie rülpst, schlägt sich die Hand vor den Mund: »Ups, Entschuldigung.«

»Sehr lecker.«

»Apropos, was gibt es heute zu essen?«

»Olé!« Phil zieht drei Tiefkühlpizzen aus dem alten Stoffbeutel, der ihm seit Jahren als Aktentasche dient, *Sommertraum ganzjährig.*

»Ih, Papa! Die sind schon ganz labbrig!«

»Labbrig, aber gut. Die waren nie besser, ich meine, nie tiefgefroren, ich habe sie bei den Nudeln gefunden. Ist also so gedacht. Pizza-Pasta für dich, Bio-Gemüse für Mama und Lachs-Thunfisch für mich. Was will man mehr?«

»Na ja«, murmelt Julie und schaltet den Ofen ein, »mir fällt da so einiges ein.«

»Thunfisch mit Delphin oder ohne?«

»Kindchen, du nervst.« Phil nimmt Irma die Flasche aus der Hand, leert sie mit einem Schluck.

»Wir haben Gläser«, sagt Julie, routiniert, nicht verärgert.

Ohne Vorwarnung reißt Irma ihr den Brief aus der Hand.

»Die Antwort!«

Irma wiegt den Umschlag in den Händen, Julie sieht zu Phil, der starrt leer in den Garten hinaus.

»Meint ihr, ein dicker Umschlag ist gut?«

»Kommt darauf an, was du unter gut verstehst.« Phil gibt sich gelassen, knipst seinen Blick wieder an, öffnet den ersten Pizzakarton, träge gleitet die matschige Pizza auf das Backblech. »Wir haben schon wieder kein Backpapier mehr, wo kommt das eigentlich immer hin?«

»Ich glaube, ein dicker Umschlag ist gut«, verkündet Irma und beginnt, das Papier aufzureißen.

»Nimm doch die Schere.«

»Zu spät.«

Irma zieht einen Stapel Blätter heraus, legt sie auf den Tisch, liest kurzsichtig, dicht über das Papier gebeugt.

Vielleicht scheitert es am Ende daran, denkt Julie. *An ihren Augen. Die schicken doch niemanden ins All, der nicht richtig sehen kann, dem die Brille ständig wegfliegt und dem außerdem die Hälfte des Daumens fehlt.* Sie fühlt sich schlecht bei dem Gedanken, sie sollte ihrem Kind alles gönnen und wünschen, alles, was es will. Wenn sie Irma so sieht, ahnt sie, wie wichtig ihr das Ganze ist. Das ist nicht nur irgendein Witz oder Test, keine fixe Idee, keine Wette mit Maja und Tom. Aber warum? Sie muss Irma nach dem Grund fragen. Später, wenn sie ihr die Sache ausgeredet und die Un-

terlagen weggeworfen hat, nein, noch besser im Kamin verbrannt, trotz der Hitze sicherheitshalber doch lieber gleich
verbrannt und unschädlich gemacht.

Irma springt vom Stuhl auf, wirft die Arme in die Luft, läuft
Jubelrunden um den Tisch. Beim Fußball trainieren sie so
etwas, Torjubel, es sieht irgendwie künstlich aus. Irma
kreischt und jubelt und brüllt und umarmt Julie und umarmt Phil. Die sehen einander an und wissen: Das wird
schwierig. Das wird vielleicht unmöglich, Irma von dieser
wahnwitzigen Idee abzubringen.

»Sie haben mich ausgesucht, aus einer halben Million! Weltweit! Und ich bin dabei! Ich! Ich! Ausgerechnet ich!«

»Tatsächlich«, murmelt Phil. Er steht da mit hängenden
Armen wie betäubt, und Julies Beine fühlen sich an, als
würden sie schmelzen. Matt sinkt sie auf den nächstbesten
Küchenstuhl.

Irma bemerkt nichts vom Zusammenbruch ihrer Eltern.
Sie stürmt aus der Küche, hat an der Tür schon ihr Telefon
in der Hand und auf der Treppe Maja am Apparat.

Die Funkuhr über der Küchentür surrt, der große Zeiger
macht seine Runde. Es ist achtzehn Uhr. Ein Mittwoch Anfang September, und die Zeit steht nicht still.

5

»Ich weiß natürlich, wer ihr seid«, sagt Amos, als er Irma
zum Abschied umarmt. »Und an eurer Stelle würde ich
schleunigst zurückkehren, in die Arena. Ihr seid viel zu wertvoll und, ich fürchte, hier draußen auch nicht mehr sicher.«

Irma nickt, fragt nicht, was *wertvoll* und *nicht mehr sicher*
in diesem Fall bedeuten soll.

»Wir sind schon auf dem Weg zurück. Weißt du zufällig, in
welcher Richtung die Arena liegt?«

Amos schüttelt traurig den Kopf: »Die Arena war schon immer schwer zu finden. Angeblich wechseln sie ständig den Standort.«

Das ist Irma neu, aber sie sagt nichts dazu. Es ist ihr unangenehm, dass sie so wenig weiß über den Ort, an dem sie die letzten Jahre verbracht hat.

»Macht nichts!« Irma zerrt Sam zur Tür, erwähnt überdeutlich, dass sie weiter der Straße folgen werden, und plant, sich so schnell wie möglich ins Gestrüpp zu schlagen. Man weiß nie, sie weiß nichts mehr, sie war zu lange weg.

»Viel Glück, ihr beiden«, sagt Amos, tritt einen Schritt zurück, und dann schließt sich die Glastür vor ihm, und ganz leise hört Irma, wie der Plastikvogel ihnen sein *Kuckuck* hinterherruft. Sam geht rückwärts, winkt und winkt, bis Amos und seine benzinleere Tankstelle nicht mehr zu sehen sind.

»So viele leckere Sachen!«

Sie schleppen beide je eine Plastiktüte, vollgestopft mit Amos Geschenken. Er hat ihnen auch Limonade und Schnaps und Bier gegeben, die Flaschen stecken in ihren Gürteln wie Patronen, machen das Laufen schwer, aber es ist gut zu wissen, dass sie nicht verdursten müssen. Und wenn ihre Blicke auf die Welt betrunken sind: auch gut, vielleicht sogar besser.

Irma sieht sich um: Vor ihnen liegt die verwundete Straße, aufgeplatzter Asphalt. Seitlich die Böschung, Büsche und vor allem Disteln und Brennnesseln. Hier ist die Welt stachlig geworden. Irmas Augen tränen vor Müdigkeit, Sam gähnt. Sie könnten in ihren warmen Betten liegen, unter Daunenfedern und eingelullt von den leisen Streicherklängen, die nicht mehr zu hören sind, sobald man die Augen öffnet. Sie könnten, wenn er nicht so verdammt neugierig wäre und so schrecklich dumm.

»Wo sind die Menschen? Ich dachte, hier gibt es viel mehr davon.«

Irma sieht ihn grimmig an, was soll das Theater? Er kann nicht wirklich so ahnungslos sein.

»Es wird bald wieder Nacht. Die meisten sind in ihren Häusern, und außerdem sind wir hier mitten im Nirgendwo, das ist kein wichtiger Ort, niemand hält sich hier freiwillig auf.«

»Keiner außer uns.«

Sam sieht sich um. Betrachtet die schmalen Bäume, die am Saum der Böschung mit ihren Ästen knarren, die tief hängende Wolkendecke, er streicht über das Skelett einer Heckenrose.

»Es ist anders«, sagt er, »als ich es mir vorgestellt habe.«

»Du weißt echt gar nichts, oder? Von der Welt? Aber wo warst du bitte vorher, vor der Show?« Sie hat ihn das schon hundertmal gefragt, sie wird weiter fragen, bis sie eine Antwort bekommt.

»Ich weiß nicht.«

Irma seufzt schwer: »Es wäre nett, wenn du irgendwann aufhören würdest, mich zu verarschen. Wir haben noch einige Zeit vor uns, gemeinsam. Deine Heimlichtuerei ist nicht die beste Basis.«

»Ich mache das nicht, das ver–«

»Verarschen.«

»Ne, das mache ich nicht. Ich weiß ganz viel, nur eben nichts, was das hier betrifft.«

»Aber wo warst du?«

Sie haben dieses Gespräch schon unzählige Male geführt. Jetzt, wo keine Maske, kein dringender Termin sie unterbricht, fällt Irma erst auf, wie wenig sie durch ihre Fragen bisher erreicht hat. Sie will ihn schütteln, hält sich aber zurück.

»Hinter den Wänden.«

Sie versteht nicht, sieht ihn erwartungsvoll an. Er nickt nur:

»Hinter den Wänden.«

Er spinnt. Hinter den Wänden! Sie war auch hinter Wänden. Hinter Wänden und Türen und Fenstern und Zäunen, hinter und in dem, was ihr Zuhause war, ihre Schule, die Häuser ihrer Freunde, die Stadt.

Motorgeräusche. Irma zieht Sam zu Boden. Sie will gefunden werden. Aber von den richtigen Leuten. Irre Fans kann sie jetzt nicht gebrauchen. Ein Pick-up fährt vorbei, nur ein Scheinwerfer funktioniert, aber der leuchtet ihnen grell in die Augen. Irma erkennt nicht, wer hinter der Scheibe sitzt. Aber so schnell, wie der Wagen fährt, kann es niemand sein, der sie sucht. Sie bleiben auch sitzen, als das Auto schon längst nicht mehr zu sehen ist. Sam lässt sich rücklings fallen, er liegt da, als wäre das Gestrüpp unter ihm eine Sommerwiese.

»Amos war nett, und die Luft riecht gut, dafür hat es sich schon gelohnt.«

»Na, dann können wir ja jetzt zurück.«

»Die Insel«, sagt Sam. »Ich muss noch zur Insel.«

»Wie gesagt, ich glaube nicht, dass es die Insel gibt.«

»Warum sollte sich jemand so was ausdenken?«

»Keine Ahnung. Manche Leute kommen eben auf schräge Ideen, oder sie wünschen sich etwas und versuchen, es durch Erzählen real werden zu lassen.«

»Hast du das schon mal gemacht?«

»Ich? Ne, ich glaube nicht an so was.«

»Was meinst du mit *so was*?«

»Keine Ahnung, Magie?«

»*Magie*«, wiederholt Sam und sieht dabei völlig verzückt in die Gegend.

Irma boxt ihn in die Seite, er sieht sie entsetzt an: »Man darf nicht schlagen!«

»Ich wünsche mir nichts«, sagt Irma nach einer Weile. »Ich will nur das, was jetzt kommt. Unsere Reise, der neue Planet.«

»Und vorher zur Insel.«

»Wie stellst du dir das vor?«

Sam bohrt mit einem Zweig im Boden, malt Kreise, Planeten wahrscheinlich.

»Wir suchen.«

»Toll. Weißt du eigentlich, wie groß die Welt ist?«

»Nein. Doch! Zwölftausendsiebenhundert Kilometer etwa, im Durchmesser.«

Irma sagt nichts dazu, es kann schon sein, dass das stimmt. Sie fröstelt. Ihre Kleidung ist noch nass, und wie sollte sie auch trocknen, an der immer feuchten Luft. Sam neben ihr zittert, seine Lippen sind hellgrau, der Wind fegt kalt über den Boden, da helfen die Brennnesseln nicht.

»Komm her«, sagt Irma und wundert sich selbst darüber. Sam sieht sie unsicher an. Erst als sie aufmunternd nickt, rutscht er vorsichtig näher. Das haben sie bisher vermieden, die Kompatibilitätstests gingen zu weit, sie halten einen Sicherheitsabstand, entschuldigen sich für die seltenen ungewollten Berührungen. Irma nimmt seinen Arm, legt ihn um ihren Rücken, legt selbst ihre Arme um ihn.

»Es ist kalt«, sagt sie. »Und so ein bisschen wärmer, deshalb.«

Er sieht zufrieden aus und unfassbar ängstlich. Die Tests, die werden sie nicht mehr los.

»Wir werden krank«, sagt er nüchtern.

»So ist das eben, wenn man draußen rumrennt. Dann kann man krank werden.« Er sieht erschrocken aus, und sie lenkt ein: »Wir könnten ein Feuer machen, genug Holz gibt es, und wenn wir die richtigen Steine finden, bekomme ich es an.«

»Bitte kein Feuer.«

Natürlich nicht. Das war dumm. *Sam, brennend*. Olivier hat ihr davon erzählt: Das Bild wurde angeblich teuer verkauft, es hat die ganze Welt bewegt, war auf dem Titel von Zeitungen, Anlass für Kunstaktionen und Proteste. Sam hat eine Narbe davongetragen. Sie zieht sich dunkelrot einmal quer über die Brust bis hinunter zum linken Arm, wo sie das T-Shirt nicht schnell genug von seinem Körper bekommen hat. Sie hätte eine Schere gebraucht, die gab es nicht, nur ihre Hände, von den anderen, von Cal und selbst von Anas nur erschrockene Blicke. Die Brandsalbe hat bei ihnen beiden erstaunlich gut gewirkt, aber Irma weiß, dass Sam noch immer schlecht träumt.

»Tut mir leid.«

»Alles gut«, behauptet er, sie tut wie immer so, als würde sie ihm glauben.

Irma greift nach dem Schnaps, pult den Aluverschluss ab, öffnet den Deckel, schnuppert und verzieht das Gesicht.

»Was ist das?« Sam beugt sich neugierig vor, sie hält ihm die Flasche hin. Er atmet tief ein, macht ein ersticktes Geräusch.

»Was ist das?«, wiederholt er.

»Schnaps. Der wahrscheinlich billigste Fusel, den es gibt.«

»Fusel?«

»Billiger Alkohol halt –«

Sie hält ihm die Flasche hin, er schiebt sie zurück.

»Du zuerst!«

Sie hat seit Jahren nicht mehr getrunken. Seit zehn Jahren, genau genommen. Wahrscheinlich ist es nicht die beste Idee, jetzt wieder damit anzufangen. Trotzdem nimmt sie einen tiefen Schluck. Das Zeug brennt im Mund, verätzt ihr den Rachen. Sie schüttelt sich, ihre Augen tränen.

»Was soll ich tun?« Sam klingt erschrocken.

»Alles gut«, keucht Irma. »Ist nur ungewohnt, und ehrlich gesagt schmeckt es scheußlich.«

Er streckt trotzdem die Hand aus, sie gibt ihm die Flasche. Er betrachtet erst Irma, dann den Schnaps, als wäre es Strychnin.

»So was habe ich noch nie getrunken. So ein – Fusel.«

Sie lacht:

»Jetzt erzähl mir nicht, dass du noch nie Schnaps getrunken hast!«

»Sag ich doch!«

»Wein?«

Er schüttelt den Kopf.

»Bier?«

»Nein.« Das kann er ihr nicht weismachen! Er war sechzehn, siebzehn, als sie sich das erste Mal begegnet sind. Sie sieht ihn prüfend an. Andererseits kann sie sich ihn auch nicht vorstellen, mitten im Partygetümmel eines verschämten Kinderzimmers, wie er auf dem Boden hockt und eine Flasche kreisen lässt, während ihn seine Freunde anfeuern (hatte er Freunde?), er einen tiefen Schluck nimmt und rot anläuft, weil er sich das Husten verkneifen muss.

»Na dann, Prost!«, sagt Irma, Sam setzt an und spuckt sofort wieder aus. Er sieht Irma entsetzt an.

»Es wird besser.«

»Wie?«

»Man gewöhnt sich. Also, es wird ehrlich gesagt niemals besser schmecken, aber irgendwann merkst du es nicht mehr.«

Er nickt tapfer, und dieses Mal schafft er es, das Zeug run-

terzuschlucken. Er bekommt einen Hustenanfall, und Irma
legt ihm die Hand auf die Schulter, und nach einer Weile beruhigt Sam sich wieder.

»Das war schon besser«, stößt er tapfer hervor, und Irma
muss grinsen, es ist fast ein bisschen rührend, wie er sich bemüht.

Sie lassen die Flasche hin und her wandern und husten und
keuchen und schlagen einander auf den Rücken und müssen lachen. Sie trinken noch mehr und noch mehr und lehnen bald atemlos kichernd aneinander. Ein bisschen besser
ist es hier draußen mit Sam, sie fühlt sich ihm näher. Die
Arena gab Nähe vor, und Irma hat dort immer wieder das
Weite gesucht, hier draußen ist zu viel Platz, hier muss sie
dicht bei ihm bleiben.

Das Licht macht ihr Sorgen, die Farbe der Nacht und die
Verschiebung des Ganzen in eine Zwischenwelt. Zehn Jahre. Was sind zehn Jahre? In diesen Zeiten anscheinend eine
Ewigkeit. Irma fragt sich, ob sie mit schuld ist an dieser viel
zu schnellen Veränderung. Weil sie zu denen gehört, die
sich jetzt schon etwas anderes suchen, die all das hier aufge-
ben wollen und nicht mehr daran glauben. Weil die Mission
ohne Weltuntergang gar nicht so sinnvoll ist. Irma öffnet
noch eine Flasche. Bald beginnt Sam wirres Zeug zu reden:
erzählt von Leuchtsternen und endlosschleifig von diesem
Hund, stammelt etwas von der Karte, sie hört nicht genau
hin. Dann kippt er um, sein Kopf landet schwer an ihrer
Schulter, die Augen sind geschlossen, der Mund halb geöffnet. Er schläft, macht grunzende Geräusche. Sie lässt ihn,
kämpft gegen die Schwere im Kopf an, die Übelkeit, die
Müdigkeit. Sie muss wach bleiben, muss Ausschau halten,
winken und rufen, wenn die Masken kommen, und sie kann
ohnehin nicht schlafen, jetzt, wo sie mittendrin ist in all

dem, was sie hinter sich lassen und nie wiedersehen wollte. Abschiede sind nichts für Irma, und das hier ist eine leise bis gewittrige Abschiedsparty im bestenfalls schwefelgelben Licht. Bevor ihre Augen zufallen, überlegt sie noch, was sie sich dabei eigentlich gedacht hat, ihn so abzufüllen.

Unterschriften

Sie machen einen Ausflug. Phil schnappt sich die große blaue Plastiktüte, vollgestopft mit Sonnenmilch, Sonnenschirm, Büchern, Decken. Sie glauben daran, dass die Sonne rauskommen wird. Julie trägt den Picknickkorb, den sie und Phil vor Jahren von Freunden zur Hochzeit geschenkt bekommen haben. Irma ahnt etwas. Bis spätestens morgen müssen die Unterlagen unterschrieben bei der Post liegen. Irma will Maja auf den Ausflug mitnehmen. Als Verstärkung. Phil und Julie erlauben es nicht. Familienzeit. Sie fahren mit dem Rad, es ist ewig her seit der letzten Radtour. Wahrscheinlich war das im Urlaub, überlegt Irma. Auf einer der Inseln, die es schon längst nicht mehr gibt. Da waren Autos verboten, man fuhr mit Pferdekutschen oder eben mit dem Rad, und Tag für Tag zogen Julie und Phil einen klapprigen Bollerwagen mit ihrem Strandzeug und einer fröhlich Befehle gebenden Irma darin hinter sich her durch den tiefen Sand bis zum Wasser. Total altmodisch, ziemlich öko, aber irgendwie auch ein bisschen nett. Niemals würde Irma den anderen gegenüber zugeben, dass sie es schön findet, Sachen mit ihren Eltern zu machen. Maja gegenüber vielleicht, die weiß das ja eh, aber den anderen gegenüber nicht. Die übertreffen sich gegenseitig mit Geschichten über die Blödheit ihrer Eltern, ab und zu steuert auch Irma etwas bei, harmlose Ticks wie Phils obsessive Angst vor der

Langeweile und Julies Furcht vor Fledermäusen. Aber so funktioniert das Spiel nicht. Das hat Irma erst vor kurzem verstanden: Es müssen Dinge sein, die sie betreffen, durch die ihre Eltern Irmas Leben zur Hölle machen, weil sie eben oberpeinlich sind. Irma findet ihre Eltern gut, daran kann sie nichts ändern, und fürs Geschichtenerfinden ist sie nicht begabt. Sie kann Mathe, Physik und alle Fremdsprachen, nur im Literaturunterricht langweilt sie sich. Was soll sie dadurch lernen, dass sie liest, was andere irgendwann einmal gedacht haben? Warum soll sie interpretieren, wie die was gemeint haben, im Kontext ihrer jeweiligen Zeit? Geschichte geht grade noch so, aber an den Doppelstunde-Literatur-Tagen schwänzt Irma manchmal. Dann sitzt sie in der Stadtbibliothek in der hintersten Ecke, falls jemand vorbeikommt, der sie nicht sehen soll, und liest für die anderen Fächer. Sie muss nicht viel lernen, sie kann das auch so, aber meistens hören die Lehrer immer dann auf, wenn es wirklich spannend wird. Aber alles, alles, wirklich alles ist aufregender, sogar Literatur, als die Wettbewerbe um die peinlichsten Eltern.

»Bereit?«, fragt Julie.

»Bereit«, rufen Phil und Irma. Dann radeln sie los, die Straße hinunter, am Lebensmittelladen vorbei, der mittlerweile vier Tage die Woche geschlossen hat, die alte Frau Mol mit ihrem Laubsack ignorierend, durch die Allee, in den Wald, da sind schon die Kiesteiche. Früher kam Irma der Weg unendlich weit vor. Und manchmal legte Phil ihr dann eine Hand auf den Rücken und schob sie das steilste Stück den Berg hoch, der jetzt allerhöchstens noch ein Hügel ist. Sie suchen nach ihrem alten Platz, er war dicht bei einem maroden Sprungturm. Aber den Turm gibt es nicht mehr, und sie finden die Stelle nicht.

»Macht nichts!«, ruft Julie betont fröhlich. »Dann bleiben wir eben hier.«

»Hier ist es auch schön«, sagt Phil. Stimmt, hier ist es schön. Es gibt einen Strandabschnitt, der war früher schmaler, Schilf und ein Entenpärchen, ein Steg führt ins Wasser, daran festgebunden ein kleines Ruderboot, das auf dem Trockenen liegt und zur Seite gekippt ist wie ein erschöpfter Hund.

»Wie Schweden«, sagt Julie. »Bestimmt ist es genauso in Schweden.«

»Idyllisch«, seufzt Phil. Sie lachen. *Idyllisch*, das ist so ein alter Familienwitz.

Irma zieht ihr Kleid aus, rollt es zusammen, schiebt es sich unter den Kopf und versucht, mit zusammengekniffenen Augen möglichst lange in die Sonne zu starren. *Physische Tests*. Wer weiß, was das bedeutet. Seit der Brief gekommen ist, läuft sie jeden Tag vor der Schule, eine Dreiviertelstunde. Sie fühlt sich ungemein sportlich, bisher war Sport nicht so ihr Ding. Anders gesagt: bisher war Sport eher ein Problem. Daran will sie jetzt nicht denken, die blöden Wahlen, bevor es mit irgendeinem Mannschaftsspiel losging. Maja wählte sie immer zuerst, aber natürlich war Maja nicht immer Kapitän. Egal. Blick in die Zukunft. Irma richtet sich auf, kurz ist ihr schwindelig, vor ihren Augenlidern tanzen orangefarbene Punkte auf knallrotem Grund. Irgendwann kann sie wieder sehen. Julie und Phil sitzen aufrecht, starren stumm auf den See. Sie sind hier noch ganz allein. Es ist noch zu früh für die Familien mit den kleinen Kindern, und die Leute in Irmas Alter, die wenn, dann selbstverständlich ohne Eltern kommen, liegen noch im Bett und schlafen. Wochenende, da schläft man aus, weil man abends auf irgendeiner Party war oder einfach nur mit ein paar Freunden abgehangen hat. Irma saß gestern Abend am Computer und hat nach den anderen Anwärtern, die aus den Hunderttausenden Bewerbern ausgewählt wurden, gesucht. Um kurz nach Mitternacht erschienen die Bilder und Kurzbiographien auf der Startseite. Irma hat mindestens achtmal neu geladen, aber es blieb beim ersten Eindruck: Sie selbst sah leider nicht besonders vielversprechend aus. Irma Lewyn, der Nerd mit der Brille und dem blaufleckigen Haar. Dabei war das immer ihr Lieblingsfoto gewesen. Außer Irma gibt es noch zwei Anwärterinnen in ihrem Alter: Viola und Elin, beide sehr hübsch. Aber die Fotos könnten natürlich auch bearbeitet sein. Irma hat ihres auch leicht verändert, die Belichtung höher gestellt, das macht den Teint ebenmäßiger und gibt ihr etwas Elfenhaftes, obwohl sie in Wahrheit so gar nicht der Elfentyp ist. Die Jungs sind alle irre toll. Der erste Junge, der immer noch keinen Namen hat, der sowieso. Aber auch die anderen. Solche Typen gehen nicht in Irmas Schule. Und: Wenn sie zu den Auserwählten gehört, wird einer von denen ihr Freund. Sie hat noch nachts mit Maja telefoniert, und sie haben sich darauf geeinigt, dass es wenn, dann auf jeden Fall Anas sein muss. Der hat ein ganz tolles Lächeln und einen irre küssbaren Mund, sagt Maja. Die muss das wissen, die hat nämlich schon mal geküsst. Sie haben sich vorgestellt, wie es wäre, Anas' Freundin zu sein, mit ihm auf diese Reise zu gehen. Am Telefon mit Maja war das ein Riesenspaß, aber nachdem sie aufgelegt hatte, bekam Irma Angst. Vor Anas, den anderen Mädchen, der ganzen Sache. Schlafen konnte sie erst, nachdem sie sich oft genug eingeredet hatte, dass das doch meistens so ist, in diesen Shows, auch in denen, wo es um viel weniger geht: dass am Ende immer die grauen Mäuse gewinnen. Die dann natürlich längst keine grauen Mäuse mehr sind.

Sondern Helden, in ihrem Fall. Irma wird am Ende eine Heldin sein. Wie cool ist das denn bitte?

Aber erst die blöden Unterschriften. Alle, die noch bei ihren Eltern wohnen, müssen unterschreiben lassen. Dass die Eltern wissen, was ihr Kind tut. Irma kramt in der blauen Tasche. Sie hat die Unterlagen heimlich da hineingelegt, getarnt in einem dieser Mädchenmagazine, das sie sich extra gekauft hat. Die Papiere stecken zwischen den Sexfragen und der Fotolovestory. In der Geschichte geht es um einen Jungen und ein Mädchen, die sich im Zuge des Weltuntergangs verlieren. Irma wollte nur mal reinlesen, aber dann hat sie die Geschichte gepackt, und am Ende war sie wirklich betroffen. So könnte es sein, in einigen Jahren oder Jahrhunderten. Gründe über Gründe, überall.

»Seit wann liest du denn so einen Quatsch?«, fragt Julie.

»Les ich gar nicht. Ich habe nur die Sachen für Carpe Diem da reingelegt, damit sie nicht knicken.«

Auch Phil dreht sich jetzt zu ihr um.

»Genau darüber wollten wir mit dir reden. Wir möchten nicht, dass du da mitmachst.«

»Die verheizen dich, Irma. Tu dir das nicht an.«

Irma springt auf. Sie ist selbst überrascht, dass sie plötzlich so wütend ist.

»Ihr traut mir das nicht zu, oder?«

Julie steht auf, macht einen Schritt auf Irma zu, hebt beschwichtigend die Hand.

»Na klar trauen wir dir das zu. Sonst würden wir dich ja nicht bitten, es zu lassen. Wir wollen nicht, dass dich jemand für so einen Quatsch missbraucht!«

»Ihr glaubt nicht, dass ich das schaffe! Ihr denkt auch, dass ich eine blöde Langweilerin bin, eine lahme Streberin, die sich nichts traut und die niemand braucht!« Irma weint jetzt. Phil und Julie sehen sie entsetzt an. Phil versucht, sie in seine Arme zu ziehen. Irma stößt ihn weg, er stolpert über die blaue Tasche, kann sich noch fangen, steht hilflos da.

»Irmchen. Wir brauchen dich, wir lieben dich.«

»Ihr seid ja auch meine Eltern. Ihr müsst das!«

Irma dreht sich um und rennt zu ihrem Rad. Beim Losfahren rutscht sie ab. Das Pedal schlägt ihr gegen das Schienbein, sodass es blutet und brennt, aber Irma kümmert sich nicht darum. Sie fährt weg. Vom See, durch den Wald, die Allee, die Straße entlang, antwortet nicht, als die immer herumschnüffelnde alte Mol sie irgendetwas fragt, wirft das Rad in den Vorgarten, stürmt in ihr Zimmer, knallt die Tür zu, schließt ab.

Julie und Phil verbringen den Tag vor der Tür. Irma liegt auf dem Bett, den Laptop auf dem Bauch, scrollt durch die Bilder der anderen Anwärter. Warum haben die ausgerechnet sie ausgewählt, die dämliche, hässliche Irma Lewyn?

»Schätzchen«, flüstert Julie vor der Tür. »Schätzchen, bitte mach auf.« Irma rührt sich nicht, und irgendwann, als es schon dunkel wird, hört sie, wie Julie und Phil die Treppe wieder hinabsteigen.

Kurz vor drei Uhr morgens knurrt Irmas Magen so, dass sie sich in die Küche schleichen muss. Auf dem Esstisch liegen die Unterlagen. Phil und Julie haben beide unterschrieben, auch wenn nur einer von ihnen gemusst hätte.

6

Als er aufwacht, ist es völlig dunkel. Nacht also. Seine zweite hier draußen. Er greift neben sich. Irma ist weg und die Karte unter seinem T-Shirt verschwunden. Angst donnert in Sams Brustkorb, er springt auf. Sein Kopf schmerzt. Er ruft nach Irma. Seine Schreie klingen viel zu laut in der Stille ringsumher. Vielleicht ist das jetzt so wie mit dem Hund. Dass jemand, der immer da sein sollte, plötzlich weg ist. Wenn etwas zweimal passiert, kann man es als Regel bezeichnen. Sam läuft ein paar Schritte, die Böschung hinauf in Richtung der Straße. Sie liegt still, kein Mensch, kein Auto ist unterwegs. Trotzdem: Wenn ihn jetzt jemand sieht, niemand darf ihn sehen, Irma war es so wichtig, verborgen zu bleiben, er will keine Fehler machen, er darf sie nicht verärgern. Sam läuft zurück, durch trockenes Laub, das raschelt wie die tiefblauen, die glänzenden Luftschlangen in der Arena. Anas hat gesagt, dass sie die Schlangen aus den Bezügen alter Liegestühle herstellen. Aus Liegestühlen von Kreuzfahrtschiffen. Sam weiß nichts von Luftschlangen und Liegestühlen und Kreuzfahrtschiffen, aber natürlich hat er Anas geglaubt, wie er ihnen allen alles geglaubt hat. Sie haben ihm die Welt nicht erklärt, aber sie haben ihm neue Wörter geschenkt, neue Begriffe und Klänge. Und Anas hat nie mit den Augen gerollt, wenn Sam eine seiner Fragen gestellt hat. Anas war nett.

Er beginnt zu rennen. Vielleicht wurde Irma geschnappt, vielleicht haben sie Sam nicht bemerkt, und vielleicht hat er nur wenig Zeit, zur Insel zu kommen. Aber wie soll er die ohne die Karte finden? Und darf er ohne Irma überhaupt weitersuchen? Ist das, was er tut, »im Stich lassen« – das schlimmste aller Vergehen?

Ihr dürft einander niemals, niemals im Stich lassen.

Cal hat sie im Stich gelassen, er hätte warten müssen, bis sie alle die Kapsel verlassen hatten, aber er war panisch geworden, hatte die Luke hinter sich zugeschlagen, und Anas' Hände waren dazwischen gewesen, sein Schrei das Schrecklichste, und Sam war zur Luke gestürzt, hatte an dem schweren

Ding gezerrt, bis es nachgab und Anas Hände zerquetscht, aber frei waren. Er wurde operiert, und wenig später war er weg.

Du hättest eben schneller sein müssen. Draußen war Cal angeblich auf dem Boden zusammengesunken, japsend. Die anderen hatten am Abend darüber gesprochen, während Cal nebenan seine Tasche packte. Sam hatte wie immer nur wenig verstanden, sich später freundlich von Cal verabschiedet und sich gewundert, dass die anderen ihm seltsam ernst nur die Hand reichten. Niemals also darf einer von ihnen einen anderen im Stich lassen, schon gar nicht der Auserwählte die Auserwählte. *Du bist verantwortlich, schau nicht weg.* Und trotzdem rennt Sam weiter. So lange, bis ihn jemand an den Armen packt.

Sam fährt herum, im Dunkeln erkennt er Irma.

»Was ist passiert?«, sie klingt besorgt.

»Wo warst du?«

»Pinkeln.«

»Oh.«

»Du kannst nicht jedes Mal ausflippen, wenn ich mal muss.«

»Ich dachte, du wärst weg.«

Sie seufzt.

»Das hätte auch gut sein können, ich habe die ganze Nacht überlegt, und dann bin ich doch geblieben. Wie gesagt, ich war nur pinkeln.«

»Ich bin sehr froh.«

Sie lacht, öffnet die Hand, hält ihm etwas entgegen, kleine Kugeln, deren Farbe er im Dunkeln nicht erkennt.

»Heidelbeeren, glaube ich.« Sie lässt die Beeren in seine Hand rollen.

»Oder Brombeeren.«

Die Beeren sind weich und glatt. Sam schnuppert daran, kein Geruch.

»Du kannst sie ruhig essen, Beeren kann man essen.«

Er stopft sich alle auf einmal in den Mund, kaut gierig. Die Beeren schmecken nach nichts, aber der Saft tut gut auf der schweren Zunge.

»Danke!«

»Kein Ding. Aber wir sollten jetzt weiter, da lang!«

Irma zeigt in die Richtung, aus der sie eben gekommen ist. Sam erkennt die Umrisse von Bäumen. Ein Wald. Das ist also ein Wald. Nadel- und blattlose Bäume, Äste und Zweige wie Kabel und Drähte. Sam hat sich den Wald anders vorgestellt, dieser sieht so leblos aus.

»Hast du auf die Karte geschaut?«

»Natürlich, was denkst du?«

Sie wedelt ihm mit der Karte vor dem Gesicht herum. Er hat sie wütend gemacht mit seiner dummen Frage. Natürlich hat sie auf die Karte geguckt.

»Also! Da lang!«, wiederholt Irma und zeigt in Richtung des Waldes. Dahin, wo die Äste der dürren Bäume fast einen Bogen bilden, wo die Büsche weit auseinanderstehen und zwischen ihnen Minibäume mit breiten Köpfen wachsen.

»Darf ich die Karte tragen?«, fragt Sam vorsichtig. Er will nicht, dass sie wieder wütend wird, jetzt, wo sie zugestimmt hat, ihm zu helfen. Aber er muss die Karte unbedingt wiederhaben, sie zurück unter sein T-Shirt stecken, ohne sie ist es, als fehlte ihm ein großes Stück Haut.

Irma zögert, nickt, gibt sie ihm.

»Aber pass gut auf!«

»Klar!«

»Ne, echt. Kein Stolpern oder Ausrutschen oder so, ja? Sonst können wir das mit der Insel vergessen.«

»Ich werde nie wieder hinfallen«, schwört Sam und rutscht natürlich genau in diesem Moment auf einem morschen Stück Holz aus, kann sich gerade noch halten, sieht Irma stolz an. Die erwidert seinen Blick nicht, läuft weiter, hält dabei ständig Ausschau, und Sam bemüht sich mitzuhalten, presst die Karte so fest er kann an die Brust.

Sie sind unterwegs. Sie sind wirklich unterwegs.

Philatelie

Es ist der erste Brief, den Irma verschickt. In den Unterlagen stand, sie solle sich nicht über die seltsame Anschrift wundern, das sei eine Tarnadresse, damit auf keinen Fall irgendwas vor der Zeit nach außen dringt. Der Weg zur Post ist eine geheime Mission. Sie darf niemandem begegnen, und natürlich begegnet sie vor dem Haus der alten Mol, die wissen will, warum Irma so einen großen Umschlag mit sich herumträgt. Irma erzählt etwas von einer Bewerbung für eine besondere Schule, und die alte Mol zieht die Augenbrauen hoch und murmelt »Besonders, na ja«.

Irma vermutet, dass sie beleidigt sein sollte über die Art, wie die alte Mol das sagt, aber sie ist jetzt eine Anwärterin, und als Anwärterin ist man über Dinge wie Neid und Missgunst erhaben. Der Rest des Weges verläuft dann ereignislos und unbeobachtet. An der kaputten Automatiktür der Postfiliale, die man aufschieben muss, hängt ein Schild:

> Wir schließen nächsten Monat.
> Vielen Dank für Ihre Treue.

In der Post ist niemand, der irgendwem die Treue hält, Irma steht allein in der riesigen Halle mit den leeren Regalen.

»Haben Sie Interesse an unserem Sondermarkenset?«
Hinter einem Vitrinentisch voller Briefmarken lauert ein
blässlicher Mann. Irma schüttelt den Kopf. Was soll sie
mit Sondermarken? Sie geht nicht davon aus, dass sie
jemals wieder einen Brief schreiben wird. Der Mann
hält ihr ein kleines Heft entgegen, sieht sie hoffnungsvoll
an.

»Thema sind Haustiere, sehen Sie mal – Hunde und Katzen
und Papageien und ganz putzige Meerschweine. Allein wegen der Meerschweine lohnt sich das Set schon. Eigentlich
viel zu schade, um sie auf Briefe zu kleben. Man will sie allesamt behalten. Meerschweine gibt es ja praktisch gar nicht
mehr. Kennen Sie Meerschweine?«, fragt der Mann und
streichelt traurig über das Heft. Irma nickt, schüttelt den
Kopf, sieht sich um. Gibt es hier auch normale Leute? Hinter den anderen Tresen steht niemand. Der Mann folgt ihrem Blick: »Alle weg. Der Letzte vor zwei Monaten, ihm war
es hier zu ruhig. Jetzt bin nur noch ich hier. Wirklich, kein
Interesse an der Sonderedition? Sie ist so wahnsinnig liebe-
voll gemacht!«

Sie muss wohl oder übel mit ihm sprechen, wenn sie ihre
Unterlagen abschicken will. Als sie sich seinem Tisch nähert, strahlt er über das ganze Gesicht:

»Na sehen Sie! Den Meerschweinen kann niemand widerstehen!«

Irma knallt ihm den Umschlag auf den Tisch:

»Das muss ich verschicken. Per Einschreiben.«

»Einschreiben!«, ruft der Mann so laut, dass es hallt. »Großartig!« Vorsichtig legt er den Umschlag auf eine Waage, studiert die Anzeige, holt ein großes gelbes Buch hervor, leckt
sich verstohlen über Daumen und Zeigefinger und blättert
eifrig drauflos. Irma tritt von einem Bein auf das andere.

Sie muss zur Toilette, aber sie wird sich hüten, diesen Verrückten danach zu fragen.

»Hier!«, ruft er begeistert. »Fünfhundertfünfundsiebzig! Sie sind gerade noch so im Tarif!« Er zwinkert ihr verschwörerisch zu. Irma ringt sich ein Lächeln ab. Der Mann greift nach ihren Händen, hält sie fest, blickt ihr tief in die Augen. Er muss sich mehrmals räuspern, bevor er genug Stimme hat, um zu sprechen:

»Und wissen Sie was, junge Dame?«

Irma schüttelt perplex den Kopf.

»Weil Sie höchstwahrscheinlich meine letzte Kundin sind, schenke ich Ihnen eines der Heftchen!«

Er sieht Irma erwartungsvoll an, die bringt immerhin ein leises Danke zustande. Der Briefmarkenmann drückt ihr das Heft in die Hand, haucht ein »Hier«, kreischt: »Nicht knicken!«, als Irma es in ihre Jackentasche stecken will. Er gibt ihr eine braune Papiertüte. Irma verstaut die Marken, er nickt, sieht richtig erleichtert aus.

»Und auf Ihre Post passe ich gut auf!«, sagt er lächelnd und streicht über den Umschlag. Es sieht nicht so aus, als hätte er vor, den Brief jemals abzuschicken.

»Wann wird er ankommen?«, fragt Irma vorsichtshalber.

»Wahrscheinlich erst nächste Woche, wir werden nicht mehr täglich angefahren, und der Transport ist ebenfalls langwieriger geworden.«

»Nächste Woche ist okay«, sagt Irma, »aber dann wirklich, ja?«

»Selbstverständlich«, sagt der Mann und streckt seinen krummen Rücken durch. »Ich gebe Ihnen mein Ehrenwort.«

Seltsamerweise beruhigt Irma das tatsächlich.

»Danke.«

»Ich mache nur meine Arbeit«, sagt er und sieht jetzt hochzufrieden aus. Irma dreht sich um und geht dröhnenden Schrittes durch die Postfiliale. Während sie die Schiebetür zuzieht, sieht sie den Mann geschäftig hinter seinem Tresen auf und ab laufen. Er sieht winzig aus in seinem vergessenen Palast und kein bisschen unglücklich.

»Ein Philatelist«, sagt Julie, als Irma ihr abends von dem Mann und seinen Meerschweinchenmarken erzählt, »dein Opa war auch einer, irgendwo müssten wir die Sammlung noch haben. Merkwürdig, oder?«

»Was?«

»Na, was am Ende übrig bleibt.«

Julie beißt gedankenverloren in ihr Brot, und Irma verzichtet darauf, sie zu fragen, wen oder was sie damit meint.

7

Sie gibt sich Mühe, so zu wirken, als hätte sie einen Plan, als kenne sie sich hier draußen noch aus. Sie hofft, dass Sam nichts merkt, so lange, bis es zu spät ist. Irgendwo wird man auf sie warten. Die Masken werden sie finden, wann und wo sie wollen. Wahrscheinlich an einem Ort, der etwas hermacht auf Bildschirmen und Plakaten. Sam glaubt ihr, dass sie die Karte lesen kann, dass sie ihn zur Insel führt oder zumindest zu dem Meer, in dem sie angeblich liegt. Es ist egal, dass sie ihn anlügt, sie ist sich sicher, dass auch die Karte eine Lüge ist. Aus irgendwelchen Gründen wollen die Masken sie beide anscheinend noch eine Weile draußen in der Welt sehen, sonst wären sie längst aufgetaucht, und wenn das alles so geplant ist, dann muss Irma sich keine Sorgen machen, die Fähre zu verpassen, dann ist das hier noch oder schon Teil ihrer Geschichte. Noch eine Reise, vielleicht eine letzte Übung. Wie findet man sich zurecht in einer Welt, die

Sam behauptet, nicht zu kennen, und von der auch Irma nach zehn Jahren in der Arena nicht mehr viel weiß? Sie sind unterwegs, und es könnte sein, dass dort, wo sie jetzt laufen, einmal ein Weg war, dass dort schon Menschen vor ihnen gegangen sind. Vor langer Zeit, in einer anderen Welt.

Zwischenwelt

Plötzlich ist alles anders. Damit hat sie nicht gerechnet. Aber es beginnt unmittelbar, nachdem sie die Unterlagen auf den Weg gebracht hat. Irma weiß, dass sie ausgewählt werden wird, sie war sich noch nie so sicher. Die Jury wäre dumm, Irma nicht hochzuschicken, sie ist schlau, sie will unbedingt, sie hat hier unten nichts zu suchen, nichts zu finden. Am Abend sitzt sie in ihrem Zimmer auf dem Schreibtischstuhl, sieht sich um, sieht hinunter in den Garten. Alles, was ihr viel zu nah war, ist ihr jetzt schon so fern. Es ist ein gutes Gefühl zu wissen, dass es ihr egal sein kann, ob die Sonne jemals wieder hinter den Wolken hervorkommt, ob Maja und Tom sich irgendwann einmal verstehen werden, ob Julie und Phil genug Mehl für einen Geburtstagskuchen zusammenbekommen, ob die Welt untergeht, ob Omas Äpfel wurmstichig sind. Sie muss sich nicht mehr für einen Beruf entscheiden, den es nach Ende der Ausbildung gar nicht mehr gibt, sie muss sich keine Zukunft hier unten ausmalen, sie weiß jetzt, was sie will, und man wird ihr sagen, was kommt. Irma muss sich nicht mehr über die anderen ärgern, nicht über die in der Schule, nicht über die Nachbarn. Sie ist nicht mehr länger anders und komisch, und wenn es Tom und Maja nicht gäbe, eigentlich eine Außenseiterin, sie ist jetzt besonders, eine Anwärterin, gewissermaßen schon auserwählt, und niemand, nicht einmal Irma selbst, kann je wieder daran zweifeln, dass sie wichtig ist.

Unten, im dämmrigen Garten, kämpft Phil schon wieder um den Birnbaum, mit giftigem Spray und Klebeband gegen irgendwelche feindlichen Larven. Es kann ihr egal sein, dass er sich vergeblich abmüht, Jahr für Jahr, dass es noch nie eine Birne bis zur Reife gebracht hat. Bis gestern hat sie das wahnsinnig gemacht, dieses ewige sich Bemühen und sich Beschweren, wenn es wieder nicht klappt, wenn ihr Vater bräunlich-faulige Birnenstummel in die Küche trägt und so vorwurfsvoll auf den Tisch knallt, dass stinkender Birnenmatsch quer durch den Raum spritzt. Warum er es nicht einfach aufgibt, Pastinaken und Schwarzwurzeln und winzige Kartoffeln anbaut, wie die anderen auch. Jetzt kann sie ihm zusehen, ohne dass es sie stört. Soll er doch. Soll Julie doch denken, dass ihr selbstgenähtes Sonnensegel eines Tages wieder gebraucht wird, und dass es gut ist, die Creme mit Lichtschutzfaktor fünfzig aufzuheben, die es praktisch nirgendwo mehr zu kaufen gibt. Soll sie doch. Und soll Maja vom Studium träumen, jede Woche von einem anderen, und soll Tom sie offensichtlich-heimlich anschmachten, so viel er will. Irma muss zu nichts mehr Stellung beziehen, nichts ablehnen oder entscheiden. Sie muss die peinlichen Poster nicht abnehmen, die pinkfarbene Wand nicht neu streichen, obwohl die Farbe ganz und gar nicht mehr zu ihr passt. Es ist egal, dass das Blau, das sie mit Maja ausgesucht hat, sie noch blasser macht und ihr wirklich überhaupt nicht steht. Man wird sich darum kümmern, sie werden sie schön machen. Schön zu sein ist wichtig für die Mission, das sieht sie an den anderen. Und Irma weiß auch, dass niemand außer ihr selbst sie zu den Favoriten zählen wird. Genau das ist ihr Vorteil: Niemand rechnet mit ihr, und wie immer wird Irma es allen zeigen. Dieses Mal nicht nur in der Mathearbeit, sondern bei dem Wettkampf um die ewige

Reise ins All. Irma sagt es laut, weil es sich so großartig an-
hört:

»Ich werde es der Menschheit zeigen!«

In ihrem kleinen pinken Zimmer mit den abgeschabten
Kindermöbeln wirkt der Satz nicht so richtig, aber Irma
denkt sich den großen Rahmen einfach dazu. Sie wird es
der Menschheit zeigen, blauhaarig, bebrillt und viel zu oft
als Streberin beschimpft: Sie wird es allen zeigen, und dann
können sie sie alle mal, und zwar die ganze Welt!

8

Sie laufen schon lange, hier gibt es nichts zu essen, außer
den Beeren, die nicht satt machen, nur Bauchschmerzen.

»Vielleicht sind das doch keine Heidelbeeren. Oder sie waren nicht mehr gut. Eigentlich soll man auch keine wilden
Beeren essen, wenn es sich vermeiden lässt, aber jetzt gerade lässt es sich eben nicht vermeiden.«

»So schlimm ist es nicht«, sagt Sam. »Ich kann noch laufen.«

»Super«, sagt Irma in einem Ton, den Sam nicht versteht,
den ihm niemand beigebracht hat. Irma grinst, aber auf
eine grimmige Art.

»Früher oder später werden wir verdursten. Die Limonade
ist leer, und mit den paar Millilitern Bier und dem Schnaps
allein überlebt man nicht.«

»So schnell geht das nicht. Der Körper hält eine ganze Weile ohne Flüssigkeit aus.«

»Das war jetzt aber schon eine Weile, wir sind schon eine ganze Weile unterwegs, und vor meinen Augen fallen
schwarze Punkte hinunter. Das ist nicht normal. Hast du
das auch?«

Sam schüttelt den Kopf, obwohl er das definitiv auch hat.

122

Schwarze Punkte, die ihm die Sicht auf den Wald versperren und ihn müde machen, müde und fast blind. Er verrät Irma lieber nicht, dass sein Mund trocken ist und sein Kopf schmerzt, dass das von den Beeren kommen kann, aber auch davon, dass sein Körper die ersten Mangelerscheinungen zeigt. Inseln liegen im Wasser. Je länger er läuft, desto sicherer ist er sich, dass die Insel der richtigste Ort ist auf der Erde. Vor ihnen raschelt das Laub. Sam hofft auf ein Pferd oder einen Affen. Ein Pferd oder einen Affen würde er gerne einmal sehen. Aber im Gebüsch steht ein Mensch. Er hat den Mund zu einem O geformt. Erschrocken, denkt Sam. Der ist erschrocken.

»Hallo«, sagt Sam vorsichtig. »Keine Angst, wir tun nichts.«

Der Mensch kommt aus dem Gebüsch. Er hat einen langen Zopf und trägt einen Trainingsanzug.

»Sie laufen«, sagt Irma erstaunt.

Der Mensch nickt: »Eine Stunde, jeden Tag nach der Arbeit, ich weiß, es ist verrückt, aber ich brauche das einfach.«

Der Mensch ist der Stimme nach eine Frau.

»Wir laufen auch«, sagt Sam. »Wir sind auf dem Weg zur Insel.«

Die Frau lacht. Sie lacht auf eine fröhliche Art, aber mit Tränen auf den Wangen. Mischungen versteht Sam nicht, wenn die Zeichen sich überlagern und widersprüchlich werden.

»Ihr seid ja süß«, sagt die Frau. »Zur Insel. Meine Tochter, sie ist mittlerweile fast erwachsen, aber als sie klein war, da wollte sie auch unbedingt zur Insel. Sie war völlig verzweifelt, als wir ihr gesagt haben, dass das nur eine Geschichte ist. Wochenlang hat sie nicht gesprochen.«

»Und dann?«, fragt Irma. Die Frau denkt nach.

»Irgendwann war sie dann wieder ganz normal. Vielleicht

hat sie die Insel vergessen. Passiert ja manchmal mit Wünschen in dem Alter. Erst ist etwas ganz wichtig und dann doch nicht mehr so.«

Sam fühlt nach der Karte. Noch da. Irma stellt manchmal komische Fragen. Völlig an dem vorbei, was naheliegend ist.

»Aber die Insel gibt es doch. Die ist keine Geschichte.«

»Ja, ja«, lacht die Frau. »Lass dir das nicht nehmen, Kleiner.«

»Haben Sie was zu trinken?«, fragt Irma und sieht auf die Flasche, die an einem Gürtel an der Hüfte der Frau hängt.

Die Frau klopft auf die Flasche, überlegt, schüttelt den Kopf, nickt: »Ja, das brauche ich aber selbst, ich habe noch eine halbe Stunde vor mir.«

»Wir haben Durst«, sagt Sam. »Nur einen Schluck. Bitte.«

Die Frau schüttelt den Kopf, klettert aus dem Gebüsch und trabt langsam weiter: »Tut mir leid. Ihr schafft das schon.«

»Wie denn?«, fragt Sam aufgeregt. »Wie sollen wir das denn machen? Wenn man nichts trinkt, versagen die Organe, und man stirbt. Wir wollen nicht sterben.«

Die Frau zuckt die Schultern, läuft weiter. Sam will ihr folgen, aber Irma hält ihn zurück.

»Vergiss es!«

Sam schüttelt ihre Hand ab, stolpert hinter der Frau her durch das Unterholz. Er hat gelernt, dass Menschen Mitleid haben können miteinander, dass sie einander dann manchmal helfen. Als er sie fast eingeholt hat, fährt die Frau herum. Sie ist wütend. Schmaler Mund, schmale Augen. Gefaltete Stirn. Sam sieht sie so an, wie man jemanden ansehen muss, der sehr wütend ist. *Halte den Blick, aber nicht mit*

124

*schmalen Augen, mach auch auf keinen Fall selbst einen
schmalen Mund.*

»Wir müssen wirklich etwas trinken!«

»Pech. Dann rennt hier halt nicht rum.«

»Bitte.«

Die Frau mustert ihn. Ihr Blick wird weich.

»Du bist das.«

Sam nickt. Er ist das. Wer sonst?

»Du bist das, du bist das, du bist das!«

Ist die Frau verrückt? Sam macht einen Schritt zurück,
stößt gegen Irma, die ihm gefolgt ist. Die Frau mustert
Irma.

»Ihr seid das! Also echt! Ihr! Wie unwahrscheinlich ist das
denn bitte, dass ich euch hier treffe?«

»Für Sie unwahrscheinlicher als für uns«, sagt Sam.

Irma nimmt ihn am Arm, zieht ihn zu sich.

Die Frau streckt die Hand aus, fährt Sam übers Haar, über
sein Gesicht.

»Die Auserwählten. Hier in meinem Wald. Ausgerechnet.«

»Geben Sie uns was zu trinken ab, bitte?«

Die Frau grinst:

»Was bekomme ich dafür?«

»Nichts«, sagt Irma schroff. »Wir gehen. Vielen Dank. Guten Lauf noch.«

»Warte!«, ruft Sam, als sie ihn zum Weg zurückschleifen
will. Das kann sie nicht machen, ihn ständig einfach irgendwohin zerren und wegreißen und rausnehmen. Jetzt nicht.
Er hat Durst, und die Frau wird ihnen zu trinken geben,
wenn sie etwas haben zum Tauschen. Nicht die Karte, aus-
geschlossen.

»Nur einen Schluck, bitte! Wir haben nichts.«

Die Frau schüttelt den Kopf.

»Ich kann was malen«, schlägt Sam vor. Schon wieder Lachen und Tränen.

»Nett, aber nein danke.«

»Ich hab sonst nichts.«

Die Frau betrachtet Sam genau, von den Haaren bis zu den Füßen. Die schönen Turnschuhe sind dreckig. Sam kniet sich auf den Boden, um sie mit der Handfläche zu putzen. Er macht es nur schlimmer. Jetzt ist alles verschmiert.

»Eine Haarsträhne will ich. Von jedem eine.«

»Okay«, sagt Irma, aber es klingt vorsichtig.

Sam steht auf. Ohne Vorwarnung reißt die Frau ihm ein Büschel Haare aus. Sam schreit auf.

»'tschuldigung, aber ich gehe mal davon aus, dass keiner eine Schere hat.«

Irma lässt der Frau eine Strähne in die Hand fallen. Sie schlägt das Haar sorgfältig in ein Taschentuch ein und steckt es in ihre Trainingsjacke.

Sam schluckt. Jetzt gibt es Wasser. Auch Irma neben ihm wird unruhig. Die Frau bemerkt ihre gierigen Blicke. Sie lacht. Lachen ist nicht gleich Lachen. Immer wieder haben die Lehrer das betont. Jetzt versteht Sam, was sie damit meinten. Dieses Lachen ist kein gutes Lachen.

»Noch was«, sagt die Frau, und ihr Mund wird ganz schmal.

»Eine Umarmung. Von ihm.« Sie zeigt auf Sam.

»Eine Umarmung? Wie meinen Sie das?«

»Wie ich es sage. Eine Umarmung. Mehr nicht. Denkst du, ich bin pervers oder so?«

Irma nickt.

»Verständlich«, sagt die Frau mehr zu sich als zu Irma oder Sam. »Eine Umarmung, wie klingt das denn? Aber so ist es nicht gemeint. Ich geb mein Wort.«

»Das bedeutet nichts«, sagt Irma und verschränkt die Arme.

Sam versteht nichts mehr. Wie kann sie ihr Wort geben? Was heißt das? Wörter geben, ist das so was wie sprechen? Und was bedeutet dann der ganze Satz?

»Willst du sie umarmen?«, fragt Irma.

Sam nickt. Warum nicht.

Die Frau kommt näher, streckt die Arme aus, zieht ihn hinein. Sie riecht nach Seife und Schweiß und Wald, wie dichter, verbrannter Nebel. Wie nach dem Feuer, ihm wird schlecht vor Angst. Aber er umarmt zurück, wie er es gelernt hat, in der Arena. Von Cal und Irma und Elin und Anas und den anderen. Die Frau umarmt lange. Sie flüstert Sam Dinge ins Ohr, spricht von ihrer Tochter, die krank ist und woanders, von dem Hof ihrer Eltern, auf dem seit Jahren nur Pastinaken wachsen. Dass sie die hasst und sich deswegen schämt. Sie erzählt davon, dass sie keine Zeit hat für jemand anderen außer sich selbst und das Gemüse. »Diese blassen Wurzeln, oh, du kannst dir nicht vorstellen, wie sehr sie mich anekeln, und trotzdem verbringe ich mit ihnen fast jede wache Minute. Sie schmecken nach nichts, und sie machen nicht richtig satt, aber bevor ich schlafen gehe, verabschiede ich mich von jedem einzelnen Gewächs und wünsche ihm eine gute Nacht.«

Die Frau macht eine Pause. Drückt Sam fester. Sein Hals schnürt sich zusammen, und er weiß nicht, was er sagen soll. Was sie eigentlich will.

»Das reicht«, sagt Irma. »Lassen Sie ihn los.«

Die Frau lässt Sam los. Sie weint nicht, sie guckt irgendwie leer. So wie die Gesichter auf dem Papier, bevor zu dem Kreis Augen, Nase und Mund kommen. *Punkt, Punkt, Komma, Strich.*

»Danke«, sagt die Frau. »Danke für alles.«

»Bitte«, sagt Sam. Obwohl er nicht weiß, was sie meint.

»Komm jetzt!«, sagt Irma. Ihre Stimme ist seltsam belegt.

»Das Wasser.«

Die Frau reicht ihm die Flasche. Gierig setzt Sam sie an die Lippen und saugt und wartet. Es kommt nichts. Die Flasche ist leer.

»Ja«, sagt die Frau. »So ist das. Das ist einfach nur eine leere Flasche.«

Irma stürzt brüllend an Sam vorbei. Sie sieht aus wie der Tiger in dem dicken Buch. Der so gefährlich ist, dass er aussterben musste. Trotz Durst und Hunger hat Irma noch viel Kraft. Das Training hat sich ausgezahlt. Die Frau rennt. Sam sieht den beiden hinterher. Als sie weg sind, lässt er sich wieder auf den Boden sinken und beginnt von neuem, seine Schuhe zu putzen. Diese wunderschönen blau-weißen Schuhe.

Maja und Tom

»Das meinst du nicht ernst.«

Irma nickt: »Doch.«

Maja und Tom starren sie entsetzt an. Dann beginnt Maja zu lachen, schließlich auch Tom. Irma denkt daran, wie es noch gestern war: sie in der Mitte, verbunden mit beiden, Maja und Tom einander so fern wie ihr nah. Ändert sich diese Konstellation wirklich erst jetzt, oder hat sie irgendetwas nicht bemerkt?

»Was ist, wenn die dich wirklich nehmen?«

»Dann fliege ich mit.«

»Du hast sie nicht mehr alle!«

Maja widmet sich demonstrativ ihrer Wasserflasche. So

konzentriert, wie sie trinkt, würde es Irma nicht wundern, wenn sich das Wasser in Dickmilch verwandelte. Tom hört auf zu lachen. Er mustert Irma, als suche er nach irgendeiner geheimen Information, nach etwas, was das Ganze erklärt.

»Ich habe Lust auf etwas Großes. Das gibt es hier nicht.« Irma angelt nach Worten. Was hat sie noch mal in ihrem Video gesagt? Es kam ihr schlüssig vor und überzeugend, jetzt steht sie dumm da. Ist es wirklich nur das Große? Reicht das als Erklärung für ihre besten Freunde?

»Wenn sie dich nehmen«, sagt Tom leise. »Was ist dann mit uns?«

»Ihr wisst doch schon alles. Du willst auf die Bohrinsel, Maja will irgendwas mit Wissenschaft machen. Kunstwissenschaft, oder?«

Maja murmelt etwas, was Ja oder Nein heißen kann.

»Ich hab so was jedenfalls nicht, verstehst du, ich hab keinen Plan!«

»Das ist normal«, sagt Maja. »Das hat fast niemand in unserem Alter. Tom und ich sind da absolute Ausnahmen.«

Tom und ich, wird das passieren, wenn sie geht? *Tom und ich, wir hier, bei uns, neulich, als wir – weißt du noch? Du weißt schon –* ...

Kann sie das aushalten? So viel Gemeinsamkeit, die ohne sie stattfindet? Sie wird leicht eifersüchtig. Über jeden geteilten Apfel, jeden Witz, über den die beiden lachen und den sie einfach nicht versteht. Wie kann sie es aushalten, wenn Eintracht und *wir* zwischen Maja und Tom zum Dauerzustand wird? Andererseits: Sie wird weg sein, sie wird etwas Eigenes haben. Jemand eigenen. Mehr mit ihm gemeinsam als irgendwer irgendwo sonst. Den Jungen zum Beispiel, der sie dazu gebracht hat, das Ganze überhaupt in Betracht zu ziehen. Was sind Babys und Häuser und Berufe und Urlaube? Doch eigentlich nur eine endlose Wiederholung von Beschäftigungsmaßnahmen.

»Du spinnst echt«, sagt Maja. »Aber mach mal, wahrscheinlich ist das Ganze eh nur eine große Verarsche.«

»Ich stimme jedenfalls nicht für dich«, stößt Tom hervor und geht, ohne sich zu verabschieden.

Irma und Maja sehen ihm nach.

»Glaubst du mir jetzt?«, fragt Maja vorwurfsvoll.

»Was?«

»Dass er dich toll findet? Mehr als toll? Der Typ ist übelst in dich verliebt, und du willst hier weg.«

»Das hat damit doch nichts zu tun«, sagt Irma.

»Doch«, sagt Maja leise. »Und das weißt du auch.«

9

Irma sagt, dass sie die Läuferin nicht erwischt hat. Aber später hält sie die Flasche der Frau in einen fingerdünnen Bach, lässt sie mit brackigem Wasser volllaufen. Sam fragt nicht nach. Sie trinken gierig, die schwarzen Punkte verschwinden. Irgendwann verlassen sie den Wald. Schlagartig wird es heller. Irma sagt, dass sie sich eventuell im Juli befinden, einem Monat, der früher zum Sommer gehörte.

»Man merkt es immer noch, der Wind ist nicht so stark, und hin und wieder siehst du hinter den Wolken einen weißgelben Kreis. Das ist dann die Sonne. Ab und zu habe ich sie ganz gesehen, du kannst dir nicht vorstellen, wie hell das war. Ich musste die Augen zusammenkneifen, wenn ich zum Himmel hinaufgesehen habe, und es war so unglaublich heiß. War dir schon mal richtig, richtig warm, Sam?«

Er schüttelt den Kopf, nickt dann:

»Doch! Immer beim Training. Meine Haut ist rot geworden, und aus meinen Armen und meiner Stirn ist Wasser gekommen.«

»Schweiß.«

»Stimmt! Ich weiß! Es war unheimlich. Es war, wie sich aufzulösen. Ich glaube, ich mag es nicht, wenn es sehr, sehr warm ist.«

»Wird es nicht, keine Angst. Aber Juli ist jedenfalls ein guter Monat, um unterwegs zu sein. Wir haben nicht viel mit gegen die Kälte, im Winter wäre das gefährlich, selbst für einen einzigen Tag.«

Sie stehen auf einer verlassenen Straße, Dunst liegt wie Schnee auf dem rissigen Asphalt. Sam kniet sich neben einen platt gefahrenen Hasen, streicht versonnen über das verklebte Fell.

»Was ist das?«

»Fass das nicht an, wer weiß, was das Viech überträgt.«

»Ich hatte mal einen Hund.«

»Ich weiß.«

Er soll ihr nicht schon wieder von dem Hund erzählen, sonst flippt sie aus. *Der Hund war immer da. Er hat mich geweckt, und wir haben zusammen gegessen. Er hat mir über das Gesicht geleckt und mich in die Hand gekniffen, aber so, dass es nicht weh tat. Er lag auf meinen Beinen, und sein Körper war wärmer und schwerer als alles, was es gibt. Er war da, verstehst du? Er war immer da, und dann plötzlich nicht mehr.* Der Hund ist für Sam ein Weltwunder, für alle anderen nur ein Hund und für Irma weniger als das. Irma mag Hunde nicht besonders, und Sams Repertoire an Erinnerungen ist so winzig. Es kommen keine Geschichten, die sie nicht schon kennt. Irma ist klar, dass das jetzt ihre Zuständigkeit ist: das mit den Erinnerungen. Alles, was Sam von der Erde mitnimmt, darum muss sie sich kümmern. Und so wird er später im All sitzen und sich daran erinnern, wie er einen zermatschten Hasen gestreichelt hat. Oder ein Kaninchen. Eins von beiden hat lange Beine und kurze Ohren, egal, jedenfalls: kein schönes Bild. Er hätte mit Viola gehen sollen, die war da besser. Die erzählte von ihrer Welt, ihrem Zuhause, sodass es wie einer dieser kitschigen Filme klang, in denen gesungen wird. Warum Viola sich überhaupt beworben hatte, war für Irma ein Rätsel.

»Komm jetzt weiter, ich wette, die suchen uns schon.«

Sam steht auf, das tote Tier noch immer in den Händen. Der Kopf knickt in einem unmöglichen Winkel ab. Irma würgt.

»Leg das weg.«

»Warum?«

»Das ist eklig. Eklig und tot.«

»Es ist ein bisschen weich.«

»Man trägt keine toten Dinge mit sich rum.«

»Ist das ein Ding?«

»Keine Ahnung. Ding, Tier, Kadaver, Aas, was weiß ich. Auf jeden Fall wirfst du es jetzt sofort wieder weg.«

»Okay. 'tschuldigung.«

»Du musst dich nicht entschuldigen.«

Vorsichtig, als würde es schlafen, legt Sam das Tier zurück auf die Straße.

»Wisch dir die Hände ab.«

Er reibt seine Hände an der Jacke, da klebt nun Blut. Hinter ihnen quietscht es, sie drehen sich um. Jemand kommt ihnen auf einem Fahrrad entgegen. Irma zieht Sam mit sich zu Boden, sie knien vor dem Kadaver, als trauerten sie um ihr geliebtes Haustier. Der Hund, so muss er auch mit dem Hund umgegangen sein.

»Guck nicht hin.«

Sam kneift die Augen zusammen, Irma riskiert einen kurzen Blick. Auf dem Fahrrad sitzt eine dürre Frau in schmutziger Jeans und mit hochgekrempelten Ärmeln, auf dem Gepäckträger hat sie einen Korb mit Kartoffeln befestigt. Irma schnappt sich eine, die Frau gerät ins Schwanken, fällt aber nicht. Sie fährt weiter, als hätte sie Sam und Irma nicht gesehen, als wäre ihr eben nicht eine ihrer Kostbarkeiten gestohlen worden.

»Man darf nicht stehlen.«

»Ich weiß«, sagt Irma und steht auf. Die Kartoffel in ihrer Hand ist groß und schwer. Sie wird sie nicht satt machen, aber eine Weile gegen den schlimmsten Hunger helfen.

»Was willst du wirklich auf der Insel?«

»Wasser sehen«, flüstert Sam. »Wasser stelle ich mir schön vor.«

»Du kennst doch Wasser. Du hast doch geduscht und so!«

»Keine Dusche! Ich will, wie heißt das noch mal? Das Meer!«

Irma lacht. Das Meer. Das, was alle sehen wollen, was alle nennen, wenn sie von ihren Träumen sprechen. Dass Sam so anders nicht ist, macht ihr einerseits Mut und stört sie zugleich. Sie glaubt ihm nicht, dass das alles ist, der einzige Grund.

Irma sieht sich um, zeigt schließlich in die Richtung, in die das Fahrrad verschwunden ist, vielleicht ist dort Süden. Süden klingt gut, klingt nach Wärme und Licht und Sicherheit, Süden ist eine gute Richtung. Sie wird ihm erzählen, dass sie immer nach Süden müssen, bis nichts mehr kommt oder das Meer und irgendwann die Insel.

Schubladen

»Räumst du heute bitte endlich die Schubladen auf?«

»Dafür habe ich noch Zeit.«

»Du kannst das genauso gut jetzt erledigen. Dann ist der Krempel weg. Direkt vor der Abfahrt hast du bestimmt anderes im Kopf.«

»Jetzt auch.«

»Irma. Bitte. Ich meine es ernst. Ich will hier nicht mit deinen ganzen Sachen zurückbleiben und den Rest meines Lebens damit verbringen, Erinnerungen hin und her zu sortieren. Phil und ich, wir müssen auch an uns denken. Wir bleiben, wie du weißt, wir machen hier weiter.«

»Aber du weißt doch noch gar nicht, ob sie mich nehmen. Und selbst wenn, was völlig unwahrscheinlich ist, komme ich doch vorher noch mal raus.«

Julie sagt nichts, guckt nur.

»Okay.«

»Danke.«

Ihre Mutter geht, und Irma zieht Schublade um Schublade aus dem blechernen Schreibtischcontainer. Das Tagebuch, in dem nur die ersten drei und die letzte halbe Seite beschrieben sind, ein Jojo ohne Schnur, das sie bei der Tombola des Weihnachtsmarktes gewonnen hatte – ihr erster und einziger Gewinn bei irgendwas, bisher. Briefe und Postkarten von Freunden, von Oma und Opa. Die waren jedes Jahr in demselben Hotel in der Schweiz, aber in Opas letztem Jahr dann plötzlich: eine Karte aus Helgoland: *Es ist klein und blassrot, es gibt drei Häuser, zehn Bewohner und mich, den Gast. Dein Opa.* Irma findet ein Aufkleberalbum, das hat sie selbst mit dem hellblauen Glitzerstift aus dem Adventskalender verziert. Ihr Name steht da, der letzte Buchstabe fehlt, da war der Stift schon wieder leer. In der Schublade liegen auch ein Tangramspiel aus Plastik, eine Schirmmütze mit dem Slogan der örtlichen Sparkasse – *Wir helfen Träumen aufzuwachen* –, eine Packung Zimtkaugummis, die nach all den Jahren kein bisschen an Geschmack verloren haben, ein Tütchen mit Kondom, Noppen-Apfel, ein Geschenk von Maja zum dreizehnten Geburtstag. Wie Tom geguckt hat, als sie es ausgepackt hat, wie alle gelacht haben außer ihm. Wahrscheinlich war das einer dieser Momente, die er neulich gemeint hat, in denen es schwer war, der einzige Junge zu sein. Sie findet auch Fotos, die meisten zerknickt und aus dem Passbildautomaten. Irma und Maja, immer Arm in Arm, und manchmal auch Tom. Auf keinem der Bilder gucken sie ernst, und man kann sie nur erkennen, wenn man dabei war, als die Bilder entstanden.

In jeder Schublade: Kekskrümel und mindestens eine Packung Taschentücher, Zettel, Zettel, Zettel mit Notizen, die so gar keinen Sinn mehr ergeben. Nur einer, der Entwurf einer Liste mit Wünschen zum achten Geburtstag: ein Computer und ein Schloss für die Zimmertür. Den Computer hat sie bekommen, eine Stunde pro Tag durfte sie ihn benutzen, aber erst nach den Hausaufgaben und niemals direkt vor dem Schlafengehen. Wie vorsichtig sie waren. Irma schmeißt alles weg, was sie in den Schubladen findet. Nur das Kondom behält sie, gerade das bescheuerte Kondom, das wahrscheinlich gar nicht mehr sicher ist. Aber niemand darf Irma als Anwärterin ein Kondom verkaufen, und mit dem Apfelnoppending kann sie sich zumindest vorstellen, irgendwas noch selbst entscheiden zu können. Die Freiheit, eigentlich geht es bei der ganzen Sache doch auch um Freiheit. Irma hat keine Lust mehr, die letzte Schublade kippt sie unbesehen direkt in die Einkaufstüte, die Julie ihr als Müllsack gegeben hat. Dann sind die Schubladen leer, die

zwei Plastiktüten trägt Irma die Treppe hinunter und stellt
sie zum Beweis vor Julies Füße.

»Danke, Schatz.«

»War nicht so schwer, wie ich dachte.«

Seltsamerweise sieht Julie nicht so aus, als ob sie das freuen
würde. Erst als Irma den Deckel der Mülltonne zufallen
lässt, kommt ihr der Verdacht, dass ihre Mutter in einer der
Schubladen etwas versteckt hat, von dem sie hofft, dass es
Irma zum Bleiben bewegt. Wenn sie recht hat, dann lag es
vielleicht in der untersten Schublade, oder Irma hat die Bot-
schaft nicht richtig verstanden, oder aber Julie hat gar nichts
deponiert, und ihr ging es wirklich nur darum, die alten Sachen endlich aus dem Haus zu bekommen.

10

Die Kartoffel schmeckt faulig, Irma wirft sie weg, Sam sieht
sie entsetzt an.

»Wir dürfen nicht krank werden«, faucht sie, geht voraus,
geht schneller. Auf einem windschiefen Schild steht, dass
bald eine Stadt kommt. Der Name sagt Irma nichts. Als sie
durch das Stadttor treten, wird es schon wieder dunkel. Niemand hält hier mehr Wache, an den Mauern wuchern Ro-
senranken, Unkraut bricht das Straßenpflaster auf. Die
Stadt schläft, nur wenige Fenster sind erleuchtet, der Mond
ist wie überall so wenig zu sehen wie tagsüber die Sonne,
ein milchiger Kreis hinter weißgrauem Schleier. Es sieht
nach Unwetter aus, aber das tut es immer. Die Nächte sind
wahnsinnig schön, in der langsam in sich versinkenden Welt.
Sam staunt über die Häusertürme, Schilder, flimmernde
Leuchtreklame für Ware, die es nirgendwo mehr zu kaufen
gibt. Die meisten Schaufenster sind mit Pappe verkleidet,
mit grobem Stoff und alten Tüchern, mit Paletten. In einer

stinkenden Unterführung hängen Plakatreste: Elin, Viola, Cal und die anderen. Um Sams Gesicht ist ein Herz gemalt, unter Irmas Bild steht *Wirklich?*

»Jemand mag mich«, sagt Sam.

»Alle lieben dich.«

Er sieht sie an, als wäre sie verrückt.

»Aber dich nerve ich.«

»Ziemlich«, rutscht es ihr heraus, und sie wundert sich darüber, dass Sam kein bisschen beleidigt aussieht. »Aber das ist was anderes. Der Rest der Welt ist wahnsinnig in dich verknallt.«

Er lächelt glücklich. Vielleicht ist das der Grund, warum Sam überhaupt dabei ist, denkt Irma: weil er einer von denen ist, die um jeden Preis geliebt werden wollen.

Irma zieht Sam hinter einen Stromkasten. Ein Auto fährt vorbei, eine rote Familienkutsche, Müll stapelt sich auf der Rückbank bis unter das Dach. Als das Auto verschwunden ist, zieht Irma die Kapuze weit in die Stirn und Sam hinter sich her, auf den schmalen Weg zwischen Gleisen und Brandschutzmauern, in das Zwielicht und immer weiter hinein in die viel zu stille Stadt.

Schnell

»Wie kann das sein?«, fragt Phil und rührt wütend in seinem Kaffee. »Wie bitte kann und darf das sein, Irma, dass unsere Zeit mit dir fast schon vorbei ist?« Er sieht sie ungehalten an. Es ist das erste Mal, dass er offen zeigt, wie aufgebracht er ist, normalerweise versucht er, die Wut und Angst und Sorge zu verstecken, merkt Irma sie nur, wenn er etwas zu heftig schließt, öffnet oder weglegt. Die Zeitung neulich, seine Hand auf dem Couchtisch aus Glas, der Sprung in der Scheibe, das Blut, das war krass. Als Kind ist sie auf dem

Tisch herumgehüpft, nie ging er dabei zu Bruch. Wie wütend muss Phil sein, dass er das Glas zerstört, beim Zeitungweglegen. Und jetzt das, ganz direkt.

»Wir haben uns das anders gedacht, dass wir zuerst gehen und nicht du. Du kannst dir nicht vorstellen, wie das ist für Eltern, bis du selbst ein Kind hast, glaub mir, so schwülstig das auch klingen mag. Eigentlich, ehrlich, Irma, sind wir nicht bereit dazu, die Idee aufzugeben, von dir als unserer Ewigkeit.«

»Sie geht in die Geschichte ein, Phil«, sagt Julie, die zumindest den letzten Satz mitgehört haben muss. Sie tritt ihre erdigen Clogs ab, schüttelt die Gartenhandschuhe aus.

»Was sitzt ihr hier drinnen herum, das Wetter ist gerade so schön, es regnet nicht.«

»Das Wetter interessiert mich einen Scheißdreck!«, brüllt Phil und springt auf. Irma weicht zurück an die Wand, als er an ihr vorbei und die Treppe hinauf ins Schlafzimmer stürmt.

Irma hat lange nicht geweint. Zumindest nicht vor anderen. Sie kauert auf dem Boden, direkt über dem roten Fleck, den man nur sieht, wenn man weiß, dass es ihn gibt. Ihr erster Schluck Wein und dann gleich das Glas kaputt, sie musste so lachen, da ist es passiert. Jetzt sitzt sie hier und heult, und Julie hockt sich neben sie, ihre Knie knacken.

»Oje, ich werde alt.«

Irma grinst gegen die Tränen an, und Julie zieht sie in ihre Arme, drückt sie fest, hält sie. Sanft schaukelt ihre Mutter sie hin und her. »Er will nicht, dass du gehst. Wir wollen das beide nicht.«

»Ich weiß.«

»Und ich weiß, dass du das weißt. Und ich weiß auch, dass wir dich gehen lassen müssen, und wir werden dich gehen lassen. Vergiss doch die Ewigkeit, wie lange soll das auch sein? Hör auf zu weinen, Irma, wir haben noch ein paar Tage und vielleicht unser Leben, wenn du dich in der Arena dagegen entscheidest oder wenn –«

Julie verstummt, aber Irma weiß, was sie sagen wollte: *Oder wenn sie dich nicht wollen für die Mission.*

Julie lächelt: »Dein Vater wird sich beruhigen, und heute Abend kochen wir was Schönes zusammen. Alles ist gut.«

Irma weint noch ein bisschen, irgendwann kommt Phil die Treppe herunter, kniet sich neben die beiden auf den Boden, auch er sieht den Fleck.

»Wisst ihr noch, Irmas erster Wein?«

Sie lachen.

Erinnerungen, denkt Irma, eigentlich geht es doch insgesamt nur ums Erinnern.

11

Das riesige Gebäude ist eine alte Schule. Hier könnte es Wasser geben, vergessene Pausenbrote. Nichts ist verriegelt, vorsichtig schleichen sie die breiten Treppen hinauf. Sie laufen, als könnten die Stufen jederzeit in sich zusammenstürzen, die Treppen sind aus Stein, sie haben weit über hundert Jahre gehalten und werden wahrscheinlich noch weit mehr als hundert weitere halten. Die Türen zu den meisten Klassenzimmern stehen offen, Laub und Sand und Tafelstaub knirscht unter ihren Schritten. Unterricht findet wahrscheinlich nicht mehr statt. Die Stühle ruhen mit den Sitzflächen auf den Tischen, Spinnen haben sie eingewebt, über allem liegt der weißlich-graue Schleier alter Fotografien. Im Chemieraum sprudelt das Wasser erst rotbraun, dann klar aus dem Hahn. Sie trinken gierig, waschen sich die Gesichter, die Hände und Arme. Irma streicht Sam das Haar aus der Stirn. Er sieht erschöpft aus, aber zufrieden.

»Es ist alles sehr groß und verschlungen.«

Sie nickt.

Vor der offenen Tür schlurft ein Mann vorbei.

»Der Hausmeister«, murmelt Irma, und Sam sieht sie fragend an.

»Ein Aufpasser«, erklärt sie, und Sam macht sich automatisch noch ein bisschen kleiner. Der Mann summt ein Lied, das früher ab und zu im Radio lief, ein Lied über einen letzten Sommer in Paris. Irma wird normalerweise traurig, wenn sie es hört. Heute freut sie sich: Ohrwürmer überleben, es geht weiter.

»Wollen wir hallo sagen?«, fragt Sam.

»Lieber nicht.«

Sie warten, bis sie das Summen des Hausmeisters nicht mehr hören, dann schleichen sie aus dem Raum, suchen in der Schublade unter dem Lehrertisch nach Essbarem. Hier gibt es nichts, es werden schon andere vor ihnen nachgesehen haben.

»Wir müssen Menschen finden«, sagt Sam. »Irgendwer kann uns bestimmt helfen. Man hilft sich gegenseitig als Mensch.«

»Wer behauptet das?«

»Ein Zauberer. In einem Film. Der sagt, dass man sich hilft. Dass das das Beste ist an der Welt.«

»Wie du schon sagst, Sam, das war ein Film, ein Film mit einem Zauberer.«

»Trotzdem«, sagt Sam bockig. Irma will ihm widersprechen, hält sich aber zurück. Soll er dran glauben, an diese schöne Welt. Neben ihr pfeift er das Lied des Hausmeisters, Irma erinnert sich genau an den Text, und sie fängt an zu

140

singen. Ein Schlager, den ihre Mutter geliebt hat und sie auch, insgeheim. Eigentlich hörten Maja und Tom und sie anderes. Paris in einem Sommer früher, das hat viel mit ihren Eltern zu tun und mit einer verlorenen Zeit. Der Eiffelturm ist schon vor Jahren in sich zusammengestürzt, da war sie noch draußen und hat die Aufregung mitbekommen. Untersuchungen ergaben: Jemand hatte schlicht und einfach vergessen, sich um die notwendigen Sanierungsmaßnahmen zu kümmern. Wie überall gab es auch in Paris Wichtigeres als die Instandhaltung von Symbolen. Draußen quietschen Reifen, schreit jemand, kommen Schritte näher. Sam stürzt zum Fenster, dann panisch an Irma vorbei aus der Tür.

»Komm!«, schreit er.

Aber Irma bewegt sich nicht. Sam sieht sie verwirrt an.

»Die Masken, Irma! Sie wollen uns holen!«

Er versucht noch einmal, sie mit sich zu ziehen, sie packt ihn am Handgelenk, will dafür sorgen, dass er bleibt, aber er befreit sich, rennt, als ginge es um sein Leben. Natürlich werden sie ihn zu fassen kriegen, und Irma kann einfach hier stehen, warten, dass die Masken sie endlich wieder nach Hause bringen, und später so tun, als täte es ihr leid.

Die letzte Jahreszeit

Der Winter frisst die Reste des Laubes und färbt die Jacken schwarz, tiefblau, dunkelgrün. Es ist Irmas letzte Jahreszeit. Vorerst. Julie, Irma und Phil haben gepackt. Fünfhundert Bilder wurden auf haarfeines Plastik gedruckt. Wenn Irma die Bilder auf eine Lichtquelle legt, kann sie darauf sehen, was hier unten einmal wichtig war: ihre Eltern, die Großeltern, Maja, Tom, das Haus, der Garten, sie selbst, vor sehr vielen Jahren. Es gibt auch Bilder von noch früher:

Phil als Säugling auf dem obligatorischen Schaffell, neben ihm eine Karte in geschwungener Schrift *Heute bin ich sechs Monate alt*. Es gibt ein Bild von Irmas allererstem Tag. Irma liegt schlaff im Arm ihres Vaters, die Eltern sehen einander an mit diesem Blick. Von Julie gibt es keine Kinderfotos mehr, sie hat alle vernichtet, in einem ihrer Wutanfälle, die sich gegen unbekannt richten, aber nur den ihr Nächsten schaden. In diesem Fall: den Bildern.

Irmas Tasche ist dreißig mal dreißig Zentimeter groß und aus festem Material. Auf der Fähre, wenn Irma es denn überhaupt auf die Fähre schafft, wird es einen Schrank mit zwei Fächern geben, die Taschen passen perfekt hinein, können nicht verrutschen oder bei widrigen Umständen hinausgeschleudert werden.

In Irmas Tasche also die Fotos, der Rest ihr Geheimnis, die Tasche ist ganz leicht. So einfach ist das also, mit dem Gehen, wenn man es sich nicht schwer macht.

Irma hält ihr Gesicht in den Schneeregen, bäckt harte Kekse aus nur drei Zutaten mit Maja, die dabei beunruhigend wenig spricht. Einmal besucht sie mit ihren Eltern einen Markt, auf dem es früher Lebkuchen und Glühwein gab, jetzt werden auf großer Leinwand im Zelt Aufnahmen davon gezeigt. Wenn auch die Gegenwart nur noch auf Bildern stattfindet, was ist dann so schlimm daran zu gehen und für die Zurückbleibenden auf dem Bildschirm weiterzuleben? Irma fühlt sich immer weniger zu Hause, schläft schlecht und sieht ständig zum Himmel hinauf, kann sich noch nicht vorstellen, dass es dort einen Ort gibt, an dem man sein kann, und wünscht sich doch nichts anderes als dorthin.

Eines düsteren Tages stellt Phil einen Baum ins Wohnzimmer, das hat er seit Jahren nicht mehr gemacht. Julie guckt erst ratlos, dann verschwindet sie im Keller. Nach einiger

Zeit kommt sie wieder herauf, in den Händen eine große Kiste. Irma erkennt das Muster sofort wieder: Rentiere auf Schlitten, einen verschneiten Abhang hinunterrasend, kleine Weihnachtsmänner. Julie holt eine CD aus der Kiste, legt sie in die Anlage, die wahrscheinlich länger als die Kiste nicht mehr in Gebrauch war. Sie funktioniert noch, und Phil sieht Julie triumphierend an: »Ich hab doch gesagt, das Ding hält ewig!« Es ist also nicht die Schuld der Anlage, dass die CD ab und zu springt, keines der von Glockengeläut umrankten Lieder vollständig zu hören ist. Irma hilft ihren Eltern beim Schmücken und beteiligt sich an einem Gespräch über das, was früher üblich war: Kekse backen, Kaminholz hacken (das machen sie immer noch, aber nicht wegen der Stimmung), die Nachbarn einladen zum Glühwein, für die Kinder gibt es heißen Traubensaft mit Orangenscheiben und Zimtstangen. Wer die Stange findet, hat im nächsten Jahr Glück, und das hat sich wirklich immer bewahrheitet. Am großen Tag: unruhiges Spielen im Kinderzimmer, Herumhocken auf dem Küchentresen, Gans im Ofen und das Ankommen der Verwandtschaft (wo ist eigentlich die Verwandtschaft?), immer wieder das Klopfen an die nur einmal im Jahr geschlossene Wohnzimmertür, angelockt durch die diffusen Lichter hinter der milchigen Scheibe. *Darf ich jetzt endlich rein?* Kaffeegeruch gemischt mit der Schwere der Gans, die CD noch kratzerlos und jedes Jahr wieder Phils Versuch, sie alle zum Mitsingen zu motivieren. Dann ist der Baum geschmückt, und sie stehen etwas ratlos drum herum.

»Frohe Weihnachten«, sagt Julie irgendwann.

»Das wird ja was«, sagt Phil.

Irma schweigt und prägt sich das Bild ein.

12

Erst als er aus dem großen Haus geflohen ist, es geschafft hat, sich an den Masken vorbei hinter eine niedrige Mauer zu schleichen, und dort versucht, Luft zu bekommen, merkt er, dass Irma ihm nicht gefolgt ist. Vorsichtig richtet er sich auf, erwartet, ihren Umriss hinter einem der schmutzigen Fenster zu entdecken. Er sieht den Rücken einer Maske, ein großes Fahrzeug, Kisten auf der Ladefläche. Irma kann er nicht finden, und auch als das Fahrzeug längst wieder verschwunden ist, taucht sie nicht auf. Sam wartet, bis sich der blasse Kreis der Sonne hinter den Wolken zeigt, dann verlässt er sein Versteck und macht sich auf die Suche. Irma ist nicht im Haus, nicht dahinter und nicht in den Gängen und Gassen und Tunneln, durch die sie hierhergekommen sind. Bald kommt Sam nichts mehr bekannt vor, die Stadt lehnt sich ihm schief entgegen, lauernd, bedrohlich, und er weiß nicht wohin. Nur Irma kann die Karte lesen, ohne sie ist er verloren, und außerdem ist sie der einzige Mensch, der wirklich etwas mit ihm zu tun hat. Jetzt wühlt der Hunger sich durch Sams Körper, bekommt er schon wieder Durst, muss er aufs Klo. Die Heidelbeeren waren bestimmt keine Heidelbeeren, in seinem Kopf drängen sich Wolken. Ängstlich hockt er sich hinter eine Bank ohne Sitzfläche, ohne Lehne, eine Bank, von der nur noch das Grundgerüst steht und die auch ein Tisch sein könnte oder eins der vielen Dinge und Gerätschaften, die ihm noch niemand erklärt hat. Etwa Dreiviertel dessen, was er hier draußen sieht, ergibt für ihn keinen Sinn, hat keine Funktion. Er wundert sich, dass die Lehrer sich mit dem Grundsätzlichsten aufgehalten haben: Bett, Essen, Toilette und Sex und Liebe. Aber sie haben völlig vergessen, ihm zu sagen, wie man das macht, dass einen jemand liebt. Genauer: Irma. Sie hat vorhin be-

hauptet, dass die ganze Welt ihn lieben würde. Nur sie nicht.
Und er liebt sie auch nicht, und selbst wenn, er würde es
nicht merken, niemand hat ihm gesagt, wie man das merkt.
Vielleicht fehlt einfach die Musik, die Musik, die man braucht
als Mensch, um zu spüren, dass man etwas fühlt. So war das
doch, oder nicht, in den Filmen? Anas. Anas fällt ihm ein.
Mit Anas war es manchmal so. Dass er leicht war und schwer,
beides zugleich. Eigentlich unmöglich. Es hat gestochen,
im Hals, als ihm klar wurde, dass Anas nicht zurückkommt.
Sam denkt an die Notizbücher, Jahr für Jahr ein neues. Immer gleich groß, in allen Schattierungen von Rot. Rot bedeutet, dass etwas wichtig ist, hat der Lehrer gesagt. Sie haben ihm die Bücher nicht mitgegeben in die Arena. Das
Wissen sollte in seinem Kopf sein, Abend für Abend hat
er gelernt, aber das meiste ist weg, gelöscht angesichts dieses konkreten Etwas. Dieser Welt. Sam sieht sich nach Papier
um, findet nichts und schnappt sich eine Handvoll Blätter
aus einem blauen Sack. Er wäscht sich die Hände in einer
silbrigen Pfütze. Man muss sauber bleiben, sonst wird man
krank. Als er aufsieht, stehen die Menschen vor ihm.

Tom

Sie liegt auf dem Bett, er sitzt am Schreibtisch, rupft winzige Fetzen vom Kalender ab, dreht sie zwischen den Fingern
zu kleinen Kugeln und schnipst sie gedankenverloren auf
den Boden. Irma sagt nichts dazu. Er wollte noch ein letztes
Mal vorbeikommen, es klang, als habe er einen Plan, und
jetzt wird es schon wieder dunkel, und er hat noch kein Wort
gesagt, kein Wort außer *Hey,* und das zählt nicht. Irma hält
es nur schwer aus zu schweigen, aber das letzte Mal hat sie
viel zu viel geredet, so viel, dass es irgendwann wie eine Ver-
teidigung klang und Tom beim Abschied so aussah, als hätte

er irgendwas gewonnen. Er soll sich anstrengen, er wollte das Treffen. Als es stockdunkel ist, klopft Phil, fragt, ob Tom hier schläft. Irma sieht Tom an und wundert sich, als er nickt. Als Kinder haben sie oft beieinander übernachtet, die Zeit ist lange vorbei. Phil ist auf die Antwort nicht vorbereitet, hat ein *Aber* auf den Lippen, schluckt es runter, sagt *Okay* und schließt die Tür wieder. Tom sagt kein Wort. Beim Abendessen sprechen Julie und Phil, reden sich um Kopf und Kragen, als ob es hier irgendetwas zu retten gäbe, als ob es gefährlich wäre, Irmas und Toms Schweigen. Tom hat Brot mitgebracht, eins von der dunklen Sorte, und wird dafür übermäßig gelobt. Das Brot schmeckt nach Kastanien und ranzigem Mehl. Nach dem Essen gehen sie wieder hoch, nehmen ihre alten Plätze ein. Irgendwann zieht Irma die Decke über sich, hört sie, wie Tom aufsteht, dielenknarrend zum Bett kommt, sich ohne zu fragen neben sie legt. So liegen sie die ganze Nacht wach nebeneinander. Keiner sagt etwas. Irma hört Julie und Phil unten im Haus rumoren, länger als sonst, auch sie wissen nicht, was das bedeuten soll, Toms Bleiben, und als sie ins Bett gehen, lehnen sie die Schlafzimmertür nur an. Es wird schon wieder hell, als Tom endlich spricht.

»Ich werde hier weitermachen, und du wirst dich ärgern, dass du gegangen bist, so schön wird es hier werden, dass du dich Tag für Tag ärgern wirst, Irmela.«

Tom steht auf, blaulilablass unter den hellen Augen, zieht seine Jacke vom Schreibtischstuhl, wirft sie sich über und verlässt das Zimmer. Die Tür schließt er vorsichtig, schafft es sogar, die Treppe lautlos hinabzusteigen. Unten holt ihn Phil ein, der vermutlich kerzengrade im Bett saß, sobald Tom an der spaltbreit geöffneten Tür vorbeischlich.

»Wo willst du hin?«

Es klingt barsch.

»Nach Hause.«

Es klingt müde.

Dann nichts mehr, nur ein paar Blicke vielleicht, die Irma verborgen bleiben. Sie hört, wie die Haustür zugezogen wird, Sekunden später spürt sie Phil in der Tür, tut, als würde sie schlafen. Natürlich glaubt er ihr nicht.

»So einen Freund«, sagt er. »So einen Freund lässt man nicht zurück, Irma.«

Sie antwortet nicht, und Phil geht. Der nächste Tag beginnt wie immer, und bis zur Abreise spricht niemand über Tom, und der meldet sich nicht mehr, und an der Pinnwand über dem Schreibtisch fehlt seit jener Nacht das Foto von ihnen beiden, aber vielleicht täuscht Irma sich auch, und es ist schon länger weg, abgefallen, hinter den Schreibtisch gerutscht. Beim nächsten Mal staubsaugen will sie nachsehen, aber dann geht alles ganz schnell, und Irma saugt nicht und denkt auch nicht mehr an das verschwommene Foto aus dem altersschwachen Automaten.

13

Sie sind lautlos gekommen, sind sehr freundlich, sie lächeln und lachen und fotografieren sich und ihn und fragen Sam, wie es ihm geht, *hoffentlich gut*. Jemand schüttelt seine Hand, eine Frau mit langem Haar umarmt ihn und flüstert: »Du weißt gar nicht, du kannst ja gar nicht wissen, wie glücklich du mich machst! Das ist der schönste Tag meines Lebens!«

Sam nickt zu allem, was sie sagen, obwohl er fast nichts davon versteht. Er freut sich auch, sie zu sehen. Einer küsst ihn auf den Mund, es ist nass und seltsam, aber nicht schlecht. Eigentlich hätte sein erster richtiger Kuss von Irma stammen sollen, im richtigen Moment, am allerliebsten kurz vor Besteigen der Fähre, vor Abflug, zu spät, vorbei, jetzt kennt er das also auch. Es gibt Spektakuläreres, den Wechsel zwischen nebligem Tag und verhangener Nacht und die Unmöglichkeit, hier draußen irgendetwas vorherzusagen. Jemand greift seinen Arm, zieht ihn mit sich. Erst denkt er, es ist Irma, aber sie ist es nicht.

»Keine Angst«, sagt der Mensch mit dem dunklen Schatten um den Mund, mit den *Bartstoppeln*. »Ich bringe dich in Sicherheit. Ich bin Aktivist für Menschenrechte, Pro Humanis oder auch HUKJR. Ich habe euch allen geschrieben, mehrmals, ihr habt nicht geantwortet, ihr konntet nicht antworten, hab ich recht? Keine Sorge, ich kann dir helfen, raus aus diesem Wahnsinn.«

»Super!«, sagt Sam. *Super* ist ein gutes Wort, eins, das Olivier oft benutzt und für das Sam bisher keine Verwendung hatte.

Der Mann lacht: »Genau, super! Und jetzt komm, da hinten ist mein Wagen!«

Sam bleibt stehen: »Wir müssen auf Irma warten.«

Der Mann zieht fest an seinem Arm. Sam ist sehr stark, viele Muskeln und nur sehr wenig Körperfett, das war das Ziel des Trainings, er hat es erreicht und rührt sich kein Stück.

»Wenn Irma da ist! Wenn ich jetzt mitkomme, weiß sie nicht, wo ich bin. Ohne sie finde ich den Weg vielleicht nicht. Ich muss auf Irma warten.«

»Nein, musst du nicht.« Der Mann lacht nicht mehr. Wut. Der Lehrer hat Sam erklärt, was er tun muss, wenn ein Mensch ihn mit zusammengekniffenen Augen und schmalem Mund ansieht.

Freundlich bleiben, denkt Sam. *Lächeln. Mit den Augen funkeln.*

»Es tut mir leid, dass ich Ihnen Umstände mache, aber wir müssen wirklich auf Irma warten.«

Jemand packt seinen anderen Arm, ein Mensch mit Wollmütze und schmalem Mund. Wenn zwei Wütende ziehen, ist auch Sam nicht stark genug.

»Lassen Sie mich bitte los.«

Sie lassen nicht los, sie zerren ihn durch die Menge, ein Pulk Menschen stellt sich ihnen in den Weg:

»Gebt ihn uns. Er muss zurück in die Arena!«

»Niemals!«

»Doch!«

Sie schlagen sich. Sam versucht, sie auseinanderzuzerren, aber er hat keine Chance, bekommt selbst eine Faust ins Gesicht und sieht nur noch rote Flecken, die über dem Chaos auf dem Boden schweben.

»Du bist in meine Stadt gekommen«, ruft ein Kind. »Das ist so toll, weil hier passiert nie was!«

»Stimmt«, brüllt eine Frau mit wirrem Haar und einem winzigen Hund auf dem Arm. »Zu uns kommt niemand. Von uns gehen sie nur weg. Man weiß einfach nicht, warum man bleiben sollte!«

»Doch!«, ruft Sam ihr zu, während die Menschenrechtler und die, die ihn zurückbringen wollen in die Arena, an ihm zerren. Er würde den Hund gerne streicheln, aber er hat keine Chance.

»Ich würde gerne hierbleiben.«

»Warum bleibst du dann nicht?«

»Spinnst du? Er darf nicht bleiben!«

»Natürlich darf er bleiben!«

»Es hat längst aufgehört, persönlich zu sein!«

»Laber nicht!«

»Nicht in dem Ton, ist das klar?«

»Halt die Fresse!«

Das geht nicht, wie sie miteinander sprechen, wie sie sich jetzt anbrüllen und kurz davor sind, sich zu schlagen. Sam ruft so laut er kann:

»Ich will nur zur Insel, und danach muss ich los.«

Sie verstummen, sie lachen. Er wird weitergezogen. Immerhin konnte er das klären.

Eine Frau mit sehr großer Brille stellt sich den Zerrenden in den Weg. Sie trägt einen langen blauen Schal, der Sam gut gefällt.

»Wo wollt ihr denn hin?«

»Wir sind vom HUKJR, wir bringen den Auserwählten in Sicherheit.«

»HUK-was? Noch nie von gehört.«

Die Frau zeigt auf Sam:

»Der da sieht nicht so aus, als ob er in Sicherheit oder in die Arena gebracht werden will.«

»Und wer sind Sie, bitte schön?«

»Journalistin, AZ.«

»Die liest doch kein Schwein mehr.«

»Irrtum! Wir sind wichtiger, als Sie denken. Wir haben immer noch einige Abonnenten!«

»Toilettenpapier ist teuer ... Wir müssen jetzt los.«

Die Frau mit dem Schal fotografiert.

»Wir verklagen dich, wenn du das drucken lässt!«

»Macht das.«

Sam versteht nicht, wovon sie sprechen. *Journalistin* hat er zwar irgendwo schon mal gehört, aber er weiß nicht mehr, was es bedeutet (ein Mensch mit einer sehr großen Brille?), und was sind *Abonnenten*?

Jemand greift nach seiner Jacke, sie reißt, nun trägt er nur noch das T-Shirt, spürt kalte Luft an seinem Rücken, aber

150

das macht nichts, die Jacke war blutig, irgendwer zieht an seinem Haar, sie halten Kameras in die Höhe und schreien und reden auf ihn ein, brüllen *Arena* und *Freiheit* und *Ein Foto bitte, nur ein einziges!*

Sam ruft nach Irma. Selbst wenn sie ihm antworten würde, es wäre viel zu laut, sie könnte ihn nicht hören. Er hat Angst.

Dann knallt es.

Sam wirft sich zu Boden, legt die Hände über den Kopf, wie er es irgendwo mal gesehen hat, in einem ganz ähnlichen Fall von plötzlichem Lärm.

Die Menschen weichen zurück.

Die Aktivisten reißen Sam hoch, drücken ihm die Finger tief ins Fleisch.

Es knallt wieder. Er will zurück auf den Boden, aber sie lassen ihn nicht.

»Aufhören!«

Vor Sam treten die Menschen auseinander.

Ganz hinten, unter einer schwachen Laterne auf der Lehne einer Bank steht Irma. Sie hebt ihren Arm und schießt immer wieder in den trüben Himmel. Die Menge macht ihr Platz.

Die Menschenrechtler lassen Sam los und stolpern, verschwinden ohne Abschied im Gewühl. Auch der Mann, der ihn zurück in die Arena bringen will, ist plötzlich verschwunden. Die Stimmen sind jetzt leise wie das Flüstern der Wände in den Katakomben. Hin und wieder streift eine Hand Sams Arm, seinen Rücken, sein Haar.

»Viel Glück«, flüstert einer, »mach es gut!«, ein anderer.

Irma ist da, neben ihm, nimmt seine Hand, zieht ihn mit sich, weg von den Menschen, fängt plötzlich an zu rennen.

»Du bist so dumm«, sagt Irma. »Du bist viel zu dumm für die Welt hier draußen!«

Sie zieht ihn über einen staubigen Weg und hinein in ein weites Feld, in ein stoppliges graubraunes Gelb.

»Gerste wuchs hier wahrscheinlich«, sagt sie, »vor nicht allzu langer Zeit, oder Mais oder so.«

Wie der Boden unter ihren Füßen knirscht, das ist schön, das ist wirklich sehr, sehr schön, und jetzt fängt es auch wieder an zu regnen.

»Komm weiter, Sam. Bleib nicht stehen!«

Aber er will hier bleiben, genau hier.

Irma greift ihn, schleift ihn weiter.

»Wo warst du?«, bringt Sam zwischen klappernden Zähnen hervor. Eine Frage, die normalerweise sie ihm stellt, in Bezug auf seine verschwommene, unerzählbare Vergangenheit. »Wo warst du eigentlich die ganze Zeit?«

Aber Irma tut, als würde sie ihn nicht hören. Sie laufen und laufen und laufen, bis das rote Auto ihnen quietschend den Weg versperrt.

Krähen

Als es dreimal klingelt, lassen sie das Besteck sinken, das Glas, den Kopf.

»Ich mach mal auf«, sagt Irma und ist schon auf den Beinen.

»Lass mich.«

Phil verschwindet im Flur.

Julie greift wieder nach ihrem Messer, beginnt, ein Brot mit Margarine zu streichen. Irma sieht ihr zu. Draußen begrüßt Phil jemanden, er bietet Kaffee an. Zweimal wird der Kaffee abgelehnt, sie haben nicht so viel Zeit. Ob alles bereit sei?

»Bereit?«, fragt Phil und bekommt darauf keine Antwort.

Den Rest des Gesprächs kann Irma nicht verstehen. Sie ver-

mutet, dass ihr Vater es mit Drohungen versucht, mit Beste-
chung, mit Flehen. Gefolgt von drei düsteren Gestalten
betritt er schließlich die Küche. Nachtblau sind sie. Boden-
lange Mäntel, Kapuzen über den Köpfen, schwarzglänzen-
de Schnäbel ragen darunter hervor. Davon war nichts in
der Mappe.

»Die Krähen wollen anscheinend zu dir, Irma.«
Sie steht auf, streckt die Hand aus. Sie schüttelt dreimal behandschuhte Finger. Drückt fest, zeigt ihnen nicht, dass sie
sich fürchtet. Es ist nur die Kleidung, darunter stecken
höchstwahrscheinlich halbblinde Brillenschlangen wie sie,
picklig und ganz und gar harmlos.

»Was soll das Theater mit den Kostümen, mit den Schnä-
beln?«, fragt Phil. »Ihr habt mich verdammt noch mal zu
Tode erschreckt!«

»Zum Schutz der Anonymität«, sagt eines der Krähenwesen mit dunkler Stimme. »Nur zum Schutz.«

»Pestmasken«, murmelt Julie, ohne aufzublicken. »Das sind
venezianische Pestmasken.«

Die anderen sehen Julie an, warten, ob sie noch etwas sagen
möchte, aber Julie widmet sich wieder dem Brot, streicht
Pflaumenmus auf die Margarine.

»Muss meine Tochter sich auch verkleiden?«, fragt Phil.
Die Krähen schütteln die Köpfe.

»Nein, nein,« murmeln sie. Der düstere Chor ist nicht harmlos, Irmas Gehirn weigert sich, länger daran zu glauben,
und schickt eine Gänsehaut die Wirbelsäule hinab.

»Aber wir werden eine Decke über sie breiten, auf dem Weg
zum Wagen.«

Irma kann sich vorstellen, wie die Nachbarn gucken werden, wenn sie unter einer Decke versteckt zwischen den
Krähenwesen aus dem Haus tritt.

»Ist das alles nicht viel auffälliger, als wenn wir einfach ganz normal rausgehen? Ohne Masken und Decke und so?«

»Ja«, sagt eine der Krähen und dann nichts mehr.

Julie steht auf, geht zum Küchenschrank. Sie holt das Fettpapier aus dem Kramfach. Wie immer, wenn man die Tür öffnet, fällt ein Haufen Zeug heraus: Einmachgummis, Bindfaden, eine Dose mit Teelichtern. Eines der Krähenwesen macht Anstalten, beim Aufräumen zu helfen, hält aber noch in der Bewegung inne. Die anderen Krähen gucken stumm, die Krähe gesellt sich wieder in ihre Mitte.

Irma kniet sich zu ihrer Mutter, schiebt die widerspenstigen Backpapierbögen zurück in ihre Pappschachtel.

»Hier sind die also«, murmelt sie, als ob es sonst nichts gäbe als das dünne Papier. Neulich, beim Backen, da haben sie ewig gesucht.

»Alles okay, Mama?«

Julie sieht sie an: »Überleg dir das, Schatz! Überleg dir, was ist, wenn die alle einfach nur verrückt sind!«

»Verrückt ist nicht so schlimm«, sagt Irma. »Ich finde es eigentlich sogar ganz witzig.«

»Finde ich nicht«, sagt Julie. »Ich finde das ganz und gar nicht witzig.« Phil legt seinen Arm um ihre Schultern. Julie schiebt ihn weg. Mit dem Butterbrotpapier geht sie zurück zum Esstisch. Sorgfältig verpackt sie Brot für Brot, schichtet die Päckchen akkurat aufeinander. Wieder geht sie an den Krähenwesen vorbei, holt aus dem Vorratsschrank drei zusammengeschweißte Trinkpäckchen. Multivitamin, wie in der Grundschule. Irma wusste nicht, dass die überhaupt noch hergestellt werden. Aus dem Obstkorb nimmt Julie einen Apfel, wäscht ihn gründlich, trocknet ihn am Ärmel ihres Pullovers. Dass sie einen Apfel zu dieser Jahreszeit aufgetrieben hat, ist ein mittelschweres Wunder.

Aus dem Süßigkeitenfach angelt sie einen Müsliriegel, aus dem Tütenkorb eine braune Papiertasche. Julie verpackt Brote, Saft, Apfel und Müsliriegel. Sie schlägt die Tüte um, fixiert das Ganze mit einer Wäscheklammer. Es fehlte nur, dass sie mit Schönschrift *Irma* draufschreibt. Sie überreicht Irma ihr Werk.

»Pass auf dich auf, Schatz, und komm heil zurück!«

Sie drückt Irma nicht, sie sieht sie nicht an, Julie nimmt den Müllbeutel und verschwindet im Flur.

»Bist du so weit?«, fragt eines der Krähenwesen, eine Frau, vermutet Irma.

Phil drückt Irma an sich, er umarmt sie nicht mehr oft. Das fällt Irma erst jetzt auf, als die Erinnerungen hochschießen, an den Geruch ihres Vaters, seinen Bart, der ihr in die Kopfhaut pikst. Irma gräbt ihre Nase in seine Brust. Sie hatte früher Albträume, wenn sie krank war. Er hat sie dann rübergeholt ins große Bett.

»Du schaffst das«, flüstert Phil. »Was auch immer du dann willst, letztendlich. Okay?«

»Okay«, murmelt Irma in die Wolle seines Pullovers hinein.

»Ich weiß nur nicht, ob wir es schaffen zuzusehen.«

»Müsst ihr nicht.«

»Mal sehen.«

»Grüß Mama noch mal. Sie soll sich keine Sorgen machen.«

»Ich weiß, aber das lässt sich nicht verhindern. Wir sind deine Eltern. Wir sorgen uns um dich, immer schon, so ist das nun mal.«

»Das klingt nicht so gut.«

»Ist schon okay«, sagt Phil.

»Können wir?«, fragt ein Krähenmann.

Phil lässt Irma los. Fast wäre sie umgekippt. Die Krähenwesen halten ihren Koffer, das Riesenkissen, Julies Versorgungstüte. Irma streckt die Hand aus. Die Krähe gibt ihr die Tüte. Irma drückt sie fest an sich.

»Dann mal los«, sagt die Krähe mit dem Koffer.

Irma folgt ihnen. Wenn Phil sie jetzt zurückhalten würde, sie würde bleiben. Aber ihr Vater rührt sich nicht. Er steht hinter dem gedeckten Esstisch und sieht durch Irma hindurch in Richtung Flur.

Eine der Krähen streckt den Arm weit aus, lässt Irma dagegenlaufen:

»Wenn wir gleich rauskommen, sind da Kameras. Überleg dir jetzt, wie du dich präsentieren willst.«

Irma überlegt fieberhaft, sie hat keinerlei Vorstellung davon, wie sie sich präsentieren will, trotzdem nickt sie. Die Krähe lässt ihren Arm sinken, gibt den anderen ein Zeichen und breitet eine Decke über Irma, sie hört dumpf, wie die Haustür geöffnet wird und spürt, wie jemand sie hinausschiebt, es wird schlagartig heller und wärmer. Vielleicht haben sie Scheinwerfer aufgestellt. Automatisch macht Irma sich groß unter der schweren Wolldecke.

14

»Nein«, sagt Irma und starrt in das Auto.

»Werden wir jetzt zurückgebracht?« Sam greift unwillkürlich nach Irmas Arm, sie mag das nicht, er kann nicht anders.

Der Mann am Steuer ist keine Maske, und er sieht nicht gefährlich aus, sondern sehr nett, mit freundlichen Augen und einem lächelnden Mund.

»Hey«, sagt er. »Kann ich euch ein Stück mitnehmen?«

Irma schüttelt wieder und wieder den Kopf, sagt, dass sie das nicht glauben kann, und der Mann antwortet immer

156

wieder: »Doch, doch.« Irgendwann steigt er aus. Er ist einen halben Kopf größer als Sam und trägt leuchtend gelbe Stiefel, die ihm fast bis zum Knie reichen, einen abgewetzten dunkelblauen Mantel, den der Regen schnell schwarz färbt. Er macht einen Versuch, Irma zu umarmen, aber sie weicht zurück, immer noch kopfschüttelnd.

»Los, steigt ein, ihr seid ja schon völlig durchnässt!«

»Woher weißt du, dass wir hier sind?«

Er lacht laut und schallend. Es klingt nicht gemein, sondern sehr nett. Sam will gerne in sein Auto einsteigen, aber Irma anscheinend nicht.

»Irmela, meinst du echt, das spricht sich nicht rum?«

Sie schüttelt den Kopf.

»Nein, natürlich nicht«, sagt sie ungewohnt leise.

»Sie heißt Irma«, sagt Sam, weil er auch mitreden will.

»Ich weiß«, sagt der Mann lächelnd. »Das weiß ich doch.«

»Das ist Tom«, sagt Irma und lächelt plötzlich auch, für einen winzigen Moment.

Tom. Über den weiß Sam einiges. Er und Irma kennen sich schon lange, irgendwann war das mal Thema eines Portraits und auch, dass Tom nicht vor die Kamera will. Von ihm hat Sam nur verschwommene Bilder gesehen, weiß er das wenige, das Irma ihm erzählt hat. Tom hat oder hatte einen Bruder. Ein Bruder ist jemand, der dieselben Eltern hat wie man selbst. Ein Bruder kann auch eine Schwester sein. *Tom ist so richtig normal*, hat Irma gesagt und dabei verwundert geklungen. Sam hat keine Ahnung, was *normal* bedeutet, noch weniger jetzt, wo Tom vor ihm steht und so ganz und gar nicht wie normal aussieht, sondern wie jemand ganz besonders Nettes.

»Komm her!«, sagt Tom und zieht Irma an sich. Die lässt sich ziehen, lässt sich von ihm so fest umarmen, wie sie das noch niemandem erlaubt hat, zumindest nicht in Sams Gegenwart.

»Darf ich auch mal?« Irma schlägt sich die Hand vor den Kopf, und Sam weiß sofort, dass er wieder was falsch gemacht hat. *Du bist peinlich,* wird Irma gleich sagen.

»Du bist so peinlich«, sagt Irma.

»Quatsch!«, sagt Tom, breitet die Arme weit aus, und Sam lässt sich drücken. Tom kann das wirklich gut.

»Ich freue mich, dich zu treffen, Sam!«, sagt er leise, und Sam hat das tolle Gefühl im Bauch. Als er aus der Umarmung wieder auftaucht, steht Irma mit verschränkten Armen da:

»Du kennst Tom doch gar nicht«, sagt sie.

»Macht ja nichts«, sagt Tom, »ich werde ganz gerne umarmt und erst recht von einem Auserwählten.«

Sams Kopf ist warm geworden. Vielleicht hat er Fieber?

»Mir ist warm.«

Tom lacht: »Du bist auch ganz rot. Mach dir nichts draus, Kumpel, Irmchen ist gut darin, einen in Verlegenheit zu bringen.«

Sam hat keine Ahnung, wo die sein soll, die Verlegenheit. Ihn hat Irma da noch nie hingebracht, jedenfalls nicht, dass er es bemerkt hätte.

Irma wirft Tom einen bösen Blick zu, sagt aber nichts mehr. Wenn Menschen interagieren, bekommt Sam Probleme mit dem Verständnis. Eine Person, ein Gesicht, Mimik und Gestik, das kann er mittlerweile lesen. Aber zwei Leute, die so viel gemeinsame Geschichte haben wie Tom und Irma, das ist unmöglich. *Irmela, Irmchen.* Sam gibt auf.

»Was willst du, Tom?« Irma klingt wie immer nicht besonders freundlich.

»Euch helfen!« Tom deutet auf das rote Auto.

»Das ist nett!«

»Sam, halt dich da raus!«

»Hey, hallo Irma, wie redest du denn mit ihm?«

»Wie willst du uns helfen?«

»Ich habe einen Schlafsack und Benzin und auch ein bisschen was zu essen. Ich bringe euch in Richtung Insel, so weit, wie wir kommen.«

Sam verkneift sich, noch einmal zu sagen, wie nett das ist, stattdessen nickt er heftig.

»Sam, hör auf zu nicken.«

»Wegen der alten Zeiten, Irma. Weißt du noch, als wir gezeltet haben?«, fragt Tom.

»Klar weiß ich das noch.« Irma lächelt nicht, sieht aber für ein paar Sekunden so entspannt aus, wie Sam sie noch nie gesehen hat.

»Sobald es dunkel war, sind wir wieder rein.«

»Und Mads hat dann im Zelt geschlafen.«

»Er hat uns ausgelacht.«

»Der Blödmann«, sagt Tom, aber dieses Mal lachen er und Irma nicht.

»Es tut mir leid«, sagt Irma leise.

Tom nickt, zeigt zum Fenster: »Ich habe einen Schlafsack dabei und einen Kocher und Propan. Das könnt ihr alles benutzen.«

»Und du kommst mit?«

»Wie gesagt, so weit, wie wir kommen.«

»Das ist doch gut!« Sam erschrickt selbst darüber, wie laut er das gerufen hat. Er fürchtet, dass Irma nein sagt. Sie mustert ihn. Überlegt. Dann nickt sie.

»Okay. Aber keine Vorwürfe!«

»Was für Vorwürfe?«

»Deine Briefe?«

»Ach, die Briefe. Das ist doch Schnee von gestern. Und jetzt kommt, bevor wir wegschwimmen oder uns die Irren einholen, die euch retten wollen!«

»So wie du, oder wie?«

»So wie ich!«, lacht Tom und hält ihr die Tür auf.

»Ich sitze vorne!«, verkündet Irma. »Vorsichtshalber.«

»Was immer das heißt«, murmelt Tom und zwinkert Sam zu, und Sam zwinkert zurück.

Auf dem Weg

Durch die getönte Scheibe sieht die Welt noch grauer aus als sonst. Irma erkennt die Nachbarn, sie winken und fotografieren, sprechen aufgeregt durcheinander. Es fühlt sich gut an, im Zentrum der Aufmerksamkeit zu stehen. Sie lächelt und winkt zurück, dann biegt der Wagen um die Ecke, und Irma hat den Moment verpasst, noch einmal zurückzuschauen und nachzusehen, ob Phil und Julie vielleicht doch noch aus dem Haus getreten sind.

Sie mustert die beiden Masken, die ihr gegenüber sitzen.

»Wofür sind die Leuchtdinger?«

Die Masken sehen auf ihre Brust, auf die dreieckigen, blinkenden Anstecker, dann einander an. Die eine beginnt, an ihrem Umhang zu nesteln, die andere wirft Irma ein kurzes Lächeln zu.

»Wie geht es dir?«

»Gut.«

Die Maske nickt.

»Müsst ihr die Schnäbel immer tragen?«

Die Masken nicken.

»Wusstet ihr das vorher?«

»Was?«

»Dass ihr euch verkleiden müsst?«

160

»Nein.«　　　　　»Ja.«

Irma lacht, die rechte Maske grinst, die linke presst die Lippen zusammen und macht ein ersticktes Geräusch. Anscheinend gibt es einiges, worüber nicht geredet werden darf. Irma dreht die Tasche in ihren Händen, ist sich immer noch nicht sicher, ob sie die richtigen Bilder ausgewählt hat und ob das überhaupt wichtig ist.

»War es schwierig, den Job zu bekommen?« Ihre Stimme klingt kratzig in die Stille hinein, das ärgert sie. Die Masken sollen nicht denken, dass sie Angst hat, dass sie aufgeregt ist oder so.

»Es ging.«

»Es gab ein paar Tests.«

»Tests, was für Tests?«

Die Masken antworten nicht. Irma denkt an Maja. Die wäre jetzt viel cooler, die würde auch einfach schweigen. Und sie würde dieses Mir-doch-egal-Gesicht machen, das sie so perfekt beherrscht. Ein bisschen mehr Maja, nimmt Irma sich vor, und ein bisschen weniger von sich selbst wird sie in der Arena zeigen. Betont desinteressiert starrt sie aus dem Fenster, summt leise vor sich hin und schläft irgendwann ein.

15

Im Auto riecht es süß, ist es stickig. Sie kann nicht glauben, dass Tom hier ist. Dass er sie gefunden hat mit seinem schrottreifen Berlingo. Irma lässt sich auf den Beifahrersitz fallen, unter ihrem Hintern quietscht es. Sie zieht ein undefinierbares hellgrünes Ungeheuer hervor. Die Glubschaugen starren sie gilbgelblich an. Sie hält es Tom direkt vors Gesicht.

»Der Kleine liebt das Teil, wir lagern es im Wagen, sonst werden wir wahnsinnig.«

Irma wirft das Plastikding auf die Rückbank zu Sam. Ganz kurz nur sieht Tom so aus, als nehme er ihr das übel. Dann macht er wieder sein gewohntes Gesicht – geduldig und freundlich und so, als hätte er mit nichts auf der Welt als den guten Dingen etwas zu tun.

»Ist nett, dass du uns hilfst. Was sagt –?«

Ihr fällt der Name nicht ein, irgendwas mit S... oder so.

Toms Stimme ist leise, als er antwortet: »Sophia weiß natürlich nichts. Sie wäre wütend, ist klar. Ist ja auch doof, was ich hier mache. Aber irgendwie –«

Er verstummt, zieht die Schultern hoch.

»Ich habe über Funk gehört, dass ihr draußen seid und dass sie euch suchen. Keine Ahnung, warum noch keine der Masken hier ist. Ich meine, ich hab euch gefunden, und ihr seid vorhin einfach über die Straße spaziert. Blöde Idee, übrigens. Da draußen stehen mindestens hundert Leute!«

»Ich weiß«, sagt Irma. Sie hat sich wieder beruhigt und spendiert Sam ein kurzes Lächeln. Er sieht verloren aus, in seiner nassen Kleidung, da hinten auf der Rückbank, und gleichzeitig extrem zufrieden.

»Was heißt eigentlich *über Funk gehört*? Bist du bei der Polizei oder so?«

Tom stöhnt theatralisch: »Man merkt echt, dass du zehn Jahre verpasst hast. Funk ist wieder das, was mal die Mobiltelefone waren. Wir kommunizieren damit.«

Als Irma lacht, zieht er ein sperriges grau-schwarzes Funkgerät aus der Tasche seines Parkas.

»Kein Witz«, sagt Tom grinsend. »Die Dinger sind echt nützlich, wenn man weiß, wie man sie bedient.«

»Na dann ist ja gut!«, lacht Irma und sieht sich noch einmal nach Sam um. Der sitzt hinten eingequetscht zwischen Kindersitz, Windelpaketen und Holztraktor, blättert in einem dieser altmodischen Pappbilderbücher und scheint vollkommen zufrieden. So, als wäre das der Ort, an dem er schon immer sein wollte. Vielleicht braucht er die Insel gar nicht mehr, vielleicht genügen ein paar Stunden mit Tom in dessen Auto voller Kinderkram, und Sam tut alles für die Menschheit.

»Dann wollen wir mal«, sagt Tom und startet den Motor. Es klingt nicht sehr vertrauenerweckend, aber der Wagen rollt los.

»Irma, Hände weg, Sam, alles klar dahinten? Wenn dich das Zeug stört, wirf es in den Kofferraum, nur nicht die Bücher, weißt du, die gehen so leicht kaputt und sind extrem schwer zu beschaffen. Was wir gesucht haben nach diesem Buch, das Sophia so mochte als Kind, ich bin fast wahnsinnig geworden! Und am Ende hatte es ihre Mutter in der Kammer. Super, oder? Wir haben die halbe Welt danach abgesucht, und dann erzählen wir Sophias Mutter davon, und dann grinst die, geht raus und kommt mit dem Buch wieder. Und das Buch ist echt gut, wirklich, ein bisschen vorhersehbar, aber saulustig! Guck es dir an, Sam, das ist bestimmt was für dich.«

Irma legt Tom die Hand auf den Arm. Kein Wunder, dass er aufgeregt ist. Für ihn ist das hier das größte Abenteuer seines Lebens.

Aber jetzt fahren sie einfach nur. Nichts ist ungewöhnlich, sie kommen gut voran, auch weil außer ihnen niemand unterwegs ist.

»Es wird nicht mehr viel gereist und gefahren, das Leben der meisten findet im Umkreis von ungefähr zehn Kilometern statt«, erzählt Tom. Er spricht ununterbrochen, Irma muss nicht nachfragen, es sprudelt aus ihm heraus, als hätte er zehn Jahre darauf gewartet, dass sie zurückkommt und er ihr die Welt erklären kann. Er berichtet von Sophias Eltern, die bei irgendwelchen streng geheimen Organisationen arbeiten, so wie jeder zweite heute übrigens. Dass die beiden wahnsinnig ehrgeizig sind und absolut überzeugt vom Fortbestand der Erde und dabei schrecklich nett. Dass sie alles für Sophia tun und für das Kind und für ihn, weil er ja auch dazugehört. Dass sie es gut haben, vergleichsweise. Der Berlingo, die Bilderbücher, das kann nicht jeder haben. Manchmal schämt Tom sich deswegen.

»Uns geht es so gut«, sagt er und knetet das Lenkrad in seinen Händen.

Irma beneidet ihn um keines seiner Privilegien, keiner seiner Reichtümer. Das, was er lebt, treibt sie von hier weg. Er und Sophia und das Kind, das machen doch seit Ewigkeiten alle so. Okay, sie und Sam sollen sich auch vermehren, aber das passiert dann nicht aus Liebe oder so einem Quatsch, sondern aus einer rein biologischen Notwendigkeit heraus. Wenn sie das erledigt haben, können sie weitermachen, wie sie wollen, müssen einander nichts versprechen. Sie sind dem ganz großen Etwas verpflichtet und sonst eigentlich niemandem. Wer ihnen reinreden will, wird immer zu spät kommen. Funkgeräte, alleine das!

Sie wird es mit Sam aushalten. Es wird gute Tage geben und schlechte. Und das wird nicht schlimm sein. Sie können sich locker machen, wenn sie dort oben sind. Dann gibt es keine Alternativen mehr. Sie werden zusammen sein, ja, aber dabei wird sich jeder von ihnen nur um sich selbst kümmern. Irma lächelt bei der Vorstellung von der Menschheit an ihren Abendbrottischen. Maja und Tom, die nie viel miteinander anfangen konnten, jetzt leben sie höchstwahrscheinlich ganz ähnliche Leben. Die zehn Jahre stehen ihm, sein Gesicht ist nicht mehr so weich, die buschigen Augenbrauen wirken nicht länger wie ein Fremdkörper, er ist nicht mehr dürr und schief und irgendwie kraftlos, er sieht wirklich gut aus, auch wenn er dunkle Schatten unter den Augen hat und sein Haar offensichtlich lange nicht mehr gekämmt wurde, er einen Rasierer gut gebrauchen könnte.

»Hast du noch Kontakt zu Maja?«

Tom schüttelt den Kopf: »Hatten wir doch auch nie. Das war doch immer nur durch dich. Einmal haben wir uns noch gesehen, nachdem du weg warst. Deine Eltern hatten uns eingeladen, wir haben die erste Show zusammen gesehen. Es gab Würstchen und Kartoffelsalat. Maja und ich haben nicht miteinander gesprochen, das ist ihnen wohl aufgefallen.«

»Schade«, sagt Irma.

»Apropos deine Eltern«, sagt Tom, und viel zu spät bemerkt Irma, wo er sie hingefahren hat, und jetzt wird ihr auch klar, warum er nicht nach der Karte gefragt hat. Er kennt diesen Weg ebenso gut wie sie.

»Das meinst du nicht ernst!«

»Doch, Irma! Meine ich. Du verabschiedest dich jetzt!«

Irma greift Tom ins Lenkrad, will es herumreißen, zu spät, der Wagen fährt in ein Blumenbeet mit vertrocknetem Gestrüpp, das waren mal Geranien oder Lilien oder so, Irma kennt sich da nicht aus. Sie sieht Sams verwundertes Gesicht im Rückspiegel.

»Das war so nicht abgemacht«, sagt sie lahm.

»Nein«, sagt Tom. »Und das ist ja das Beschissene!«

Er beugt sich über Irma, öffnet die Tür, stößt sie auf.

»Steig aus!«

Sie widerspricht ihm nicht. Natürlich hat er recht. Irma klettert hinaus. Sie hätte darauf bestehen müssen, sich richtig zu verabschieden. Hat sie nicht. Weil sie erleichtert war, als die Masken verkündeten, dass umdisponiert wurde, dass leider keine Zeit mehr sei.

Unschlüssig steht sie vor dem Wagen. Tom sieht sie aufmunternd an, als ginge es lediglich darum, eine Matheklausur zu bestehen oder ein Sportabzeichen zu gewinnen. Reine Routine.

»Sam bleibt so lange bei mir«, sagt er beiläufig und zieht die Tür zu.

»Du spinnst wohl!«

Irma reißt Sams Tür auf, will ihn herausziehen, merkt zu spät, dass Sam noch angeschnallt ist, sein Gurt klemmt, sie zerrt wie wild daran. Tom redet auf sie ein, versichert, dass er gut aufpassen wird, dass es keinen Sinn hat, ihn mitzunehmen, dass Irma Zeit braucht, alleine mit ihren Eltern. Aber jetzt wird Sam plötzlich aktiv, reißt mit aller Kraft am Gurt, und schließlich gibt der Mechanismus nach, Sam ist frei, klettert heraus.

»Das ist doch Quatsch, Irma«, versucht Tom es ein letztes Mal. »Er kann doch hier bei mir bleiben, du denkst doch wohl nicht, dass ich mit ihm durchbrenne!«

Doch, genau das fürchtet Irma. Wie kann sie Tom vertrauen, den sie so viele Jahre nicht gesehen hat, der ihr wutentbrannte Briefe geschrieben, der sie hierhergebracht hat? Wortlos knallt sie die Tür zu und ignoriert, wie Sam Tom zum Abschied winkt.

16

Tom winkt zurück. Er sieht nicht wütend aus, nur erschöpft. Fast wäre Sam bei ihm geblieben in dem schönen Auto, aber wenn Irma ihre Eltern besucht, muss er mit. Ob er ins Haus darf, alles ansehen? Dinge berühren, über Raufaser streichen? Über Raufaser hat er viel gehört, tapeziert wird anscheinend ständig, es ist das Privateste, was ihm die Masken erzählt haben: *Heute haben wir renoviert, hellblaue Tapete mit kleinen Bären.* Über Raufaser streichen zu können bedeutet, wirklich mitten in der Welt zu sein. Sam freut sich auf die Begegnung mit Irmas Eltern. Es ist das erste Mal, dass ihm echte Eltern begegnen. Er hofft, dass er dabei irgendwas lernt, vielleicht eine Ahnung bekommt, wie es sein könnte, ganz genau zu wissen, woher man stammt, und das an Personen festzumachen.

Es hat aufgehört zu regnen. Zwischen den riesigen Bäumen ein gerader Weg, wie in den Katakomben, aber weniger glatt, der Asphalt ist an einigen Stellen gesprungen, das kann die Kälte, Stein sprengen. Hinter den Bäumen gibt es Zäune, dahinter wächst Gras, ab und zu ein Busch, trockene Blumen. Dann kommen die Häuser. Die Häuser sind schön, die Dächer rot wie auf den Zeichnungen. Es sieht ein bisschen so aus wie die kleinen Städte in den Filmen. Aber es gibt keine Menschen. Irma zieht Sam hinter einen Baum, deutet auf eines der Häuser. Sams Herz macht einen Hüpfer. Da hat sie also gewohnt, da leben ihre Eltern. Sam betrachtet den grünen Zaun, sieht Gardinen in den Fensterläden und stellt sich dahinter Menschen vor, die genauso aussehen wie Irma, nur älter. Warum will sie hier weg? Die Straße ist still unter seinen Füßen, der Himmel milchig und grau, und eigentlich, denkt Sam, ist dieser Ort sehr schön. Irma hält ihn fest, ihre Hand krallt sich in seinen Arm, sodass es schmerzt.

»Wir gehen da nicht rein!«

Er befreit sich nicht aus ihrem Griff.

»Sie freuen sich bestimmt!«

Irma schluckt. Man schluckt, wenn etwas wehtut. Vielleicht war es nicht leicht für Irma, sich zu verabschieden. Vielleicht ist das sein Vorteil: dass er sich nicht verabschieden musste. Alles, was es für ihn gibt, kommt noch. Für Irma war schon einiges, das sieht er ihr an. Er muss ihr helfen.

»Komm!«

»Nein.«

Er hat sie noch nie so unsicher gesehen. Etwas knallt. Dieses Mal war es keine Pistole. Vor ihnen auf der Straße steht eine alte Frau. Neben ihr auf dem Boden liegt ein Fahrrad. Sie hält den Lenker, als wäre es eine Hand.

Die Frau stürzt auf Irma zu, sie heißt Frau Mol und freut sich offensichtlich sehr, Irma zu sehen. Sie freut sich auch, Sam zu sehen. Sie sagt: *Kinderchen*. *Kinderchen*, das sind kleine Kinder, und anscheinend weiß Frau Mol nicht so viel von Alter und Menschen. Aber das macht nichts.

»Wo wollt ihr denn hin, Kinderchen?«

»Wir schauen nur vorbei«, sagt Irma schnell.

»Zur Insel«, ruft Sam, weil das, was Irma sagt, so nicht ganz stimmt, und weil man nicht lügen darf. Das weiß doch jeder.

»Quatsch«, lacht Irma auf eine merkwürdige Weise. »Sam macht Witze. Zu was für einer Insel sollten wir wollen?«

Sam will antworten, aber sie sieht ihn warnend an.

Irma ist böse, und Sam weiß nicht, warum. Frau Mol ist traurig, sie weint, und ihr Körper wackelt. Sam hat das Gefühl, dass er das gemacht hat. Er traut sich, ihre Hand zu nehmen, und er hat recht mit der Einschätzung. Er hat so viel gelernt, er ist schnell geworden mit dem Erkennen und Verstehen. Die Lehrer hätten ihn jetzt gelobt, aber Irma guckt noch wütender. Weil Sam vielleicht doch nicht versteht.

»Was macht ihr hier, wenn ihr zur Insel wollt?«, fragt Frau Mol mit gepresster Stimme.

»Irma muss sich verabschieden.«

»Klappe!«, zischt Irma. Wahrscheinlich soll Frau Mol es nicht hören, aber so leise war das Zischen nun auch wieder nicht.

Ein Kind kommt auf einem komischen Fahrrad ohne Sitz und ohne Pedalen gefahren. Das Kind grinst und fasst Irma am Arm und Sam an der Schulter, und dann macht es ein Foto.

»Ich bringe dich um«, sagt Irma und steckt ihre Hand in die Jackentasche, Sam weiß, da steckt die Pistole. Irma darf niemanden töten. Töten ist verboten, strengstens.

Das Kind weint. Sam streicht ihm über die Schulter, immer wieder, fast automatisch.

»Lass das!«, sagt das Kind, und Sam nimmt die Hand erschrocken weg. Irma zieht ihn aus dem Garten, die Straße hinunter, weg von Tom und dem Auto, vorbei am Haus ihrer Eltern.

Hinter ihnen fängt Frau Mol an zu schreien. Kein Wort, nur Töne. Schrill und so kräftig, als hätte sie einen Lautsprecher.

»Wir müssen uns beeilen«, sagt Irma, und Sam beeilt sich. Sie rennen los, aber plötzlich stehen mitten auf der Straße Menschen, versperren ihnen den Weg. Sie drehen sich um, wollen zurück in die andere Richtung, aber da sind nicht mehr nur Frau Mol und das Kind, auch da stehen jetzt viele. Sehen sie erwartungsvoll an.

»Was wollen die alle?«

»Uns«, sagt Irma.

17

»Was soll das?«, ruft Irma, und ärgert sich, dass ihre Stimme zittert. »Lasst uns in Ruhe!«

»Wir tun nichts«, sagt ein älterer Herr mit Dackel und zieht seine Schiebermütze gerade. Die anderen nicken bestätigend.

»Wir wollen nur gucken.«

»Genau, nur gucken!«

Die Nachbarn rücken langsam näher, als wäre ihnen die Aktion unangenehm, als hätte sie jemand beauftragt mit der Verfolgung und sie wüssten selbst nicht, warum.

»Ihr müsst zurück!«, sagt ein Teenie-Mädchen in Schwarz, und wieder nicken alle.

»Wir bringen euch zur Arena«, sagt der Dackelmann und deutet auf einen dreckig-weißen Kleinwagen, der seine besten Jahre vor Urzeiten hinter sich hatte.

»Ich würde euch gerne nur mal kurz anfassen!« Das kam von irgendwo aus der Menge, eine Frauenstimme, fast schüchtern.

»Oh ja!«, raunen die anderen. »Nur mal kurz!«

Sam sieht Irma fragend an, die beeilt sich, entschieden den Kopf zu schütteln. *Nur mal kurz anfassen*, von wegen! Was hat Tom sich dabei gedacht, sie hier abzusetzen? Irma klingelt Sturm. Ihr fällt nichts Besseres ein. Sam greift nach ihrer anderen Hand, drückt sie fest, Irma lässt ihn. Anscheinend wird auch ihm langsam klar, dass diese Situation gefährlich werden könnte. Warum hat sie den Schlüssel nicht mehr? Damals hat sie ihn auf dem kleinen Tisch im Flur liegen lassen. Julie wollte, dass sie ihn mitnimmt, falls sie sich doch anders entscheiden sollte. *So kannst du jederzeit zurückkommen, auch wenn wir gerade nicht da sind.* Aber genau deshalb war es Irma so wichtig, den Schlüssel dort zu lassen. In der weißgepunkteten Schüssel, aus der die Katze getrunken hat, als sie die Katze noch hatten. Warum war sie in allem so rigoros? Warum musste sie ständig Zeichen setzen? Mit dem Schlüssel wäre jetzt vieles einfacher. Probeweise dreht sie den Knauf. Die Tür springt auf. So waren Julie und Phil früher nicht. Irma bekommt Angst vor den Menschen, die sie im Haus treffen könnten. Einen Moment lang wägt sie ab, ob es vielleicht doch besser wäre, umzudrehen, sich einen Weg durch den Nachbarschaftsmob zu bahnen und möglichst schnell von hier zu verschwinden. Sie hält Ausschau nach Tom in seinem vollgestopften Auto, aber er ist verschwunden, und jetzt tritt die alte Mol durch die Gartentür, die anderen fangen an zu drängeln, die alte Mol fällt zu Boden, schimpft und flucht, es interessiert niemanden, die Ersten erreichen die Treppe, und Irma zieht Sam ins Haus und schließt die Tür hinter ihnen beiden.

Es ist so leise. Eine Stille, in die Uhren ticken, aber die Uhrzeiger bewegen sich nicht. Ihre Schritte sollten hallen, doch der Boden ist hoch mit Zeitungen und Briefen bedeckt, jedes ihrer Geräusche wird sofort gefressen, vor der Tür das Murmeln der Verfolger, es klingt so fern wie aus einer anderen Welt. Wenn sie Glück hat, merken Julie und Phil gar nicht, dass sie da ist; kann sie abwarten, bis die Meute sich zurückgezogen hat, und das Haus heimlich wieder verlassen. Durch das Glas der Wohnzimmertür sieht Irma eine Silhouette. Und erst jetzt beginnt das Vermissen.

18

»Mama.«

Julie dreht sich um. Sie ist stark geschminkt, und sie starrt Irma und Sam mit offenem tiefrotem Mund an. Die Zähne sind gelblich, Julie hatte einmal die schönsten Zähne. Vor ihr auf dem Tisch stehen eine Kanne Tee und der Computer. Eine alte Aufzeichnung, das Interview nach Irmas Homestory. Nicht ihr bester Moment. Sie habe arrogant geklungen, hat Olivier ihr nachher vorgeworfen. Im Schnitt haben sie einen völlig falschen Eindruck noch verhindern können, gut, dass es die Kinderfotos gab in so außergewöhnlicher Qualität und wirklich sehr süß. Zum Glück war Irma immer schon fotogen, hat sie Tiere geknuddelt, durch Zahnlücken gegrinst. Hat Julie ihr einmal aus Quatsch zwei abstehende Zöpfe geflochten, war sie anscheinend als Kind ein wahrer Sonnenschein. Weil Julie nicht reagiert, klappt Irma den Laptop zu, sieht dabei, dass der Tee in der Kanne von einem blaupink schillernden Film überzogen und die Teebeutel auf dem Tisch vertrocknet sind. Wie lange sitzt Julie schon hier? Irma versucht, sie in die Arme zu schließen, aber Julies Körper ist wie mumifiziert, und Irma fühlt sich wie ein Gespenst, als könnte sie nichts bewegen, nichts bewirken. Sie schaut Sam an. Sam kann sie sehen. Definitiv. Aber er gehört ja auch in die Welt der Geister. Sie haben sich beim Betreten des Hauses in Luft aufgelöst und in Erinnerungen. Wie Sam mit den Fingern über die Wand streicht, immer wieder – sie drei, der Raum, aus der Zeit gefallen.

Phil kommt ins Wohnzimmer gestürmt, er sieht kein bisschen überrascht aus.

»Was macht ihr hier?«, donnert er. »Wie kommt ihr dazu, einfach einzudringen?«

»Er ist wütend«, flüstert Sam.

So ist das also, denkt Irma. Wenn man von den Helden wiederaufersteht. Es fühlt sich nicht gut an. *Vielen Dank auch, Tom.*

Phil legt Julie eine Hand auf die Schulter. Klappt den Rechner wieder auf, drückt die Taste. Olivier singt Irmas liebstes Kinderlied. Das Publikum lächelt verzückt. Julie entspannt sich, ihre Schultern rutschen nach unten, sie wendet ihren Blick ab, weg von Irma, zurück auf den Bildschirm. An ihrem Hals blitzt etwas silbern auf. Irma erinnert sich, dass Phil etwas von einer Kette geschrieben hat, von einem Anhänger in Form der Insel. Sie könnte Kette und Karte vergleichen, prüfen, ob sie alle von derselben Insel sprechen, aber sie will Julie nicht stören. Sie sieht zufrieden aus, fast ein bisschen glücklich, wie sie da sitzt und an der fröstelnden Irma vorbei auf Irma starrt. Die hat eine Entscheidung getroffen, und das hier, diese stille Mutter, ist eine der Konsequenzen.

19

Phil schiebt Irma und Sam aus dem Zimmer, in die Küche. Wortlos wirft er ihnen Geschirrtücher zu, dann beginnt er, im dunklen Kühlschrank zu wühlen. Holt Margarine heraus und Brot. Seit wann bewahren sie das Brot im Kühlschrank auf? Seit wann wird hier nicht mehr geputzt, und warum fehlt an Irmas Tasse der delphinförmige Henkel? Solange sie denken kann, wird über den Weltuntergang gesprochen. Heute, in der Küche ihres Elternhauses, hat Irma zum ersten Mal das Gefühl, ihm wirklich zu begegnen. Sie kaut gedankenverloren am Saum ihrer Kapuze und merkt es erst, als Phil ihr den Stoff wegzieht.
»Das sollst du nicht.«
Einen Moment lang treffen sich ihre Blicke. Es fühlt sich nicht seltsam an, eher ganz normal. Doch dann sieht Phil weg. Widmet sich wieder den Broten, schichtet Scheibe um Scheibe auf zu einem hohen Turm. Irma rubbelt sich mit dem Geschirrtuch durchs Haar, Sam macht es ihr nach.
»Du magst bestimmt Kakao«, sagt Phil zu Sam. »Wer Schokolade mag, der mag auch Kakao.« Er spricht viel freundlicher mit Sam als mit Irma, und sie ärgert sich darüber. Sam grinst erfreut. Er hat sich auf den Küchentresen ge-

setzt, lässt die Beine baumeln wie irgendein tagtäglicher Nach-
barsjunge. Wo hat er das her? Wahrscheinlich aus einem seiner Filme.

Gebannt beobachtet er, wie Phil Kakao anrührt.

»Man darf nicht zu viel reingeben und nicht zu wenig«, erklärt Phil. »Irma hier, die wollte früher nicht, dass ich alles
verrühre. Wegen der Blasen? Weißt du noch, Irma?«

Irma weiß nicht mehr, zuckt hilflos die Schultern.

Phil seufzt, als fehle ihr die Siebenerreihe des Einmaleins.
»Sie mochte die Kakaoblasen, die im Mund platzen. Ich fand
das immer eklig, wenn man Pech hatte, bekam man das
Zeug in den Hals, das war ein ziemlich unangenehmes Gefühl beim Schlucken.« Irma erinnert sich, dass Phil diese
Vorträge auch früher gerne gehalten hat. Für Tom und Maja
und für Viola. Ach nein, nicht für Viola, Viola war woanders,
Viola war nie zu Besuch. Allein dass Sam hier sitzt, fühlt
sich völlig irreal an. Phil gießt den Kakao in Irmas kaputte
Lieblingstasse, versichert sich mit einem flüchtigen Blick,
dass er das darf, und reicht das dampfende Getränk dann
weiter an Sam. Der strahlt nach dem ersten vorsichtigen
Probieren wie auf Drogen, und Irma kann beobachten, wie
er Phil während dieses einen Schluckes sofort und für immer in sein Herz schließt. Das hier mit Phil, auf dem Tresen
in der Küche, mit warmem Kakao in der Hand, das wird für
Sam ab jetzt der Inbegriff der Welt sein. Wenn Sam bleiben
will, dann ist Phil zumindest mit schuld.

»Ich bin übrigens Phil«, sagt er und reicht Sam die Hand.

Sam schüttelt sie erfreut: »Sam.«

Sie grinsen einander an. Phil lässt Sams Hand nicht los.
»Was wollt ihr hier, Sam?« Er fragt es sanft, so spricht Phil
nicht, wie ein Wolf mit Kreide im Hals. Irma wird unruhig.
»Wir sind auf dem Weg zur Insel.«

»Inseln gibt es schon lange nicht mehr, da hat dir jemand einen Bären aufgebunden.«

Sam sieht ihn entsetzt an, aber Phil merkt es nicht, er starrt zum Fenster, in Richtung Garten, Birnbaum, Hängematte. Sie sind nicht zu sehen. Hinter der Scheibe klemmt Pappe.

»Weißt du, was ein Mythos ist, Sam?«

Sam nickt und schüttelt dann sofort den Kopf: »Leider nicht.«

Er lügt, natürlich weiß er das. Was will er mit Phil? Hat Sam so schnell verstanden, wie ihr Vater tickt? Dass man ihm mit nichts so leicht einen Gefallen tun kann wie mit dem Wunsch nach Erklärung?

»Nicht schlimm, ich erkläre es dir: Ein Mythos ist eine Geschichte. Etwas, was sich Menschen ausdenken, wenn sie mehr brauchen als nur das, was es gibt. Verstehst du?«

Sam nickt, und Phil klopft ihm zufrieden auf die Schulter:

»Weil die Insel ein Mythos ist, ist es am besten, ihr kehrt um, zur Arena.«

Sam schüttelt den Kopf.

Einen Augenblick lang sieht Phil ungeduldig aus, dann wieder freundlich.

»Wisst ihr, Julie geht es nicht besonders gut, seit Irma weg ist. Die Aufzeichnungen helfen, sie gewöhnt sich dran. Ausgerechnet heute Morgen hat sie ein Stück Brot gegessen und vorhin einmal gelächelt. Darüber habe ich mich sehr gefreut. Also, wir fangen an klarzukommen. Ich will nicht, dass sich das wieder ändert. Es waren zehn Jahre, es hat gedauert. Ihr könnt nicht einfach so wieder hier auftauchen, das kannst du nicht machen, Irma.«

Sam sieht Phil bestürzt an. Irma vermutet, dass sie ähnlich guckt. Sie stören. Das wollte Phil doch sagen, oder etwa nicht? Sie sollen wieder abhauen. Er merkt, was er angerichtet hat, nimmt Sams Hand und Irmas. Phils Hände immerhin, die fühlen sich an wie immer.

»Es ist ja schön, dass ihr da seid. Aber ihr gehört nicht mehr hierher. Für euch ist es besser, euch jetzt auf eure Reise zu begeben. So, wie geplant.«

Sam nickt: »Machen wir auch, nach der Insel.«

Phil streicht ihm übers Haar. Auch bei ihm wirkt Sam, große Augen, tiefbraun, sein ständiges Staunen, als wäre er neugeboren und nicht schon Jahre über zwanzig und der Auserwählte, sein Lächeln, das es so nur geben kann, weil es nichts Schlechtes gibt in der Welt und nichts, worüber irgendjemand sich Sorgen machen müsste.

»Tom hat uns hergebracht!« Sie klingt wie ein beleidigtes Kind, das die Schuld jemand anderem zuschieben will.

»Tom, jaja.« Phil starrt wieder auf die Pappe.

»Er meint, dass ich mich verabschieden soll.«

»Das ist nett, dass Tom an uns denkt«, sagt Phil, und irgendwie hört sich das für Irma wie ein versteckter Vorwurf an. »Aber wir kommen schon klar. Und wir haben uns ja auch verabschiedet, damals, als die Masken dich geholt haben. Das weiß Tom natürlich nicht.«

»Nein«, sagt Irma. »Wahrscheinlich nicht. Und jetzt kommen wir hier nicht wieder weg, die Nachbarn stehen vor der Tür rum und wollen was von uns.«

Unwillkürlich greift Irma nach der Waffe in ihrem Hosenbund, sie merkt, dass Phil es registriert, er sieht nicht erschrocken aus, er sagt nicht einmal etwas dazu.

»Gut, gut«, sagt er zerstreut. Er deutet auf Sam: »Der Junge hier friert.« Noch so ein Vorwurf.

»Ruht euch erst mal aus. Zieht die dreckigen Sachen aus, wascht euch, schlaft ein bisschen. Morgen früh sehen wir dann weiter.«

Irma widerspricht nicht. Warum sollte sie noch bei Phil in der Küche bleiben? Es ist ohnehin kein normales Gespräch möglich. Nicht die Arena ist ein merkwürdiger Ort, ihr Zuhause hat sich verändert. Phil und Julie haben ihre eigenen Probleme, und Irma versteht plötzlich, dass sie eins davon ist, oder anders: der Auslöser. Sie hatte erwartet, dass sie besser zurechtkommen würden. Aber sie ist zu müde, um sich darüber Gedanken zu machen. Vorhin bei der Schule, als die Masken sie in den Wagen mit den blinden Scheiben zerrten, da dachte sie, es sei vorbei. Aber sie haben sie wieder gehen lassen, jetzt endlich mit einem klaren Auftrag und, obwohl sie gefragt hatte, ohne zusätzlichen Proviant. *Ihr müsst alleine klarkommen. Wenn ihr es nicht mal hier schafft, wie dann dort oben?* Sie hat nicht protestiert, hat getan, was sie verlangten. Irgendwann muss es doch auch mal gut sein mit den Tests, sie ist bereit, das sollten sie langsam wissen.

Irma zieht Sam von der Arbeitsplatte herunter, Kakao verschüttend, Phil versichert eifrig, dass er das wegmacht, kein Problem. Sie schiebt Sam zur Treppe, dreht sich noch einmal um, murmelt »Gute Nacht, Mama!« in Richtung des Wohnzimmers, bekommt keine Antwort.

Oben zeigt sie Sam, wo er seine schmutzige nasse Kleidung hinlegen, wo er sich waschen kann: »Lass das Wasser nicht laufen.«

Während er sich mit dem kleinen Waschbecken müht, hockt sie auf dem schmalen Fensterbrett ihres ungewohnt ordentlichen Zimmers und sieht hinab.

Vor der Tür stehen immer noch die Nachbarn, die ganze Straße mindestens, und auch ein paar Kameras sind da. Sie flüstern miteinander, sprechen sich ab, überlegen wahrscheinlich, wie man mit diesen beiden abtrünnigen Helden umgehen soll. Und trotzdem: Von hier oben sieht es aus, als hätte das Zwielicht sie erstarren lassen. Es ist unheimlich und bedrohlich und dabei merkwürdigerweise verdammt schön, wieder unter Menschen zu sein.

20

Das Wasser war kalt, aber jetzt fühlt er sich besser. Er stinkt nicht mehr. Sam kann nicht fassen, dass er in Irmas Haus sein darf, ganz in der Nähe ihrer Eltern, die er von der ersten Sekunde an mochte, besonders Phil, überhaupt: der Kakao.

Irma gibt ihm eine Hose ihres Vaters, wirft ihm ein T-Shirt zu: »Zieh das an.« Er tut, was sie sagt, der Stoff riecht nach Irma, die Hose ist viel zu weit, zu lang, aber das macht nichts.

»Den auch noch, wir bleiben nicht ewig, und draußen wird es zu kalt. Zieh ihn gleich an, sonst vergisst du ihn noch!« Sie drückt ihm einen weichen dunkelgrünen Pullover in die Hände. Er streift ihn über, augenblicklich ist ihm warm, geht es ihm noch besser als ohnehin schon. *Perfekt*, hätte Cal gesagt. *Absolut perfekt.*

»Du kannst da schlafen«, sagt Irma und zeigt auf das Bett. »Ich leg mich aufs Sofa.« Er hat nicht mitbekommen, wie und wann sie sich gewaschen und umgezogen hat, aber auch sie trägt nun saubere Kleidung, eine lange Hose, einen dicken Pullover, der zwar nicht ganz so schön aussieht wie seiner, aber immer noch ziemlich schön.

Er legt sich hin, zieht die Decke hoch, es ist warm und weich und der beste Ort auf der Welt bisher. Er streckt die Beine aus, zieht sie eng an den Körper, legt die Arme darum. *Entspann dich doch mal*, haben sie ihn immer wieder ermahnt.

»Wie lange können wir bleiben?«

»Höchstens bis morgen.«

»Willst du nicht noch ein bisschen bei deinen Eltern sein?«

Sie schüttelt den Kopf.

Er versteht nicht, warum, fragt aber nicht nach, weil sie dann bestimmt wieder ärgerlich wird.

»Meinst du, die Menschen da draußen gehen wieder?«

»Keine Ahnung. Irgendwann bestimmt. Ich überlege mir was, damit wir hier wegkommen. Jetzt schlaf!«

Er ist müde, aber er muss ihr sagen, was ihn schon seit vorhin in der Küche beschäftigt:

»Du solltest nicht wieder schießen.«

»Nicht, wenn ich es vermeiden kann. Aber wenn sie da stehen bleiben, bleibt mir nichts anderes übrig.«

»Ich will nicht, dass du schießt.«

»Ich weiß.«

Er ist nicht beruhigt, aber er weiß, dass sie nichts mehr dazu sagen wird. Er muss sie beobachten und notfalls eingreifen, wenn sie doch ihre Waffe ziehen sollte. Irma löscht das Licht, und über seinem Kopf glimmen die Sterne auf.

Die Sterne.

»Die hatte ich auch!«

»Was hattest du auch?«

»Wo ich herkomme, da gab es auch solche Sterne.«

»Und wo war das, wo du herkommst?« Sie hat ihn das schon so oft gefragt, sie und die anderen, Anas, Cal und Viola. Er hat keine Antwort für sie, aber er ist sich sicher: Auch in seinem Zimmer woauchimmer gab es über seinem Kopf die gelbgrün fluoreszierenden Sterne. Den Hund, die Sterne, die flüsternden Wände. Er denkt an die Karte. Goldene Adern (das sind die Wege, Wege und Straßen mittendurch) und dann das Blau, das Meer und darin die Insel. Es ist ganz einfach. Natürlich finden sie die Insel.

»Schlaf jetzt!«, sagt Irma, als wüsste sie, dass er wachliegt, dass er vom Schlaf wahrscheinlich so weit entfernt ist wie sie beide von der Insel. Ein Mythos also. Was ist, wenn Irmas Vater recht hat?

»Schlaf!«, wiederholt Irma, und Sam kneift die Augen fest zu, verbietet sich alle Gedanken und schläft tatsächlich ein.

21

Sie ist zurück. Hier hat sie mit Maja und Tom gesessen und über *später* gesprochen. Sie haben sich mögliche Leben vorgestellt und kein Wort an die Veränderungen verschwendet, die damals schon vermuten ließen, dass es so einfach nicht werden würde. Und jetzt: Maja, das Kind, der Mann, an den Irma sich angeblich erinnern müsste, dessen Name ihr aber nichts sagt, der einer der gewöhnlichen Zurückbleibenden ist. Anders als Phil, Julie, Maja und Tom, die sind ein Teil von Irma, die nimmt sie mit. Sie versucht sich zu erinnern, wo Maja jetzt wohnt.

Im Haus ihrer Eltern, die weggezogen sind aufs Land. *Das machen heute viele Ältere*, hat Maja in ihrem letzten Brief vor drei Jahren geschrieben. *Wir wollten das nicht, aber sie unbedingt. Sie wollten Platz machen für uns.*

Irma steht leise auf, im Halbdunkel sieht sie Sam, er schläft tief, die Karte in dieser Nacht fest in der geballten Faust. Sie will sie ihm entreißen, anzünden und die Vorstellung von der Insel für immer ins Reich der Phantasie verbannen. Irma hat das Feuerzeug schon in der Hand, hat es ganz automatisch gegriffen, weil sie das Zimmer in- und auswendig kennt. Doch dann steckt sie es wieder zurück in den fleckigen Becher, zwischen die abgebrochenen Buntstifte, die minenlosen Kugelschreiber. Aus irgendwelchen Gründen wollen die Masken, dass sie noch eine Weile hier draußen sind.

Irma schleicht hinaus in den Flur. Sie erwartet nicht, dass das Telefon funktioniert, aber sie hört das vertraute Tuten. Auch hier erinnern ihre Finger sich besser als ihr Gehirn.

»Hallo?« Eine verschlafene Stimme, am anderen Ende ein Mann.

Majas Mann. Das klingt falsch. Für Irma ist Maja immer noch sechzehn. Irma will auflegen, tut es dann aber nicht.

»Ist Maja da?«

»Ja.«

»Gut.«

»Sie schläft.«

»Ah.«

Natürlich schläft sie. Es ist mitten in der Nacht. Ein normaler Wochentag. Irma erinnert sich nicht, ob Maja ihr etwas von einer Arbeit geschrieben hat.

»Noch was?«

»Wie?«

»Ob du noch irgendwas willst.« Er klingt nicht unfreundlich, nur müde. Ganz leise hört Irma ein Weinen. Weint Maja? Das Kind. Bestimmt ist es das Kind.

»Ich muss dann mal«, sagt er.

»Ja.«

Irma will gerade auflegen, als Maja sich meldet. Sie klingt wie immer, sie klingt genauso wie vor zehn Jahren, ein bisschen heiser, aber sie ist auch eben erst aufgewacht.

»Irma?«

Irma nickt heftig.

»Wo bist du?«

»Zu Hause.«

»Warum?«

»Tom hat mich hergebracht.«

»Warum?«

»Er meint, dass ich mich verabschieden soll.«

»Zu spät«, sagt Maja knapp. Irma zuckt die Schultern. Sie hat so lange nicht telefoniert, beherrscht die einfachsten Regeln nicht mehr. Ihre Körper ersetzt hier die Sprache nicht. In der Arena, in den Studios war es immer allen lieber, wenn sie möglichst wenig sagte, alle fanden, dass sie, sobald sie den Mund aufmachte, so unfreundlich wirkte. Am Telefon mit Maja funktioniert das nicht.

Maja macht ein unbestimmtes Geräusch, irgendwas zwischen *Mh* und *Tja*. Irma will etwas darauf erwidern, verkneift es sich aber. Sie ist froh, dass sie Maja am Telefon hat.

»Wie geht es dir?«

»Gut, aber ihr müsst zurück. Ihr könnt jetzt nicht kneifen.«

»Hallo? Wir kneifen doch nicht!«

»All die Jahre, alle haben zugesehen. Mit euch gehofft, euch nicht vergessen, auch als nicht so viel kam. Ihr könnt nicht den ganzen Ruhm einsacken und dann im letzten Moment kneifen. Das ist undankbar.«

Majas Stimme ist schrill geworden.

»Du hast mit uns gehofft?«

»Was?«

»Du hast eben gesagt, dass du mit uns gehofft hast –«

Irma wartet, in der Leitung herrscht Stille, ein leises Rauschen, das Irma nichts über Maja verrät.

»Ihr dürft jedenfalls nicht kneifen.«

Maja wird die Frage nicht beantworten, und Irma kennt die

Antwort ja schon, natürlich hat Maja nicht gehofft, Maja hat erst gefürchtet und irgendwann angefangen zu vergessen und weiterzumachen.

»Jedenfalls kneifen wir nicht. Das ist nur ein kleines Intermezzo, ganz bald geht es weiter, ich meine, bald geht es los.«

»Na ja. Sie wissen, wo ihr seid, glaub mir das. Ihr habt ohnehin keine Chance.«

»Maja. Noch mal: Wir kneifen nicht. Wir wollen hier weg! Auf jeden Fall! Wir machen das!«

»Ihr seid so dermaßen egoistisch.«

Weint Maja doch?

»Weinst du?«

»Nein«, sagt Maja, aber Irma kennt sie doch, in- und auswendig, zumindest grundsätzlich, obwohl mittlerweile vielleicht nicht mehr in allen Details.

»Du weinst.«

»Ich muss schlafen.«

»Was ist los?«

»Meinst du das ernst? Du spinnst wohl!«

»Es tut mir leid, wenn du wütend bist.«

»Das ist mir egal.«

Irma lauscht dem Rauschen in der Leitung. Es wird immer lauter, sie ist sich sicher. Es dauert.

»Maja?«

»Du kannst nicht einfach abhauen, einen auf auserwählt machen, uns alle im Stich lassen und dann einfach so von heute auf morgen und mitten in der Nacht wieder auftauchen, Irma. Das geht nicht. Wir anderen haben auch ein Leben. Wir sind auch wichtig. Selbst wenn das alles hier – ich weiß nicht ... Wenn das alles hier nichts ist, dir nicht reicht –«

Maja weint definitiv. Irma schluckt. Maja ist niemand, der viel weint.

»Können wir uns treffen?«

»Nein.«

»Es tut mir leid.«

Irma hört im Hintergrund wieder den Mann. Wenn sie nur wüsste, wie er heißt, dann könnte sie Maja zeigen, dass sie nie ganz weg war, dass sie teilgenommen hat aus der Ferne und obwohl Welten sie trennen.

»Ich muss jetzt echt.«

»Okay.«

»Mach es gut, Irma. Viel Glück mit allem. Und sag ihm, er soll die Insel vergessen. So etwas wie Inseln gibt es hier nicht mehr. Wir kümmern uns alle um das Nächstliegende. Es gibt neue Träume, die von der Insel gehören zu den alten, die träumt niemand mehr, außer ein paar Verrückte vielleicht. Hör auf damit. Geh zurück, nimm Sam mit, tut gefälligst, was ihr versprochen habt.«

Maja legt auf, und Irma lauscht dem Tuten, bis es zu einem einzigen langen Ton wird. Hinter ihr im Haus ist es still, surrt nur irgendwo eine Stromleitung. Ob ihre Mutter immer noch dort unten sitzt? Schläft sie mit offenen Augen, träumt sie Folge um Folge? Irma könnte nachsehen, aber stattdessen geht sie zurück in ihr Zimmer, sieht aus dem Fenster. Die Nachbarn sind noch da. Warten, als hätten sie nichts anderes zu tun, als bräuchten sie keinen Schlaf. Was wollen sie eigentlich? Sie findet den Gedanken gruselig, dass die vermutlich die ganze Nacht über da stehen werden und nichts tun als warten. Wie irgendwelche gehirnlosen Zombies. Hinter ihnen erkennt Irma den kleinen Lebensmittelladen, die Fenster sind mit Holz vernagelt, in großen Lettern steht dort, dass man es Mittwochvormittags mit

184

dem Einkaufen versuchen kann. Irma zieht die Gardine zu.

Das Sofa ist zu hart und zu kurz. Sam liegt quer im Bett. Sie schiebt ihn an die Wand, legt sich daneben, deckt sie beide zu.

Warte nicht länger auf uns, such nicht mehr nach der Arena, begleite ihn, haben die Masken gesagt. *Wohin? Doch nicht zur Insel! Es gibt keine Insel, was soll der Quatsch?* Die Masken haben ihr darauf keine Antwort gegeben, unter dem Vogelschnabel lässt es sich gut schweigen, sie haben Irma die Waffe in die Hand gedrückt, kurz erklärt, wie sie funktioniert, aber nicht, wozu sie das schwere Ding benutzen soll. Irma hat sie gebeten, sie wieder mitzunehmen, aber darüber haben die Masken nur gelacht:

Wenn es so weit ist, jetzt nicht. Dann haben sie Irma aus dem Wagen gestoßen, die Tür zugezogen, waren reifenquietschend davongerast, wie in einem schlechten Actionfilm.

Irma hatte getan, was verlangt war: hatte Sam gesucht und gefunden, natürlich in Gefahr, was denn sonst, hatte mit der Waffe in die Luft geschossen, sich über die Lautstärke und das Schrille des Schusses erschreckt und sich wieder auf den Weg gemacht. Die Begegnung mit Tom, das Wiedersehen mit ihren Eltern, war das Teil eines größeren Planes? Wie auch immer: Jetzt sitzen sie in der Falle.

22

Sam wacht auf, als jemand ihn schüttelt. Er glaubt, er ist wieder in den Katakomben, dann in der Arena. Schließlich fällt ihm ein, dass er bei Irma ist. In ihrem Zuhause, bei dem netten Vater und der stillen Mutter.

Vor dem Bett steht im Halbdunkel Tom. Sams Herz macht einen Sprung.

»Hey, da bin ich wieder!« Tom flüstert. Warum flüstert er?
»Julie und Phil«, sagt er, als hätte er Sams Gedanken gelesen. »Die beiden dürfen nichts mitkriegen, die sind ohnehin völlig durch den Wind. Ich fürchte, ich habe das unterschätzt.« Tom zeigt vage zum Fenster. »Ich hätte nicht gedacht, dass die Nachbarschaft so abgeht!«
Er grinst. Sam grinst zurück. Es fühlt sich an wie eine angemessene Reaktion, Tom runzelt jedenfalls nicht die Stirn, sondern setzt sich neben ihn auf die Bettkante. Das ist noch so eine Geste, die Sam aus Filmen kennt. Eltern sitzen so bei ihren Kindern, wenn die schlimme Träume haben oder wenn etwas Ernsthaftes besprochen werden muss, in Filmen klafft neben den Bettkanten oft ein schwarzer Abgrund.
»Du willst also wirklich zur Insel?«
Sam nickt heftig, und Tom legt ihm die Hand auf die Schulter. Die Hand ist warm und schwer. Sam hält ganz still, damit Tom die Hand nicht wegnimmt.
»Gut«, sagt Tom nur und nimmt die Hand weg. Er beginnt, an Irmas Arm zu ruckeln. »Sie schläft immer extrem tief«, sagt er, als wäre es etwas, was nur er, was Sam nicht wissen kann. Dabei weiß er fast alles über sie, oder nicht? Irma wacht auf, schubst Tom von der Bettkante, als sie erkennt, wer da sitzt. Er landet auf dem Boden, sieht sie überrascht an.
»Was fällt dir ein!«, brüllt Irma, und Sam sieht, dass sie selbst erschrocken ist über die Lautstärke. »Du kannst doch nicht einfach auf- und abtauchen, wie es dir passt!«, zischt Irma leise. »Wie bist du überhaupt reingekommen?«
»Es war nicht einfach!«, sagt Tom leise. »Eher die Tat eines Superagenten!«
»Superagent!«, wiederholt Irma, und ihrem Ton nach ver-

mutet Sam, dass es sich dabei um eines der schlimmen Schimpfwörter handelt.

»Genau. Kommst du jetzt oder nicht?«

»Wohin?«, fragt Irma misstrauisch.

»Ihr wollt doch wahrscheinlich immer noch zur Insel, oder?«

Irma zögert, und Sam hofft inständig, dass sie nicht nein sagt, dass sie Tom nicht wegschickt.

»Wollen wir, aber woher weiß ich, dass du nicht noch jemanden auf der Liste hast, von dem ich mich deiner Meinung nach unbedingt verabschieden soll? Oder Sam? Wie sieht es bei Sam aus? Fällt dir da auch noch jemand ein? Und bitte such dir jemanden aus, der eine möglichst irre Nachbarschaft hat!«

Tom fällt das Grinsen aus dem Gesicht. Er hockt immer noch auf dem Boden und sieht plötzlich gar nicht mehr so riesig aus.

»Es tut mir leid, Irmela, wirklich. Ich dachte, das wäre eine gute Idee. Klar Schiff, sozusagen.«

»Klar Schiff ...« Irma lacht kehlig. »Versprich mir, nie wieder klar Schiff zu machen, okay?«

»Okay.«

»Gut!« Irma steht auf, sieht Tom fragend an.

»Wo geht's lang?«

»Wir müssen durch den Keller, ich hab im Garten geparkt.«

»Du hast meinen Eltern deinen Wagen in den Garten gestellt?«

Tom nickt: »Da ist eh alles verwildert, der Apfelbaum ist umgekippt, aber das war nicht ich, das war wieder irgendein Sturm. Ich fürchte, deine Eltern gehen da eh nicht mehr raus.«

Irma sagt nichts dazu. Sie sieht sich um, knetet ihre Hände.

»Okay«, sagt sie schließlich und folgt Tom aus dem Zimmer, wartet nicht auf Sam, sieht auch nicht nach, ob er ihr folgt.

Der Arm

Sie lernen sich nicht kennen, sie stürzen aufeinander ein. Tom ist sechs, Irma auch. Sie fährt Roller, er Fahrrad, beim großen Holunder an der Ecke schaffen sie es nicht mehr, einander auszuweichen. Tom bricht sich den Arm, Irma den kleinen Finger. Sie weinen beide nicht, aber Irma ist neidisch auf Toms Gips. Dafür lässt er sie als Erste unterschreiben. Irma schreibt *Viel Glück*, aber Tom kann es nicht entziffern, er hat Probleme beim Lesen, sie mit der Schönschrift. Obwohl sie in unterschiedliche Schulen gehen, bringt Irma ihm eine Woche lang die Hausaufgaben. Seine Eltern wollen kein Risiko eingehen, sie behalten ihn zu Hause. Dabei ist es doch nur sein Arm. Tom erklärt Irma mehrmals, dass er gehen würde, aber nun mal nicht darf. Sie versteht nicht, warum er in die Schule will, aber dann erklärt er es ihr: Er geht in eine Schule, in der sie Meerschweinchen haben und ein Schwimmbad mit Rutsche und einen unterirdischen Notfallbunker, sogar mit Filmprojektor und Kuschelraum. Er sagt wirklich *Kuschelraum,* und kapiert erst, als Irma ihm einen verächtlichen Blick zuwirft, dass daran etwas verkehrt war. *So heißt das nun mal.* Nach drei Tagen bringt Irma Tom sein Meerschweinchen mit nach Hause. Die Lehrerin sorgt sich, es könnte ihn vermissen. Irma findet nicht, dass das Meerschweinchen aussieht wie etwas, was vermissen kann oder auch nur wiedererkennen, aber sie steckt es in ihre Tasche und bringt es Tom. Der küsst es auf die Nase und lässt es in seinem Zimmer laufen, und spätestens jetzt weiß Irma, dass Tom und sie Freunde werden müssen. Toms Vater bringt Apfelspalten, da sind sich ihre Eltern ähnlich, seine Mutter ist wieder auf der Bohrinsel, sie konnte sich nur kurz freinehmen, es fiel ihr nicht leicht, Tom und seinen kaputten Arm alleine zu lassen. Am Wochenende telefonieren Toms Eltern und entscheiden, dass Tom von nun an zu Hause unterrichtet werden soll. Tom kann Irma nicht erklären, warum, aber er beschwert sich nicht. Vielleicht liegt es daran, dass er in der Klasse sowieso keine Freunde hat. Jedenfalls hat keiner der dunkelblau-grün-uniformierten Mitschüler Irma Briefe mitgegeben oder auch nur ein Comicheft. Auf Toms Gips findet man lange nur Irmas *Viel Glück* und später ein knollennasiges Gesicht, das angeblich sein Bruder Mads gemalt hat. Der schläft oben im Etagenbett, ist aber nie da, wenn Irma da ist. Tom erzählt, dass sein Bruder ständig unterwegs ist und dass niemand so genau weiß, wo. Er bringt Geschichten mit und blaue Flecken und erzählt Tom in der Dunkelheit eigentlich Unmögliches. Jahrelang versucht Irma, diese Geschichten aus Tom herauszubekommen, aber ohne Erfolg. Auch Mads begegnet sie nie. Und so ist sie sich irgendwann ziemlich sicher, dass Tom und seine Eltern sich den abenteuerlichen Bruder ausgedacht haben. Irma hat Verständnis dafür, Toms Familie kann einen wie Mads dringend gebrauchen.

Maja ist wütend auf Irma. Sie kann nicht nachvollziehen, warum sie mit Tom Zeit verbringen will. Einmal nimmt Irma Maja mit, danach ist es noch schlimmer. Tom sagt kein Wort und antwortet nicht auf Majas Fragen. Maja fragt nach dem Bruder, dem Meerschweinchen, schließlich dem Gips. Sie bietet Tom an, ihm was draufzumalen. Sie kann Raketen und Karten längst vergessener Länder. Auch auf dieses Angebot reagiert Tom nicht, und irgendwann verkündet Maja, dass ihr das zu blöd ist und sie eh gehen muss, sie habe noch einen Termin im *Kuschelraum*. Irma verkneift sich mit Mühe ein Lachen, Tom tritt gegen ein dreirädriges Spielzeugauto, eine klägliche Sirene erklingt, Maja geht. Tom und Irma bleiben zurück, und plötzlich sprudelt es aus Tom heraus. Er redet, als wären die Worte Zahnpastaschaum in seinem Mund, von dem einem übel werden kann, wenn man ihn zu lange zurückhält. Tom erklärt Irma alles, nur nicht, warum er nicht mit Maja gesprochen hat, und Irma fragt nicht nach. Jahrelang laufen die Freundschaften mit Tom und Maja parallel, bemüht Irma sich, die beiden einander zu verschweigen, und wissen beide, dass die beste Freundschaft eine relative ist. Als Tom dreizehn ist, verschwindet das Hochbett aus seinem Zimmer. An der Wand fehlt das brüchige Plakat mit dem Hai. Mads ist weg. Auf einer Bohrinsel, wie seine Mutter, aber auf einer anderen, anderswo. Irma glaubt Tom kein Wort, aber das macht nichts. Sie tröstet ihn mit einem Kuss, den Tom nicht erwidert. Dann gehen sie raus, runter zum Fluss. Hier ist die Luft nicht gut, aber das Wasser schwemmt ein Gefühl von Möglichkeiten an, und das brauchen sie heute.

»Meine Familie wird immer kleiner«, sagt Tom. »Nur gut, dass du immer da bist.«

»Klar«, sagt Irma und hat schon in diesem Moment den Verdacht, dass sie lügt.

23

Irma besteht auf einen Umweg durch die dunkle Küche, dort steckt sie einen Laib trockenes Kartoffelbrot in ihre

Plastiktüte und zwei Flaschen Wasser. Als sie nach dem Käse greift, hält Tom sie zurück:

»Du kannst deinen Eltern nicht die ganzen Vorräte klauen! Wer weiß, wann sie wieder was bekommen.«

Irma will erwidern, dass ihre Eltern ihr bestimmt gerne das Essen überlassen würden, doch dann ist sie sich plötzlich nicht sicher. Sie ist nicht länger eingeplant, ihre Eltern kümmern sich nur noch um sich selbst und haben damit anscheinend schon mehr als genug zu tun.

»Wir kommen klar«, verspricht Tom, und Irma fragt sich, woher er diese Gewissheit nimmt, und merkt, dass sie schon wieder misstrauisch wird. Er hat Kochzeug dabei, aber was sollen sie kochen? Giftige Beeren, Blätter, Aas und Gänseblümchen? Trotzdem folgt sie ihm zusammen mit Sam in den Keller.

Irma kann die Male, die sie hier war, an beiden Händen abzählen. Es gab hier nichts für sie zu tun, und als sie klein war, hatte sie Angst. Die Treppe war so steil und der Schalter nie dort, wo ihre Hand nach ihm tastete. Keine der Jahreszeiten berührte diese Räume, es war gleichbleibend kalt und klamm. Heute riecht es wie damals, nach gewaschener Wäsche und Heizöl. Sie schleichen sich an Kisten und Eimern und Regalen vorbei, tief hinein ins Gedächtnis ihrer Familie. Überall gestapelte Erinnerungen, in beschrifteten Kartons:

Irma, Schulsachen

Winterurlaub – Skischuhe

Bilder und Gebasteltes

Puppen & Kuscheltiere

Bilderbücher

Irma weiß nicht, seit wann ihre Eltern dieses Archiv führen, bei ihren seltenen Ausflügen in den Keller hinab und durch ihn hindurch hat sie nicht nach links und rechts gesehen, es ging nur darum, möglichst schnell wieder nach oben zu gelangen, wo es warm war und sie in Gesellschaft. Als sie schon an der vergitterten Tür zum Garten stehen, knarrt hinter ihnen die Treppe, steigt ein Gespenst herab, Julie im Nachthemd. Irma erinnert sich an ihre Mutter in von Phil geliehenen Boxershorts und alten Konzert-T-Shirts, an ihre knallrot lackierten Fußnägel, an Beine, die immer mit blau-grauen Flecken übersät waren, von denen Julie selbst nicht wusste, woher sie eigentlich kamen. Irma erinnert sich an einen Pferdeschwanz, immer auf dem Weg irgendwohin zusammengebunden, nie vor dem Spiegel, fransig wippte er hinter Julie her, wenn sie durch das Haus wirbelte und dafür sorgte, dass alles seinen Lauf nahm. Und jetzt dieses blasse Gespenst mit dem wilden Haar, das ihm wirr in die Augen hängt, mit den dunklen Augen, die durch Irma hindurchblicken. Sie glaubt nicht an Gespenster, aber dort steht eins, läuft eins, schwebt eins direkt auf sie zu. Wortlos hält es ihr einen Zettel entgegen. Irma kann nicht schnell genug danach greifen, das gefaltete Blatt segelt zu Boden, sie beeilt sich, es aufzuheben. Als sie sich wieder aufrichtet, treffen sich ihre Blicke. Jetzt könnte sie Julie umarmen. Könnte ihre Hände nehmen, könnte *Entschuldigung* sagen. Sie könnte, sie kann nicht. Irma will weg, will weiter. Mit Tom, bis die Masken sie finden, bis sie entscheiden, dass es genug ist, dass die Mission endlich beginnt. Julie streckt ihre Hand nach ihr aus, und Irma ist sich nicht sicher, ob Julies Fingerspitzen wirklich ihre Haut berühren, aber es fühlt sich so an.

»Gute Reise, mein Schatz«, sagt Julie laut und klar und deutlich. Dann dreht sie sich um und geht die Treppe wieder hinauf und aus der Tür, und die Tür macht sie hinter sich zu, und in einer anderen Welt, einer anderen Zeit würde Irma ihr jetzt hinterherlaufen, sie umarmen, sich umarmen und festfestfesthalten lassen, wie es sich gehört. Aber nicht hier, nicht heute.

»Gehen wir«, sagt Irma zu Tom, und der nickt und schiebt das Gitter zur Seite, das sich überraschenderweise ohne Widerstand öffnen lässt. *Sie lassen mich gehen,* denkt Irma. *Sie lassen mich wirklich einfach so gehen.*

24

Der Berlingo parkt zwischen der vergilbten Hängematte und der Kräuterspirale, die nur ein Hügel ist, ohne Kräuter und mit umso mehr Steinen. Stein scheint einer der wenigen Rohstoffe zu sein, die sich vermehren. Julie hat nur weiße gesammelt, im schwachen Morgenlicht schimmern sie kalt. Aus dem Haus dringt kein Licht. Vielleicht ist Julie schnell zu Phil zurückgekehrt, schlafen ihre Eltern schon wieder, oder sie sitzen gemeinsam vor dem Bildschirm und versuchen, Irmas Heldenreise nachzuvollziehen.

»Steig ein!«, sagt Tom und hält ihr mit derselben großen Geste wie vorhin die Tür auf. Sam sitzt schon wieder auf seinem Platz auf der Rückbank. Irma angelt nach ihrem Gurt, er klemmt.

»Bin noch nicht dazu gekommen, das zu reparieren«, murmelt Tom und startet den Motor. Von dem Lärm müssten Julie und Phil aufwachen, aber als Irma sich umsieht, liegt das Haus noch immer so still, als stünde es leer, als wäre es schon seit Jahrhunderten verlassen.

Tom hat Probleme beim Rangieren, der Gang springt immer wieder raus, der Motor knattert lungenkrank, Irma krallt sich am Handgriff fest.

Mit erstaunlicher Geschwindigkeit brettert Tom durch das Gartentor auf die Straße.

»Ich hupe noch mal!«, ruft er wie zur Entschuldigung und rast gleich darauf in eine Wand aus Nachbarn. Sam schlägt die Hände vor die Augen, Irma schreit.

»Sorry!«, sagt Tom gelassen.

»Ich glaube, du hast jemanden erwischt«, sagt Sam leise.

»Kann sein, aber das war unvermeidlich. Sie hätten zur Seite gehen können.«

»Sie hatten nicht besonders viel Zeit«, murmelt Irma. Ihr ist schlecht.

»Tja«, sagt Tom, und Irma fragt sich, ob das vielleicht mittlerweile die allgemeine Haltung ist: *Tja, was soll's.*

Schweigend fahren sie aus der Stadt, es kommt ihnen niemand mehr in die Quere, es folgt ihnen kein Blaulicht. Irma entspannt sich wieder, beugt sich zu Sam und zieht ihm die Hände von den Augen.

»Ist schon gut.«

Er nickt, aber sie sieht ihm an, dass er nicht überzeugt ist und sie versteht ihn gut, da standen Menschen –

Nach einer Weile fährt Tom auf den Seitenstreifen, bremst quietschend, dreht sich zu Sam um:

»So! Dann zeig mal deine Karte, Kumpel«, ruft er betont fröhlich und streckt den Arm nach hinten. Sam klammert sich an der Karte fest, guckt ängstlich zu ihnen nach vorne. Irma wartet nicht lange, zieht die Karte aus seinen Händen. Nur weil Sam sofort loslässt, zerreißt sie nicht. Tom sieht Irma vorwurfsvoll an. Sie sagt nichts dazu. Soll er doch gucken, es geht ihn nichts an, was zwischen ihr und Sam ist. Irma breitet die Karte aus, sie nimmt fast die ganze Windschutzscheibe ein. Wenn sich jetzt jemand nähert, Polizei, Nachbarn, bekommen sie nichts davon mit. Sam schnallt sich ab, rutscht nach vorne und schaut den beiden über die Schulter.

»Echt jetzt, Leute?«, fragt Tom und sieht fassungslos aus.

»Und damit wollt ihr jetzt die verfluchte Insel finden?«

Irma nickt heftig, zwinkert ihm zu, keine Fragen bitte. Die Masken haben nichts vom Finden gesagt, nur, dass sie Sam begleiten soll auf seiner Suche. Die Karte ist unbrauchbar, das sieht Irma selbst, aber das muss Sam nicht wissen. Sie wollen, dass Irma und Sam reisen, also reisen sie.

»Wir müssen nach Süden!«, verkündet Irma, bevor Tom irgendetwas sagen kann.

»Süden«, wiederholt Sam, als wäre das Wort allein der Zauber, der sie dorthin befördern kann.

»Süden«, sagt Tom stirnrunzelnd. »Na, wenn ihr meint.«

Irma nickt, rafft die Karte auf ihrem Schoß zusammen und ignoriert Sams ausgestreckte Hand. Tom manövriert den Wagen zurück auf die Straße, und ihre Reise geht weiter, nach Süden oder in die Richtung, die Tom dafür hält.

25

Es wird Morgen. Das Schwarzgrau der Nacht bleicht aus zum Milchtrüb des Tages. Einer der Scheinwerfer funktioniert nicht mehr, der andere flackert wie Feuer im Wind. Man erkennt nicht viel von der Außenwelt, trotzdem starrt Sam schon seit Stunden aus dem Fenster. Irma fällt das lange Sitzen zunehmend schwer, in der Arena war sie immer in Bewegung und in den letzten Tagen sowieso. Sie würde Tom Fragen stellen, zur Ablenkung, wenn sie welche hätte. Erschrocken stellt sie fest, dass sie sein Leben nicht besonders interessiert. Irma fallen nur Fragen ein, die sie selbst und Sam betreffen.

»Was haben sie über uns gesagt?«

»Dass ihr raus seid aus der Arena, unerlaubterweise. Weil ihr zur Insel wollt. Sie machen Witze deswegen, also, die

Leute hier. Dass eure Reise zur Insel wahnsinniger ist als die zum Planeten.«

»Ist ja wahrscheinlich auch so.«

Sam rutscht hinter ihnen unruhig hin und her.

»Mir wäre wohler, du würdest dich wieder anschnallen, falls uns jemand verfolgt, muss ich ruppiger fahren. Wäre doof, wenn mir dabei der Auserwählte durch die Scheibe fliegt.« Tom lacht laut und dröhnend.

Sam kämpft mit dem Gurt, bemüht sich erst eifrig und dann verzweifelt, aber er schafft es nicht, ihn zu schließen. Irma klettert nach hinten, um ihm zu helfen. Er sieht sie wild an.

»Was ist los?«

»Es ist so viel. Da draußen.«

Tom lacht: »Ich frage mich echt, wo sie dich ausgegraben haben.«

»Ich war nicht vergraben«, sagt Sam.

»Tom meint, dass du dich merkwürdig verhältst, anders als wir.«

»Kann sein«, sagt Sam leise. »Ich weiß nicht.«

Er ist nervös. Irma legt ihm die Hand auf den Arm. Nach einer Weile beruhigt Sam sich wieder. Irma lässt die Hand liegen. Sie fahren schweigend. Tom legt eine dieser knisternden Kassetten ein. Es gibt ein sattes Geräusch, als sie eingezogen wird, es rauscht, dann dröhnt Musik durch den Wagen.

»Soll ich leiser machen?«

»Nein!«, rufen Sam und Irma gleichzeitig, und Tom grinst: »Endlich zeigt ihr mal so was wie Teamgeist! Ich hatte schon Angst um euch beide.«

Irma sieht, dass er es ernst meint. Sie lächelt Sam zu und bemüht sich, den Text zu verstehen. Es ist das uralte schottische Lied von dem Typen, der fünfhundert Meilen läuft, um bei seiner Geliebten zu sein. Irma grölt mit, beim dritten Refrain singt auch Sam, Tom klopft auf das Lenkrad.

Sie sind sicher eher die Letzten als die Ersten, die so durch die Landschaft brausen, aber es fühlt sich an, als ob sie diese Art des Reisens erfunden hätten, und für ein paar Minuten vergisst Irma, dass sie eigentlich nur zurückwill in die Arena.

»Irgendwo unter deinem Sitz müssten Kekse sein«, sagt Tom, als das Lied zu Ende ist. Kekse hatten sie lange nicht mehr. Irma fischt im Dunkeln. Sie findet keine Kekse, aber einen kleinen schwarzen Kasten mit einer rot blinkenden Diode. Er sieht irgendwie selbstgebaut aus.

»Was hast du da?« Sam beugt sich vor.

Irma wirft das Ding zurück, lächelt Sam an: »Keine Ahnung, nur Müll.«

Im Spiegel trifft sie Toms Blick. Natürlich weiß sie, dass das kein Müll war, sondern ein Peilsender. Und wenn Tom ihn nicht dort versteckt hat, so hat er zumindest davon gewusst. Sie starren einander an. Keiner gibt nach, dieses Spiel haben sie schon oft gespielt. Früher hat Irma immer gewonnen, aber heute hält Tom ihr stand, auch wenn er sich eigentlich auf die Straße konzentrieren sollte. Woher hat er diese neue Sicherheit? Ist es allein das Erwachsensein, oder kommt es daher, dass Tom genau weiß, was er zu tun hat. Dass auch ihm irgendwer einen Auftrag gegeben hat.

»Tja«, sagt er irgendwann. »Da sind wir also.«

Er zwinkert Irma zu, und dann sieht er weg. Aber er hat nicht verloren, er hat das Spiel einfach für beendet erklärt.

26

Die Stadt liegt längst hinter ihnen, seit Stunden knattert der Wagen über ein buckliges Etwas, was einmal eine Autobahn war. Hasen und Füchse kreuzen, ein Mann im tiefschwarzen Anzug, mit einem Fischerhut auf dem Kopf und einer angeleinten Katze im Schlepptau, drei Kinder mit leuchtend roten Ziehkoffern. Sie wandern am Straßenrand entlang, als befänden sie sich in einem glänzenden Flughafengebäude und nicht einsam in wilder Landschaft.

»Die kommen schon klar«, sagt Tom, als Irma sich irritiert nach den Kindern umsieht. Tom fährt knapp dreißig, es kommt Irma schnell vor. Einmal bremst er scharf, und Sam taumelt aus dem Auto, übergibt sich in die Böschung. Das Training bringt hier unten nichts, er ist nur auf die Schwerelosigkeit vorbereitet. Tom streicht ihm über den Rücken, und Irma bemüht sich, das Bilderbuch sauber zu bekommen. Tom behauptet, dass es nicht schlimm ist, und Irma sieht, dass sogar Sam weiß, dass das nicht stimmt.

»Es tut mir leid«, wiederholt er so oft, bis Tom ihn anzischt:

»Halt endlich die Klappe! Ist scheiße, aber nicht zu ändern.«

Sam blickt hilfesuchend zu Irma, aber die schaut weg, zu Tom, der ihn sich jetzt einfach schnappt und wieder so fest drückt, wie Irma es nie könnte, ohne dass es zu viel bedeuten würde. Sam ist selig.

»Ich bin müde«, sagt Tom. In der verwilderten Kurve einer Abfahrt stellt er den Wagen hinter einen Busch. Irma breitet die letzte eingeschweißte Salami aus Amos' Tankstelle, drei Kaubonbons, Phils Kartoffelbrot und eine halbleere Flasche Aquavit auf der Kühlerhaube aus, Sam steht ratlos daneben.

»Tut mir leid, dass ich nichts mithabe, aber das wäre dann doch zu auffällig gewesen, wenn ich die Speisekammer plündere. Außerdem kann ich meinen beiden nicht das Essen wegnehmen. Es geht uns zwar vergleichsweise gut, aber so gut nun auch wieder nicht.«

Sam beeilt sich zu nicken, als hätte er eine Ahnung von Tragweiten und Verhältnissen.

Es ist lauwarm und wie immer bewölkt, aber ohne Regen: »Gutes Wetter«, sagt Tom zufrieden.

Schulter an Schulter sitzen sie an den Wagen gelehnt und sehen zehn Meter weit in die Landschaft, dahinter die Dunkelheit wie eine Mauer. Es könnte schön sein, wenn Tom nicht schon wieder mit den Fragen anfangen würde:

»Wo kommst du her?«

»Ich weiß es wirklich nicht«, sagt Sam.

»Das kann ich nicht glauben«, brummt Tom.

»Warum willst du das so unbedingt wissen?« Irma sieht Tom skeptisch an.

»Hallo? Er ist der Auserwählte. Dich kenne ich. Glaube ich jedenfalls. Ihn gar nicht. Du bist mir wichtig. Du weißt wie sehr. Da muss ich mich doch über den Kerl hier informieren.«

»Er weiß aber nichts. Mehr als das, was sie in den Sendungen erzählt haben, wirst du nicht erfahren.«

Tom lacht spöttisch: »Dass er irgendwo angeschwemmt wurde, an einem der letzten Sommertage? Das ist geklaut, ich weiß nicht woher, aber die Geschichte haben sie geklaut. *Letzte Sommertage*, das stammt aus irgendeinem Lied. In echt glaubt den Quatsch doch kein Mensch!«

»Doch«, sagt Sam. »Das stimmt wirklich. Ich wurde angespült. An einem der letzten Sommertage.«

»Das kann nicht sein, an einem der letzten Sommertage

war ich mit Irma beim See, wir waren keine Kinder mehr, und du bist nicht viel jünger, du würdest dich also dran erinnern, wenn das stimmt!«

Tom nickt gedankenverloren, hakt nicht weiter nach und kurz darauf entdeckt Sam das Unglaubliche.

27

Er geht die Wesen durch, die sie ihm in den großen Bildbänden gezeigt haben. Das Ungeheuer ist grau, hat eine sehr lange Nase, ist ungefähr dreimal so hoch und sicherlich mindestens doppelt so schwer wie das Auto. Es starrt Sam aus kleinen Augen an. Die Nase schwenkt hin und her, der Mund sieht nicht wütend aus, obwohl seine Stirn voller Falten ist. Vielleicht besteht im Moment keine Gefahr. Andererseits: Es ist so groß.

»Was –« beginnt Sam, aber Irma legt ihm die Hand auf den Mund.

»Still.«

»Großartig«, flüstert Tom. »Das ist großartig.«

»Finde ich nicht«, sagt Irma. »Ich finde das eher verstörend.«

»Überhaupt nicht«, ruft Tom, und Irma neben Sam zuckt zusammen. »Es ist doch phantastisch, dass Sam so was zu sehen bekommt! Du weißt, wie selten die sind und dann hier, ausgerechnet hier, am langweiligsten Autobahnkreuz der Welt.«

Autobahnkreuz, das klingt geheimnisvoll. Sam findet nichts hier langweilig. Im Gegenteil. Überall passiert was, gibt es etwas zu sehen. Es ist fast zu viel.

Er macht einen Schritt auf das Wesen zu, das horchend den Kopf in den Nacken legt. Es hat keinen Hals.

»Stehen bleiben!«, befiehlt Irma. Aber Sam bleibt nicht stehen. »Ich weiß echt nicht, wie der reagiert, wenn du näher kommst!«

Irma greift ihn am Ärmel, Sam streift ihre Hand ab. Er will jetzt nicht aufgehalten werden.

Das Ungeheuer weicht ein paar Schritte zurück, hält dann aber inne. Sam streckt die Hand aus und berührt seine raue Haut. Sie fühlt sich an wie Baumrinde. Das Wesen schnaubt. Tom tritt neben Sam, Irma drückt sich immer noch an den Wagen, eine Hand an der Tür, zur Flucht bereit.

»Irgendwo in der Nähe gab es mal einen Zoo. Ich habe mich nie gefragt, was aus den Tieren geworden ist. Weißt du, das Problem war, dass es zu teuer wurde. Die fressen unheimlich viel. Ich weiß noch, als Kind war ich mal da, und es waren echt Unmengen. Besonders gut ernährt sieht der Kerl hier allerdings nicht aus. Kein Wunder, wahrscheinlich frisst er seit Wochen nur Regenwürmer und Beeren.«

Sam versteht nicht einmal die Hälfte von dem, was Tom sagt.

»Wahnsinn, oder?« Tom strahlt, Sam nickt. Irma steht beim Auto, die Hand am Griff.

»Wir sollten weiter, wer weiß, vielleicht laufen die Raubtiere auch frei rum.«

»Scheiße, stimmt«, sagt Tom merkwürdig ruhig und streichelt weiter.

»Kommt ihr?« Irma hält schon die Wagentür auf, sie schafft es, so zu tun, als wäre das Tier gar nicht da. Sam versteht das nicht, in der Arena war sie die Mutigste von allen, immer ganz vorne dabei. Und jetzt hat sie so viel Angst.

»Mach's gut«, sagt Tom mit einem letzten Klopfer auf den riesenhaften Bauch des Tieres. Er nimmt Sam bei der Hand und zieht ihn hinter sich her zum Auto, schiebt ihn hinein. Sam lässt es zu. Es ist schön, dass Tom ihm hilft. In seiner

Gegenwart fühlt er sich viel weniger verloren. Wie kann Irma jemanden wie Tom zurücklassen? Sam wünscht sich nichts mehr, als Tom alles erzählen zu können, er will, dass Tom ihn versteht. Aber er weiß nur das, was sie ihm wieder und wieder erzählt haben: Er wurde angespült an einem der letzten Sommertage. Mehr kann er Tom nicht geben. Vielleicht nach der Insel, vielleicht, wenn sie die Insel erreicht haben.

Irma sitzt schon am Steuer, sie wartet nicht, bis Tom die Tür hinter sich geschlossen hat. Mit quietschenden Reifen fährt sie zurück auf die Autobahn.

»Irre. Völlig irre das alles.«

Das Tier zuckt nicht einmal mit den fingerlangen Wimpern, als sie an ihm vorbeirasen. Durch das schmierige Rückfenster sieht Sam, wie es sich umdreht, vorsichtig über die Leitplanke steigt und in der flachen Landschaft immer kleiner wird. Aber er fühlt es noch in den Fingerspitzen, rau und warm und unfassbar real.

»Irre Sache«, sagt Tom vorne zu Irma. »Schade nur, dass wir nicht noch ein paar Krokodile oder Panther gesehen haben.«

»Ja, wirklich schade«, antwortet Irma, den Blick stur geradeaus gerichtet. »Das wäre ja echt mal was gewesen.«

Tom antwortet noch etwas, aber Sam versteht ihn nicht mehr.

Das Geräusch des Motors und des Fahrtwindes durch das nicht ganz schließende Fenster wiegen ihn in den Schlaf. Er hat viel, von dem er träumen kann. Der Schlaf ist nicht länger eine notwendige Unterbrechung, sondern ein weiteres Abenteuer. Wer weiß, wo sie sein werden, wenn er die Augen wieder öffnet, Sam und seine – was sind sie eigentlich? Sam, Irma und Tom.

28

Die Nacht streicht über das Fenster, Irma legt das Gesicht an die Scheibe. Sie und Tom wechseln sich mit dem Fahren ab. Tom hält das Lenkrad mit durchgestreckten Armen, es sieht aus, als würde er Autofahren spielen, er spielt, dass er sich auf die Straße konzentriert, aber in Wahrheit sieht er sie immer wieder von der Seite an.

»Was ist mit dir?«, fragt Irma irgendwann.

»Was sollte mit mir sein?«

»Ich weiß es nicht, deshalb frage ich. Hast du die ganze Zeit auf mich gewartet? Darauf, dass ich es mir anders überlege?«

»Hast du es dir anders überlegt?«

»Natürlich nicht.«

»Das wusste ich doch. Ich weiß doch, dass du dabeibleibst.«

»Warum?«

»Du bist dickköpfig und rechthaberisch.«

»Das klingt nicht so, als würdest du mich sonderlich mögen.«

»Ich mag dich nicht sonderlich.«

»Jetzt lügst du.«

»Guck du aus dem Fenster, ich muss mich konzentrieren.«

»Es ist dunkel. Da gibt es nichts zu sehen.«

»Du könntest nach Lichtern Ausschau halten, nach den Masken.«

»Das hat keinen Zweck. Die Masken kommen, wenn sie wollen. Wenn es so weit ist, dann werden sie uns finden.«

Sie sagt nicht, dass sie nichts dagegen tun will.

»Ich glaube schon, dass wir eine Chance haben.«

»Du hast keine Ahnung.«

»Du nervst. Irma Lewyn. Du nervst so grundsätzlich wie eh und je.«

»Und trotzdem bist du da.«

»Trotzdem bin ich da«, sagt Tom, als könne er es selbst nicht glauben.

29

Sie kommen zu einer Tankstelle.

»Treffen wir Amos?«, fragt Sam.

Tom sieht Irma fragend an: »Muss ich den kennen?«

Irma schüttelt den Kopf:

»Amos ist meilenweit weg. Das hier ist irgendeine Tankstelle, von irgendwem.«

»Wie es aussieht, gehört die niemandem mehr«, sagt Tom düster und hält direkt vor der Tür.

»Warum eigentlich immer Tankstellen?«, fragt Irma.

»Was?«

»Wenn die Welt zu Ende geht, merkt man das immer an den Tankstellen. Ich hab das Gefühl, ich hab das schon tausendmal gesehen.«

»Kann sein. Vermutlich geht es um Stillstand. Ich wette, wir finden hier kein Benzin mehr. Und, Irma, die Welt geht nicht zu Ende, vergiss es!«

Irma schnauft, spart sich aber einen Kommentar. Sie werden bei dem Thema keinen Konsens finden, und es ist sehr unwahrscheinlich, dass sie an dem Tag, an dem einer von ihnen endlich recht bekommt, zusammen sein werden.

Während Sam winkend und hüpfend vor der Glastür steht, öffnet Tom den Tankdeckel.

»Da kommt was«, sagt Irma mit Blick auf die sich drehenden Zahlen, »vielleicht sind wir hier doch noch nicht so weit mit dem Weltuntergang.«

»Sag ich doch!«, grinst Tom. »Hier geht es weiter. Und das Tolle: Wir müssen nichts zahlen.«

»Das heißt nicht, dass der Weltuntergang ausfällt.«

»Alles passiert theoretisch irgendwann. In der Theorie gewinnst du immer.«

»Eben«, sagt Irma und geht zu Sam, sieht ihm beim Springen zu.

»Die Tür funktioniert nicht mehr.«

Sam bleibt stehen.

»Kein Strom.«

Sam sieht sich um: »Wo sind die ganzen Menschen? Die arbeiten doch, oder? Man arbeitet doch eigentlich. Warum sind alle weg?«

Irma folgt seinem Blick, versteht, was er meint: Eine Autobahn ohne Autos ist tatsächlich eines der einsamsten Szenarien. Das kann Tom auch nicht auf die Tageszeit schieben. Vielleicht ist das ein Vorzeichen des Weltuntergangs, dass die Menschen den Straßen fernbleiben. Dass nicht mehr gereist wird? Bedeutet ein sich anbahnender Weltuntergang, dass jeder den Schutz seines Zuhauses sucht? So wie Irmas Eltern, wie Maja und ihre Familie? Wie die Nachbarschaft, die sich nur durch die Ankunft der Auserwählten nach draußen locken ließ? Was muss eigentlich noch untergehen, wenn ohnehin kein Mensch mehr am Leben teilnimmt?

»Irgendwo werden sie schon sein«, murmelt Tom vage.

Wie aufs Stichwort hören sie jetzt Stimmen.

»Sie kommen von dort!« Tom zeigt auf eine Ansammlung von Häusern, halbversteckt hinter einer Hügelkette. »Ich frage mich, was die wollen.«

»Im Zweifelsfall suchen sie uns.«

Sam geht den Menschen entgegen. Irma lässt ihn eine Weile, sie sind noch weit entfernt. Gemeinsam mit Tom beobachtet sie, wie Sam immer schneller wird.

»Was meinst du, was sie machen, wenn sie euch haben?«

»Einmal, da wollte eine Horde Verrückter Sam mitnehmen, kurz bevor du uns entführt hast.«

»Entführt? Ich euch? Meinst du das ernst?«

Sie tut so, als hätte sie seine Frage nicht gehört.

»Ich kam gerade noch rechtzeitig.« Irma zeigt ihm die Pistole. »Die Masken, sie wollten, dass ich ihm helfe.«

Tom steckt die Hand aus, sie gibt ihm die Waffe. Er wiegt sie, hält sie, als hätte er eine Ahnung davon, was sie aber nicht glaubt. Obwohl: Was weiß Irma schon vom letzten Jahrzehnt? Als sie sich zuletzt begegnet sind, war Tom fast noch ein Kind. Jetzt ist er Vater und Fluchthelfer. Falls das hier für ihn überhaupt eine Flucht ist. Der Peilsender, so was liegt doch nicht zufällig im Auto rum! Sie schafft es nicht, Tom darauf anzusprechen. Er weiß, dass sie es weiß, und es wäre an ihm, etwas zu sagen.

»Komm ihnen nicht zu nah, Sam!«, ruft Irma. Aber er hört nicht auf sie, geht weiter.

»Ich geh ihn holen.«

Tom läuft los, noch immer die Pistole in der Hand. Er könnte Sam jetzt einfach erschießen, aus Eifersucht oder weil es doch einen übergeordneten geheimen Plan gibt. Irma hat den Impuls, ihm nachzulaufen, bleibt aber stehen, als sie die Musik hört.

30

Musik. Sam wird immer schneller, fürchtet, Irma könnte ihn aufhalten. Bisher war sie noch mit keinem seiner Schritte zufrieden. Nicht in der Arena und schon gar nicht hier draußen. Meistens hatte sie recht mit ihren Einwänden, aber das ist ihm egal. Er muss zur Musik.

Jetzt holt Tom ihn ein:

»Sie haben ein Radio.«

»Hat das was mit der Musik zu tun?«

»Das Radio macht die Musik. Wie im Auto, nur ohne Kassette. Ich kenne das Lied, das ist was Altes, es geht darin nur ums Glücklichsein.«

»Nur?«

»Ja. Ich meine, der Text ist ziemlich einfach.«

»Bringst du mir das Lied bei?«

Tom lacht: »Ehrlich gesagt, kenne ich nur den Refrain und von dem auch nur ein Wort, den Rest summe ich.«

Sam fragt nicht, was ein Refrain ist. Tom gibt sich Mühe, nicht genervt zu reagieren, aber Sam weiß, dass er nicht zu viel fragen darf. Deswegen nur noch das:

»Aber wie kommt die Musik da rein?«

Tom lächelt. Er lächelt anders als Irma.

»Es ist nicht schlimm, dass du das nicht weißt. Es gibt Wichtigeres.«

»Was?«

Tom fasst ihn bei der Schulter, Sam sieht die Pistole in Toms linker Hand. Tom könnte ihn töten. Sam hat Angst. Er will nicht getötet werden, schon gar nicht von Tom, er will, dass Tom ihn mag, und wenn man jemanden tötet, dann mag man ihn doch wahrscheinlich nicht besonders gerne.

»Keine Angst«, sagt Tom. »Ich tu dir doch nichts, was denkst du denn?«

Er steckt die Waffe in seinen Gürtel, lächelt Sam weiter an. Es sieht nett aus und ehrlich.

»Wir waren bei dem, was wichtig ist.«

»Ja?«

»Dass du weißt, wo du hingehörst.«

»Weiß ich.«

»Und, wo gehörst du hin, Sam?«

Sam zeigt in Richtung Himmel, und Tom nickt.

»Ich weiß noch, wie ich dich das erste Mal gesehen habe. Maja, Irma und ich haben zusammen geguckt. Das war die Sache mit dem Namen, erinnerst du dich?«

Sam nickt, selbstverständlich erinnert er sich, natürlich, natürlich.

»Ich weiß noch, wie ich dachte, dass diese ganze Geschichte wahnsinnig ist, aber, ganz seltsam, dass man sich dich sehr gerne als Stellvertreter für alle vorstellt. Trotzdem hast du ein Recht auf die Insel. Vergiss das nicht, okay?«

»Okay.«

»Gut. Was jetzt?«

Er hält Sam fest.

»Wenn du weitergehst, zu den Leuten, dann schaffst du es höchstwahrscheinlich nicht bis zur Insel. Sie werden dich bei sich behalten wollen, und irgendwann werden die Masken kommen und dich holen, weil keine Zeit mehr bleibt.«

Was Tom sagt, klingt logisch, trotzdem zögert Sam. Die Musik ist schön.

»Nur ganz kurz.«

»Sie werden dich nicht wieder gehen lassen.«

Sam kann jetzt die Menschen erkennen, Männer, Frauen, Kinder. Sie sehen fröhlich aus, sie singen zur Radiomusik. Ein Mann zeigt auf Sam, die Menschen werden schneller.

Tom greift Sams Arm.

»Du musst dich entscheiden.«

Sam sieht sich um. Da ist Irma neben dem Auto, tritt nervös hin und her.

Tom legt seine Hand an die Pistole:

»Diesmal kann sie nicht schießen. Ich auch nicht. Ich schieße nicht. Es ist also ganz allein deine Entscheidung.«

Die Lehrer haben ihm gesagt, dass es nicht um Entscheidungen geht, sondern um Aufgaben. Dass er sich glücklich schätzen soll, weil er genau weiß, was zu tun ist, und niemand erwartet, dass er irgendwas entscheidet.

Sam wendet sich ab von den Menschen, der Musik, geht an Tom vorbei, zurück in Richtung des Autos.

»Ich muss zur Insel«, sagt er, »sonst nichts«, und er hört, wie Tom ihm folgt. Dann ist er neben Sam, zieht ihn mit sich, denn auch die Menschen rennen jetzt. Irma steigt ins Auto, startet den Motor, Tom und Sam springen hinein. Sams Herz schlägt wild.

»Was sollte das?«, schreit Irma, während sie knapp an den Menschen vorbei die Kurve nimmt.

Tom klammert sich am Sitz fest, brüllt: »Irma! Hör auf mit den Stunts! Du hast nicht mal einen Führerschein!«

Irma tritt das Gas wieder durch, brüllt zurück: »Nicht für Autos, aber für Raketen!«

Tom kommentiert das nicht, beeilt sich aber, Sam den Sicherheitsgurt anzulegen.

»Sam musste eine Entscheidung treffen«, sagt Tom und zwinkert Sam zu, und Sam weiß nicht, warum Tom so zwinkert, zwinkert aber zurück.

»Und er hat sich richtig entschieden.«

Draußen werden die Menschen immer kleiner.

»Und, was hat er entschieden?«, fragt Irma.

Tom zwinkert erneut, und Sam macht es ihm wieder nach, und Tom sagt:

»Du musst ja auch nicht alles wissen.«

Und aus irgendeinem Grund gefällt es Sam sehr, dass er das sagt.

31

Das Auto frisst die Straße, Kilometer um Kilometer: Im Heckfenster sehen sie, wie der Asphalt aufbricht, hinter ihnen unbefahrbar wird. Ein komisches Gefühl, sich vorzustellen, dass sie vielleicht die Letzten sind, die hier entlangrollen.

»Sicherlich wird das bald ausgebessert«, sagt Tom, sogar ihre Gedanken kann er lesen, sogar da stellt er sich quer.

»Ganz sicher«, sagt Irma grinsend.

»Ich weiß«, sagt Tom und grinst zurück, »das ist natürlich Blödsinn, aber schön wäre es doch.«

Irma findet nichts an dieser Vorstellung schön, verschwenderisch klingt es und vergeblich, trotzdem nickt sie, murmelt: »Ja, schön«, und registriert, wie sich Toms Grinsen in ein zufriedenes Lächeln verwandelt.

Die Heizung spielt verrückt, lässt sich nicht mehr ausstellen, sie schwitzen auch im T-Shirt, während sich draußen ein Novembertag an den anderen reiht, ohne dass es Herbst wäre. »August«, sagt Tom, der das vielleicht wirklich weiß. Das Benzin wird knapp, selbst die Tankstellen sind jetzt wie aus der Welt radiert, genau wie Städte, Orte, Menschen. Sie geben sich Mühe, dagegen anzureden, sie singen zur Kassette, aber irgendwann leiert das Band, und Tom schaltet sie aus. Später klappen sie die Fahrersitze nach hinten, ziehen die Rückbank vor. Sie decken sich mit Toms Schlafsack zu, der ist viel zu klein für sie drei, und Sam wandert im Schlaf, landet immer irgendwann zwischen Irma und Tom, manchmal spricht er, murmelt Unverständliches. Tom legt ihm die Hand auf die Stirn, wartet, und Sam beruhigt sich. Morgens ist Tom immer der Erste, der aufwacht und die anderen weckt.

Draußen erkennt man keine großen Unterschiede, Tag und

Nacht sind gleich grau, himmelverhangen, doch Tom findet sich in den Tageszeiten zurecht. Nach dem Aufwachen stellen sie sich vor die Motorhaube, breiten die Karte aus und überlegen, wie es weitergehen soll. Ab und zu wird diskutiert, und Tom und Irma streiten ein bisschen, und dann geht es wieder in die eine mögliche Richtung, immer geradeaus, der einzigen Straße nach.

Eines Tages entdeckt Irma hinter einem Hügel ein langgezogenes gläsernes Gebäude und bittet Tom, der sie nicht mehr ans Steuer lässt, dort anzuhalten. Tom will nicht, der *Füllstand, die Karte*, biegt dann aber doch ab und parkt auf einer Fläche, auf der man unter Gras und Löwenzahn noch weiße Linien ausmachen kann.

Irma zieht Sam hinter sich her, auf dem Dach des Gebäudes liest er laut

SCHWIMMHALLE.

Tom ist genervt: »Was willst du jetzt im Schwimmbad?«

»Sam will zur Insel, da sollte er vorher einmal mit mehr als zehn Litern Wasser in Berührung kommen.«

»So ein Quatsch«, flucht Tom, kommt aber mit.

32

Sobald sie das Gebäude betreten, fängt es an zu stinken. Ein Geruch, den Sam nicht kennt, der ihn aber an die frisch gewischten Flure der Katakomben und der Arena erinnert. Der Boden ist gekachelt, aus den Fugen quellen grünglänzende, wulstige Pflanzen, sie kriechen auch die Wände hinauf. Ein Reh läuft vorbei, mehrere Hasen, »ein Fuchs«, sagt Tom, »da, ein Gnu! Ich wünschte, ich hätte meine Kamera dabei!«. Ein schmales Wildschwein bleibt direkt vor ihnen stehen und starrt sie sekundenlang an. Irma drängt das Tier zur Seite, es lässt sich schieben, Irma macht ein ange-

widertes Gesicht, wischt sich die Hände ab und eilt weiter
auf eine gläserne Doppeltür zu und hindurch. Erst jetzt
bleibt sie stehen, dreht sich um und sieht ein bisschen zufrieden aus.

»So habe ich mir das vorgestellt!«

Sam bewundert Irma dafür, dass sie sich so etwas vorstellen kann. Die riesige Halle, nicht so groß wie die Arena
wahrscheinlich, aber trotzdem gigantisch. Das trübe Nach-
mittagslicht schafft es kaum durch die Deckenfenster, und
die Lampen scheinen tot. Überhaupt: Lampen, lang wie
die Gänge der Katakomben, hängen an metallenen Fäden,
jaulend schwanken sie hin und her. Dazwischen immer
wieder ein Kreischen, das Sam eine Gänsehaut macht. Irma
geht zu einem großen Kasten an der Wand, tritt fest dagegen, die Tür springt krachend auf, Irma zieht und zerrt
und werkelt an Schaltern und Kabeln. Sam fragt, ob er helfen soll, damit kennt er sich aus, aber Irma schiebt ihn grob
zur Seite:

»Ich auch!« Ein surrender Ton, das Kreischen wird lauter,
Sam schlägt die Hände vor die Augen, das Licht ist so hell.

»Wahnsinn«, flüstert Tom neben ihm. »Guck mal, Sam, guck
mal hin!« Sam nimmt die Hände weg und staunt: Um die
Lampen kreisen Hunderte Vögel, Schwärme von Insekten,
es ist ein Geschrei wie beim Finale in der Arena. Sam greift
nach Toms Hand, krallt sich daran fest. Tom streicht ihm
kurz über den Arm: »Keine Angst, das sind nur Tiere, die
lange, vielleicht noch nie in ihrem Leben Licht gesehen haben.«

»Warum sind sie hier?«

Tom zuckt die Schultern: »Wahrscheinlich war es ihnen
draußen zu kalt, oder sie haben gehofft, dass es hier Nahrung gibt. Irma – was machst du?«

Tom klingt panisch, befreit sich aus Sams Umklammerung und eilt zum Beckenrand, an dem Irma steht, bereit zum Sprung. Tom hält sie fest.

»Bist du lebensmüde?«

Irma stößt ihn von sich und springt, hinein in das riesige Becken mit der grün schillernden Masse. Sam hört deutlich ein schlürfendes Geräusch, als sie darin verschwindet.

33

Es ist nicht Tom, der ihr nachspringt, sondern Sam. Das Grün verschluckt ihn, dringt in Ohren, Nase, den Mund, er kriegt keine Luft mehr, sieht nichts. Er bekommt die Lider nur einen Spalt weit auf, die schleimige Masse brennt in seinen Augen und sticht in seiner Speiseröhre. Schwimmen gehört zu den Dingen, die sie ihm nicht beibringen wollten. Er hatte sie gefragt, nach dem wunderwunderschönen Film mit dem Jungen und dem Wal und der Freiheit. *Das musst du nicht können. Das Wasser da oben reicht dir höchstwahrscheinlich nur bis zum Knie.* Andererseits: *Du wurdest angespült, an einem der letzten Sommertage.* Konnte er vor langer Zeit schwimmen, hat er es einfach nur vergessen, wie so vieles anscheinend, was vor den Katakomben war? Oder heißt *angespült werden*, dass er sich nur treiben lassen, nichts selbst bestimmt hat? Ihm gefällt es besser, sich vorzustellen, dass er irgendwann einmal schwimmen konnte und so mutig war, in einen dieser Ozeane zu springen.

Jedenfalls ist das hier schlimmer als alle Tests, die sie gemacht haben, schlimmer noch als das mit dem Feuer. Sam schlägt um sich, rudert wild mit den Armen und Beinen, versucht, Irma zu fassen zu bekommen, aber die könnte überall sein, und er weiß nicht einmal mehr, wo oben, wo unten ist. Vielleicht muss er hier sterben, und statt Angst bekommt er ein schlechtes Gewissen: So viel Arbeit haben sie sich mit ihm gemacht, so viel Hoffnung gehegt und jetzt das. Sam schließt die Augen, öffnet sie wieder, um ihn herum nur dunkles Grün und dann plötzlich doch: ein Lichtstrahl. Weil irgendwann immer ein Lichtstrahl kommt, das weiß er aus den Filmen. Das Licht breitet sich aus, das Grün beginnt zu funkeln, es sieht schön aus, in den Shows hatten sie Effekte, die waren ähnlich. Sam sieht Gegenstände: einen Stuhl, Schuhe, Liegen und vieles, von dem er Namen und Funktion nicht kennt. Er ist nicht allein hier unten, auch wenn er Irma nicht sieht. Er bekommt keine Luft mehr, Sauerstoffmangel kann tödlich sein, aber es macht ihm keine Angst. Es ist ein gutes Gefühl, hier zu schweben und den Dingen dabei zuzusehen, wie sie einfach nur sind. Eine Stange schiebt sich in sein Blickfeld, ganz schwach meint er Stimmen zu hören. Er greift nach der Stange, und in dem Moment, in dem er Richtung Oberfläche gezogen wird, sieht er das Schiff. Ihr Schiff, mit wogenden Segeln, in voller Fahrt kommt es auf ihn zu. Es ist keine Projektion, kein Traum, es ist echt, und Sam würde gerne bleiben, sich auf einen der Stühle setzen, auf nichts Bestimmtes warten, und er ist schon dabei, die Hände zu lösen, als er die Oberfläche durchbricht.

34

Irma weiß, dass sie sich entschuldigen sollte. Neben ihr sitzt Sam und hechelt wie nach einem Marathon (oder nein, den würde er wahrscheinlich ohne besondere Anstrengung überstehen, sie haben so viel trainiert). Er japst und spuckt Wasser und Algen und Dreck und sieht dabei merkwürdig gelassen aus, obwohl Tom ihm pausenlos hektisch auf den Rücken klopft. Die wenigen Blicke, die er für Irma hat, sind vorwurfsvoll und ziemlich enttäuscht. Am schlimmsten: Er sagt nichts. Nicht zu ihr, aber er redet pausenlos auf Sam ein, wiederholt wie ein hysterischer Vater wieder und wieder *Alles gut.* Er lobt ihn für seinen Mut, einfach hinter Irma hergesprungen zu sein, und das, ohne schwimmen zu können, und schimpft mit ihm aus denselben Gründen:

»Scheiße, Sam, in die eklige Brühe!«

Es dauert lange, bis Sams Atmung sich beruhigt hat und er anfängt zu reden.

»Unser Schiff. Da war unser Schiff.«

»Da war kein Schiff«, wiederholt Tom geduldig, klopft und klopft, so unermüdlich, dass Irma ihn am liebsten wegstoßen würde von Sam. Gesund kann das nicht sein, dieses permanente Geklopfe, und Tom soll sich nicht so aufspielen, sie gehören zusammen, Irma und Sam, und dem geht es außerdem schon wieder besser. Sie hat das Gefühl, sich verteidigen zu müssen:

»Ich wollte testen, ob sie kommen.«

»Ob wer kommt?«, fährt Tom sie an. Sie hat ihn noch nie so zornig gesehen. Vielleicht hat er das in den Jahren geübt, die sie in der Arena war, diese riesige Wut auf Irma.

»Die Masken. Ich wollte rausfinden, ob sie uns beobachten.«

Sie sagt nicht, dass sie eigentlich ihn auf die Probe stellen wollte, seine Verstrickung in das Ganze, seine Zugehörigkeit und Loyalität prüfen, und vielleicht ist ihre eigene Unsicherheit schuld an dem Ganzen, dass sie unbedingt wissen muss, ob es ihm bei dieser Reise wirklich um sie geht. Jetzt weiß sie: Er hat sie beide gerettet, die Masken sind nicht aufgetaucht. Aber was heißt das schon? Woher weiß sie, wer noch alles da war, in der Zeit, die Sam und sie unter Wasser verbracht haben? Die Stange, mit der Tom sie herausgezogen hat, kann ihm ebenso gut angereicht worden sein. Es ist eine von diesen metallenen Schwimmlernstangen.

»Es ist niemand gekommen«, sagt Tom, und wie er das betont, ihr dabei in die Augen sieht wie lange nicht, das macht Irma misstrauisch. Das hat sie nun davon: zum Kopf noch einen Bauch voller Zweifel. Sie traut Tom nicht mehr, traut ihm eigentlich nicht, seit er sie in ihrer Straße abgesetzt hat, seit er mitten in der Nacht an ihrem Bett stand, seit sie gesehen hat, wie er den Wagen neben der Kräuterspirale geparkt hat, im Garten ihrer Eltern. Der Tom, an den sie sich erinnert, war kein Brachialo. Er war immer eher besonnen, Irma die Grobe.

»Das war blöd«, sagt Tom und klingt ausgerechnet jetzt so wie früher.

Im Hintergrund hustet Sam immer noch, Irma findet, dass er übertreibt, dann fällt ihr ein, dass er nicht weiß, wie man taucht. Luftanhalten und alles, das hat ihm niemand erklärt, und wer weiß, wie weit bei ihm die normalen Reflexe funktionieren.

Irma steht auf, klopft sich die Kleidung ab, als ob das etwas nützen würde gegen die Nässe und den Schleim. Tom hilft Sam auf die Beine, stützt ihn. Sie verlassen die alte Schwimmhalle gebeugt wie drei Kriegsveteranen. Über ihnen beginnen die Vögel wieder zu kreisen, kreischend und schreiend und warnend.

35

Das Auto steht noch, wo sie es zurückgelassen haben. Tom hält die Tür auf, Sam klettert hinein wie ein müdes Kind:

»Lasst uns weiterfahren!«

»Gleich, Sam, gleich.«

Tom hält auch Irma die Tür auf, braucht einen Moment,

um zu bemerken, dass sie nicht reagiert. Sie steht mit verschränkten Armen vor ihm und sieht ihn herausfordernd an.

»Was?«

»Warum tust du das?«

»Was?«

»Du riskierst alles, warum?«

Er zögert. Sie werden ihm doch eine gute Antwort gegeben haben, für Notfälle wie diesen.

»Steig einfach ein.« Tom klingt erschöpft.

»Sag mir warum!«

Tom schlägt die Tür zu. Im Wagen starrt Sam wieder still vor sich hin. Tom zieht Irma beiseite.

»Ich hatte mir was vorgestellt, Irma. Darum.«

Sie packt ihn an den Schultern, schüttelt ihn, eine Szene wie aus der Arena, aber nicht bloß gespielt.

»Was bitte, was hast du dir vorgestellt?«

»Dass es schön wird«, sagt Tom leise. »So wie früher. Dass wir eine Reise machen zusammen, du und ich und meinetwegen auch Sam. Ich habe mir Waldseen vorgestellt und Strände, und glaub es oder nicht, aber ich habe mir auch vorgestellt, dass wir essen gehen zusammen, in einem richtigen Restaurant. Frag mich nicht, wie ich auf diese Restaurantidee gekommen bin, ich geh gar nicht so gerne essen und ich wüsste auch überhaupt nicht, wo man das noch kann. Egal. Es hätte Pizza gegeben für dich und für mich Nudeln und für Sam leider nichts, weil ich mir Sam bisher nicht wirklich vorstellen konnte. Und weißt du noch was, Irma? Mittlerweile kenne ich ihn besser als dich. Du bist seltsam geworden da drinnen. Kein Wunder, ehrlich gesagt. Aber irgendwie hatte ich mir das anders vorgestellt. Wir hätten es schön haben können, auf dieser völlig bekloppten Fahrt, stattdessen springst du in die nächstbeste grüne Pampe und bist doch eigentlich gar nicht mehr da. Ich weiß, dass du mir kein Wort glaubst, dass du dir nicht vorstellen kannst, dass ich einfach deinetwegen hier bin und den Mist auf mich nehme. Du denkst, ich gehöre irgendwie dazu. Zu einer dieser beschissenen Episoden, die die Masken und wer auch immer dahintersteckt sich ausdenken.«

Er verstummt, sieht sie an, als erwarte er darauf eine Antwort. Aber sie hat keine, sie hat ja selbst nur Fragen.

»Was meinst du, wer er ist?«, fragt sie, als hätte es seinen Ausbruch nie gegeben, zeigt auf Sam. »Manchmal ist er mir echt unheimlich.«

»Unheimlich? Sam? Du spinnst komplett!«, sagt Tom leise, reißt die Tür auf, stößt sich den Kopf beim Einsteigen, lässt sich schwer auf das Kunstleder fallen und flucht und flucht und flucht. Irma setzt sich neben ihn, hört sich seine Tirade an. Sie weiß nicht, was sie sagen soll, dann doch:

»Es tut mir leid, Tom. Dass ich weggegangen bin.«

»Muss es nicht!«, brüllt er. »Es ist schließlich dein Leben! Und weißt du was, Irma Lewyn, dein Problem ist ganz einfach, dass du mehr als dieses eine Leben brauchst. Weil du nämlich eigentlich eine Schisserin bist, die größte weltweit! Weil du zu viel Angst hast, es hier unten vernünftig anzugehen und auszuhalten, denkst du dir irgendeine bevorstehende Apokalypse aus, glaubst jeden Mist, lässt uns hier sitzen, haust einfach ab und schiebst alles auf, bis du auf deinem verdammten Planeten bist, wo ja praktischerweise kein Mensch mitbekommt, was du tust oder auch nicht. Und da sitzt du dann rum und freust dich, dass du so unfassbar heldenhaft bist, aber in Wahrheit, sorry, bist du einfach nur feige!« Sein Kopf ist knallrot, er heult und verteilt den Rotz über seinen Ärmel, und natürlich hat er recht, und sie weiß sich nicht anders zu helfen, nimmt seinen Kopf zwischen die Hände und küsst ihn. Er presst die Lippen zusammen, will sich aus ihrem Griff winden, aber sie hält ihn fest, und irgendwann küsst er mit. Es ist nicht schön, es ist nicht so, wie es sein sollte und wie sie es sich vielleicht vor Jahren einmal vorgestellt haben. Beide, knapp aneinander vorbei, nie gleichzeitig, nie richtig. Für ein paar Sekunden sind sie das, was sie hätten sein können, zumindest von außen gesehen: ein Paar, ganz von dieser Welt, mit einer Zukunft, die nicht in den Sternen steht. Dann raschelt es hinter ihnen, kommt Sam nach vorne geklettert, sieht sie fasziniert an und fragt, wie das denn ist, wenn man es ernst meint mit dem Küssen. Und endlich, endlich, endlich müssen sie lachen, und jetzt ist es doch wie früher und das Ende ihrer kurzen Reise in die Welt des Was-wäre-wenn.

36

Vor dem Fenster winkt ihm die Welt zu. Grauweißer Himmel, ab und zu mit Spuren von Blau, die Wiesen hellbraun bis ocker. Vögel am Himmel in Schwärmen, sie ziehen Kreise, die aussehen wie geheime Botschaften. Er kann sie nicht lesen, aber er freut sich, dass sie sich Mühe geben.

Sie halten sich von den Städten und Dörfern fern, er sieht mehr Tiere als Menschen. Und er traut sich, Irma die Frage zu stellen, die ihn schon beschäftigt, seit sie im Haus ihrer Eltern waren.

»Irma? Vermisst du sie eigentlich?«

»Hä? Was meinst du? Wen soll ich vermissen?«

»Er meint deine Eltern, was denkst du denn?«

Irma schüttelt den Kopf, sieht Tom wütend an:

»Du siehst deine doch auch nicht mehr ständig, oder?«

»Nein, aber ich könnte.«

»Das macht doch keinen Unterschied!«

»Ich kann nicht fassen, dass du wirklich so dumm bist, Irma!«

Irma ballt die Fäuste, sagt nichts. Sam bekommt keine richtige Antwort, und er versteht schon längst nichts mehr: Ständig wird gestritten und geküsst, eins geht ins andere über, als ob es etwas miteinander zu tun hätte, aber was soll das sein? Wie soll er sich hier zurechtfinden? Immer häufiger freut er sich auf die Ruhe und Eindeutigkeit, die sie dort oben haben werden, und dann fällt ihm ein, dass Irma dabei sein wird, er auf dem Planeten keinen Tom mehr hat, der übersetzt und pausenlos *Alles gut* sagt und es tatsächlich ernst meint, gelogen oder nicht, und er also allein zurechtkommen muss mit Irmas Hin und Her. Das scheint ein großer Teil dessen zu sein, womit die Menschen sich hier draußen beschäftigen: ununterbrochen zu tun, womit niemand rechnet.

»Es sind nicht alle so«, versichert ihm Tom, als er ihn fragt. »Aber der einzige Mensch, mit dem du längerfristig zu tun haben wirst, leider schon.« Irma wirft Tom eine Handvoll trockenes Gras an den Kopf, und dann küssen sie sich schon wieder. Sam wendet sich ab, geht ein paar Schritte, atmet tief ein. Die Luft ist so gut, er versucht, sich den Geruch einzuprägen, aber es gibt keine Vergleichsmöglichkeiten, keine Anhaltspunkte. Er wird den Geruch der Welt nach ein paar Tagen dort oben vergessen haben, das weiß er schon jetzt.

Vor ihm taucht ein Kreis flacher Felsen auf, Sam setzt sich auf einen der kalten Steine, zieht den Brief hervor:

Die Insel. Ich warte dort.

Er fährt die verblassten Buchstaben mit der Fingerspitze nach. Wie lange wird dieser jemand warten? Und was, wenn er gar nicht gemeint ist oder nicht wiedererkannt wird? Er stellt sich diese Fragen jeden Tag und weiß, dass er keine Antwort finden wird, bis sie endlich ihr Ziel erreicht haben. Er ahnt: Irma und Tom nehmen die Insel nicht ernst, und dennoch sind sie dabei.

Sam klettert auf den Stein, balanciert, das Gleichgewicht zu halten ist nicht seine Stärke. Ihm wird schwindelig. Im Simulator ging es besser, vielleicht liegt es daran, dass alles so eng war und so übersichtlich, dass er nicht gelernt hat, Fixpunkte in der Ferne zu bestimmen. Sam sieht große Häuser, kleine Häuser, Türme, ein dunkelgrünes Auto, das die Stadt verlässt und in ihre Richtung kommt. Es kann Zufall sein oder auch nicht. Ab und zu fehlt ihm die Enge der Gänge, die Begrenzung des Raumes nach oben. Nicht immer ist es leicht auszuhalten, einen Himmel über sich zu haben und dahinter die Unendlichkeit. Anas hat irgendwann gesagt, dass er sich vorstellen könnte, unter Einsamkeit zu leiden, in den ersten paar Tagen. Irma meint, das ist der Grund, aus dem sie ihn rausgewählt haben. *Aber mit der Einsamkeit muss man natürlich klarkommen*, hat sie zu Anas gesagt, und der war daraufhin wütend auf sie, warum auch immer. Sam hat geschwiegen, wie meistens, hat sich nicht getraut zu sagen, dass auch er sich vor der Einsamkeit fürchtet und dass er lieber mit Anas dort oben wäre als mit Irma. So viel Gesellschaft wie in der Arena, wie hier draußen mit Irma und Tom und dem Auto und der Straße, so viel Gesellschaft hatte er noch nie. Wie wird es sein, für immer zu zweit? Und was, wenn Irma ihn dort oben allein lässt?

Er grübelt zu viel. Die Masken haben ihn ermahnt: *Nimm hin, stell bloß nichts in Frage. Das macht dich nur schwach.* Er fühlt sich nicht schwach. Obwohl ständig hungrig, ist er stark und so voller Leben wie noch nie. Das Blut in seinen

Adern rauscht so ungeduldig und laut, dass er es hören kann. Sein Haar wächst jeden Tag, er betrachtet sich im Rückspiegel und kann die Zeit beim Vergehen beobachten. Warum sagt man *gehen*? Die Zeit geht nicht, sie fließt. Er hat versucht, sie mit Händen zu greifen, hat Tom um seine alte Uhr gebeten. In seiner Handfläche blieb ein Abdruck zurück, die Zeit bekam er nicht zu fassen. Sie verwandelt sich still in längeres Haar und größere Träume. Wie wäre es, nach der Insel auch noch den Rest der Welt zu sehen? Er wagt es nicht, Irma von dieser Idee zu erzählen und ermahnt sich selbst: Die Insel ist genug, die muss reichen.

Das Auto kommt näher. Er läuft ihm ein paar Schritte entgegen. Im Wagen sitzen Masken. Sie sehen ihn an. Wie können sie ihn auf diese Entfernung erkennen? Er ist nicht so auffällig wie sie, nur irgendein Mensch auf einem Felsen.

Sam macht kehrt, rennt zu Irma und Tom, die mittlerweile wieder vom Küssen zum Streiten übergegangen sind. Ständig versucht Tom, Irma von dieser Welt zu überzeugen, und versteht einfach nicht, dass er damit keine Chance hat.

»Sie kommen!«, brüllt Sam. Er bildet sich ein, schon den Motor zu hören, das Knirschen der Reifen auf dem steinigen Boden.

Irma und Tom springen auf. Sam rafft ihre Sachen zusammen, den Schlafsack, noch klamm, nachdem sie ihn endlich einmal gewaschen haben, am Morgen in einem eiskalten Bach. Die Karte, auf der man fast nichts mehr erkennen kann.

»Beeilt euch!«

Sie klettern ins Auto, und Tom fährt los, noch bevor Sam die Tür geschlossen hat. Hinter den Felsen, auf denen Sam eben noch stand, tauchen bereits die Masken auf. Ihre Scheinwerfer fluten die Landschaft, blenden, erfassen sie.

»Jetzt haben sie uns«, sagt Irma leise und klingt dabei kein
bisschen enttäuscht. »Du kannst anhalten, Tom, denen ent-
kommen wir nicht. Jetzt ist es anscheinend so weit.«
Aber Tom hält nicht an, wird schneller. Irma ermahnt
ihn:
»Geh vom Gas! Das bringt doch nichts! Wenn du so weiter-
machst, haben wir gleich kein Benzin mehr!«
Die Masken kommen näher. Es ist jetzt so hell, dass sie die
Augen zukneifen müssen.
»Pass auf, dass du nirgendwo gegen knallst«, schreit Irma.
Kreischend schneiden Felsen in die Seiten des Autos, ein
Geräusch, das bis tief in die Knochen dringt. Die Masken
drängen, stoßen den Wagen vor sich her wie Anas und Viola
und Irma und die anderen den Ball in der Arena bei diesem
einen, besonders seltsamen Wettbewerb.
»Halt an, Tom!« Sam hat Irma noch nie so ängstlich erlebt.
»Die bringen uns um, wenn du nicht anhältst!«
Toms Stimme ist ganz ruhig: »Tot nützt ihr ihnen nichts,
glaub mir, die tun uns –« Der nächste Schlag gegen das Auto lässt ihn verstummen. Sie werden nach vorne geschleudert, Sam prallt gegen Irmas Sitz, kann sich noch abstützen,
die Tür wird aufgerissen, und dann beginnt das, was Irma
ein *Feuerwerk* nennt.

37

Erst denkt sie an Schüsse. Dann erinnert sie sich: Silvester.
Die Nacht zwischen den Jahren. Sie durfte Raketen abfeuern,
drei Stück jedes Jahr. Den *Sternschauer* mochte sie am liebsten. Irgendwann wurde aus den Raketen ein Tischfeuer-
werk und später eine Schale mit heißem Wasser in der Mitte des Tisches, in die jeder von ihnen einen Zettel schmiss,
darauf ein Wunsch für das nächste Jahr. Die Schüssel kam

oben aufs Regal, das Papier löste sich auf mit der Zeit und mit ihm die Wünsche, und nach den Eisheiligen wurde das mittlerweile stinkende Wasser im Garten verteilt. Auf dass die Pflanzen wachsen und die Wünsche wahr werden. Bisher hat sich für Irma nur einer dieser Wünsche erfüllt, und an dem droht sie gerade haarscharf vorbeizurasen. Draußen knallt den Masken ein Feuerwerk um die Ohren, eine ganze Batterie. Es qualmt und stinkt, und Sam schreit und schlägt um sich, die Sache mit dem Feuer. Immer wieder, immer noch. Tom versucht, ihn zu beruhigen, während Irma sich möglichst unauffällig bemüht, Kontakt zu den Masken aufzunehmen. Sie sollen ihr ein Zeichen geben, was sie zu tun hat, und zum ersten Mal fühlt sie sich wie eine Verräterin. Aber die Masken sind mit dem Feuerwerk beschäftigt, keine von ihnen begegnet Irmas Blick. Jemand zerrt an Irmas Arm, sie lässt sich ziehen, aus dem Wagen heraus, an den Masken vorbei, in den Schutz einer Ruine mit blinden Fenstern. Durch den Qualm sieht sie das Mädchen nur schemenhaft: schmal und mindestens einen Kopf kleiner als sie, ein Kind in einem viel zu großen Mantel und schweren Stiefeln, wie aus einem alten Bilderbuch, gezeichnet mit feinen Strichen und Kohlestaub, der wie Schatten über seinem Gesicht liegt.

»Irma Lewyn«, flüstert es fasziniert, nicht schüchtern. »Es ist so schön, dich zu sehen!«

Sam und Tom stolpern herbei, sie werden von zwei Männern und einer Frau begleitet, aus dem Grau treten noch mehr Menschen heraus. Irma will am liebsten zurückweichen, reißt sich aber zusammen. Das sind nur Menschen, und für den Notfall hat Tom die Pistole.

»Was wollt ihr?«, fragt sie und ist sich bewusst, wie feindselig sie klingt.

»Euch helfen«, sagt jemand, ganz in ihrer Nähe.

»Warum?«

»Sam soll zur Insel.«

Natürlich hat es sich herumgesprochen. Mittlerweile weiß vermutlich die ganze Welt von ihrer Flucht.

Irma sieht sich nach Sam um. Der kauert zitternd am Boden, Tom hockt neben ihm, die Hand auf seinem Rücken. *Ganz ruhig, ganz ruhig. Alles gut, alles gut.* Irma will rufen, dass nichts gut ist und dass Ruhigbleiben nicht immer die beste Lösung ist, sondern ziemlich häufig sogar die schlechteste, und dass dieses *alles gut* ihr viel zu bekannt vorkommt, und zwar aus Situationen, in denen ganz und gar nichts gut war. *Alles gut* bedeutet, *eigentlich gibt es ein riesengroßes Problem, schweben du und ich in Gefahr, tun wir gemeinsam aber so, als gäbe es nichts zu fürchten, wiederhole ich es wieder und wieder, bis du dran glaubst oder einschläfst, in schöne Träume gleitest, in denen es wahr ist, dieses* alles gut. *Aber nicht hier, nicht jetzt.*

»Es tut uns leid, dass wir euch erschreckt haben«, sagt ein Mann, »aber wir hatten keine andere Wahl.«

Nicht alle sind seiner Meinung, es wird diskutiert, was man sonst hätte tun können, zum Schutz der Auserwählten und der Menschheit. Das meiste davon ist krasser als das Feuerwerk. Diese Leute haben Waffen und wissen, wie man sie benutzt.

»Sie kommen«, zischt jemand, und augenblicklich wird es still, hört sie nur noch die schweren Schritte, die sich langsam nähern, sieht sie Vogelschnäbel, nachtblaue Umhänge. Die Menschen ducken sich, ziehen Irma mit zu Boden. Sam und Tom liegen ihr gegenüber, Sam hat sich immer noch nicht wieder beruhigt, *das Feuer, das Feuer.* Jemand hält ihm den Mund zu, Irma sieht: Es ist Tom. Er starrt Irma an, und sein Blick erinnert sie an jemanden, an etwas, was ihr Angst macht. Keine Angst der harmlosen Sorte, die bis knapp unter die Haut geht, sondern eine ganz grundsätzliche, die tief hineinstößt, erst in den Magen, dann in Herz und Gehirn. Und für einen Moment vertraut sie ihm wirklich, glaubt sie daran, dass er einen eigenen Plan hat, einen, in dem es wirklich nur um sie geht und in dem mit *sie* er und Irma gemeint sind. Tom fürchtet, entdeckt zu werden, vielleicht tatsächlich um ihretwillen, vielleicht, weil er dann alles verlieren und es nie mehr zurückschaffen wird in sein echtes Leben, das hoffentlich wirklich weit weg ist von Dreck und Nebel und Angst und einer nicht existenten Insel. Angenommen, dass: Was droht ihm, wenn sie erwischt werden? Wie martialisch sind die Strafen dieser neuen Welt?

Die Masken gehen dicht an ihnen vorbei, Irma zieht im letzten Moment die Hand zurück, erstaunlich schmale Schuhe gehen weiter. Niemand wird getreten. Es ist, als wären sie alle Teil des Bodens geworden. Erdverkrustet und starr und wundersamerweise unsichtbar. Die Masken verschwinden im Tal. Irma sieht ihnen verwundert nach, was war das? Ein Warnschuss? Eine Erinnerung daran, wer hier vor wem wegläuft, und daran, dass es ihnen nicht um diese Welt geht?

»Vogelscheuchen«, zischt Irma. Einer nach dem anderen richtet sich auf, Irma bleibt liegen. Jemand beugt sich über sie.

»Alles gut?«

Wieder Tom.

»Danke«, flüstert Irma. »Danke, dass du da bist.«

38

Er merkt, dass er ununterbrochen hin und her wippt, kann dennoch nicht aufhören damit, er presst die Nägel in die Handflächen, bis es schmerzt, es hilft nichts. Die anderen haben sich längst wieder aufgerichtet, diskutieren, klingen erleichtert. Sein Blick fällt durch eine leere Fensteröffnung, buntes Papier weht vorbei, auch der steinige Boden ist damit übersät, dazwischen liegt eine Maske. Sam sucht nach Irma, findet sie nicht im Gewühl. Auch Tom ist nicht zu sehen. Leise schiebt er sich an den Menschen vorbei, niemand bemerkt, wie er sich nach draußen schleicht. Schlachtfelder kennt er aus Filmen, das hier ist definitiv eins. Vorsichtig nähert er sich der Gestalt, die vor ihm im Schlamm liegt, Arme und Beine seltsam von sich gestreckt. Der schmutzige Mantel ist verrutscht, darunter kann Sam dunkle Kleidung erkennen, schmale Hosen, eine Art Pullover mit Kapuze. So einen hatte er auch in der Arena.

»Hallo«, flüstert Sam. Die Maske bewegt sich nicht. Er kniet sich neben sie, streckt die Hand nach dem Umhang aus. Er weiß nicht, ob sich eine Maske anfühlt wie ein echter Mensch, sie haben ihn berührt, nicht andersrum. Der Stoff ist rau und kalt. Etwas blinkt im Matsch, der dreieckige Anstecker. Sam hebt ihn auf, säubert ihn mit seinem Pullover, der selbst starr ist vom Dreck. Die Maske stöhnt unter dem Vogelschnabel, Sam kriecht näher, hält seine zitternde Hand vor den schmalen Mund, Atem stößt warm dagegen, in der Augenöffnung hebt sich flackernd ein Lid. Sam weiß, dass die Maske ihn erkannt hat, sie versucht, sich aufzusetzen, es gelingt ihr nicht, immer wieder knicken die Arme unter ihr weg, so lange, bis Sam all seinen Mut zusammennimmt und all seine Kraft, die Maske an den Schultern greift und ihr hilft. *Masken sind nur Menschen*, hat Irma gesagt, und erst jetzt glaubt Sam ihr diese absurde Behauptung. Er könnte endlich hinter die Maske sehen, dieses Mal könnte es gelingen, eine bessere Gelegenheit kommt sicherlich nicht wieder, aber zuerst muss er sich um die Schmerzen kümmern. Menschen kann er helfen, das hat er gelernt.

»Wo tut es weh?«

Die Maske antwortet nicht, sieht an ihm vorbei nach oben, und noch bevor Sam ihrem Blick folgen kann, knallt es schon wieder, so laut, dass es in seinen Ohren sticht, etwas Feuchtes spritzt ihm ins Gesicht, und aus dem Mantel der Maske fließt Blut, und ihr Körper wird schwer und gleitet ihm aus den Armen. Er versteht nicht.

»Komm«, sagt Tom, steckt die Waffe weg und zieht Sam auf die Beine, hält ihn fest, als er Anstalten macht, sich wieder neben der Maske in den Schlamm fallen zu lassen.

»Wir müssen ihr helfen«, flüstert Sam. »Ihr geht es nicht gut.«

Toms Griff ist so fest, dass es wehtut:

»Was hast du da?«

»Nichts.« Man darf nicht lügen.

Tom biegt Sams Finger auseinander, nimmt den dreieckigen Anstecker, wirft ihn auf den Boden und tritt immer wieder darauf, so lange, bis das rote Licht nicht mehr leuchtet. Dann packt er Sam an den Schultern und schiebt ihn zu den anderen, die stumm im Halbkreis stehen und alles, alles gesehen haben müssen. In Sams Bauch sticht etwas, er krampft sich zusammen, Tom zieht ihn fest an sich:

»Ist gut, Sam, keine Angst. Jetzt ist wieder alles gut.«

Aber Sam kann nicht aufhören zu würgen.

39

Sie werden zum Essen eingeladen, unten im Ort. Tom lehnt ab, aber Irma sagt zu, zornig über Tom, seine falsche Bescheidenheit, seinen nutzlosen Kocher, das dämliche Gas, das er mitgebracht hat, das im Kofferraum klappernd hin und her rollt und nichts macht, als ihr auf die Nerven zu gehen, er hätte sie mehr aus dem Kühlschrank nehmen lassen sollen als nur das Brot. Irmas Wort zählt. Während sie den Pfad zum See hinuntergehen, ist Sam ungewohnt schweigsam. Tom und Irma werfen einander die Blicke besorgter Eltern zu und lassen ihn in Ruhe. Irma weiß, was Sam beschäftigt, ihr selbst geht das Bild nicht aus dem Kopf: Tom mit der Pistole, kurz nach dem Schuss, in seinem Gesicht kein Zeichen von Reue oder Entsetzen, als gehöre das Töten zu seinem Alltag. Ihre Retter sind euphorisch, reden aufgeregt durcheinander. Die Kinder berühren schüchtern Irmas Kleider, ihr Haar, dem sie seit Verlassen der Arena keinerlei Aufmerksamkeit geschenkt hat und das mittlerweile in wilden Locken vom Kopf absteht.

»In echt bist du noch schöner«, sagt ein Kind, und Irma bedankt sich automatisch. Die Kinder berühren auch Sam, halten seine Hand, bestürmen ihn mit Fragen, die sonst er stellen würde:

»Wie lange dauert es noch bis zur Insel?«

»Gibt es dort wirklich Palmen?«

»Weißt du, wie man schwimmt?«

Sam antwortet nicht, lächelt nicht. *Das war zu viel*, denkt Irma. *Jetzt kann er nicht mehr.*

Sie erreichen den Ort, ohne dass Sam ein Wort gesagt hat. Die Kinder nehmen es ihm nicht übel, laufen neben ihm her, singen und lachen, als hätte ihnen jemand aufgetragen, sich ganz und gar kindlich zu benehmen, auf eine nette Weise. Irma hat versucht, Abstand zu halten, aber das Mädchen ist wieder da, sie ist vielleicht zehn Jahre jünger als sie und lässt nicht locker:

»Ich habe dir Briefe geschrieben, damals, als ihr noch in der Arena wart. Vor der Auswahl, ganz am Anfang. Ich wusste, dass ihr gewinnt. Du und Sam.«

»Woher?«

Das Mädchen zuckt die Schultern: »Man merkte das einfach. Dass die anderen nur dazu da waren, damit ausgewählt werden kann. Damit sie die Wettbewerbe zeigen können. Aber eigentlich ging es die ganze Zeit um euch. Hast du meinen Brief gelesen?«

»Nein.«

»Warum nicht?«

»Ich hatte keine Zeit.«

»Quatsch!«

Irma bleibt stehen, sieht das Mädchen wütend an. Woher will die Nervensäge wissen, was wahr ist und was nicht? Sie hat die Briefe gelesen, fast alle. Jahrelang war sie dicht dran am Geschehen da draußen, hat Brief um Brief sehnsüchtig erwartet und sich gleichzeitig gefreut und gebangt, wenn er von jemandem aus ihrem näheren Umfeld kam, war erleichtert, wenn es gute Nachrichten gab, einen Weihnachtsbaum, Ausflüge, Äpfel. Dann wurde anderes wichtiger: dass ihr in der Zentrifuge nicht mehr schlecht war, dass im Glashaus tatsächlich die ersten Pflanzen keimten, dass die Kompatibilitätstests nicht mehr so viel Überwindung kosteten, dass die Masken menschlicher wurden, die Schnäbel und Umhänge nicht länger befremdlich waren. Und auch die Briefe veränderten sich, wurden kürzer und distanzierter, sie hatten nichts mehr mit ihr zu tun. Es war, als lese sie in Romanen von den Sorgen und Nöten fiktiver Personen. Irma war nie eine große Leserin gewesen, und nun hörte sie ganz damit auf, konzentrierte sich auf anderes, Naheliegenderes: Berechnungen, Proben, Training und Träume.

»Ihr hattet Zeit! Ihr hattet extra Zeit zum Lesen. Das kam in einem der Berichte. Ich wette, du hattest einfach Angst.«

»Aha.«

»Du hattest Angst, dass du nicht mehr wegwillst, wenn du unsere Briefe liest.«

Sie sagt *unsere*, als gäbe es eine Allianz, zu der Irma nicht gehört. Das Mädchen sieht sie herausfordernd an. Irma kennt diese Blicke, diese Gesten. Sie war genauso, wenn nicht schlimmer. Und tatsächlich ist sie nie auf die Idee gekommen, auf die Briefe zu antworten. Niemand hat es ihr verboten, auf dem kleinen Tisch in ihrem Zimmer lag sogar Briefpapier, dick und schwer, und darauf ein Füllfederhalter, wie man sie früher benutzt hat. Ab und zu saß sie am Tisch, im Schneidersitz auf dem bequemen Sessel, und hat die Blätter gedankenverloren mit großäugigen Figuren, Raumschiffen, Mustern und reißzähnigen Monstern bemalt. Sie hätte Zeit gehabt, das stimmt, aber dafür muss sie sich nicht rechtfertigen.

»Warum machst du dir so viele Gedanken über mich?«

»Du und Sam, ihr seid interessanter als alles, was hier passiert.«

»Was redest du da, Cleo?« Ein Mann tritt neben sie, sieht Irma entschuldigend an: »Sie hat kein Gefühl dafür, wann man besser den Mund hält.«

»Nie«, sagt Cleo. »Am besten hält man den Mund nie.«

Der Mann lacht, klopft ihr auf die Schulter. Irma ist sich ziemlich sicher, dass er Cleos Vater ist, und er ist nicht wirklich wütend auf sie, sondern wahnsinnig stolz, und damit hat er verdammt noch mal recht.

»Warum helft ihr uns?«

»Ihr seid die Auserwählten«, sagt der Mann, legt den Arm um Cleo und schiebt sie nach vorne zu den anderen, die ihnen den Weg zeigen.

»Die Auserwählten«, murmelt Tom, den sie zum ersten Mal seit Tagen völlig vergessen hat. »Ich kann es immer noch nicht fassen, dass sie mit diesem Blödsinn jahrelang die ganze Welt begeistert haben. Irgend so ein wild gewordenes Team aus dem hinterletzten Kaff.«

Irma nimmt es ihm nicht übel. Ihr geht es nicht anders. Was in der Arena noch plausibel, was gigantisch klang, wirkt hier draußen von Tag zu Tag mehr wie ein schlechter Witz. Wie ernst kann das Ganze gemeint sein? Sie denkt an die tote Maske im Schlamm und sieht sich nach Sam um, der sprachlos inmitten der aufgeregten Kinder geht. Jemand wie Sam, den kann es nicht geben, jemand wie er ist doch eigentlich völlig unwahrscheinlich. Ein paar Sekunden treffen sich ihre Blicke. Irma hat das Gefühl, dass Sam weiß, was sie denkt. Dass er zumindest ahnt, wie stark sie zweifelt und fürchtet, dass sie niemals hier wegkommt, zu ihrem Planeten.

»Irma!«

Tom hält sie fest. Vage sieht sie am anderen Seeufer ein Licht.

»Was ist das?«

Keiner antwortet ihr.

Das Licht breitet sich aus, streift über das Wasser, über Irma, Tom und Sam, gleitet weiter. Ein Leuchtturm.

»Was ist da drüben?«

Irma sieht sich um, schaut in ratlose Gesichter.

»Wir sind immer nur hier«, sagt Cleo, und schon wieder zieht ihr Vater sie weg. Die anderen strömen hinter den beiden her in ein großes Haus, das vielleicht einmal eine Kirche war.

Irma, Tom und Sam bleiben allein zurück, sehen auf den See, als wäre es ihr Meer.

»Die Karte«, sagt Tom, und Irma gibt sie ihm. Er breitet sie auf dem Kies aus, nimmt keine Rücksicht darauf, dass sie nass wird, sie ist ohnehin schon völlig unleserlich. Tom studiert die Karte, sieht zum Himmel hinauf. Der Himmel ist fast klar, die Wolken ziehen nur in Schlieren, seit sie hier draußen sind, hat Irma noch nicht so einen Himmel gesehen. Sie hat überhaupt noch nie so einen Himmel gesehen.

»Was ist?«, fragt sie ungeduldig.

»Nichts«, sagt Tom und klappt die Karte zusammen. Irma sieht ihm an, dass das nicht stimmt. Aber sie fragt nicht weiter nach. Freundlich lächelnd hält Tom Sam die Karte entgegen. Sie fällt auf den Boden. Sam steht da, wie gelähmt, und Irma hebt die Karte auf, steckt sie weg. Das Licht des Leuchtturms streift sie wieder und wieder, und dann ist da noch ein anderes Licht, warmgelb. Es fällt aus dem Haus, in dem alle verschwunden sind, liegt wie eine Brücke vor den dreien. Irma nimmt Sams eiskalte Hand und beeilt sich, dem Licht zu folgen, bevor die Tür zugeht und sie hier draußen wieder alleine sind.

40

Jemand gibt ihm eine kleine blaue Tablette. Tabletten helfen, das weiß er. Er schluckt sie trocken und wenig später geht es ihm gut. Er kann sich nicht erinnern, warum es ihm überhaupt jemals schlecht ging, er zweifelt daran, dass es so war. Sam stürzt sich in die größte Gesellschaft, in der er sich jemals befunden hat. Es gibt Musik und Tische voller

Essen. Jemand singt, und alle stimmen ein. So muss es sein, denkt Sam, genau so. Immer wieder kommt jemand zu ihm, sie bringen ihm warmes Wasser mit Geschmack (Tee, erklärt Tom) und legen ihm Obst und Gemüse und Brot und Käse und ein riesiges Stück Fleisch auf den Teller und ein winziges Stück Schokolade. Das haben sie für ihn aufbewahrt, falls er eines Tages zum Essen kommt. Und nun ist er da, und er sieht jedem Einzelnen die Freude darüber an. Die Kinder erzählen ihm von ihren Spielen und dem, was einmal sein wird. Alles, was sie erfinden, ereignet sich in der Ferne, auf Irmas und seinem Planeten. Er versteht nicht, warum sie träumen müssen und erfinden, mehr als hier kann es anderswo nicht geben. Er weiß, bis Irma und er etwas dagegen unternehmen, gibt es dort oben sogar viel, viel weniger. Er sieht Irma und Tom zu, die in einer Ecke sitzen und sich unterhalten. Sie sind sich nah, und er gehört nicht dazu. Aber das macht nichts. Um ihn herum wimmelt es von Menschen, er denkt an den Hund, die Lehrer und die Masken. Was er jetzt fühlt, könnte das Heimweh sein, von dem ihm Anas und Carla erzählt haben. Eine Frau kommt zu ihm:

»Ich bin Ärztin.«

Sie will sich die Wunden ansehen, *das Feuer, das Feuer*. Als er sein Oberteil hochzieht, muss sie schlucken, streichelt ihm kurz über die Wange. Sie holt eine Tube, drückt etwas Salbe auf die hellroten Stellen, verteilt sie vorsichtig, es ist schon viel besser, aber längst noch nicht wieder gut. Mehr zeigt Sam ihr nicht, nicht den anderen Arm, in dem es pulsiert, als schlüge dort ein zweites Herz, als würde unter der Haut etwas sein eigenes Leben führen. Er bedankt sich bei ihr, und sie streicht ihm übers Haar:

»Nein. Ich danke dir.«

Er trinkt viel Kaltes und Tee, sein Kopf wird schwer, seine Lider. Die Menschen tanzen, durch das runde Fenster über der geschwungenen Tür fällt Licht, es brennen Kerzen. Farben und Formen fließen ineinander. Tom und Irma kann er nirgends entdecken, aber er macht sich deswegen keine Sorgen. Immer wieder fallen ihm die Augen zu, jemand sagt, dass er hier nicht schlafen kann, dabei schläft er doch schon fast. Sie führen ihn in ein Zimmer: ein Bett, ein Kissen, eine Decke. Schöner kann es nicht werden, niemals. Jemand deckt ihn zu, legt ihm sanft eine Hand auf die Stirn. Sie wünschen ihm eine gute Nacht, und dann löschen sie das Licht, und es wird schwarz um ihn herum.

41

Es klingt wie ein unterdrücktes Lachen, aber Irma weiß, dass Tom schreien würde, wenn sie alleine wären. Sie zieht ihn hinter einen der schweren Vorhänge. Es ist zu stickig und viel zu eng, zu nah. Sie drückt Tom fest an sich, er murmelt irgendwas in ihr Haar, es wird ein Klagelied sein, das von Schuld handelt und Reue.

»So bin ich nicht«, sagt Tom immer wieder. Irgendwann wird Tom still, und sie können ihr Versteck verlassen. Als sie in den Saal treten, ist Sam nicht mehr da. Eben saß er noch am Tisch, zwischen all den Fremden, als ob er schon immer hierhergehörte, jetzt ist es, als hätte er nie existiert. Irma und Tom fragen und suchen, die Menschen schütteln den Kopf, behaupten, sie hätten Sam nicht gesehen, schon länger nicht mehr. Irma ahnt, dass es dumm war mitzugehen. Sie hätten sich einfach von den Masken mitnehmen lassen sollen. Ihre Gastgeber sehen harmlos aus, aber man weiß nie. Auch Tom ist nervös. Er wird laut, wenn wieder jemand den Kopf schüttelt, schmeißt Dinge um, wedelt mit der Pistole in der Luft herum, schießt in die Decke, Putz rieselt herab:

»Wo ist Sam? Was habt ihr mit ihm gemacht?«

Die Menschen sehen Tom ängstlich an, aber niemand sagt etwas. Irma versucht, ihn zu beruhigen, es gelingt ihr nicht. Es war zu viel Wein, wahrscheinlich ist es das, oder die Sache mit der Maske. Irgendwann lässt sie ihn wüten, stiehlt sich davon, schleicht sich durch den schweren Vorhang hinaus in den Flur hinter dem Festsaal. Sie haben tatsächlich Fackeln aufgehängt, und Irma ist sich immer sicherer, dass dieses Gebäude und die Arena zwei Bereiche desselben Spielfeldes sind. Sie öffnet Türen, dahinter: nichts. Niemand hat sich die Mühe gemacht, die Räume auszustatten. Der Festsaal ist wichtig und der Ort, an dem Sam ist, der Rest nur Kulisse. Sie rechnet hinter jeder Tür mit der Aufnahmeleitung, hält Ausschau nach Assistenten mit Pappbechern und Kaffee. Alles, was sie findet, sind zwei Menschen, die auf einen grauflirrenden Bildschirm starren und sich nicht erschrecken, als Irma den Raum betritt.

»Was macht ihr?«

Sie sehen sie ausdruckslos an. Einer deutet mit knochigem Zeigefinger in Richtung Monitor:

»Gucken.«

Irma nickt. Sie denkt an Julie im Wohnzimmer, an die ewigen Wiederholungen, vielleicht ist ihr eben etwas klargeworden, vielleicht auch nicht. Sie geht weiter, öffnet Türen, dahinter nur Leere.

Dann die letzte Tür. Das Schloss lässt sich nur öffnen, wenn man die rostige Brechstange findet, die in der Ecke an der Wand lehnt. Sie hätten sich die Verriegelung auch sparen können, aber so sieht es vermutlich besser aus. Irma stemmt widerwillig die Tür auf, und dahinter findet sie Sam, tief schlafend in einem riesenhaften Bett. Als sie ihn wecken will, stürzt Tom herein, hinter ihm Cleo.

»Wir müssen weiter!«

Er zerrt Sam aus dem Bett, zieht ihn hinter sich her, will auch Irma greifen, doch die lässt ihn nicht.

»Ganz ruhig, Tom. Übertreib nicht, ich komme schon!«

Sie folgen Cleo die Flure entlang, durch eine niedrige Tür, eine Treppe hinunter und durch ein Gewölbe. Mittelalterlich, gruselig, an der Wand tanzen die Schatten der Fackeln. Hinter ihnen Stimmen, Masken vielleicht oder Menschen, die dazugehören.

Cleo bleibt stehen, deutet auf ein schwarzes Loch in der Wand.

»Hier könnt ihr durch!«

Tom umarmt sie zum Abschied, als würden sie sich schon lange kennen, und vielleicht tun sie das ja auch. Was weiß Irma wirklich von Tom? Wieso hat er nie den Namen seines Kindes erwähnt? Warum redet er so wenig über seine Familie?

Cleo drückt Irmas Hand:

»Viel Glück!«

Sie umarmt Sam, der noch nicht wieder ganz wach ist und nur lächelt und nickt wie in seinen schlimmsten Zeiten, sie müssen ihm irgendwas gegeben haben. Cleo reicht Irma eine der Fackeln, und sie denkt an die Romane, die sie mit Julie und Phil früher gelesen hat: *Der Mann in der eisernen Maske* und *Der Graf von Monte Christo*, *Les Misérables*, *Frankenstein*, *Die Schöne und das Biest*. Immer geht es um Bedrohte, Fliehende, Eingesperrte, Verzweifelte. Sie und Sam entkommen jedem Gefängnis, jeder Falle. Wie kann das sein?

Im flackernden Licht machen sie sich auf den Weg. Cleo ruft noch etwas, aber Irma versteht nicht, was sie sagt.

Sie laufen schweigend, ihre Schritte hallen. Die Luft riecht modrig. Langsam wird es heller. Der Tunnel endet unten am See, es ist diesig, der Himmel wieder zugezogen. Irma hat auf der Reise jedes Gefühl für Uhrzeit und Datum verloren. Hier, heute ist es das erste Mal, dass sie das stört.

»Der Berlingo«, sagt Tom. Auch er klingt nicht überrascht. Er steht am Ufer, der Tank ist wieder voll. Tom legt die Pistole gut sichtbar vor sich auf das Armaturenbrett, Sam zieht scharf die Luft ein, Tom zögert einen Moment, bevor er den Zündschlüssel dreht.

»Was ist?« Irma weiß selbst, was ist, will es aber von Tom hören.

»Es ist doch seltsam«, sagt Tom, »wie sich alles fügt.«

Im Rückspiegel nickt Sam, wiederholt: »Seltsam.«

»Egal«, sagt Irma trotzig. »Fahr los!«

Tom startet, der Motor springt an, die Reifen knirschen im nassen Kies, sie sind wieder unterwegs.

»Nach links«, sagt Irma, ohne auch nur einen Blick auf die Karte zu werfen.

42

Irgendwas stimmt nicht mit den Lautsprechern, es knirscht und knackt, trotzdem besteht Sam darauf, dass die Musik ununterbrochen läuft. Er singt mit, laut und ungehemmt, und es stört ihn nicht, dass das Band leiert. Er hätte Chancen als Musiker, wenn er bleiben würde und falls es so etwas wie Musiker überhaupt noch gibt.

»Gibt es noch Bands?«

Es braucht einen Moment, dann beginnt Tom laut zu lachen.

»Was denkst du denn, natürlich! Das Gerede vom Weltuntergang, Irma, das bezieht sich auf eine ferne Zukunft, eine, die nur dich und Sam wirklich betrifft. Wir anderen, wir werden hier noch generationenlang leben, und natürlich gibt es Musik. Es werden noch Lieder geschrieben. Genau genommen sogar ziemlich viele. Und es gibt nach wie vor Maler und Schriftsteller und Erfinder und Städteplaner und so weiter.«

Irma sieht aus dem Fenster, versucht, irgendetwas zu erkennen, was Toms optimistische Weltsicht unterstützen würde. Draußen wie meistens nur Landschaft, aber das heißt natürlich nicht, dass es sie nicht doch irgendwo gibt, Toms Visionäre, seine Zukunft.

»Wann sind wir da?«, fragt Sam von der Rückbank. Irma und Tom müssen lachen, sie spielen Familie in ihrem vollgekrümelten, stickigen Wagen.

»Musst du zufällig auch pinkeln?«, fragt Tom grinsend.

»Woher weißt du das?«, fragt Sam. »Können wir anhalten?« Tom und Irma lachen, bis Sam hinter einem Busch verschwunden ist, dann hört Tom abrupt auf.

»So hätte es sein können«, sagt er.

»Nein, hätte es nicht.«

»Warum?«

»Wir wären andere. Und du hättest mich nicht so vermisst.«

»Das hat nichts mit vermissen zu tun.«

»Sie haben mich in den Shows so erzählt, dass alle mich mögen. Du kannst nicht anders. Denk doch mal daran, wie ich wirklich bin, wie ich war.«

»Wie bist du denn?«, fragt Tom und starrt Irma in die Augen. »Ich habe die Shows nicht gesehen, das weißt du doch. Nur ganz am Anfang mal für ein paar Minuten, dann hat es mir gereicht. Ich habe keine Ahnung, wie sie dich da inszeniert haben.«

»Gut«, sagt Irma. »Besser, als ich bin.«

»Ich mag dich nicht, weil du gut bist«, sagt Tom.

»Bin ich auch nicht.«

»Ich mag dich, weil ich dich mag. Klingt das logisch?«

»Irgendwie schon. Aber ich glaube, es liegt doch daran, dass du es nicht magst, wenn Leute gehen. Ich glaube, es liegt an Mads.«

»Mads hat damit nichts zu tun.«

»Doch.«

»Du hast keine Ahnung.«

»Du willst, dass alle da sind. Für immer. Du willst wissen, wo die Leute sich aufhalten, die du magst, und du möchtest sie jederzeit erreichen können. Du hältst es einfach nicht aus, dass ich außerhalb deiner Reichweite bin.«

»So wie du das sagst, klinge ich wie ein Idiot.«

»Bist du auch«, sagt Irma. »Aber auf eine gute Art.«

Tom nickt, dann steigt er aus, steht unschlüssig neben dem Wagen, sieht in die Ferne, dann auf den Boden. Irma ahnt, dass sie zu weit gegangen ist. Er hilft ihnen, sie sollte netter sein. Netter auf eine verständliche Weise. Sie steigt aus.

»Ich hab das nicht so gemeint.«

»Doch.«

»Stimmt. Aber nicht böse. Es war ein Kompliment.«

»Ich weiß«, sagt Tom. »Ich muss nur überlegen, was das für mich bedeutet, dein Kompliment.«

»Wahrscheinlich nichts. Oder doch: dass es keinen Sinn hat, irgendetwas zu hoffen. Nicht in Bezug auf mich. Denk an Sophia und dein Kind. Freu dich auf sie.«

»Ich mache das für Sam, okay?« Tom sieht aus, als würde er gleich weinen. Irma fühlt sich unwohl. Sie kennt ihn so nicht, sie kennt ihn nicht.

»Okay«, sagt sie, weil er das wahrscheinlich hören will.

»Wir haben die gleiche Aufgabe, wir sorgen dafür, dass er zu seiner verdammten Insel kommt, und wir passen auf ihn auf, bis er da ist.«

Irma nickt: »Mehr verlange ich doch gar nicht.«

»Darfst du auch nicht. Mehr gebe ich nicht. Nur meine Zeit, bis ihr dort seid.«

»Wenn es die Insel überhaupt gibt.«

»Wenn es sie gibt.«

»Was ist mit der Karte?«

»Was soll mit ihr sein?«

Irma holt die Karte hervor und breitet sie auf der Motorhaube aus, an den Rändern fehlen Stücke, an einigen Stellen ist das Papier so dünn, dass das Rot des Autolacks durchschimmert.

»Du hast sie neulich so seltsam angesehen. Als wenn du etwas bemerkt hättest.«

Tom schüttelt den Kopf: »Ne, habe ich nicht.«

Irma sieht ihn herausfordernd an.

»Nur, dass wir aufpassen müssen, dass das Papier nicht reißt.«

»Das war es nicht.«

»Doch«, sagt Tom und geht in die Richtung des Busches, hinter dem Sam verschwunden ist.

»Bist du fertig?«

Sam sagt etwas, so leise, dass Irma ihn nicht versteht, und Tom taucht ebenfalls hinter dem Busch ab. Was machen die beiden da? Was, wenn Tom Irma zwar aufgegeben hat, aber es jetzt bei Sam versucht? Wenn er ihn zum Bleiben überreden will? Sie sollte ihm folgen. Was, wenn Tom wieder die Pistole zieht, sie Sam an die Schläfe presst, abdrückt, so kurzentschlossen, wie er es bei der Maske getan hat, mit einem Gesichtsausdruck, als wäre es nicht das erste Mal. Sie sollte zu ihnen gehen, aber sie bewegt sich nicht. Irma steht allein mit der Karte und kommt sich dumm vor und verlassen.

43

Der Wind bläst stärker, die Luft verändert sich, es riecht anders. Stunde um Stunde sitzt Sam auf der Rückbank, hält sein Gesicht dem Fenster zugewandt, und atmet so tief ein, wie es seine Lunge erlaubt. Ab und zu sperrt er den Mund weit auf, versucht, die Luft zu schmecken. Als die Landschaft flacher wird und die Bäume merkwürdig schief, gelingt es ihm: Es schmeckt nach Salz, und oben am Himmel befreien sich einzelne Wolken aus dem ständigen Grau, rasen aus seinem Blickfeld, als hätten auch sie ein Ziel. Der Wagen bleibt stehen, Sam klettert hinaus, ohne abzuwarten, ob ihm einer der anderen folgt, und lässt sich auf einen feuchten Stein fallen.

»Wir kommen näher«, sagt Tom und setzt sich neben ihn.

»Man riecht das Meer, stimmt's?«

Sam reißt die Augen wieder auf, nickt heftig, versucht, sich nicht anmerken zu lassen, dass Tom ihm immer noch einen Schreck einjagt, wenn er ihm so nahe kommt. Er hat getötet. Aber: Das Meer also, so riecht das.

»Ich muss dich etwas fragen«, sagt Tom.

Auf Fragen, hat er in der Arena gelernt, gibt es richtige und falsche Antworten, und er wählt meistens die falsche.

»Gibt es etwas, wovor du Angst hast?«

Das hat Sam nicht erwartet. Es ist nicht das erste Mal, seit der Sache nach dem Feuerwerk, dass Tom sich neben ihn setzt, ihn mit schmalem Mund und zusammengekniffenen Augen ansieht und leise, fast flüsternd eine Frage stellt. Aber meist bohrt er nach den *Geheimnissen*, warum Sam dabei ist, wo er herkommt.

Und jetzt das, ob Sam Angst hat. Ja, könnte er sagen, vor dir, davor, dass du anders bist, als ich dachte. Aber das ist sicherlich nicht die Antwort, auf die Tom wartet.

»Wovor sollte ich Angst haben?«

»Den Masken?«

Sam schluckt. Also geht es doch darum?

»Die Masken sind Menschen, die sich verkleidet haben, damit es besser wirkt auf den Bildschirmen.« Das hat Irma ihm ganz zu Beginn der Shows erklärt, die Masken sind auch nur Menschen, nicht Menschen und Masken, nicht zwei verschiedene Arten. Er hat ihr damals nicht geglaubt, die Masken blieben ihm fremd, so wie es vermutlich gewollt war. Jetzt hat er gesehen, dass sie Schmerzen haben, dass sie Blut vergießen können, hat gemerkt, dass er Mitleid hat, ob er will oder nicht. Und er hat nicht mehr Angst vor ihnen als vor Tom.

»Sam?«

»Ich bin nicht alleine, ich habe keine Angst. Es gibt keine Ungeheuer. Keine Monster.«

»Warst du mal alleine?«

Er war alleine. Lange. In den Gängen und Fluren und unter den Sternen war er alleine, obwohl die Masken ständig zu ihm kamen. Sie kamen und erledigten, was zu erledigen war, aber sie gehörten nicht zu ihm, ihr Leben fand eigentlich anderswo statt. Das hatte er damals nur ahnen können, sich zusammengereimt aus den wenigen Informationen, die sie ihm ab und zu und wahrscheinlich aus Versehen gaben: Raufasertapete, Wochenendeinkauf, Eile und Stress, ein schmerzender Zahn, für dessen Behandlung die Maske in eine *Praxis* musste, eine zitternde Stimme, die darauf hindeutete, dass es irgendwo eine Welt gab, in der nicht immer alles nach Plan lief. Er hat so viel gelernt und gesehen, seit er draußen ist. Nicht viel von dem, was sie ihm erzählt haben, nichts von der feuerspeienden Erde, von schmelzenden Gletschern, todbringenden Ideen. Aber er weiß, dass Menschen sich zusammentun in Häusern, Straßen, Orten, Städten und Höhlen, überall. Dass es für sie jeden Tag darum geht, nicht alleine zu sein, und dass es vielen gelingt. Ihm selbst auch, hier draußen. Er hat Irma und Tom. Und anders als Irma ist Tom freiwillig hier, weil er ihm helfen will. Weil er Sam vielleicht mag. Weil er für ihn getötet hat. Das hat er zumindest gesagt, aber es fühlt sich dennoch nicht richtig an.

»Magst du mich?«

Tom lächelt.

»Klar.«

Tom mag Sam. In Sams Körper hüpft etwas, wenn Tom ihn anlächelt, wenn er nett zu ihm ist, und Tom ist eigentlich immer nett zu Sam.

»Ich habe keine Angst«, wiederholt Sam.

»Musst du auch nicht«, sagt Tom. Er klopft vage dorthin, wo die Waffe stecken muss. »Ich weiß, dass ich dich erschreckt habe.«

»Nein.« Man darf nicht lügen.

»Es hätte Ärger gegeben, wenn nicht.«

Sam nickt und beschließt, ab jetzt keine Angst mehr vor Tom zu haben. Er hat ihn gerettet. Sie sitzen eine Weile schweigend. Sam weiß, dass Irma sie beobachtet. Er kann sie hinter sich rascheln hören, sie sammelt Stöcke und Laub, um ein Feuer zu machen. Sie haben sich angewöhnt, die Abende an einem Lagerfeuer zu verbringen, und auch das macht Sam keine Angst mehr. Tom hat ihm geholfen, sich Schritt für Schritt mit ihm genähert, hat ihm gesagt, wie dicht er die flache Hand an die Flammen halten darf, ohne dass er sich verbrennt. Am dritten Abend sind sie gesprungen. Erst Tom, dann Irma, auf der anderen Seite haben sie auf ihn gewartet. Er hat ihre Gesichter durch die Flammen gesehen, sie standen nah beieinander, ohne sich zu berühren. Es sah aus, als fräße das Feuer sie auf. Sie haben ihn gerufen, und Sam hat Anlauf genommen, und das Feuer hat nach seinen Beinen geschnappt, ihn aber nicht erreicht. Irma hat einen Schrei ausgestoßen, und Tom hat eingestimmt und Sam schließlich auch, mit einer Stimme, die ihm selbst völlig fremd war. Sie haben gebrüllt, bis kein Laut mehr kam, und dann sind sie sich in die Arme gefallen, haben sich aneinander festgeklammert, als wären sie unangeschnallt in der Zentrifuge. Es war eiskalt und warm zugleich, und hinter Sams Rücken fühlte sich die Welt so riesengroß an, dass es fast unheimlich war, aber nur fast, und wenn ihn in diesem Moment jemand gefragt hätte, ob er bleiben wolle, er hätte ja gesagt.

»Wenn es dir einfällt«, sagt Tom jetzt, »dann erzählst du es mir, ja? Was das ist mit dir. Versuch einfach, dich zu erinnern.«

Sam nickt. Hinter ihnen knistert das Feuer, er dreht sich um, die Flammen schlagen hoch, Irma wischt sich die Hände an ihrer dreckigen Hose ab. Sam steht auf, zieht Tom auf die Beine, wie der es sonst mit ihm macht. Sie tanzen. Eine Mischung aus Toms unbeholfenen Schritten und der Choreographie, die Sam und Irma für die Abschlussshow gelernt haben. Sie treten einander auf die Füße, müssen lachen, schreien und kreischen und brüllen. Sams Hals tut weh, aber es ist schön, irgendwann fallen sie erschöpft auf den Boden. Irma sieht sie seltsam, aber freundlich an, und Sam erzählt ihr und Tom, was das Allerbeste war, nämlich, als er seinen Namen bekommen hat. Irma lächelt zufrieden.

»Seit ich meinen Namen habe, gehöre ich auch ein bisschen nach draußen, oder?«

Tom will wissen, warum.

»Weil man draußen Namen hat und drinnen nicht.«

Tom nickt, als würde er verstehen, aber Sam sieht genau, dass er nicht versteht. Das macht nichts.

44

Heute essen sie wieder die fleischigen Blätter, aus denen beim Hineinbeißen grüner Saft quillt und die im Hals brennen, aber erstaunlich schnell und lange satt machen. Nach dem Essen kommen die Halluzinationen, Tom hat neulich den Elefanten von der Autobahnkreuzung wiedergesehen, Irma einmal mehrere Stunden lang mit ihren abwesenden Eltern gesprochen. Es ging um ihr Lieblingsessen, das die beiden ihr kochen wollten: Bratkartoffeln mit Zwiebeln und Spiegelei und zum Nachtisch Schokopudding. Ihr Vater versprach, alle Zutaten zu besorgen, egal wie, ihre Mutter drückte Irma fest an sich, Irmas Nase fand ihren Platz in der Halsbeuge, der Geruch, der Geruch. Und dabei war ihr die ganze Zeit über klar, dass sie in dieser namenlosen Einöde nur nach der Luft griff und nach Erinnerungen.

Heute krault Sam wieder den Hund, der nicht da sein kann.

»Mit dem Hund«, sagt Tom, »mit dem Hund hat es irgendetwas auf sich, der Hund ist wahrscheinlich der Schlüssel.«

45

Der Geruch nach Salz und Schlick und Algen wird stärker, aber noch ist kein Meer in Sicht. Sie selbst riechen sicher nicht mehr gut, haben aber aufgehört, sich darüber Gedanken zu machen und dagegen anzugehen. Was sollen sie tun,

als sich gelegentlich in einen Fluss zu stellen und mit brackigem Wasser abzuspülen? Das Ergebnis sind brackige Glie-
der in klammer Kleidung, auch nicht besser. Am Anfang
fand Irma das Gefühl schrecklich, jetzt stört es sie nicht mehr
sonderlich. Tom zaubert Perücken und Bärte aus einer Tasche, die Irma vorher noch nie gesehen hat.

»Von Cleo«, behauptet er. »Sie meint, es wäre besser, wenn
man uns nicht erkennt.«

Irma glaubt ihm. Sie ist mittlerweile bereit, alles zu glauben. Tom entscheidet sich für wildes blaues Haar und eine
riesige Brille:

»Im Gedenken an die alte Irma!«

Irma sieht ihn prüfend an, er meint es nicht böse. Sie hängt
sich den braunen Bart um, Sam gibt sie den weißen.

Sie lachen, bis ihre Bäuche schmerzen.

»Du siehst aus wie der Weihnachtsmann, Sam!«, und Sam
fragt ernsthaft, ob es den also doch gebe, und sie lachen
noch mehr und packen die Verkleidung wieder weg. Sie
sind auffälliger so als ohne.

Tage und Nächte wechseln unbeachtet, sie zählen nicht
mehr mit. Sie kommen durch Städte und Dörfer, sie sehen
Menschen, sie sprechen mit keinem. Niemand achtet auf
sie. Die Fahndungsplakate zeigen ihre glänzendsten Versio-
nen. Von Tom gibt es ein Bild mit dem Kind, er sieht müde
aus darauf und sehr glücklich. Das Kind ist dunkelhaarig
und ihm nicht ähnlich. Es sieht eher aus wie ein Mädchen,
aber hatte Tom nicht irgendwann *er* gesagt, als er über das
Kind sprach? Irma kommt es so vor, aber sie ist sich nicht
sicher. Und selbst wenn, was würde es schon bedeuten,
und wenn es etwas bedeuten würde, was hätte das für Konsequenzen? Tom ist bei ihnen, nicht bei einer eventuellen
Sophia und einem Kind. Das allein zählt.

Wenn man ihre Plakate nebeneinander sieht, könnte man denken, zwei Außerirdische hätten einen Normalsterblichen entführt. In Wirklichkeit sind sie alle drei aschfahl. Die Limonade ist leer, der Schnaps, die Süßigkeiten aufgegessen, und das Brot war am Ende verschimmelt. Sie besitzen noch eine Tüte Chips, zwei Flaschen Bier und einen Haufen giftiges Grünzeug. Sie haben ständig Hunger. Irma hat von Fisch geträumt, von Bratkartoffeln und Fleisch, Salat mit Essig-Zucker-Sauce, so wie ihn Julie immer macht. Einmal hat sie versucht, aus Hagebutten Tee zu kochen, aber das Regenwasser war modrig und die Hagebutten verfault. Obwohl sie nur einen Schluck getrunken hatte, war ihr den ganzen Tag übel. Irma lag auf der Rückbank, während Sam ihren Bauch streichelte, die Stirn und immer wieder den Arm. Tom vorne am Steuer, die Pistole vor sich besser im Blick als die Straße, grimmig grinsend.

Irma sieht ihm an, dass er sich freut über diese neue Nähe zwischen ihr und Sam. Es macht sie traurig. Sobald sie hier weg ist, gehört sie nicht mehr zu seinem Leben oder nur noch auf eine sehr abstrakte Art. Sie wird jemand sein, von dem er später dem Kind erzählt. Dann, wenn es zum ersten Mal wirklich enttäuscht wird.

»Du müsstest doch anders sein«, sagt Tom unvermittelt in das Schweigen hinein, das sich seit ein paar Tagen breitgemacht und keinen von ihnen bisher gestört hat. Selbst Sam stellt keine Fragen mehr, obwohl es noch so viele gäbe. Sie sind sich vertraut, es ist in Ordnung, einfach nur zu sitzen, zu fahren und darauf zu warten, dass sich vor ihnen das Meer auftut oder ein dunkler Wagen sich querstellt, ihnen die Straße versperrt, die Masken herausspringen und die Reise nach einer kurzen Schießerei ihr blutiges Ende findet.

»Du musst doch eigentlich anders sein«, wiederholt Tom, als Irma nichts sagt.

»Ich?«

Er nickt: »Es sind mehr als zehn Jahre. Du warst sechzehn, als du diese irre Idee hattest, und nicht besonders glücklich.«

»Ich war glücklich«, sagt Irma und wundert sich selbst darüber, dass sich ihre Stimme überschlägt. »Du weißt doch, dass ich glücklich war.«

»Okay«, sagt Tom. »Dann warst du glücklich. Darum geht es gar nicht. Ich meine nur, du warst noch ein Kind und ziemlich größenwahnsinnig.«

»Größenwahnsinnig? Vielleicht. Na und?«

»Nichts. Nichts *na und*. Ich kann mir nur nicht vorstellen, dass sich nichts verändert hat. Ich meine, du bist jetzt erwachsen, oder?«

Sie sagt nichts dazu. Worauf will er hinaus? Sie war vorausschauend, schon mit sechzehn. Größenwahnsinnig vielleicht, aber auch ziemlich vernünftig.

»Ich bin nach wie vor von der Mission überzeugt«, sagt sie. Es klingt wie ein Werbetext, und es kann sehr gut sein, dass sie diesen Satz irgendwo gelesen hat. Was soll's, er ist wahr.

Tom seufzt. »Okay. Es hat sich also nichts geändert.«

»Nein.«

»Auch nicht, seit ich hier bin?«

Sie sieht ihn belustigt an.

»Du musst doch sehen, dass es viel sinnvoller ist hierzubleiben! Dass es das Einzige ist, was Sinn ergibt! Du bist doch nicht bescheuert, du musst das doch merken«

»Tom«, sagt sie leise. Es klingt wie ein Flehen. »Du weißt doch, wie es ist. Ich muss weg. Sam muss weg. Wir haben eine Aufgabe.«

Tom starrt auf die Straße, die seit Ewigkeiten nur noch schnurgerade verläuft. Der schwere Himmel hängt knapp über dem Dach.

»Es ändert nichts«, sagt Tom, und es klingt wie ein Selbstgespräch, »über zehn Jahre ändern also nichts. Das ist seltsam.«

Ja, vielleicht ist das seltsam. Was soll sie sagen? Was erwartet er von ihr? Sie ist fast siebenundzwanzig, und sie will endlich weg. So ist das nun mal.

»Du musst das akzeptieren«, sagt sie. »Bitte.«

Tom antwortet nicht. Er starrt weiter auf die Straße, murmelt »Eigentlich kein Wunder« und macht sich nicht die Mühe, ihr zu erklären, welches Wunder er vermisst.

46

Sie sind angekommen. Tatsächlich. Das Meer. Im Hafen riecht es nach Brackwasser, aber die Wellen schlagen an die bröckelige Kaimauer, wie sie das seit eh und je tun, wie Irma es von früheren Urlauben erinnert, an genau solchen Orten. Sie stehen nebeneinander, Sam in der Mitte. Das Meer tanzt fahl, aber immerhin, es tanzt. Auf dem Weg vom Wagen hierher haben sie zwei Frauen aufgeregt miteinander reden hören: Die Sonne soll morgen rauskommen, gegen Mittag, vielleicht sogar für ein paar Stunden!

Schon jetzt sehen die Menschen immer wieder beiläufig zum Himmel hinauf, senken ihren Blick verlegen, wenn da wieder nichts ist außer dem gewöhnlichen Grau. Ab und zu grinst jemand, als wollte er sagen *War doch nur ein Witz.*

Sam fängt sofort an zu fragen, als er mitbekommt, worum es geht:

»Wie ist das, wenn es richtig hell ist? Tun die Strahlen weh auf der Haut? Stimmt es, dass man den eigenen Tod vor Augen hat, wenn man länger als eine Sekunde in das Licht schaut?«

Tom seufzt:

»Wo hast du denn den Quatsch wieder her?«

»Von den Lehrern«, sagt Sam. »Die wissen so was.«

»Ich frag mich, was das für Lehrer waren.«

Tom wird sie nie begreifen können, Sams völlige Ahnungslosigkeit, aber Irma ist schon lange genug mit ihm unterwegs, um zu wissen, dass er nichts spielt. Er imitiert, klar. Wie Irma lacht, wie Tom läuft, betont lässig, den Oberkörper leicht nach hinten geneigt, die Daumen in die Taschen seiner Hose gehakt, sein Becken wiegt eckig hin und her. Toms Gang zeigt allen: Ich habe keine Angst, was immer auch um mich herum geschieht. Mir kann der Himmel auf den Kopf donnern, ich zucke nicht mit der Wimper, und selbst wenn die Welt untergeht, lasse ich mich nicht mit ihr runterziehen. Irma versteht, dass Sam sich gerade diese Art zu gehen abgucken will. Er bekommt es mittlerweile einigermaßen gut hin, auch wenn Tom immer wieder lachen muss und ihn fragt, warum er so seltsam läuft.

Irma erinnert Sam nicht daran, dass Toms Gang ihm dort oben gefährlich werden könnte, dass er sich, wenn er so über den Planeten schlendert, mit nur drei Schritten ins Universum befördern könnte, dass er sich das also besser wieder abgewöhnt.

Von der Kaimauer aus schnipsen Irma und Tom Kiesel in die Wellen, Sam sieht ihnen erstaunt dabei zu, dreht einen einzelnen Stein in der Hand wie eine Kostbarkeit.

»Warum werft ihr die weg?«

»Was sollen wir sonst damit machen?«

Sam sieht unschlüssig auf seinen Stein, poliert ihn mit

dem Daumen, und ohne dass sich etwas geändert hätte an dem stumpfen Grau, verstaut er ihn in seiner Hosentasche.

»Wollt ihr das mit der Sonne unbedingt sehen?«, fragt Tom.

Sam nickt, Irma schüttelt den Kopf:

»Es ist eine gute Gelegenheit, oder? Alle werden abgelenkt sein.«

»Ich will die Sonne sehen.«

»Die Sonne ist am Himmel, Sam, wenn sie wirklich rauskommen sollte, dann siehst du sie auch vom Wasser aus.« Tom hat Sam gegenüber mittlerweile einen lehrerhaften Ton.

Irma zeigt hinunter zum Anleger: »Da liegt ein Boot.«

Tom kneift die Augen zusammen und überlegt: »Ich finde, es sieht seetauglich aus. Ich habe allerdings überhaupt keine Ahnung von Schiffen.«

»Sam kennt sich aus«, sagt Irma und merkt selbst, wie stolz sie dabei klingt. »Du weißt alles über Maschinen, stimmt's?«

»Das ist mein allererstes richtiges Schiff«, sagt Sam feierlich. »Aber ich denke nicht, dass es völlig anders ist als die Fähre.«

»Es wäre gut, wenn Mads hier wäre«, sagt Tom gedankenverloren. Irma sieht ihn verwundert an: Warum spricht er plötzlich von seinem verschollenen Bruder? Tom bemerkt ihren Blick.

»Er kannte sich wirklich aus, Mads, mit Maschinen und allem, was mit den Ozeanen zu tun hat.«

»Ich weiß«, sagt Irma.

»Ich frage mich, wo Mads jetzt ist ...« Tom sieht aufs Meer hinaus. Irma wartet darauf, dass er noch etwas sagt, etwas,

was seinen Worten die Melancholie wieder nimmt. Aber Tom guckt nur gedankenverloren.

»Du weißt doch, wo er ist«, sagt sie, es klingt barscher als beabsichtigt.

Tom sieht sie kurz an, dann wieder aufs Wasser.

»Irgendwie kommt ihr schon weg«, murmelt er. Irma hat es trotzdem gehört. Dass er seit Tagen zum ersten Mal *ihr* sagt und nicht *wir*.

»Ich komme nicht mit, nein. Geht ja auch gar nicht ...« Er zieht mit den Armen einen Kreis: »Das alles. Ich gehöre hierher. Ab jetzt ist das eure Reise –«

Irma schluckt, nickt, und dann schlingt sie ihre Arme um ihn, drückt ihn so fest sie kann an sich. Er umarmt zurück, aber nur mit einem Arm. Mit dem anderen hält er sich an der Kaimauer fest, als hätte er Angst, nicht vor dem Weltuntergang, sondern vor ihr. Als fürchtete er, Irma könnte ihn mit sich ziehen, hinaus aufs Meer und in andere Welten.

47

Noch einmal schlafen sie dicht nebeneinander. Sie putzen sich die Zähne mit den Zeigefingern und etwas, was sie unterwegs gepflückt haben und was Irma für Minze hält, obwohl es überhaupt nicht so schmeckt. Tom verhängt die Fenster mit ihren Jacken, sie haben den Schlafsack und eine grobe Decke, die haben sie am Straßenrand gefunden, und Tom sagt, dass sie wahrscheinlich von der Feuerwehr stammt. Die Decke riecht verbrannt, es könnte also stimmen. Irma spart sich den Gedanken daran, worauf die Decke vorher lag. Wichtig ist: Sie hält warm. Sam darf wie immer zwischen Irma und Tom liegen, er wühlt sich im Schlaf hin und her, klammert sich an ihnen fest, redet unverständliches Zeug, es stört die beiden nicht mehr. Sie sind zu erschöpft.

Heute tut Tom nicht so, als hätte er keine Lust, heute beginnt er gleich mit dem Erzählen, ohne dass Sam bitten und betteln muss und Irma ihn ermahnen. Tom packt die Welt aus für sie, ein letztes Mal redet er sich um Kopf und Kragen und ihr Bleiben: Er erzählt von der Geburt seines Kindes, wie brutal das war, wie blutig und wie schön. Er erzählt von dem riesigen Glück, das es ist, und von der Angst, die er seitdem hat, dass sie ihm morgens und abends und nachts und immer unvermittelt durch den Körper schießt, trotz der Freude, die es macht. Weil es so viel zu verlieren gibt plötzlich, viel mehr als sich selbst. Sam stellt abwegige Fragen, und Tom findet Antworten darauf.

»Warum muss man auf Kinder aufpassen?«

»Weil sie das nicht selbst können.«

»Aber warum lässt man sie nicht einfach?«

»Weil man verantwortlich ist.«

»Was bedeutet das?«

»Dass man sich kümmern muss. Und will.«

»Warum muss man das? Warum will man das?«

»Das ist eben so.«

Die Gespräche enden immer damit: *Das ist eben so.* Diese vier Worte lassen Sam augenblicklich zufrieden einschlafen. Irma und Tom sehen sich über seinen Rücken hinweg an. Es ist zu dunkel, um wirklich etwas zu erkennen, aber das war bisher jede Nacht so, warum also nicht heute? Irma spürt Toms Hand auf ihrem Arm.

»Ich hoffe, dass ihr das schafft. Zur Insel zu kommen und da irgendwas für ihn zu finden. Und vielleicht auch für dich.«

»Ich glaube nicht an die Insel.«

254

»Ich weiß.«

Sie küssen sich, über Sam gebeugt, der nichts merkt. Flüchtig und schnell und so, als wäre es verboten, und wahrscheinlich ist es das auch, aber was macht das schon? Sie sind allein mit dem schlafenden Sam, in einer Nacht, in der die Menschen das erste Mal wieder wach liegen, seit langem nicht, weil sie etwas fürchten, sondern weil sie etwas erwarten. Morgen, morgen könnte ein Sonnentag sein. Der Kuss ist nicht schlecht und nicht gut, nicht anders als ihre Küsse zuvor. Zwischen Irma und Tom ist alles neutral, und genau das fühlt sich plötzlich richtig an.

»Wie konntest du einfach weg?«, fragt Irma irgendwann.

»Ohne Sophia etwas zu sagen?«

»Sie weiß Bescheid«, flüstert Tom. »Sonst wäre ich nicht gefahren.« Irma lässt seine Hand los.

»Und sie hatte nichts dagegen?«

»Nein.«

»Grüß sie von mir, wenn du wieder zu Hause bist.«

»Sie wird sich freuen. Weißt du, Sophia bewundert euch sehr.«

»Das klingt komisch, wenn du das sagst.«

»Ich habe ja nicht behauptet, dass ich euch bewundere. Ich weiß schließlich, warum du das machst.«

Sie lacht: »Warum?«

»Ruhm und Ehre und Langeweile.«

»Kann sein«, sagt Irma.

»Nur er, warum der Spinner dabei ist, kein Plan.« Tom breitet die Decke über Sams Schultern, jetzt liegen Irma und er ohne da. Irma zieht die Knie an den Bauch. Es ist nicht kalt, aber es fühlt sich merkwürdig an, ohne Schutz, so als wäre sie von außen nun sichtbarer als vorher.

»Es ist doch unfassbar, Irmela«, murmelt Tom, aber als Irma

fragt, was er meint, bekommt sie als Antwort nur ein tiefes
Atmen.

Eine Weile liegt sie mit geschlossenen Augen, denkt an das
Geräusch der bleichen Wellen am Kai, dann setzt sie sich
leise auf, öffnet die Tür und klettert hinaus in die nach Fisch
und Salz und Schlick und Hoffnung riechende Nacht.

48

Der Ort ist anders als die Orte zuvor, auf eine belebt ver-
wunschene Art. Irma erinnert sich an das Märchen mit der
Dornenhecke in dem ausgefransten Buch in Phils und Julies altersschiefem Schrank. Auch hier ist es, als gäbe es eine
Hecke, als hätte sich das, was draußen passiert, nur langsam und leise in die Leben schleichen können. Gelbgold
leuchten hier die Straßenlaternen, ragen Blumen, aus Plastik zwar, aber immerhin, bunt und bauschig aus den Fens-
terkästen, liegen in den Schaufenstern der Bäckerei und
des Schlachters Waren. Nicht viele, aber genug Brot und
Wurst vermutlich, um alle im Ort zu ernähren. Die Back-
waren könnten aus Brennnesselmehl, die Wurst aus Katzen oder Mäusen sein oder bizarrer: aus beidem. Egal wo-
raus alles besteht: Die Menschen hier glauben. An morgen,
an später. Irma ist hungrig, aber die Scheibe so heil, die
Tür so sorgfältig verschlossen, dass es mehr als nur Dieb-
stahl wäre einzubrechen. Sie kann später etwas essen, eine
Handvoll Chips und draußen auf dem Meer ein paar Algen.
Schlimmer kann der Hunger nicht werden, sie hat also
Zeit.

Irma trifft niemanden auf der Straße. Hinter manchen Fenstern brennt Licht, aber sie hört keine Stimmen, sieht keine
Schatten und weiß doch, dass hier Menschen leben. Solche,
die sich die Shows angesehen, sich für Sam einen Namen

und für Irma eine Zukunft überlegt haben, die bei jeder Sendung mitgefiebert und um Elin und die anderen geweint, die Cal verflucht und sich in Sam und Anas verliebt haben. Die ihn und vielleicht auch Irma jetzt so vermissen, dass es sich anfühlt, als wären sie reale Personen in ihrer Welt. Hier leben Menschen, die träumen: Plakatiert sind nicht nur die Auserwählten und ihr Fluchthelfer. Es wird auch für ein Herbstfest geworben, unten am Hafen, da soll es ein Karussell geben und Musik und Getränke. Das Plakat hat jemand entworfen, der das gelernt hat. Die Menschen erinnern sich an ihre Berufe, und sie haben die Jahreszeiten im Blick. Wenn das Fest stattfindet, werden Sam und sie schon weit weg sein, aber wenn nicht, dann würde sie hingehen. Sie würde sich die verfilzten Haare kämmen, das Gesicht und den Pullover mit Meerwasser waschen und Sam zeigen, wie man sich hier unten amüsiert. In einen eisernen Sessel geschnallt durch die Luft fliegend, kreischend und so glücklich, wie sie es in keiner Zentrifuge je waren. Er würde es lieben.

Sie läuft hinunter zum Hafen. Auch hier ist niemand, und das ist doch irgendwie seltsam: Wo sind die Masken? Warum wartet keiner auf sie? Verstecken sie sich? Warten sie auf den richtigen Moment? Oder wollen sie sich bis zum letzten Augenblick Zeit lassen? Werden sie aus ihren Löchern springen, bewaffnet bis an die Zähne, und sich Irma und Sam schnappen, sobald sie das kleine Schiff betreten? Wie es da auf den Wellen schwankte, blitzblank geputzt und frisch gestrichen, das kann kein Zufall sein. Und Tom? Dass Sophia ihn einfach gehen lässt, wo doch jeder, der jemanden hat, weiß, dass man nie gehen lassen darf. Nicht, um zu besitzen, einfach nur, weil es so schwierig geworden ist, einander wiederzufinden. Würde Tom für sie riskieren, alles zu verlieren? Sam fällt ihr ein, wie er mehr bewusstlos als schlafend neben Tom liegt, der vielleicht nur so tut, als ob.

Als Irma zurückrennt, machen ihre Schuhe auf dem Kopfsteinpflaster kein Geräusch. Es ist wahrscheinlich aus Plastik oder Hartgummi, optimal jedenfalls, wenn der Ton erst später unterlegt werden soll. Sie rennt und stolpert und fällt und steht auf und kann sich schon vorstellen, welche Art von Musik sie später verwenden werden: alter Mann am Piano, ein paar Trommeln und Streicher, Elektroversion fortissimo.

49

Sie sind noch da. Tom schnarcht, und Sam ist zwischen die Sitze gerutscht, schläft aber tief. Auf dem Armaturenbrett liegt Toms ledernes Portemonnaie. Sie zögert, dann öffnet sie es. Die Kleingeldtasche fehlt, im großen Fach steckt ein Abholschein für die Reinigung, drei Teile, vor sechs Jahren. Sie entdeckt ein Foto von Mads, dem Hochbettbruder, dem Abenteuerbruder, dem verschollenen Bohrinselbruder. Auf dem Bild ist er etwa zehn Jahre alt, sieht aus wie Tom, nur in blond. Vielleicht ist es Tom? War Tom mal blond? Irma erinnert sich nicht, aber auf der Rückseite des Bildes steht mit Bleistift *Mads*, dann wird das schon stimmen. Es gibt kein Foto von einer Sophia, keines von einem Kind. Aber es gibt das Bild von Irma und Tom, das aus dem Passbildautomaten. Irma erinnert sich an den Abend: Sie kamen von irgendeinem Konzert, waren verschwitzt und fröhlich, und dann stand in der Unterführung der Automat. Sie waren schon tausendmal an ihm vorbeigegangen, immer hing da ein Schild, *defekt*. Sie wollten irgendwann mal Bilder machen, sobald er wieder funktionierte. *Lass es uns heute ver-*

suchen!, hatte Tom in einem untypischen Anflug von Aktionismus verkündet, und natürlich hatte Irma sofort zugestimmt. Sie waren hineingeklettert, hatten den metallenen Drehstuhl auf die richtige Höhe gebracht und sich so darauf positioniert, dass sie sich beide im Spiegel sehen konnten. Erst wollte Tom Irma auf den Schoß nehmen, hatte behauptet, dass es so einfacher wäre, aber Irma hatte nur gelacht und ihn zur Seite geschoben, es ging auch so. Sie besaßen exakt genug Münzen für vier Bilder, jeder bekam zwei. Erkennbar war aber nur auf einem etwas, Tom und Irma, die um den Platz auf dem schmalen Stuhl kämpfen. Das einzige Foto von ihnen beiden, die jahrelang Tag für Tag miteinander verbracht haben und sich ihrer Freundschaft so sicher waren, dass es keine Bilder brauchte. Das Foto hing an Irmas Pinnwand, und Tom hat es also tatsächlich genommen, und jetzt findet sie es hier in seinem Portemonnaie. Vielleicht ist sie ihm doch noch viel zu wichtig.

Irma legt das Portemonnaie zurück, zerrt Amos' Plastiktüte aus dem Kofferraum, der Peilsender liegt darunter. Sie kann sich nicht daran erinnern, ihn dort hingelegt zu haben. Die rote Diode blinkt nicht mehr. Irma stopft die Chips in die Tasche, schüttelt Sam, bis er aufwacht, er sieht sie an wie eine Fremde.

»Wir müssen weg«, flüstert Irma. Sam fragt nicht nach, ausnahmsweise, aber er deutet auf Tom.

»Ich habe ihm einen Brief geschrieben«, lügt Irma. »In dem ich alles erkläre. Lass ihn schlafen, er ist müde.«

Sam nickt, steigt aus, dann fällt ihm noch etwas ein. Er klettert zurück in den Wagen. Irma zieht die Jacken vom Fenster, stopft sie zu den Chips in die Tüte und beobachtet, wie Sam drinnen umständlich die Decke entwirrt und sie über Tom breitet. Seine Bewegungen ähneln so sehr denen Toms, dass Irma das Gefühl hat, eine Wiederholung davon zu sehen, wie der vorhin Sam zugedeckt hat, als wäre er sein schlafendes Kind. In der Hand hält Tom die Pistole. Irma greift nach der Waffe, Toms Knöchel werden weiß, so entschlossen hält doch kein Schlafender fest! »Wir müssen rennen«, flüstert Irma Sam zu. Er nickt, und Irma reißt Tom die Waffe aus der Hand:

»Los!«

Sie wartet nicht, ob Tom davon aufwacht, sie schnappt sich Sams Arm, rennt, lässt ihn nicht los, bis sie am Kai stehen.

»Meinst du, du schaffst das?«

Atemlos betrachten sie das Boot, das auf den Wellen schaukelt. Noch so ein vergessener Gegenstand, wie Fernseher, Eismaschine und Ventilator, eines der Dinge, die keiner mehr benutzt, die in manchen Häusern stehen bleiben und hoffen dürfen, dass niemand sich an sie erinnert, mehr Platz braucht und sie entsorgt.

»Klar«, sagt Sam. »Das ist kein Problem. Nur, wie ist es mit dem Wasser, diesem Meer, muss ich da irgendwas beachten?«

»Dass du nicht reinfällst«, sagt Irma, steckt die Pistole in den Hosenbund und zieht Sam hinter sich her, die schwankende Brücke hinab.

50

Er versteht so schnell, dass es unheimlich ist. Sowenig Sam sonst weiß, mit Maschinen kennt er sich aus. Er dreht und klopft und horcht und flüstert und bekommt als Antwort das blecherne Knattern eines sehr alten Motors.

»Das Einzige, was blöd ist«, sagt er, »ist, dass wir nicht wissen, ob der Treibstoff reicht.«

»Darauf müssen wir einfach hoffen«, sagt Irma. Sam nickt zufrieden und bringt das Boot in Bewegung. Durch die insektenverschmierte Fensterscheibe sehen sie die Kaimauer.

Menschen tauchen dort auf, viel mehr, als der schweigende Ort es vermuten ließ. Sie stehen reglos und beobachten, selbst die Kinder. Als hätten sie es gewusst. Dass Irma und Sam genau jetzt in See stechen würden, sich auf den Weg machen zu der Insel, die vielleicht nur eine Erfindung ist. Wie die Geschichte von Tom, der gekommen ist, um ihnen zu helfen, diesen Traum zu erreichen.

»Meinst du, sie wissen, wer wir sind?«

Irma nickt. Sie erkennt Tom am Ufer. Er grinst auf eine traurige Art.

Irma fröstelt und wendet den Blick ab. Sie hätte bei Julie und Phil bleiben können, die Sache mit Maja geraderücken. Sie hätte babysitten und zusammen mit ihr am Küchentisch sitzen können und fragen, warum dieses Kinderhaben unbedingt sein muss. Sie hätte mit Julie und Phil zum See fahren können und zusehen, wie Julie langsam wieder sie selbst wird. Sie hätte, sie hätte sollen. Aber jetzt ist es zu spät. Zur Insel noch und dann zum Planeten. Endlich die Mission erfüllen. Man hat sie vorbereitet auf Zweifel und Sehnsüchte, die kommen können, wenn man für immer geht. *Du bist nun mal ein Mensch. Menschen vermissen, Menschen trauern. Vermisse, trauere, aber mach weiter. Und denk dran: Nichts ist für die Ewigkeit, nur die Mission, die ist ewig.*

Sie hat diese Gespräche gehasst. Sie denkt an den Brief, einen der letzten: *Irma, wir haben kein Recht darauf, dich aufzuhalten.* Trotzdem, sie hätten es wenigstens versuchen müssen. Es hätte nichts geändert, nur ihr Gefühl in diesem Moment: vollkommen verlassen zu sein.

»Tom ist so nett«, sagt Sam. »Ich wünschte, ich könnte bei ihm bleiben.«

»Wie meinst du das?«

»Ich würde gerne bei ihm bleiben. Ich mag ihn.«

»Tom hat schon wen, er braucht dich nicht.«

Während sie es ausspricht, merkt Irma, dass sie nicht mehr daran glaubt. An Tom und eine Familie. Der Kindersitz, die Bücher, Spielzeug, na gut, aber irgendwie wirkt das alles inszeniert. Und sonst gibt es keine Spuren, die darauf hindeuten, dass Tom irgendwo anders ein Leben hat, das wichtiger ist und langfristiger als diese Fahrt mit Irma und Sam. Plötzlich ist sie sich sicher: Tom ist allein. Wie er die Maske abgeknallt hat, das erzählt nicht von einem Leben an Abendbrottischen, bäuchlings auf Spielteppichen. Aber was weiß sie schon darüber, womit man sich heute hier draußen beschäftigen kann, welche Kriege geführt, welche Kämpfe gekämpft werden, welchen Idealen sich Tom verschrieben hat. Es hat sie nicht interessiert, es geht sie nichts an.

»Sophia und das Kind und Tom, die sind eine Familie. Sie passen aufeinander auf. Es ist schwer, sich um viele Leute zu kümmern, man darf sich nur ein paar aussuchen, sonst klappt es bei keinem.«

»Aber wenn ich hierbleiben könnte, würde ich bei Tom bleiben.«

»Du kannst nicht hierbleiben.«

Sam und sie sind die Auserwählten, was soll das Gerede von Tom und der Welt? Vor ihnen liegt so viel mehr als dieser nebelverhangene Klumpen im All. Selbst wenn alles zwischen ihr und Sam nur technisch ist, muss er sich doch niemanden suchen, den er liebt. Liebe heißt, dort oben zu vermissen. Wer tut sich das freiwillig an?

»Ich mag dich, Sam.« Er sieht sie erfreut an.

»Ich mag dich auch! Aber wie soll das werden, nur wir zwei? Hier sind so viele.«

Er sieht wieder zum Kai. Unwillig folgt Irma seinem Blick: Die Menschen an Land sind kaum noch zu erkennen, aber Irma bildet sich ein, dass sie nun nachtblaue Umhänge tragen und vogelartige Masken. Und auch da, wo Tom eben noch war, stehen jetzt Masken. Reglos und stumm und gefährlich.

»Da vorne sind Vögel«, ruft Irma und deutet in Richtung des unsichtbaren Horizonts. Es klingt ein bisschen gepresst, aber es hilft, ihre Blicke vom Ufer zu lösen.

Und wirklich, weit vor ihnen flattert in der Luft ein Schwarm Vögel, Adler oder Möwen, Irma kennt sich nicht aus, und es ist das erste Mal in ihrem Leben, dass sie so viele Tiere auf einmal sieht. Wenn man von den Menschen absieht, die sich im Rahmen der Mission als Krähen verkleidet haben.

»Wo Vögel sind, könnte es auch Land geben. Oder etwas zu essen. Oder beides. Dann sind wir vielleicht auf dem richtigen Weg.«

Die Karte kennt kein Oben und Unten, keine Himmelsrichtungen, keine Straßen und Wege. Aber sie sind auf dem Kurs, den sie ihnen vorgibt, auf den sie sich vor Tagen, vielleicht Wochen mit Tom geeinigt haben. Er hat sie ans Meer geführt, immerhin. Vielleicht haben sie einfach Glück gehabt, wer weiß. Aber: warum sollte nun nicht auch noch eine Insel auftauchen und darauf etwas für Sam, was er finden kann? Das Schiff wühlt sich durch die schwere See, Sam und Irma sitzen vorne am Bug und wundern sich stumm über die Weite.

51

Es geschieht ganz plötzlich: Die Wolkendecke platzt auf, die Sonne fällt in den Himmel, Sekunden später ist er blau, das Meer, jede einzelne Welle. Sie kneifen die Augen zusammen und staunen.

»Scheiße, ist das schön!«, schreit Irma.

»So viele Farben«, ruft Sam. »So verdammt viele Farben.«

Mit einem Mal ist die Welt nicht mehr still. In das Licht mischen sich die Geräusche des Wassers, das Kreischen der Vögel, der Wind, menschliche Stimmen, Jubelgeschrei. Es wird warm. Sie ziehen die klammen Jacken aus und die Pullover und legen alles zum Trocknen aufs Deck, sie legen sich selbst rücklings auf das Dach des Fahrerhäuschens. Die Pistole behält Irma vorsichtshalber in der Hand. Sie weiß selbst nicht, warum. Wer sollte sie angreifen? Die Vögel? Sam? Die Sonne brennt auf ihre immer noch arenaweiße Haut. Sie schwitzen.

»Wenn man zu lange hineinsieht, tut es weh.« Irma reibt sich die Augen.

»Mir nicht«, sagt Sam. »Komisch, oder?«

»Bei dir wundert mich nichts«, lacht Irma, und Sam lacht mit, es klingt so echt, als würde er plötzlich verstehen, was hier draußen zum Lachen ist. Sie teilen sich die letzte Tüte Chips, *Sourcream*, und Irma beschreibt Sam, wie sie Fische fangen werden, wenn sie erst mal auf der Insel sind. Im Sonnenschein ist wieder alles möglich. Sie wollen eine Hütte bauen, und Irma verspricht Sam das Schwimmen beizubringen. Es könnte sein, dass an den Bäumen Früchte wachsen, dass es dort echte Hagebutten gibt und echte Pfefferminze, und sie können Kartoffeln anbauen, und Sam hat mal ein Bild gesehen von etwas, das *Gummibär* heißt, und vielleicht könnten sie so einen dort jagen. Irma fällt vor Lachen fast vom Dach: »So einen jage ich dir, Sam, so einen Gummibären. Vielleicht gibt es auf der Insel eine ganze Horde. Dann züchten wir Gummibären in allen Farben und Größen.«

»Können wir das?«, fragt Sam.

»Klar«, sagt Irma. »Wir können alles.«

Sie kann ihm erzählen, kann ihn glauben machen, was sie will. Es spielt keine Rolle, ob irgendetwas davon wahr ist. Lebende Gummibären sind genauso wahrscheinlich wie Hagebutten und Kartoffeln. Alles ist wahr und nichts. Irma ahnt, dass sie die Insel nie erreichen werden. Sie rechnet jede Sekunde mit einer riesenhaften Hand, die sie von Deck und hinauf in die Wolken hebt und weit darüber hinaus, bis in die Sterne, sie absetzt auf dem Planeten, den sie sich schließlich selbst zuzuschreiben haben. Man kann sich nicht mit Auserwähltsein schmücken und dann im letzten Moment kneifen. Dafür war der Aufwand zu groß und die Hoffnung, da hat Maja schon recht. Soll Sam glauben, was er will, was er sich wünscht. Sie stellt nichts mehr richtig, sie weiß nicht mehr als er, ist sich in nichts sicherer.

Der letzte Satz geht ihr nicht aus dem Kopf. Als sie sich geküsst haben, vergangene Nacht, Tom und sie, da ist Toms Mund zu ihrem Ohr gewandert, und er hat etwas geflüstert, was sie erst jetzt versteht: *Es ist eine Sternkarte. Das ist nicht die Welt, nicht Wasser und Land, Städte und Straßen in Formationen, Irma, sie haben euch eine Sternkarte gegeben, um die Welt zu bereisen.*

Und so findet man anscheinend, denkt Irma, wenn man auf der Erde den Sternen folgt, am Ende immerhin doch das Meer.

Atmen

Irma, Maja und Tom halten die Luft an. Tom ist am besten darin, Irma und Maja müssen immer lachen, wenn sich ihre Blicke treffen.

»Ich habe die Anwärterin besiegt«, grinst Tom, »was bin ich jetzt, Gott?« Irma sieht Tom und Maja dabei zu, wie sie lachen.

52

Die Sonne scheint auch noch, als der Sturm beginnt. Das Meer hebt sich, die Wellen türmen sich überschiffshoch, die unbekannten Vögel kreischen. Als Sam sich aufrichtet, tobt um sie herum das Wasser.

»Wir müssen runter!«, brüllt Irma gegen den Wind an. Gischt schlägt über ihnen zusammen, sie ist voller glitschiger Pflanzen. Sam rutscht aus, Irma hält ihn fest und verliert selbst das Gleichgewicht, Hals über Kopf landen sie auf dem nassen Deck. Sam kriecht auf allen vieren, Irma versucht zu laufen, aber das ist unmöglich. Als sie das Steuerhaus erreichen, sind beide durchnässt. Das Ruder dreht sich wild hin und her. Sie klammern sich daran fest und versuchen, es herumzureißen, die Kompassnadel rast im Kreis und findet keinen Halt, keine Richtung, Irma lässt das Rad los und beginnt, in einer metallenen Truhe zu wühlen. Sie hat Angst, das sieht er ihr an.

»Wir brauchen Schwimmwesten!«

»Was ist das?«

»Kleidung, die einem hilft, über Wasser zu bleiben. Du kannst nicht schwimmen, und gegen die Wellen komme auch ich nicht an!«

»Was passiert, wenn wir keine Westen finden?«

»Wir ertrinken.«

Es gibt keine Schwimmwesten. Sam hat trotzdem keine Angst. Jetzt, wo sie im Steuerhaus sind und er sich am Ruder festhalten kann, gefallen ihm die Wellen, das wilde Auf und Ab. Die Welt war ihm nie so nah, er noch nie so mittendrin wie jetzt. Die Zeit im Auto, das Irma *Berlingo* getauft hat, die Reise mit Tom, die vielen Fluchten, all das ist vielleicht vergleichbar mit dem, was Irma *Sturm* nennt. Überhaupt, *Sturm*, was für ein Wort!

»Wir fahren durch den Sturm!«, brüllt Sam gegen das Getöse an.

»Ja!«, brüllt Irma zurück. »Und gleich kentern wir! Bleib mit dem Kopf über Wasser, Sam! Bleib über Wasser!«

Dann verschlingen die Wellen das Boot, wird es um ihn hellgrau und still, füllt sich sein Mund mit salzigem Wasser, bleibt ihm die Luft weg.

INSEL

Was kümmert mich der Schiffbruch der Welt,
ich weiß von nichts, als meiner seligen Insel.

Hölderlin: Hyperion 1. Band, 1797

Erinnerungen

Menschen können sich frühestens ab dem Alter von drei Jahren erinnern. Alles andere stützt sich auf Fotografien und die Erzählungen anderer. Wenn es keine Fotos gibt und niemanden, der erzählt, dann ist das, was man für Erinnerungen hält, nur eine Erfindung.

»Es ist ein Betrug deiner selbst, ein bösartiges Spiel deiner Phantasie.«

Aber er erinnert sich doch, er erinnert sich.

Wie sie ihn im Arm gehalten hat, wie sie gerochen und für ihn gesungen hat. *Schlafe, mein Prinzchen* und eine Melodie, die er immer noch summen kann. Woher soll er all das haben? Woher sollte seine Phantasie das nehmen? Und warum?

Der Lehrer sagt: Er bildet sich das nur ein, er setzt Dinge zusammen, bastelt sich Erinnerungen, die eigentlich nicht ihm gehören.

»Du stiehlst. Wenn wir ganz ehrlich sind, dann stiehlst du.«

Er weiß, dass man nicht stehlen darf. Es gab eine Unterrichtseinheit zu dem Thema. Er war alleine in einem Raum, auf einem Tisch vor ihm lag ein rundes, faustgroßes, glänzendes Ding.

»Das gehört mir«, hatte der Lehrer gesagt. »Man nennt es Apfel. Äpfel sind selten und sehr wertvoll, sie schmecken gut. Ich freue mich seit vielen Tagen darauf, den Apfel zu essen. Lass ihn dort liegen, fass ihn nicht an, ich bin gleich zurück.«

Aber der Lehrer war nicht gleich zurückgekommen, der Lehrer war sehr lange weg. Er war eingeschlafen zwischendurch, dann war er auf und ab gerannt, hatte versucht, einen

Handstand zu machen, war umgekippt und hatte sich den Kopf gestoßen. Es tat ziemlich weh, aber er hat nicht geweint. Sie sagen ihm oft, dass er sehr tapfer ist. Es ist gut, wenn man tapfer ist, dann sind die Masken nett zu einem. Nach dem zweiten Schlaf hatte sein Bauch angefangen zu knurren, er hatte Durst bekommen und Spucke gesammelt im Mund und sie mit einem Mal hinuntergeschluckt. Das half, aber nicht lange. Er hat nach ihnen gerufen, obwohl er das nicht soll.

Wo immer du bist und egal wie lange, glaube uns: Es hat immer einen Grund, wir wissen, was wir tun. Vertraue uns. Tu, was wir dir sagen!

Er hatte nach dem Lehrer gerufen, bis er heiser war. Der Lehrer war nicht gekommen. Er hatte sich vor den Tisch gestellt und den Apfel betrachtet. Er hatte sich vorgestellt, wie es sich anfühlen würde hineinzubeißen. Der Apfel sah aus wie etwas, was hart ist und gleichzeitig weich. Sein Mund war immer trockener geworden, sein Kopf hatte zu pochen begonnen. Es war schlimmer geworden, schlimmer als in den Nächten, in denen er nicht schlafen darf. Hier durfte er sich ausruhen, nur der Apfel musste liegen bleiben, wo er war. Er war unter den Tisch gekrochen. Es war leichter, wenn er den Apfel nicht sah, er konnte versuchen, ihn zu vergessen. Er vergaß ihn. Die Bilder kamen zu ihm, von der Frau und dem Lied und den Masken, und die Stimme flüsterte, dass er die Augen nicht öffnen dürfe. Irgendwann tat er es doch. Er stand auf, vor seinen Augen tanzten schwarze Punkte, er taumelte und griff nach dem Apfel und biss hinein. Der Apfel war süß und saftig und das Beste, was er je in seinem Leben gegessen hatte. Aber noch während er den ersten Bissen hinunterschluckte, wurde es dunkel im Raum, brüllte die Stimme aus dem Lautsprecher, dass er GESTOH-

LEN! GESTOHLEN! GESTOHLEN! habe. DU BIST EIN DIEB! Als er die Augen öffnete, stand der Lehrer vor ihm: »Du sollst nicht stehlen!«, sagte er leise. Es klang trotzdem, als würde er brüllen. »Stehlen ist schlecht, ist verboten. Wer stiehlt, ist kein Mensch. Du bist kein Mensch. Verstehst du? Kein Mensch!«

Er hatte ihm den Apfel aus der Hand genommen und kräftig hineingebissen. Dann war er gegangen und hatte ihn zurückgelassen in dem dunklen, in dem stillen Raum.

Man darf nicht stehlen, nicht einmal Erinnerungen. Er weiß das. Und trotzdem sind in seinem Kopf die Bilder, die Stimme, der Geruch der fremden Frau. Und er will sie nicht hergeben, niemals. Die Frau ist der einzige Mensch in seiner Welt, der keine Maske trägt, der ein Gesicht hat. Er will sie wiedersehen. Das ist alles.

1

Tom ist bei ihm und der Hund und Olivier. Sie sprechen davon, ihn mitzunehmen. Nach Hause. Olivier sagt, dass er in einer ruhigen Straße wohnt, mit hohen Bäumen und graublauem Himmel. Sie sind schon da. Tom kocht Kakao und singt das Lied von dem Menschen, der sehr weit läuft, und der Hund stößt mit der Schnauze freundlich gegen Sams Gesicht. Sam hört Irmas Stimme, aber er versteht nicht, was sie sagt. Aus dem Fenster sieht er das Meer, und auf dem Meer schaukelt die Fähre. Sie wird ohne ihn abheben, Olivier winkt vom Steuer aus herüber, Sam bleibt. Er lernt, mit der Welt umzugehen. Ununterbrochen summt er die Melodie, das Meer rauscht in seinen Ohren, ein Schiffsmotor tuckert leise in seiner Brust, er wird langsamer, als das Schiff die Insel erreicht. Dann kommen die Schläge, blitzt Strom durch seinen Körper, wird der Motor laut, wild und trommelt aufgeregt gegen seine Rippen. Er hat die Fähre verschluckt, und Tom und der Hund lösen sich auf wie Nebel, Irma schreit seinen Namen, jetzt versteht er sie.

»Atme!«

Musik

Der Lehrer erzählt ihm etwas über die Liebe. Über Mann und Frau, Mann und Mann, Frau und Frau:

»Es sollte nicht um Romantik gehen. Es geht um die Fortpflanzung, um das Fortbestehen der Gattung. Es ist gut, wenn man sich liebt, für die Fortpflanzung. Aber es geht auch ohne. Wenn es sein muss, geht es auch ohne.«

Der Lehrer verspricht ihm, dass er nicht allein sein wird, nicht für immer. Ein Mensch wird kommen, ohne Maske, sie werden zusammen sein, Kinder bekommen, mindestens zwei. Es wird weitergehen.

»Aber notfalls auch ohne Liebe. Häng dich nicht an der Liebe auf, Junge. Das ist allgemein dumm, und in deinem Fall wäre es fatal.«

Immer wenn der Lehrer über die Liebe spricht, gibt es dazu Musik. »Wenn wir Musik hören, wir Menschen, sind wir empfänglicher.« Der Lehrer lacht: »Empfänglich – das war der passende Ausdruck!«

Er versteht nichts von dem Lachen, nicht von diesem Liebesdings. Aber er mag die Musik. Er wünscht sich, dass die Musik immer da ist. Wenn der Lehrer geht, verstummt sie. Er spricht gerne über die Liebe, wegen der Musik.

Zu der Musik zeigen sie ihm Filme. Die sind völlig anders als die von Peter Pan und dem Biest. Nackte Körper winden sich umeinander, verhaken sich, ächzen und stöhnen und schwitzen und schreien. Er hält sich die Augen zu.

»Sieh hin, du musst lernen.«

Sie sind nackt, aber nie erkennt man Gesichter. Trotzdem sieht es nach Schmerzen aus und Angst. Irgendwann gewöhnt er sich daran. Eine Maske sagt ihm, dass es schöne Dinge sind, die da getan werden. Dass er selbst sie auch einmal tun wird und gern.

»So entstehen Kinder, kleine Menschen.«

Kleine Menschen. Auch das macht ihm Angst.

Einmal hört er, wie die Masken sich unterhalten:

»So wird das nichts, er fürchtet sich. Es ist zu abstrakt.«

»Das wird er noch lernen. Wenn er drüben ist, in der Arena.«

»Ich bin mir nicht sicher, wie gut ich das finde. Es ist irgendwie daneben.«

»Finde ich auch, aber das spielt keine Rolle.«

Als sie ihn bemerken, wie er hinter der Tür steht und den Atem anhält, gehen sie, ohne noch ein Wort zu sagen.

In der Arena. Er stellt sich einen Ort vor, an dem er nicht sein möchte.

2

»Atme, Sam! Atme!«

Er hustet und hustet und hustet. Das Meer schwappt im Hals, brennend und salzig und eiskalt rollt es über seine Zunge. Er spuckt, sein Herz hämmert, er muss die Augen öffnen.

Irma hockt über ihn gebeugt, verklebtes Haar im Gesicht, wo ist ihre Jacke, der Pullover, sie trägt nur ein dünnes T-Shirt. Vorsichtig hilft sie ihm, sich aufzurichten. Jetzt erinnert er sich, die Kleider lagen an Deck der Fähre, es war warm.

»Wir sind da«, sagt sie immer wieder. »Wir sind da!«

Sam braucht einen Moment, bis er versteht, was sie meint.

Sie sind auf der Insel. Sie haben es geschafft, niemand ist ertrunken.

»Es gibt die Insel!«, sagt Irma. »Das war keine Lüge.«

Sie heulen jetzt beide, und er weiß nicht, warum. Sie sind auf der Insel, das ist doch gut.

»Ich dachte, du wärst tot! Du warst tot! Dein Herz stand still, und plötzlich hast du gezittert wie verrückt und dann hast du wieder gelebt.«

Sam nickt. Irgendwas ist da, eine Erinnerung, wenn er denn Erinnerungen haben dürfte und könnte. Dann wären da: Hände, die ihn greifen, seine Beine, die über den Boden schleifen, sein Kopf, sein Hals in einen schmerzhaften Winkel gezwungen, würde er gerne schlucken, kann aber nicht. War er schon einmal tot, hat man ihn bereits mehrfach zurück ins Leben geholt?

Hier im Jetzt, neben Irma am Ufer, brennt sein Hals, schmerzen alle Muskeln, aber er lebt. Die Wellen rollen sanft an den Strand, als wäre nichts gewesen, der Sand ist warm und weich. Er schaut zu Irma, sie sieht weg, dann wieder hin. Sie hat Angst.

»Was ist denn?«

»Du warst tot.«

»Vielleicht nicht richtig.«

»Wahrscheinlich.« Sie wirkt nicht überzeugt, rappelt sich auf, beginnt Grünes aus dem Wasser zu ziehen.

»Algen! Die können wir essen!«

Sie probieren gleich. Viel zu salzig. Sam versucht, es sich nicht anmerken zu lassen, aber Irma nimmt ihm die Algen weg:

»Das bringt uns um.« Sie sieht enttäuscht aus, so, als wären die leuchtend grünen Algen der eigentliche Grund für sie gewesen, diese Reise zu machen. Sam will ihr eine Freude machen, sucht sich noch eine Alge aus dem Sand, aber Irma reißt sie ihm wieder aus der Hand.

»Ne, echt. Das ist viel zu salzig.«

Ihre Lippen sind spröde und aufgeplatzt, Sams Stirn schmerzt.

»Du hast eine Platzwunde.«

Platzwunden muss man nähen oder hoffen, dass es von selbst aufhört zu bluten. Irma starrt auf die Wunde, als könnte ihr Blick sie schließen, Sam hofft, und irgendwann hört es tatsächlich auf zu tropfen. Irma hilft ihm, sein Gesicht zu reinigen, alles ist voller Sand, salzwasserverklebt, die Wunde wird verkrusten.

Sie sitzen nebeneinander am Strand und blicken aufs Meer. Ihre Mägen knurren, aber keiner von ihnen sagt etwas dazu. Die Insel hinter ihren Rücken ist steinig und kahl. Es gibt ein paar Bäume, aber die Blätter daran sind vertrocknet. Sie sehen trotzdem schön aus. Im Sonnenlicht blitzen sie wie die Lichteffekte in der Arena.

»Vielleicht ist es oben ähnlich«, überlegt Irma und sieht in Richtung Sonne. »Nur, dass wir dort nicht halbnackt an der frischen Luft sitzen werden.« Sie lacht lange über ihre eigene Bemerkung. Sam versteht nicht, warum, und macht sich nicht die Mühe, ihr Lachen zu imitieren.

Irma zieht die Pistole aus dem Hosenbund. Sam wundert sich, dass sie die Waffe noch hat, nach der Zeit im Meer. Als sie den Lauf nach unten hält, läuft Wasser heraus. Irma entsichert und zielt auf einen schmalen Baum, dort, wo der Sandboden auf fahlbraune Erde trifft. Erst will Sam sie vom Schießen abhalten, aber er ist selbst gespannt, ob die Waffe noch funktioniert. Es knallt scharf und laut. Sam zuckt zusammen.

Irma sieht die Pistole erstaunt an:

»Sie geht noch.«

Sam steckt die Hand nach der Waffe aus, Irma schüttelt den Kopf:

»Lieber nicht, am Ende passiert ein Unfall.«

»Ich bin vorsichtig.«

»Nein.«

Sie betrachten die Pistole in Irmas Hand wie ein exotisches Tier.

»Schmeiß sie weg«, sagt er.

»Wieso sollte ich?«

»Man kann damit töten. Tom hat –«

Sie unterbricht ihn:

»Tom hat dafür gesorgt, dass du es bis hierher schaffst. Sonst nichts. Und wen sollte ich bitte töten?«

Er überlegt.

»Sam?«

»Ich weiß nicht. Niemanden. Aber nachher passiert aus Versehen was.«

Sie runzelt die Stirn, findet ihn wieder sonderbar, den Blick kennt er mittlerweile genau.

»Es kann doch immer was passieren, oder?«

Irma schnauft: »Klar kann immer was passieren. Leben ist gefährlich, hat mein Opa immer gesagt. Das letzte Mal noch kurz bevor er starb. Aber eine Waffe zu haben ist gut.«

Sie steckt die Pistole wieder in ihren Hosenbund.

»Warum?«

»Falls wir bedroht werden oder so.«

»Wer sollte uns denn bedrohen?«

»Was weiß ich. Irgendwer.«

»Das glaube ich nicht.«

»Ne, natürlich nicht. Aber weißt du's?«

»Ne.«

»Na, also. Und jetzt beruhig dich wieder, es wird schon nichts passieren.«

Sam sieht sich unbehaglich um. Irma hat recht: Er weiß wirklich nichts, und jetzt überlegt er, was er erwartet hat von diesem Ort, und kann sich nicht erinnern. Es fühlt sich nicht so an, als hätte er gefunden, was er gesucht hat.

»Immerhin scheint die Sonne!«, sagt Irma und lacht. »Mir ist schwindelig, ich bin das nicht mehr gewöhnt. Ich meine, früher, es gibt Fotos von mir, da sitze ich an einem ganz ähnlichen Strand mit einem weißen Hut auf dem Kopf und einer Schaufel in der Hand. Eine Schaufel, das ist ein Gerät, mit dem man graben kann.«

»Ich weiß, Irma«, sagt Sam. »Schaufeln kenne ich. Ich weiß, was eine Schaufel ist.«

»Jedenfalls schien früher wohl relativ häufig die Sonne. Jetzt hat sich die Haut entwöhnt und der ganze Körper. Mir ist echt schlecht.«

Irma würgt, aber außer ein bisschen Spucke landet nichts auf dem Boden. »Wir sollten in den Schatten. Obwohl es schade ist, wenn sich die Sonne schon mal zeigt, aber ich glaube, so gut bekommt mir das nicht.« Sam würde gerne sitzen bleiben, aber Irma ist ganz blass, und wahrscheinlich hat sie recht. Durch den Sand stapfen sie in Richtung der Bäume. Die werfen nur schmale Schatten auf den rissigen Boden, viel zu mager, als dass sie darin Schutz suchen könnten.

»Ich baue uns was«, sagt Sam. Irma nickt müde. Sie rollt sich hinter einem Stein zusammen und schließt die Augen.

»Ich komme gleich zurück«, verspricht er, aber Irma antwortet nicht.

Sie brauchen Wasser, dringender noch als einen Schutz gegen die Sonne. Die Lehrer haben ihm erzählt, dass Wasser entweder als Regen vom Himmel fällt oder sich tief unten im Boden versteckt. Der Boden ist steinhart, ein Fingernagel reißt ein, es brennt, ihm ist schwindelig. Irmas Vergangenheitsschaufel bräuchte er jetzt. Er bricht einen Ast ab und versucht, ihn in die Erde zu rammen, aber das Holz zerfällt gleich zu Staub. Sam läuft zurück zum Strand, probiert das Meer, obwohl er weiß, dass es zu salzig ist, er hat den Geschmack noch im Mund. Schon beim ersten Schluck hustet er so stark, dass es sich wie Ersticken anfühlt, es brennt im Hals. Das ist keine Lösung. Er denkt an die Limonade aus der Tankstelle und an Schnaps und an Bier. Sowenig ihm das alles geschmeckt hat, so sehr vermisst er es jetzt. Verdursten ist etwas, was auch dort oben zum Problem werden könnte. Im Training war immer die Rede von Reserven, aber die Insel war nicht geplant, niemand hat hier etwas vorbereitet, sie müssen selbst zurechtkommen. Sam hat keine Ahnung, wie das geht. Es war ja immer jemand da für ihn. Was sucht er hier? Irma steht oben bei den Bäumen, ruft nach ihm. Er soll sich in den Schatten setzen. Es gibt keinen Schatten. Er hilft ihr, schmale Äste von den Bäumen zu brechen, obwohl er weiß, dass sie ihnen in den Händen zerfallen werden. Irma flucht, als es passiert.

»Okay, Sam, ich bin jetzt mal ganz ehrlich, wahrscheinlich werden wir hier draufgehen.«

Sie sieht aus, als wünsche sie sich von ihm irgendeinen Trost.

Aber was soll er sagen?

»Es tut mir leid.«

»Was?«

»Dass ich hierher wollte. Das war eine dumme Idee. Ich hätte dich nicht überreden sollen!«

Sie lacht auf: »Du hast mich nicht überredet. Die Masken, Olivier, ich musste hinterher. Sie haben mir gedroht, dass die ganze Mission scheitert, wenn ich dich nicht begleite.«

Er ist nicht überrascht.

»Aber du hast nie richtig versucht, mich zum Umkehren zu bewegen.«

»Hätte ich. Wenn Tom nicht aufgetaucht wäre, dann hätte ich dafür gesorgt, dass du so schnell wie möglich zurückwillst.«

»Warum ist er aufgetaucht?«

»Ich weiß es nicht. Vielleicht meinetwegen.«

Sam glaubt das nicht. Er will, dass es auch seinetwegen war. Tom mochte ihn, oder nicht?

Die Sonne ist weg. Die Wolken haben sie wieder geschluckt, so plötzlich, wie sie sie vor wenigen Stunden oder Tagen oder Wochen ausgespuckt haben. Sie baden schweigend im Meer. Irmas Kopf schmerzt nicht mehr, wenn sie Sam ansieht, ist ihr Blick klar. Er freut sich mit ihr, ist erleichtert und verrät ihr nichts von dem Ziehen und Zerren in seinem Körper, das seit dem Aufwachen am Strand immer stärker wird.

»Das mit der Sonne war zwar schön«, sagt Irma. »Aber so ist es doch besser. So wie immer.«

Sam stimmt ihr zu. Sie wandern über die Insel, sprechen nicht über das, was sie suchen, sagen nichts über den Durst. Beiläufig sehen sie in jede Mulde, hoffen nach jedem Hügel, sieht Sam, wie Irma mit dem Daumen an Baumrinden reibt, versucht er selbst immer wieder, seine rauen Hände in den harten Boden zu graben.

»Es müsste regnen«, sagt Irma leise, und Sam nickt.

Insel

»Gibt es schöne Orte da draußen?«

»Was verstehst du unter schön?«

»Ich weiß nicht. Etwas Gutes. Etwas wie der Hund, nur als Ort.«

Die Maske lacht:

»Einen Hund als Ort gibt es nicht. Und was schön ist, das sieht jeder anders. Es gibt sogar Menschen, die finden Ruinen ästhetisch.«

Ruinen kennt er. Das sind die Skelette von Häusern, Häuser stellen die Menschen zu Städten zusammen. Wenn sie alt werden und niemand sich kümmern kann oder will, zerfallen sie oder werden zerstört.

»Ästhetisch?«

»Ich weiß nur von einem Ort«, sagt die Maske, als hätte sie ihn nicht gehört. »Die letzte Insel. Niemand weiß genau, was dort ist, ob noch jemand dort lebt. Ab und zu tauchen Bilder auf, hin und wieder geht jemand auf die Suche. Sie finden das Meer, im besten Fall, aber niemals die Insel. Manche sagen, sie ist nur ein Mythos, damit es noch Orte gibt, zu denen man will. Ziele. Verstehst du?«

Sam nickt. So ungefähr: eine Insel, Land im Meer, ein Mythos.

»Die Insel, das ist so eine Sache, und muss dich noch weniger interessieren als sonst irgendwen. Du hast ja dein Ziel. Du hast es gut.«

Die Maske steht auf, streicht den langen Umhang glatt.

»Versprich mir, dass du niemandem etwas davon sagst. Ich hätte dir das gar nicht erzählen dürfen.«

Die Maske sieht Sam streng an. Er nickt. Die Maske geht, nach einem letzten langen Blick.

3

Sie sehen Dinge, die es hier nicht geben kann. Masken und Autos und eine tiefrote Arena am Himmel. Dann beginnt es zu regnen. Mit weit aufgerissenen Mündern recken sie ihre Gesichter in den Himmel, schlucken gierig, verschlucken sich. Die Kraft kommt zurück. Sie haben Ideen: Man kann Wurzeln essen und diese kleinen feuerfarbenen Käfer, die es hier unter jedem Stein gibt. Nur diese Käfer, Irma und Sam, sonst lebt hier nichts. Auch die Bäume sind lange tot, es gab bisher nur niemanden, der sie berührt hat. Sam und Irma vermeiden es, ihnen zu nah zu kommen. Am Anfang war das unter ihren Händen zerfallende Holz faszinierend, mittlerweile macht es ihnen Angst. Werden sie selbst so enden? Mumifiziert und durch eine einzige Berührung zerstört? Der ununterbrochene Regen spült die letzten Blätter von den Bäumen. Im Wolkengrau sind sie nur noch braun, nichts glänzt mehr. Auf dem Boden werden sie zu einem zähen Schleim. Sam probiert auch davon heimlich, weil er sich daran erinnert, dass man die seltsamsten Pflanzen essen kann. Diese gehören nicht dazu, in Sams Körper wird es noch merkwürdiger. Einmal am Tag baden sie im düsteren Meer. Es ist kalt und brennt auf der Haut, wo sie aufgerissen ist. Es ist zu groß, zu tief, zu gefräßig. Es ist viel zu viel Raum und gleichzeitig zu wenig. Sam fühlt sich verloren und ist sich sicher, dass irgendwo zwischen Algen und Schlamm etwas lauert. Er weiß: die Monster in den Filmen, sie entstammen allesamt dem Meer. Irma versucht, ihm das Schwimmen beizubringen, aber er wird panisch, geht ständig unter und traut sich bald nur noch bis zur Hüfte hinein. Im Training wurde penibel auf die Entwicklung ihrer Muskelmasse geachtet. Für die lange Reise nach oben brauchen sie Reserven. Sie versuchen, sich mit Liegestützen und Sit-ups fit zu halten, aber Käfer und Wurzeln geben zu wenig Energie. Nachts schlafen sie immer in derselben Mulde. Sie streuen Sand auf die harte Erde. Tom fehlt, zu dritt wäre es wärmer.

Sams Husten beginnt leise und harmlos, er wird von Tag zu Tag schlimmer, und eines Morgens kann er nicht mehr aufstehen, seine Beine knicken unter ihm weg, seine Gliedmaßen sind übersät mit purpurfarbenen Punkten. Er versucht, sie vor Irma geheim zu halten, aber natürlich gelingt es ihm nicht:

»Na toll, jetzt hast du dir wahrscheinlich auch noch eine bescheuerte Kinderkrankheit eingefangen. Reicht es dir jetzt, Sam? Ist das endlich genug Welt?«

Irma schärft ihm ein, sich nicht vom Fleck zu rühren, und macht sich alleine auf den Weg. Sie will Wasser finden, und Sam ahnt, dass es nicht das Einzige ist, was sie sucht. Sie wird versuchen, Kontakt zu den Masken aufzunehmen, wird an einer abgelegenen Stelle der Insel winken und rufen und darum bitten, dass man sie endlich abholt und auf die eigentliche Reise schickt. Sam bemüht sich, wach zu bleiben, behält das Meer im Auge und den Himmel, aber auf dem Meer rührt sich nichts, und den Himmel bedecken die Wolken.

Filme

Manchmal darf er bunte Filme sehen, das sind die schönsten Tage. Ein Film handelt von einem kleinen Jungen, der an einem Ort voller riesiger Gewächse lebt, organische Gebilde mit Stamm, Ästen und Blättern. Bäume. Den Ort mit den vielen Bäumen nennt man Dschungel oder Wald. In dem Film gibt es einen singenden Bären und eine schielende Schlange. Die Schlange ist gefährlich, der Bär ist nett, und der Junge heißt Mowgli. Es gibt auch einen Film über eine schlafende Prinzessin in einem gläsernen Sarg, einen mit singenden Teetassen und einen mit einer sprechenden Maus. Überhaupt: Die meisten Dinge und Tiere in den Filmen sprechen und singen: Autos, Pelikane, Kerzenständer. Er staunt, wie viele Sachen es draußen gibt. Die Welt muss vollgestopft sein, und sie hat so viele Farben. Da, wo er lebt, ist alles weiß und grau, die Masken sind dunkelblau, die Handschuhe, die langen Mäntel. Seine Hände sind weiß, sein Blut ist rot. Das Rot gefällt ihm gut. Es gibt einen Film mit einem Mädchen, dessen Lippen rot wie Blut sind. Er tastet nach seinen Lippen, sie fühlen sich nicht rot an, eher grau. In den Filmen küssen sich Prinzen und Prinzessinnen, Menschen und Frösche, die eigentlich auch Prinzen sind. Ein kleines Reh verliert seine Mutter und freundet sich mit einem Hasen an. Ein Löwe verliert seinen Vater und lernt ein Warzenschwein kennen, in den Filmen bleibt niemand lange allein, er kennt alle Lieder, und wenn er alleine ist, singt er. Die Stimme sagt, dass er leise sein soll. Er ist leise. Irgendwann fängt er wieder an zu singen. Manchmal merkt er es gar nicht, die Lieder sind einfach in ihm drin. Mit ihnen hat er Sprechen gelernt. Viel schneller als in den Unterrichtsstunden, in denen er immer wieder *Tisch* sagen musste und *Fähre* und *Kassiopeia* und *Balkenspiralgalaxie*. Durch die Filme bekommt er eine Vorstellung von den Dingen, er versteht, wie sie zusammenhängen. Er weiß, warum ein Ungeheuer eine Rose bewachen muss und ein kleines Mädchen den Bauch eines Wolfes mit Steinen füllt. Mit einem Jungen namens Peter Pan übt er Fliegen. Es klappt nicht, so oft er es auch versucht. Die Maske, die ihm den Kopf verbindet, lacht. Die Masken dürfen nicht lachen.

»Du kannst nicht fliegen. Nicht ohne Hilfe. Kein Mensch kann das.«

Er erzählt der Maske von Peter Pan.

»Das sind nur Filme. Das ist nicht real, nur Träume und Phantasien. Das ist nicht die Welt. Die Welt ist viel langweiliger und mit weniger Wundern.«

Er fragt die Maske, ob draußen viel gesungen wird.

»Nein«, sagt die Maske. »Nur ab und zu und selten besonders schön. Es gibt nur ganz wenige Menschen, die so schön singen wie deine Prinzen und Prinzessinnen und keine einzige Teetasse, soweit ich weiß.«

Er glaubt der Maske nicht. Es ist besser, ihr nicht zu glauben. Wenn er allein ist, spricht er mit dem schwarzen Plastikstuhl, auf den er abends seine Kleidung legen soll.

»Stuhl, wie war dein Tag?«

Aber der Stuhl antwortet nicht, und irgendwann hört er auf, ihn zu fragen.

4

Sie hat weder Mitleid mit sich noch mit Sam. Sie hätten bleiben sollen. Es war bequem, und nichts musste entschieden werden. Bis zum Abflug wären sie im Warmen und Trockenen gewesen, hätten genug zu essen und zu trinken gehabt und etwas Sinnvolles zu tun. Sie hätten Dinge besessen, Einfaches wie Handtuch, Messer und Gabel und jetzt noch wertvoller als vorher Scheinendes wie Warmwasser, wie Seife und Sessel. Sie hätten duschen oder sogar ein Stück Apfelkuchen essen können. Aber Sam wollte die Welt sehen, und das haben sie nun davon: viel zu viel Welt! Irma sucht sich eine abgelegene Stelle, wo Sam sie ganz sicher nicht hört. Sie schreit und ruft und winkt und flucht, dass die Masken endlich kommen, dass sie sie mitnehmen und auf die Reise schicken sollen.

»Sam kratzt mir hier ab!«, brüllt Irma, obwohl sie weiß,

dass man als Auserwählte so nicht sprechen darf. Aber was soll's, anscheinend hört ihr ohnehin niemand zu. Irma lässt sich neben einem mageren Büschel Strandhafer in den Sand fallen und starrt auf das trübe Wasser. In ihrer Tasche fühlt sie den Brief. Seit Julie ihn ihr gegeben hat, steckt er dort, ab und zu nimmt Irma ihn in die Hand, das Papier ist schon ganz weich, Reiseschmutz, Angstschweiß, Salzwasser. Sie hat sich eingeredet, dass es sie nicht interessiert, was drinsteht, dass es nichts ändert, dabei hatte sie nur Angst. Davor, dass der Brief voller Vorwürfe sein könnte, die sie dann mitnehmen muss, hinauf. Und wieder zieht sie das erschöpfte Papier hervor, und heute faltet sie es auseinander, ängstlich, dass es an der Luft zerfallen könnte, dass Julie mit Tinte geschrieben hat und Irma zu spät dran ist mit ihrem Mut. Ihre Mutter hat einen Kugelschreiber benutzt, er ist leicht verblasst, aber noch gut lesbar:

Irma,

erinnerst du dich? An das, was ich dir in den ersten Jahren Abend für Abend, Nacht für Nacht ins Ohr geflüstert habe, meistens ins rechte? Erinnerst du dich? Ich habe dir versprochen, dass ich bei dir bin, dass ich da bin, immerimmerimmer. Egal was ist, egal wo du bist, egal wo ich bin. Ich dachte, das reicht. Woran ich nicht gedacht habe, dass nicht ich es sein könnte, die geht, sondern du. Wie dumm ich war, wie bescheuert und dumm und blöd. Du kannst dir nicht vorstellen, wie schweineweh das tut, wie saumäßig das sticht, quer durch mein Herz, das so etwas insgeheim wohl schon immer gefürchtet hat. Ich habe die Jahre mit dir verpasst, viel zu viele. Du bist erwachsen geworden ohne mich und ich älter.
Irma, es tut weh, bitte bleib, bitte komm zurück.
Mama

PS: Es tut mir leid, dass ich bettele, aber was soll ich sonst tun?

PPS: Erinnerst du dich an deinen Schreibtischcontainer? Das sperrige Ding, das du mit Werbeaufklebern verziert hast? Und daran, wie ich dich kurz vor der Abfahrt gebeten habe, ihn aufzuräumen? Du kamst mit einem vollgestopften Müllsack die Treppe herunter. Du hast nicht genau hingesehen, oder? Ich hätte es gleich ins erste Fach legen sollen, ich hätte mir doch denken können, dass du keine Lust und Ruhe hast, alle Schubladen genau durchzusehen. Später war ich noch mal in deinem Zimmer. Ich weiß, ich soll nicht einfach in deinen Sachen rumwühlen. Ich schwöre dir, ich habe das noch nie zuvor getan. An diesem Tag ging es nicht anders: Ich habe Schublade für Schublade geöffnet. Alle leer bis auf ein paar Krümel und ein altes Bonbon, das so fest klebte, dass ich einen Spachtel holen musste. Was im Nachhinein Quatsch war, den Container haben wir letztes Jahr weggeworfen. Wir heben nicht mehr so viel auf. Die unterste Schublade hat geklemmt, aber als ich sie mit deinem schmierigen Lineal aufgehebelt hatte, war sie ebenfalls leer. Du hast nicht gefunden, was ich dir hineingelegt hatte, und ich frage mich, warum ich es dir nicht einfach gegeben habe. Es tut mir leid, dass ich manchmal so umständlich bin und so wenig direkt. Das habe ich jetzt davon. Und dann hoffe ich doch noch, dass du es gefunden hast, es mir aber nicht sagen wolltest. Nur so viel von mir dazu: Ich will dir damit nichts sagen, außer, dass ich auch Träume habe und Ideen, die alles andere als vernünftig sind, und dass ich dich bewundere dafür, wie du deine wahr machst, das, was du dir anscheinend wirklich wünschst!

Keine Vorwürfe also, nicht direkt. Irma fragt sich, wann ihre Mutter den Brief geschrieben hat. Sicherlich nicht in je-

ner Nacht, in der sie die Kellertreppe herabstieg wie ein Gespenst.

Natürlich kann sie sich vorstellen, dass es sauweh tut. Gehen zu lassen. Irma ist darin ja selbst so schlecht. Wie sie gelitten hat, als Anas sich verabschiedete, an der Schiebetür
zur Schleuse. Niemand von ihnen wusste, was dahinter lag,
es gab nur Spekulationen und Angst. Was passiert mit denen, die nicht ausgewählt wurden? Für sie war die Arena
eine mittelalterliche Weltscheibe, alles drum herum Abgrund,
bevölkert von maulaufsperrenden Monstern. Anas hatte ihnen die Hand geschüttelt, viel zu förmlich für jemanden,
mit dem sie mehrfach auf Kompatibilität getestet wurde
und überraschend viel Spaß hatte. Er hatte immer wieder
gesagt, dass es ihm gut gehen werde, wieder da draußen, bei
den anderen. Dass er im Grunde genommen froh sei über
seinen Rausschmiss. Sie hat ihm nicht geglaubt. Er hat
Sam auf die Schulter geklopft wie ein gönnerhafter Lehrer,
hat ihn dann an sich gezogen, geküsst, auf die Wange, aber
viel länger als einen Augenblick. Er hat Sam etwas ins Ohr
geflüstert, Sam hat gelächelt, und Irma hat das nicht besonders gefallen. Sie hatte Anas festhalten wollen, weil er ihnen
guttat. Weil er Sam zum Lachen brachte und normal erscheinen ließ. Cals Abschied war auch schlimm, aber auf ihn
wartete seine Familie, mit martialischen, allerdings leicht
angerosteten Schwertern in der Hand, bereit, aus der Erde
wieder eine begehbare Kugel zu machen, all die Untiere zu
verjagen und Cal mitzunehmen, zurück in das Reihenhaus,
zu den tierfleischfreien Grillpartys, den netten Nachbarn,
den kreischenden Kindern, die in seinen Erzählungen som-
merein, sommeraus durch glitzernde Rasensprengerfontä-
nen hüpften und so taten, als durchflutete die Sonne all ihre
Tage. Wasserverschwendung hoch drei und doch lebensnot-

wendig, nach Cals Auffassung, und vielleicht auch einer der Gründe dafür, dass er zum Gehen aufgefordert wurde. Das klang alles zu schön, zu weltlich, zu sehr nach jemandem, der eigentlich bleiben wollte, der die Mission nur als Möglichkeit sah, noch einmal auf den jüngeren Cal zu treffen. Den vollbärtigen, zottelhaarigen, den braungebrannten Cal von vor zwanzig Jahren, den die anderen Anwärter nur aus den *Lebensweg*-Reportagen kannten und sich gut vorstellen konnten. Den Cal, der alle Berge bestiegen hatte, in sämtliche Tiefen getaucht war und der die Welt und seine hysterische Bevölkerung mehr liebte als irgendwer sonst, dem Irma je begegnet war. Niemand war überrascht, als Cal ging, und trotzdem hatte sie auch bei seiner Verabschiedung an der Schleuse weinen müssen. Später gingen Carla, Viola, beide leicht verletzt, beide nicht so enttäuscht wie erwartet. Sie winkten, als die Tür sich ausatmend hinter ihnen schloss, und Irma weinte wieder, und Sam nahm ihre Hand, denn nun waren sie nur noch zu zweit, zwei Auserwählte, die sich wie Übriggebliebene vorkamen und nicht wie Sieger. Irma ist nicht gut mit Abschieden und fragt sich, warum ihr der von ihren Eltern so leichtgefallen ist. Weil sie nicht an ihn geglaubt hat, nicht damals in der Küche, als Julie ihr den Proviant zusammensuchte, und auch nicht im Keller, als ihre Mutter nicht mehr viel mehr war als ein Gespenst. Hier, auf der Insel, diesem lebensfeindlichen Etwas zwischen Erde und All, begreift sie plötzlich, dass sie es verpasst hat, sich richtig zu verabschieden. Und ja, jetzt tut es wirklich schweineweh, saumäßig.

Irma steckt den Brief weg, denkt, als sie sich wieder auf den Weg macht, an Sam, der auch einen Brief bei sich trägt, ihn wie sie Tag für Tag knetet, als ließe sich daraus ein Paralleluniversum formen, in dem alle zu Hause sein können und gleichzeitig alles neu ist und möglich. Neu und gut und viel schöner als hier und vor allem: ewig. Doch während Irmas Brief nur Abschied bedeutet, hofft Sam, mit seinem Brief jemandem näherzukommen, von dem er nicht einmal weiß, wer es ist. Nicht mal weiß, ob es diesen Jemand überhaupt gibt, denkt Irma. Sie muss vergessen, Brief und Sehnsucht und Zweifel und Vernunft, vor allem die Vernunft, der sie schon so lange nicht mehr trauen kann, die keine Richtung mehr vorgibt, außer:

Du musst essen, du musst trinken, schlaf jetzt und stirb gefälligst nicht!

Und so läuft Irma weiter, wieder in alle Richtungen.

Auf der Insel sieht es überall gleich aus, kahl und versteinert. Ihre Wanderungen machen sie müde, aber sie kann nicht nur sitzen und Sam dabei zuhören, wie er im Delirium seufzt und stöhnt und von Dingen spricht und Welten, die ihr fremd sind. Sie sucht nach etwas, was ihr Hinweise gibt, auf den Sinn dieser Reise, auf Sam, auf beides.

Ideen

Sie wissen alles über ihn, fast alles. *Die Gedanken sind frei*, hat einmal jemand gesungen, eine der Masken, der Hund ging ihm damals etwa bis zur Brust. Das ist eine Lüge. In seinen Gedanken darf nur vorkommen, was sie ihm zugestehen: Dinge, Bilder, Töne, Wörter, Gerüche. Aber er kann sie neu zusammensetzen, kann aus ihnen Welten bauen, die sich niemand, niemand vorstellen kann, die nur ihm gehören. Was er sich zusammenbaut in seinem Kopf, wird größer und größer. Hinter den Wänden muss es einen Ort geben, von dem die Masken kommen. Dass sie nicht von hier sind, dass sie aus der Wirklichkeit jenseits der Mauern stammen, ist ihm klar, sie wissen zu viel, können sie anders beschreiben als jemand, der davon nur gehört oder gelesen hat, jemand wie er. In der Welt, die er sich vorstellt, wimmelt es von Menschen und Meeren und Tieren und Gestein und vor allem: von Wetter. Sonne, Blitz, Regen, Hagel, Sturm, Schnee und wieder Sonne, es ist immer etwas los. Diese Welt ist für die Masken unsichtbar, und sie bedeutet ihm alles. Die Welt, der Hund, Honig.

Er soll sich auf eine Liege legen. Er lag hier schon mal, damals ging es um seine Zähne. In einem Zahn war ein Loch, und sie haben gebohrt, bis es noch größer war, und es dann mit einer Masse gefüllt, die sich beim Trocknen in Zahn verwandelt hat. Jetzt schauen sie in seinen Kopf, schieben ihn in eine Röhre. Er merkt, dass die Masken aufgeregt sind, und weiß auch warum: Sie werden seine Welt sehen, alles, was er sich aufgebaut hat über die Zeit, wenn er nicht aufpasst, wird all das gleich auch ihnen gehören. In der Röhre ist es dunkel, eng und laut. Er zittert vor Angst. Wenn er an etwas anderes denkt, etwas, was nichts mit seiner geheimen Welt zu tun hat, vielleicht übersehen sie sie dann. Aber es ist unmöglich, sich auf Schaltknöpfe, Maschinenbaupläne, auf schwarze Löcher und die Relativitätstheorie zu konzentrieren, er denkt an die Welt, das Wetter, die Menschen. Es knackt laut, und er versucht, sich auf die Angst zu konzentrieren, aber auch das funktioniert nicht. Sie sehen alles, es kann nicht anders sein. Als sie ihn endlich wieder aus der Röhre fahren, ist er schweißnass. Eine Maske gibt ihm ein Handtuch, er wischt sich hastig über das Gesicht, viel hilft das nicht. Er zittert, er friert noch immer. Jemand reicht ihm eine behandschuhte Hand, jemand legt ihm eine Decke um, jemand führt ihn zu einem Stuhl. Er lässt sich fallen, erschöpfter als nach vier Runden an Ringen und Ruder. Drei Masken stehen im Kreis um ihn herum, eine vierte kommt dazu, in der Hand hält sie ein Klemmbrett, darauf die Ergebnisse ihrer Fahrt durch sein Gehirn.

»Chaos«, sagt die Maske. »In deinem Kopf herrscht Chaos. Das müssen wir unbedingt unter Kontrolle kriegen, sonst wird es nichts mit dir und der Mission.«

Die anderen Masken werfen Blicke auf das Blatt, schütteln den Kopf, nicken. Er merkt, dass er ebenfalls nickt. *Chaos –* ist das ein anderes Wort für die Welt?

»Was jetzt?«, fragt eine der Masken.

»Wir müssen sehen«, sagt die Maske mit den Ergebnissen, »welche Therapie bei ihm anschlägt. Zunächst empfehle ich eine EKT, dann sehen wir weiter.«

Wieder nicken sie, immer noch versteht er nichts.

»Bringt ihn erst mal zurück, wir fangen morgen an, in seinem momentanen Zustand wäre es unverantwortlich.«

Wie viel haben sie gesehen?

Zwei der Masken greifen ihn unter den Armen, ziehen ihn hoch, sie geben sich Mühe, nicht zu grob zu sein dabei, und er macht es ihnen leicht. Erst an der Tür bleibt er abrupt stehen.

»Was wird aus den Menschen?«

Sie sehen ihn ratlos an.

»Welche Menschen?«

Er ahnt, dass das eine Falle ist. Er darf nichts mehr sagen. Und trotzdem, trotzdem:

»Ihr dürft ihnen nichts tun.«

»Wir tun niemandem etwas«, sagt die Maske sanft. »Ganz im Gegenteil.«

»Komm«, sagt eine Maske neben ihm und zieht leicht an seinem Arm.

»Es wird schon. Es wird schon alles gut. Wir kümmern uns

darum, um das Chaos, und dann bist du endlich bereit. Du freust dich, nicht wahr?«

Was sagt man auf Fragen, die Antworten sind? Er schweigt. Während der Dunkelheit denkt er darüber nach, was das Gegenteil davon ist, jemandem etwas zu tun, aber auch, als die Deckenlampe längst wieder surrend ihr grelles Licht verbreitet, weiß er keine Lösung, und als sie ihn erneut auf die Liege schnallen, ist er sich sicher, dass es einer dieser Witze war, die er nicht versteht.

5

Und dann entdeckt sie ganz im Norden der Insel zwischen den grauen Fäden aus Regen ein windschiefes Haus in den Dünen: verwittertes Holz, die Reste eines knallbunten Graffito – ein Seeungeheuer mit grünen Tentakeln und einem blitzenden Dreizack –, eine rostige Tür und klappernde Fensterläden, Rauch, der aus einem Kamin aufsteigt. Sie nähert sich dem Gebäude bis auf ein paar Schritte, doch sie wagt es nicht zu klopfen, traut sich nicht einmal, durch das Fenster zu spähen. Aber: Ein Haus bedeutet Leben, der Rauch bedeutet Anwesenheit. Sie sind hier nicht allein, und vielleicht befindet sich in dem Haus die Antwort, nach der Sam sucht. Einen Moment zögert Irma, vielleicht wäre es besser, wenn sie zunächst alleine herausfinden würde, wer in dem Haus lebt. Ob es ein Trick ist, eine Falle.

Sie könnte Sam das Haus verschweigen, er ist längst zu schwach, um selbst herzufinden. Sie könnte zu ihrem provisorischen Lager zurückkehren, behaupten, sie habe nun alles gesehen und es gebe hier wirklich rein gar nichts, was das Bleiben lohne. Sie hat ihn schon oft angelogen, es fällt ihr nicht schwer und ist ja meistens zu seinem Besten. Sie passt auf ihn auf. Sie könnte ihm sagen, dass es langsam

Zeit wird, ein für alle Mal zu verschwinden. Dass sie die Mission viel zu lange haben warten lassen.

Plötzlich wird es dunkel. So schlagartig, als hätte jemand einen Lichtschalter betätigt, und gleichzeitig wird es im Haus flackernd heller, eine Kerze wahrscheinlich. Ein Schatten taucht hinter der dreckigen Scheibe auf. Es könnte ein Mann sein, eine Frau oder etwas ganz anderes. Es könnten Monster sein, Mutationen oder ein harmloser einsamer Mensch, der sich Tag für Tag eine Kanne Salbeitee kocht und sich über Gesellschaft mehr als alles andere auf der Welt freuen würde.

Irma macht sich auf den Weg zurück zu Sam. Sie beginnt zu laufen, weiß selbst nicht, warum, aber ihr Herz schlägt wie wild, und sie ist sich sicher, dass sie sich beeilen muss. Trotzdem hält sie kurz inne, greift sich eine Handvoll feuchter Steine und lässt sie beim Weiterrennen hinter sich auf den Boden fallen. Sie will sichergehen, dass sie den Weg zurück findet.

Nichts

Die Menschen verschwinden, die Bilder, die Welt. Als er aufwacht, weiß er nur, dass da etwas war, was nun weg ist. Etwas, was ihm wichtig war, etwas, um die Zeit zu füllen bis zum Einschlafen.

»Gut«, sagt die Maske beim Blick auf den Monitor. »Sehr gut, jetzt hast du wieder eine reelle Chance.«

Er kennt nur *real*. Haben die Wörter etwas miteinander zu tun, wurde entfernt, was zu entfernen war, ist seine Teilnahme an der Mission nicht länger gefährdet?

»Das Chaos haben wir beseitigt, du bist bereit, denke ich, ich würde sagen, du kannst los.«

Können sie seine Gedanken lesen?

»Dankeschön«, sagt er, weil es das erste Wort ist, das ihm einfällt.

»Sehr gerne.« Die Augen der Maske glänzen. Sie streicht ihm übers Haar. Er genießt den Moment. Sie sind selten geworden, diese Art von Berührungen.

»Gut, gut«, sagt die Maske und zieht die Hand schnell weg. »Dann mal zurück.«

Zurück bedeutet sein Zimmer, das Bett, die Sterne unter der Decke, der warme Hundekörper an seiner Seite. Er krault den Hund an der weichen Stelle hinter den Ohren, strengt sich an, will sich erinnern. Er denkt *Menschen*, denkt *Tiere*, *Meere*. Es sind nur noch Worte, denen keine Bilder folgen, die nichts auslösen außer einem Gefühl von Leere. Er denkt *Leere*. Wie kann ein Körper sich leer anfühlen, wo er doch voll ist, voller Organe, randvoll mit Blut und Knochen. Was haben sie ihm weggenommen, während er schlief?

6

Sam starrt sie aus der Mulde heraus mit glasigen Augen an, auch sein Gesicht ist mittlerweile rotfleckig. Sie hievt ihn hoch, fühlt dabei jede einzelne seiner Rippen. Sie haben gelernt, mit wenig auszukommen, aber nicht für ewig. Sie sind immer noch menschlich. Höchstwahrscheinlich.

»Liegen«, flüstert Sam. »Ich will nur liegen.«

»Nein. Später. Jetzt musst du mitkommen. Ich habe etwas gefunden. Etwas Gutes.«

Sie ist sich nicht sicher, ob es wirklich etwas Gutes ist, aber wie soll sie ihn sonst locken? Sie zieht Sam auf die Füße, er stöhnt und klingt dabei wie ein verwundetes Tier. Irma streicht ihm über den knochigen Rücken, stützt ihn beim Laufen. Heute hat sie mehr Kraft als er, morgen kann das schon wieder anders sein. Seine Finger bohren sich in ihre

Schulter, aber sie beschwert sich nicht. Sie will mit ihm zum Haus. Das Haus könnte das Ziel sein, der Grund dafür, dass diese Reise sich gelohnt hat, dass die Masken immer noch nicht aufgetaucht sind, um ihre Zeit hier unten für beendet zu erklären.

Dank der Steine findet sie schnell zurück. Es ist nicht weit. Warum ist ihr das Haus nicht früher aufgefallen? Bei ihren Gängen sieht sie meistens auf den Boden, sucht nach Spuren. Vielleicht hat sie es einfach übersehen. Oder das Haus steht hier noch nicht so lange, wie seine verwitterte Fassade glauben macht. Die Bäume flüstern, das Meer rauscht, ein gemeinsamer Singsang. Es dämmert orangefarben, ohne Sonne am Himmel eigentlich unmöglich, aber wer weiß, welche Gesetze hier gelten. Im Haus brennt noch immer Licht. Sam neben ihr richtet sich auf, seine Kraft kehrt zurück.

»Hast du jemanden gesehen?«

»Hinter der Scheibe, nur einen Schatten. Aber da war jemand. Komm!«

Sie schleichen auf das Haus zu. Irma rechnet mit allem, Masken, Kameras, Gespenstern.

Sam greift nach dem Türgriff.

»Warte!«

Er sieht sie erstaunt an. Sie kann es ihm nicht erklären, aber sie hat ein komisches Gefühl, tastet nach der Pistole im Hosenbund. Die Waffe ist geladen und schussbereit, das hat sie Abend für Abend überprüft.

»Uns passiert nichts«, sagt Sam und klingt dabei das erste Mal seit vielen Tagen vollkommen überzeugt. Sie nickt, und Sam öffnet vorsichtig die Tür.

Tests

»Woran erinnerst du dich?«

»An nichts.«

»Woran erinnerst du dich?«

»Ich kann mich nicht erinnern.«

»Was weißt du von dem, was vorher war?«

»Ich kann nichts wissen. Es ist zu lange her, ich war zu jung. Ich weiß nichts.«

Der Lehrer zeigt ihm ein Bild. Ein Gebäude. Ein kleines Gebäude. So etwas nennt man Haus. Der Lehrer sieht ihn fragend an. Er weiß nicht, was er sagen soll. Eine Weile sitzen sie so.

»Du blinzelst nicht mal.«

»Soll ich blinzeln?«

»Erinnerst du dich?«

»Ich kann mich nicht erinnern.«

Der Lehrer holt die Anlage, drückt einen Knopf. Eine Melodie. Das Lied.

»Kennst du das?«

Er schüttelt den Kopf. Es ist verboten zu lügen, und es ist eine Lüge, wenn er glaubt, sich zu erinnern.

7

Die Hütte ist größer, als sie von außen aussieht. Es gibt nur einen Raum, einen Tisch, einen Stuhl, ein metallenes Bett und einen Ofen. Im Fenster flackert das Licht einer Öllampe. Ihre Schatten wanken verzerrt über die hölzernen Wände, als Irma und Sam durch den Raum gehen, verwandelt in Monster. Es riecht nach Rauch und feuchtem Holz.

Außer der Lampe gibt es keine Anzeichen dafür, dass in letzter Zeit jemand hier war. Irma sieht Sam an, wie enttäuscht er ist.

»Wen hast du erwartet, Sam?«

Er zieht die Schultern hoch, kniet sich auf den Boden, schaut unter das Bett. Woher weiß er, dass man unter Betten nachsieht, dass sich verlorene Dinge oft im Halbdunkel verkriechen? Ist das ein grundlegender menschlicher Instinkt? Hat ihm das jemand beigebracht?

»Nichts«, sagt Sam und richtet sich wieder auf. Er ist blass, seine Stirn verschwitzt, die Augenlider hängen schon wieder auf Halbmast. Der Weg hierher hat ihn die letzte Kraft gekostet. Sie hätte sich erst alleine umsehen sollen.

»Du musst dich ausruhen.«

Sam lässt sich auf die Matratze plumpsen, sie quietscht wie ihre Schritte unten im steinigen Watt. Irma steht vor ihm und weiß nicht weiter.

Er sieht sich um: »Was sollen wir hier?«

Sie könnte sich etwas ausdenken, ihm davon erzählen, dass es Menschen gibt, die meinen, der Weg sei das Ziel, die Vorstellung alles, was zählt, und die Träume das wirkliche Leben. Aber Irma war nie einer dieser Menschen, und sie ist es auch jetzt nicht. Sie ist jemand, die Sachen angehen will und planen und verwirklichen und die vor allem ankommen möchte. Und warum, verdammt, warum sagt sie jetzt das, was sie sagt:

»Warte auf den Tag.«

Er sieht sie erstaunt an:

»Was ist dann?«

Was soll sie darauf antworten? Dass es am Tag nicht viel heller wird als in den Nächten? Dass der Tag kommen und vorbeigehen wird, dass auch morgen ihnen nichts bringt?

»Das solltest du selbst wissen«, sagt Irma mit kratziger Stimme. Sie bemüht sich, nicht vorwurfsvoll zu klingen, es gelingt ihr nicht. »Du wolltest weg aus der Arena, du hast die Karte

gestohlen, du wolltest ans Meer und auf diese verdammte Insel. Ich habe dich begleitet, aber die Idee stammt von dir.«

»Du bist wütend.«

»Ein bisschen. Sehr.«

Sie starren einander an. Sam ist jetzt wieder hellwach. Irma
hockt sich neben ihn. Ab und zu konnte sie es sich vorstellen, mit ihm zusammen das Leben zu verbringen, vielleicht
sogar, sich zu verlieben. Aber sie kann mit ihm nicht so sprechen wie mit Tom.

»Erzähl es mir endlich. Wer bist du?«

Seine Augen füllen sich mit Tränen. Sie kann das nicht. Sie
will kein Mitleid haben. Es ist das erste Mal, dass sie ihn
weinen sieht, nicht einmal damals, als sie ihn in der Ge-
burtstagsshow haben brennen lassen, hat er geweint, als
die Schmerzen sicher unerträglich waren. Und jetzt hockt
sie hier, und er heult, und ihr fehlt es an Mitleid und Geduld. Sie schafft es nicht einmal, ihm die Hand auf den Rücken zu legen. Sie will Antworten, einen Grund, der den
ganzen Aufwand, den Hunger, die Müdigkeit, die doppel-
ten Abschiede rechtfertigt.

»Du musst doch wissen, was du hier willst. Man rennt doch
nicht einmal um die Welt, ohne zu wissen, warum man das
tut!«

»Sind wir einmal um die Welt gelaufen?«

Sie schüttelt den Kopf, nickt, schüttelt den Kopf: »Nein.
Keine Ahnung. Das dauert bestimmt länger. Aber wir sind
weit gereist, und ziemlich oft war es schrecklich.«

»Ja«, sagt er, »aber wir haben Tom gesehen.«

»Und?«, fragt Irma. Sie möchte Sam schütteln, aber gerade
sieht er aus, als würde er dann in einzelne Teile zerfallen.

»Du wolltest diese Reise doch sicherlich nicht machen, um
Tom zu treffen, oder?«

Er schüttelt den Kopf, wühlt in der Hosentasche, zieht einen fusseligen Klumpen heraus, steckt ihn Irma entgegen. Sie öffnet automatisch die Hand. Das meint er nicht ernst.

»Was soll ich damit?«

»Der Grund«, sagt Sam, »das ist der Grund.«

Irma sieht fassungslos auf das Knäuel in ihrer Hand: Papier, ganz weich vom Wasser, von der Luft und der ständigen Reibung. Irma denkt an Julies Brief in ihrer Tasche. Sind sie das? Zwei von der Menschheit für die Ewigkeit Auserwählte, die sich ängstlich an einsame Botschaften klammern?

»Es ist ein Brief. Das Meer hat die Buchstaben gestohlen, aber ich weiß noch, was da stand.«

»Und?«

»Die Insel. Ich warte dort.«

»Ich warte dort?«

Er nickt. *Ich warte dort.* Irma wartet darauf, dass Sam noch etwas sagt.

Er sieht sie erwartungsvoll an.

»Das ist alles?«

»Ist das zu wenig?«

»Ja.«

»Das wusste ich nicht.«

Die Wut ist weg, die Kraft auch.

»Ich wollte unbedingt wissen, wer –«

»Sei einfach still.«

Er nickt. Warum muss er immer nicken?

»Du wolltest wissen, wer wartet, ja?«

»Ja.«

»Woher hast du den Brief?«

»Er lag da.«

»Wo?«

»In einem Koffer.«

»In was für einem Koffer?«

»Einem Koffer eben.«

»Und wo war der Koffer?«

»Bei mir.«

»Sam! Bitte! Wo?«

»Da, wo ich vorher war.«

»Wann?«

»Früher.«

»O Mann! Wann früher, Sam?«

»Viel früher.«

Anscheinend merkt er, dass ihr das nicht reicht. Er überlegt.

»Der Hund ging mir schon nicht mehr bis zur Brust.«

Sam sieht sie nun stolz an, so als wäre nun alles geklärt, aber der Hund ist für sie kein Maßstab, hilft ihr nicht weiter bei dem Versuch, Sams Leben und Vorstellungen zu ordnen. Er zieht sie tief hinein in seine Ahnungslosigkeit und erwartet dabei, dass sie ihm heraushilft. Wie soll sie, wie kann sie ihm helfen? Irma könnte schreien, aber wenn sie schreit, erschrickt er nur, und sie hat gar keine Chance mehr, irgendetwas aus ihm herauszubekommen.

»Du warst also in einem Zimmer, und dann war da der Brief.«

»Ja.«

»Und woher wusstest du, weißt du, dass er für dich ist?«

»Ich weiß es nicht, aber ich dachte, da war niemand außer mir, also –« Er zittert wie unter Strom.

Sie legt ihm die Hand auf den Arm. Immerhin, das schafft sie, zumindest diese Geste.

»Es ist schon okay«, sagt Irma und lügt: »Ich bin dir nicht böse.«

Er beruhigt sich trotzdem nicht, macht jetzt wieder seine seltsamen, tierisch klingenden Geräusche. Irma hat ein ungutes Gefühl. Nicht nur, weil es Sam offensichtlich schlecht geht, auch, weil sie fürchtet, sein Schluchzen könne jemanden anlocken. Jemanden, der nicht angelockt werden sollte.

Sie klopft auf das Bett. Die Decke ist klamm, salzwassergetränkt, hitzegetrocknet, wann war es hier jemals heiß? Sie sieht zum Kamin: Asche, rußige Holzscheite, glimmende Glut, Knochen.

»Leg dich hin.«

Er tut, was sie sagt.

»Immerhin kannst du dich hier mal richtig ausruhen. Es ist trocken, es –«

Mehr fällt ihr nicht ein.

»Und du?«

»Einer von uns muss aufpassen, ob jemand kommt.«

»Was machst du, wenn jemand kommt?«, fragt Sam gähnend. Zum Glück hat er sich wieder beruhigt.

»Ich wecke dich, und wenn wir noch genug Zeit haben, laufen wir weg.«

Sam schließt die Augen und schläft sofort ein. Dass er ihr immer noch vertraut, macht sie fertig.

Irgendwo habe ich gelesen, dass auf der Insel alles ist, wie es sein soll. Das hat Tom gesagt.

Sie steht auf, geht zum Tisch. Es gibt einen Krug mit Wasser, Irma schwenkt ihn, keine Partikel, keine Algen. Das Süßwasser strömt sanft ihre Kehle hinab. Es ist, als würde ihr Körper sich auseinanderfalten. Irma ist wieder am Leben, und es fällt ihr schwer, nicht alles auszutrinken. Sie flößt Sam ein paar Schlucke ein, nicht zu viel, für den Anfang. Er trinkt gierig, ohne die Augen zu öffnen.

Im Schrank findet sie eine Tüte mit stinkender Kleidung.

Sie muss an den Keller denken, im Haus ihrer Eltern. Irma streift sich die Hose über. Sie ist ein bisschen zu weit, aber es geht. Die Kleidung wärmt nicht, doch Irma fühlt sich besser. In der Tüte ist auch ein riesiger Pullover aus dicker blauer Wolle. Mottenzerfressen, aber doch mehr Pullover als Loch. Sie zögert, doch dann zieht sie ihn vorsichtig über Sams Kopf, seine Augenlider flackern, aber er wacht nicht auf. Auch nicht, als sie so sanft wie möglich seine Arme in die Ärmel steckt. Wie sie an Deck lagen, in der Sonne, auf See. Wie dumm sie waren, wie bescheuert optimistisch. Sie haben sich gesonnt, noch kurz vor dem Sturm! Und seit Tagen trägt Sam nichts als seine feuchte, zerrissene Hose, kein Wunder, dass er krank geworden ist, der Pullover macht nichts wieder gut, aber so ist es besser.

Irma setzt sich auf den wackligen Stuhl. Auf dem Tisch sind ein paar Krümel, und da liegt ein großes Messer. Die Klinge ist rostig, aber scharf, aus ihrem Arm quillt Blut. Sie wollte sich nicht verletzen, nur das Messer testen. So ganz glaubt sie immer noch nicht, dass die Hütte real ist und nicht bloß Attrappe. Sie lauscht nach dem Surren von Kameras, hört nur das Knarzen des Hauses. Irma lehnt sich zurück, streckt sich ausgiebig. Fast fühlt sie sich wohl. Ihr Blick wandert von der rissigen Decke über die angegraute Wand, den Kamin (Knochen, was sind das für Knochen?), über die groben Dielen, die Tischplatte, ihre schmalen Oberschenkel. Sie kann hier sitzen bleiben und warten; bis sie verhungert, bis jemand kommt. Unter dem Tisch entdeckt sie eine Schublade. Es dauert eine Weile und braucht einen Holzspan aus dem Kamin, bis sie sich öffnen lässt. Darin ein Stapel Zeitungen von der Sorte, bei der die Bilder mehr Platz einnehmen als der Text.

Wer hat diese Zeitungen gesammelt? Und: wie kann es sein,

dass überhaupt noch Zeitungen gedruckt werden? Irma blättert und beginnt zu lesen.

Schöne Zeiten

Er liegt mit dem Hund auf seinem Bett, oben, dicht unter der Decke. Niemand kommt vorbei, er muss nichts üben, macht keine Tests, nichts falsch. Der schwere Hundekopf ruht auf seiner Brust, und er krault die weichen Ohren. An den schönen Tagen geben sie ihm warmes Brot mit Butter und einer süßen Masse, die sie *Honig* nennen. Die Honigbrote gibt es nur selten. Meistens bekommt er dreimal am Tag ein farbloses Tablett, darin eine Mulde, in der Mulde schwappt ein bräunlicher Brei. Darin, sagen sie, ist alles, was er braucht.

Du bist wahrscheinlich der gesündeste Mensch der Welt.

Der Brei ist in Ordnung, aber nichts mag er lieber als Honig. Honig und den Hund. Seine ersten Erinnerungen hängen mit dem Hund zusammen. Die raue Zunge auf seinem Gesicht, das Winseln, wenn er doch einmal ohne ihn weggebracht wurde. Zu den medizinischen Tests darf der Hund nicht mit. Aber er schläft bei ihm im Bett. Er erzählt dem Hund Geschichten von Sternen und Luftschiffen, von Paralleluniversen, der Milchstraße und den Orten, an die sie führt. Er ordnet die Leuchtsterne über seinem Bett zu Sternbildern an. Eins ist darunter, das es draußen nicht gibt. Nur er und der Hund wissen davon. Keine der Masken interessiert sich dafür, wie er diesen nahen Himmel beklebt.

»Du kannst ihm alles erzählen«, hat eine Maske gesagt, als er alt genug war, das zu verstehen. »Der Hund ist dein Freund.«

Er fragt nach.

»Ein Freund«, sagt die Maske, »ist jemand, den man mag und mit dem man Zeit verbringen will.«

Als er laufen lernt, sind der Hund und er auf Augenhöhe. Er krallt sich an seinem struppigen Fell fest, und der Hund führt ihn durch den Raum. Runde um Runde, immer hin und her, bis seine Beine nicht mehr unter ihm wegknicken, seine Hüfte sich an die neue Position gewöhnt hat, er es alleine schafft und die Hand wegnehmen könnte. Eine Maske hält den Hund fest. Der Hund beißt. Er wird dafür nicht bestraft, so ist er erzogen. Jeden Tag kommen Masken, fragen, wie es ihm geht, ob er genug isst und trinkt. Überflüssige Fragen, sie wissen auch so alles über ihn. Solange er klein ist, summen sie Lieder, erzählen sie Geschichten, sie kitzeln ihn und schleudern ihn ab und zu an den Armen durch die Luft, werfen ihn hoch, fast bis zur Decke, er kreischt vor Freude. Wenn er nachts träumt, setzen sie sich zu ihm ans Bett, halten seine Hand und sagen, dass nichts ist. Nichts Schlimmes. *Alles gut.* Er weiß nicht genau, was dieses *gut* bedeutet, das sie immer und immer wiederholen, aber der Klang des Wortes, die Ruhe in ihren Stimmen sorgen dafür, dass es ihm besser geht. Er lernt, sie anhand ihrer Stimmen zu unterscheiden. Und er weint, wenn die Stimmen sich verändern. Er heult und schreit, als er versteht, dass mit den Körpern auch die vertrauten Stimmen immer, immer wieder von einem Tag auf den anderen verschwinden werden, ausgewechselt gegen andere, höhere, tiefere, knarzende, quietschende. Er beschließt, sie nicht mehr zu mögen. Er freut sich, wenn jemand kommt, mit ihm spricht oder spielt. Aber er wartet nicht länger auf sie. Seine Ohren versuchen nicht mehr zu unterscheiden.

Eine Maske im weißen Kittel fragt, ob ihm andere egal sind.

»Nein, aber sie bleiben nicht.«

Die Maske sieht ihn ernst an: »Irgendwann doch, einmal wird jemand kommen, der bleibt.«

Natürlich glaubt er ihr nicht. Alle und alles hier wechselt und verändert sich ständig. Alles, bis auf die Decke seines Zimmers. Während um ihn herum alles im ständigen Wandel ist, starrt er auf sein Sternzeichen, krault den Hund. Der Hund ist der Einzige, der immer hier war, der bleiben wird.

8

Auf fast jeder Seite geht es um sie und um Sam, und auch durch die zahlreichen Leserbriefe zieht sich ihre Geschichte:

Irma sah noch schöner aus als bei der Auswahl.

Sam ist so süß, er hat mir einen Kuss auf die Wange gegeben und mir ins Ohr geflüstert, dass er sich freuen würde, wenn ich in einem der folgenden Teams wäre. Ist ja klar, dass ich mich bewerbe. Das hatte ich eh vor, aber jetzt erst recht.

Ich stand der Sache bisher immer extrem kritisch gegenüber, rein rechnerisch und logisch kam mir die ganze Unternehmung doch sehr fragwürdig vor. Na ja, und dann kam dieser Freitag, an dem ich die beiden getroffen habe. Ich war beim Einkaufen, es sollte Milch geben. Die Milch war schon aus oder nie da gewesen, aber als ich aus dem Laden kam, sah ich Irma und Sam. Sie liefen gerade über die Straße, auf ein Waldstück zu. Erst traute ich meinen Augen nicht (wer glaubt das schon, wenn ihm an einem ganz gewöhnlichen Tag die beiden Auserwählten begegnen?), aber sie waren es. Es gibt wohl niemanden auf der Welt, der so strahlt wie diese beiden. Selbst von der anderen Straßenseite aus konnte ich erkennen, wie besonders die zwei sind. Eigentlich bin ich schüchtern, aber dann wurde mir schlagartig klar, dass es meine einzige Chance ist, ihnen nah zu sein. Ich bin dann rüber, und sie waren so nett. Netter als nett. An alle, die an ihnen zweifeln: Die beiden sind es! Wir haben die Richtigen gewählt! Wenn ein Nachkomme der Menschheit da oben sein muss, dann bitte zuerst diese beiden. Zum Abschied habe ich ihnen alles Gute gewünscht und sie mir auch, und seit diesem Tag bin ich nicht mehr derselbe. Danke. Danke, Irma. Danke, Sam. Alles Gute, eine gute Reise, einen sicheren Flug, eine sanfte Landung, eine schöne Eingewöhnung und vor allem: viel Spaß beim Erfinden der neuen Welt!

Wir haben uns geküsst. Es war das Beste. Er hat gesagt, er würde bleiben, wenn ich das will. Ich will, aber das wäre egoistisch, also habe ich ihm gesagt, dass er gehen soll. Ich bereue das.

Nachdem wir Anfang der letzten Woche die Chance hatten, den beiden Auserwählten persönlich zu begegnen, hat sich für uns viel geändert. Meine Frau und ich verbringen unsere Abende am Küchentisch oder ab und zu in Decken gehüllt auf der Terrasse und stellen uns die Welt vor, die Irma und Sam uns (allen) dort oben bereiten werden. Es wird wieder Orte geben, an denen man bleibt, und zwar für immer, und es wird Fahrradwege geben (man kann dort oben nicht Fahrrad fahren, aber: »nur jetzt noch nicht«, sagt meine Frau, die, wie mir gerade klar wird, das Zeug zur Visionärin hat), man wird Ausflüge machen und sich treffen. Niemand wird gegen niemanden sein, jeder für alle da. Es wird Gemeinschaft ge-

ben und Glauben nur friedlich, man wird verstehen, was andere sagen und wollen, man wird eine gemeinsame Sprache sprechen, niemand wird Hunger haben, obwohl es dort oben keine Kartoffeln gibt, man wird einander nichts antun, man wird gesund sein und sorglos und glücklich. Man wird rausfahren aufs Land und im Gras sitzen (meine Frau sagt: Gras wird es geben, aber es wird wohl eine andere Farbe haben, orange zum Beispiel oder blau). Abend für Abend sitzen wir da, während wir an unseren dünn gehobelten Kartoffelscheiben nagen und ich mich erst jetzt, wo ich das schreibe, daran erinnere, dass man davon früher angeblich Bauchschmerzen bekommen hat. Uns tut nichts weh, uns geht es gut, und während ich meiner Frau die kartoffelnasse Hand drücke und sie mir und ich insgeheim denke, dass sich ihre Hand alt anfühlt, sehnig und ungewohnt, und mich frage, wie lange ich das nicht mehr gemacht habe, ihre Hand halten, dass mir das jetzt auffällt, freuen wir uns auf die Zukunft.

Eins ist sicher: Jeder sollte die Chance haben, die beiden zu treffen!

Liebe Redaktion, liebe Mit-Leser,
wir sind nur noch wenige, die sich die Welt mit Hilfe einer Zeitung zu erschließen versuchen, nicht wahr? Die Gegenwart fordert zu viel, als dass man sich ausführlich mit der Vergangenheit beschäftigen könnte (und mit Vergangenheit meine ich nicht Jahrhunderte, sondern die letzten Tage). Wie auch immer, ich habe eine Frage an alle, die noch da sind – in meiner Nachbarschaft und Familie konnte mir niemand helfen, aber ich dachte mir, Zeitungsleser haben vielleicht einen größeren Weitblick oder Interesse auch an anderem als dem Nächstliegenden. Jedenfalls: Weiß irgendwer, wo die-

se sagenhafte Insel liegt, von der immer wieder gesprochen wird? Wie kann es den beiden Auserwählten gelingen, sie zu finden, wenn sie doch unauffindbar sein soll? Was sie als Karte vor sich ausgebreitet haben, kann doch nicht der Wegweiser gewesen sein. Selbst ich habe sofort erkannt, was es damit auf sich hat und ich glaube nicht, dass sie uns etwas vorspielen, ich denke, sie wussten es die ganze Zeit, wollten aber insgeheim dran glauben. Wie auch immer –

Ich weiß, es gab einmal diesen Fischer, Mr. Basou hieß er, mit seinem Museum und den armseligen Gegenständen, die er dort ausgestellt hat. Aber dem Mann hat doch niemand geglaubt, oder? Ich habe nach ihm gesucht, keine Spur, sein Haus steht leer. Aber wenn die beiden die Insel finden sollten, muss es doch auch für uns andere möglich sein. Ich wohne ganz im Süden und würde mich gerne auf den Weg machen. Hinweise bitte an die Redaktion, dort weiß man, wo ich zu finden bin.

Sam ist toll. Ich liebe ihn. Er hat meine Hand gehalten und sich so sehr über das Bild gefreut, das ich ihm gemalt habe. Dann hat er mir etwas ins Ohr geflüstert, was unser Geheimnis ist. Ich bin so froh!

Krass. Einfach nur krass. Wie sehr man lieben kann.

Ich glaube an die Zukunft, daran, dass wir uns wieder berappeln. Hiermit fordere ich die Dinosaurier heraus: Hört her, ihr Skelette! Wir lassen uns höchstens durch einen Meteoriten aus der Welt donnern, sonst bleiben wir bis in die Ewigkeit! Zweihunderttausend Jahre sind uns nicht genug, nicht hundertneunundachtzig Millionen Jahre, uns Gierlappen, uns Weltverschlingern, uns Lebenshungrigen, uns Verrück-

ten. Wir bleiben, wir bleiben! Wir krallen uns fest, wir ver-
wurzeln uns tief im Erdkern, damit uns niemand hier weg-
kriegt. Wir sterben nicht aus! Wir gewinnen, wir Menschen,
wir Tiere, wir Pflanzen der Gegenwart. Nutzt den Tag, und
wenn der Tag nicht reicht, verbeißt euch in die Nacht!
Das ist ein Manifest, und selbst wenn es nur einer liest – was
gesagt wurde, ist gesagt, und geschrieben steht es noch fes-
ter.

Irma sah müde aus, Sam sogar krank. Ich weiß nicht, ob sie
es tatsächlich bis nach oben schaffen, aber ich drücke ihnen
die Daumen, dass sie wenigstens die Insel erreichen. Ich glau-
be an die Insel, und ich glaube an Irma und Sam.

Ich liebe dich so, Sam. Nur ein Satz, den dir sicher Tausende
schon gesagt oder geschrieben haben. Ich geselle mich dazu,
einfach, weil es rausmuss, nicht, weil ich denke, dass es ir-
gendwelche Konsequenzen haben wird: ICH LIEBE DICH.

So viel Liebe, und sie klingt ernst gemeint und dringlich, obwohl die Geschichten Lügen sind. Es gibt »Beweise« für all
die Treffen, verwackelte Bilder und darauf: definitiv nicht
sie, sondern strahlende Menschen, die ihren Arm um die
Schulter eines anderen legen, nicht Irmas oder Sams, teil-
weise sehen sie ihnen allerdings erstaunlich ähnlich. An
all den Orten, an denen man sie vermutet, waren sie nicht.
Es sind gute Orte, Orte, die sich mitten in der Welt befinden: Supermärkte, Kirchen, Schlösser, Vorgärten, Schulhö-
fe, Bahnhöfe. Irma fragt sich, ob noch Züge ankommen. Und
wenn ja: Warum sind sie in keinen eingestiegen, anstatt blindlings einer unbrauchbaren Karte zu folgen, in einem schrottreifen Etwas von Auto? Warum haben sie sich nie die Mühe

gemacht, nach dem Weg zu fragen? Man ist ihnen angeblich in einer Gartensiedlung, auf diversen Friedhöfen, an zahlreichen Flussufern begegnet oder hat sie zumindest von weitem gesehen. Sie sollen mit dem Rad und dem Schiff unterwegs gewesen sein. Den Berichten nach waren sie überall, nur dort, wo sie wirklich waren, in ihrem einsamen Nirgendwo, waren sie nicht. Keiner der Menschen, denen sie tatsächlich begegnet sind, hat einen Brief geschrieben, ein Foto geschickt. Nicht einmal die alte Mol. Fast die gesamte Nachbarschaft hat fotografiert, und doch gibt es davon keinen einzigen Abdruck: Sam und sie panisch auf der Flucht, kein einziges Bild ihrer blassen Gesichter oben an Irmas ehemaligem Kinderzimmerfenster. Aber dafür sind die Zeitungen voll von Berichten über den Ort, von dem Sam kommt.

Die Wand

Sie sagen ihm nichts. Ständig soll er ihre Fragen beantworten, aber wenn er etwas fragt, geben sie vor, ihn nicht zu hören. Die Wut wird von Lichtwechsel zu Lichtwechsel größer, sie schneidet in seine Organe, tobt im Bauch, er kann nicht mehr klar denken. Natürlich bemerken sie es, sie wissen alles. Er bekommt Spritzen, die Wut wird stumpf, verschwindet aber nicht. Immer noch tritt er Stühle zu Boden, boxt er gegen die Wand. Es ist ihm egal, dass sie ihn beobachten, dass sie drohen, ihm Stärkeres zu geben, notfalls sogar etwas, was ihn völlig außer Gefecht setzt, bis er sich wieder beruhigt hat. Sie machen ihm keine Angst, sollen sie doch, ihm ist es recht, er will sie ja selbst nicht, diese Wut in seinem Körper, sogar tief im Gehirn. Sie werfen einander Blicke zu, sie sind besorgt. Aus irgendeinem Grund zögern sie, ihm das Mittel zu geben. Der Hund leckt die Essensreste

312

vom Boden, und eine Maske verrät ihm schließlich warum, beim Aufwischen des Chaos, das er veranstaltet hat, zischt sie ihm zu:

»Das Mittel ist endgültig, du wachst nicht mehr auf.«

Auch das macht ihm keine Angst. Er schläft gerne.

»Noch einmal«, sagen sie, »dann gibt es die Spritze.« Es hat nichts mit dieser Drohung zu tun, dass er sich beruhigt. Schlaflos fällt sein Blick auf die Sterne über und neben seinem Bett, einer fehlt, der Klebstoff hat eine kahle Stelle hinterlassen, die Wand ist hier nicht weiß, sondern grau. Er setzt sich auf, fährt mit dem Zeigefinger darüber. Mit dem Fingernagel pult er weiter an der Tapete. Sie lässt sich nicht leicht lösen, aber er hat Zeit. Als am Morgen das Licht wieder angeht, hat er ein handflächengroßes Stück Mauerwerk freigelegt und sich dabei ohne es zu merken beruhigt. Die Masken sagen ihm, dass sie erleichtert sind, er schüttelt den Kopf: dass hinter der Tapete nur Putz ist, keine Spur von Blut und Adern und Leben und Welt, will er nicht glauben. Die folgenden Nächte verbringt er pulend und hoffend. Bald ist die kahle Stelle so groß, dass auch die Masken sie bemerken. Warum er das tut, wollen sie wissen, und automatisch antwortet er, dabei hatte er sich geschworen, ihnen nichts mehr zu sagen, solange sie ihm keine Antworten geben.

»Ich will wissen, was dahinter ist.«

Sie lachen, klopfen ihm auf Rücken, Schulter, Kopf:

»Ach du, ach je.«

Sie gehen, ohne noch etwas dazu zu sagen, er bearbeitet weiter die Tapete, seine Nägel brechen ab, die Fingerkuppen bluten, aber er hört nicht auf, legt nach jedem größeren Stück Tapete das Ohr an die Wand, lauscht, ob es mehr zu hören gibt als das altbekannte Rauschen, aber die Mauer bleibt still. Erst, als sich sein Zeigefinger rotglühend entzündet, der Arzt ihm beide Hände dick verbindet, hört er auf. Die Wand neben seinem Bett ist kahl.

Der Hund legt sich davor, will ihm beim Vergessen helfen.

Er vergisst nicht, aber die Verzweiflung ist weg und die Wut, und bald hat er auch keine Fragen mehr.

Es ist, wie es ist. Sie werden wissen, was sie tun, und er muss ihnen endlich glauben, er muss es schaffen, ihnen zu vertrauen.

9

Sie faltet die Zeitungen zusammen. Sam soll das nicht lesen. Weder die Briefe noch die Artikel über das, was sie weit unter der Erde mit ihm angestellt haben. Vielleicht hat er all das tatsächlich vergessen, und wenn nicht, dann versteht sie, dass er sich ahnungslos gibt.

Sie selbst weiß jetzt mehr, aber noch nicht genug. Was war vor seiner Zeit in den Katakomben, wo kommt er eigentlich her? Darüber gibt es nur Mutmaßungen, die alles abdecken, von der beliebten Alientheorie bis zum Reagenzglas. Wurde Sam künstlich erschaffen? Sie sieht zu ihm hinüber und kann es sich vorstellen. Aber wie kann ein Plan so wenig aufgehen wie dieser? Wie können sie ihn einfach so gehen lassen?

Irma streicht über die Zeitungen, drückt dabei fest auf. Sie muss sicherstellen, dass Sam nichts davon liest, nicht die Fakten, die Theorien, die Gerüchte. Sie könnte die Zeitungen verbrennen, aber was ist mit dem Qualm? Was, wenn er jemanden anlockt, der ihnen besser fernbleiben sollte? Schließlich steckt sie die Blätter in den Hosenbund. Das ist nicht bequem, aber der sicherste Ort, der ihr einfällt, noch dazu rutscht die Hose jetzt nicht mehr.

Hier steht, sie haben die Hunde getötet, Sams Hund – das macht ihr mehr Angst als die Sache mit den anderen. Dass da noch mehr waren. Elin, Elin war auch eine von ihnen, sie hat anscheinend doch nicht gepasst und wurde vergessen. Aber die Hunde. Sams Hund. Dieses Wortwesen, das Sam durch ewige Wiederholungen verzweifelt am Leben zu halten versucht. Ein Hund, mittelgroß, schwarzgrauweiß, mit tiefbraunen Augen, mit hängenden Ohren und einem extra-weichen Fell. Bei dem man Schutz suchen muss, zwangsweise, als Kind ohne Eltern, umgeben nur von Unheimlichem. Mit einem Fell, an das er, der damals noch namenlos war, sich klammerte, wie jedes Neugeborene es reflexhaft tut. Die Organisatoren haben Interviews gegeben zu dem Thema, nachdem es einmal aufgedeckt war. Sie verteidigen sich nicht, sie müssen sich nicht verteidigen. Die Fragen der Journalisten sind interessiert, rational, nicht vorwurfsvoll: Ob es schwierig war, den Jungen an den Hund zu gewöhnen.

Nein, es ging ganz schnell, ganz natürlich. Er hat gequiekt vor Begeisterung, als er das Tier zum ersten Mal sah. Das waren seine ersten Laute, ein Quieken der Begeisterung. Das ist doch schön, oder nicht?

Ob auch ein anderes Tier in der engeren Auswahl gewesen sei.

Ja, man habe zunächst über Wölfe nachgedacht, aber nach den negativen Ergebnissen der vorangegangenen Tests wurde diese Möglichkeit schnell wieder verworfen.

Negative Ergebnisse?

Das Kind war in dem Alter noch zu grobmotorisch, der Wolf bissig.

Natürlich. Ob Kind und Hund eine gemeinsame Sprache hatten?

Nein, zumindest nicht verbal. Darauf wurde geachtet, dass das Kind vernünftig sprechen lernt.

Ob die Gefahr bestand, einen Soziopathen, ein Wolfskind heranzuziehen, das für die Mission unbrauchbar wäre?

Ja, natürlich. Und es hat auch Probanden gegeben, bei denen sich herausstellte, dass sie für uns nicht brauchbar sind.

Sam war aber brauchbar.

Glücklicherweise. Es sah erst nicht danach aus. Er hat sich schwergetan mit dem Verlust des Hundes. Aber er ist darüber hinweggekommen. Dass es ihm schwerfiel, ist ein gutes Zeichen. Wir waren ja auf der Suche nach einem Menschen, nicht nach einer Maschine. Wie man so sagt –

Er hat sich gefangen?

Wir haben ihm Beruhigungsmittel gegeben. Nichts Starkes. Es hat geholfen, wir vermuten, dass er den Hund schließlich vergessen hat, weil er bessere Gesellschaft bekam. In der Arena gab es Menschen. Menschen ohne Maske. Menschen suchen die Nähe von Menschen, Tiere sind als Bezugsobjekte nur interessant, solange es keine Menschen gibt, niemanden, der dieselbe Sprache spricht und ähnlich fühlt. Den Menschen war er bald näher als dem Tier. Das ist gut so und gesund. Die Arena war für Sam ein guter Lebensraum für den Einstieg, zur Ent- und Eingewöhnung. Die Entfernung des Hundes war dafür unbedingt notwendig.

Warum eigentlich ein Tier? Warum keine Menschen?

Ganz einfach: die Bindung, Sentimentalitäten mussten vermieden werden.

Natürlich. Und jetzt? Was bedeutet das, dass Sie Sam in die Welt hinausgelassen haben? Er hat doch eine Aufgabe –

Ja. Er hat eine Aufgabe. Aber das war seine Entscheidung. Er wollte raus. Er hat selbst die Tür geöffnet. Wie schon gesagt, er ist ein Mensch und er ist mittlerweile erwachsen. Er trifft

Entscheidungen, spätestens seit dem Verlassen der Katakomben. Er hat entschieden, die Welt sehen zu wollen, bevor es losgeht. Jetzt sieht er die Welt. Und wir betrachten sie mit ihm.

Und die Mission?

Wie gesagt: Er bereist jetzt die Welt, und wir werden sehen, wie es dann weitergeht.

Wann geht es weiter?

Das kann ich nicht sagen, das entscheidet er.

Wirklich?

Was soll das bedeuten? Wir zwingen ihn zu nichts. Er ist frei.

Macht Sie das nicht nervös, nach all der Zeit? All der Arbeit?

Nein.

Das ist gut.

Allerdings.

Noch eins: die Masken? War das wirklich nötig? Darüber wurde ja bereits während der Shows diskutiert. Das hatte doch etwas sehr Radikales, Einschüchterndes. Und wenn man sich jetzt vorstellt, ein kleines Kind, nur von Masken umgeben. Ich weiß nicht …

Nun. In den Shows war das natürlich auch Teil der Inszenierung. Aber nicht nur. Natürlich war das nötig. Besonders in den Katakomben. Er durfte keine Bindungen aufbauen zu den Menschen, die sich um ihn kümmerten. Das war für uns auch nicht immer einfach – ich meine, er war, er ist ein toller kleiner Kerl, wie Sie ja selbst wissen –

Ja –

– da fängt man selbst natürlich auch an, sich zu binden, da entstehen Gefühle. Wir sind ja nicht aus Stein –

Nein.

Genau. Wir haben auch gelitten –

– das kann ich mir vorstellen! Vielen Dank!

*Ich meine, unter den Masken steckten ja ganz normale Men-
schen, Leute wie ich und Sie. Das einzige Kriterium war, dass
sie über achtzehn sein mussten, wegen der Verantwortung,
Haftbarkeit und so. Die Masken boten Schutz, werden weiterhin Schutz bieten. Es wird immer wieder danach gefragt, aber nein: Hier wird nichts mehr gelüftet, die Masken
bleiben Masken, damit die Menschen darunter unbehel-
ligt weiterleben können, wenn die Shows endgültig beendet
sind –*

– wenn die beiden abgeflogen sind –

Genau.

Dann bleibt mir nur noch, Ihnen alles Gute zu wünschen.
Für den erfolgreichen Abschluss der Mission!

Vielen Dank, wir sind schon jetzt sehr zufrieden.

Sehr gut. Dann danke ich Ihnen für dieses Gespräch und
für diese beiden außergewöhnlichen Hoffnungsträger, die
Sie uns geschenkt haben –

Gern geschehen!

Gern geschehen. All die Zeit. Freiheit. Ein Wolf, der
Hund.

Gezüchtet und trainiert wie Sam, entsorgt, als er nicht
mehr gebraucht wurde. Sie haben ein Kind mit Hilfe eines
Hundes sozialisiert, und vielleicht war das nicht die schlechteste ihrer wahnsinnigen Ideen. Irma starrt hinüber zu Sam
auf dem klapprigen Bett, und plötzlich wünscht sie sich, sie
hätte ihm mehr, hätte ihm anderes von der Welt gezeigt. All
das Schöne, das es schließlich auch gibt. Sie hätten Wochen
verbringen können bei ihren Eltern. Sams Anwesenheit
hätte Julie geholfen, wieder zurück in die Welt zu finden,
oder zumindest in ihr Zuhause, mit den bunt gestrichenen

Wänden. Sie wären wunschlos glücklich geworden im Haus ihrer Eltern.

Irma hätte Sam zeigen können, wie normales Leben in diesen Zeiten funktioniert. Hätte ihm erklärt oder vielleicht gar nicht erklären müssen, wie schön so ein Sonnenuntergang auch ohne Sonne ist. Einfach, weil die Farben sich ändern, weil es Tag und Nacht gibt, Unterschiede und Regelmäßigkeiten, Wiederholungen, die den Einzelheiten Sinn geben und Struktur. Weil jeder Sonnenuntergang an vergangene und zukünftige Sonnenuntergänge denken lässt und ein Versprechen birgt, von dem es egal ist, ob es jemals eingelöst wird. Weil Sonnenunter- und -aufgänge nichts Kitschiges mehr haben, längst vergessen sind alle Filme und Bilder, auf denen Pferde sich aufbäumen im Morgenrot, auf denen Menschen dem rosarotorangen Horizont entgegenlaufen, weil er Hoffnung bedeutet.

Irma hätte ihm *morgen* erklären können und Träume. Nein, Träume nicht. Die kennt er. Die Insel ist sein Traum. Aber wer hat dafür gesorgt, dass er ihn träumt, was bezwecken sie damit? Freiheit, also echt! Irma hätte Sam bei Tom lassen, um einen anderen Auserwählten bitten und sich mit ihm in die Unendlichkeit schießen lassen können. Sie sieht es vor sich, die Schönheit darin: Sam und Tom gemeinsam unterwegs. Tom hätte sicherlich eine Idee gehabt, was Sam machen, wie er sein Leben hier unten begründen könnte, und Tom selbst hätte endlich damit aufhören können, sich eine Familie zu erfinden und Gründe. Sie hätte Sam einen Hund schenken müssen, nachdem er ständig von dem Hund gesprochen hat. Sie hätte jemanden finden sollen, der ihn liebt. Es wäre so einfach gewesen: jemanden zu finden. Aber sie hatte keine Zeit, die Suche, das Ziel, die Mission. Jetzt ist es zu spät.

Irma geht hinüber zum Bett, legt sich neben Sam. Die Matratze stinkt nach brackigem Wasser, nach Fisch, schimmlig und alt. Sie drückt ihr Gesicht in Sams viel zu warmen Nacken. Fahrradöl, Seife. Was noch? Die Zeitungen wiederholen Ausgabe für Ausgabe, dass Sam und die anderen eventuell nicht menschlich sind, dass es bisher keinen Hinweis auf ihre Herkunft gibt. Eine der gewagtesten Theorien: Sam stamme gar nicht von hier, er solle im Rahmen der Mission auf seinen Heimatplaneten zurückgebracht werden. Es klingt wie absoluter Blödsinn. Und trotzdem: Was, wenn es wahr ist? Kommt sie dann als Fremde zu seiner Familie, seinen Freunden? Er dreht sich zur Seite, stößt Irma fast vom Bett. Sie schiebt ihn näher zur Wand, betrachtet ihn aufmerksam, sie hat ihn schon Milliarden Mal inspiziert, trotzdem ist es jetzt anders, weil sie mehr über ihn weiß. Die Sache mit dem Hund, dem Geruch, den anderen. Sam sieht aus wie ein Mensch. Nase, Mund, Stirn, Augenlider, Wimpern, Kinn, Schultern und auch der Rest. Er hat sich angefühlt wie ein Mensch, ein sehr aufgeregter, bei all den Kompatibilitätstests, die sie durchlaufen haben. Hunger, Durst, Wind und Sonne, ihre Reise, sie haben bei ihm die gleichen Spuren hinterlassen wie bei ihr, noch zahlreicher sogar. Ist das ein Beweis für seine Menschlichkeit? Seine Lippen sind gesprungen, sein Haar, vom Salz verklebt, steht in alle Himmelsrichtungen ab. Es könnte alles nur Tarnung sein. Doch wofür? Irma wünscht sich jemanden, mit dem sie ganz vernünftig über all das sprechen kann. Jemanden wie Maja, die Maja von vor über zehn Jahren, ohne Kind und Mann und Beruf. Oder Tom. Sie hätte bei ihm bleiben können. Eine andere Theorie flüstert sie Sam ins Ohr:

»Weißt du, dass es nie eine Mutter gab, auch keinen Vater? Du wurdest nicht geboren wie ich, wie wir anderen. Sie haben dich geplant, von den Haaren bis zu den Zehenspitzen. Du bist das, was sie damals als Ideal definiert haben. Jemand mochte braunes Haar am liebsten, also hast du braunes Haar bekommen, grüne Augen. Braunes Haar auch deshalb, weil es so verbreitet ist. Grüne Augen, weil sie selten sind. Deine Lippen sind so voll, weil wir Menschen das schön finden. Deine Nasenspitze zeigt im perfekten Winkel nach oben und ist mit Sommersprossen übersät. Deine Haut ist nicht hell, nicht dunkel, du sollst allen vertraut sein und dabei niemandem zugehörig. Du bist zwei Zentimeter kleiner als der durchschnittliche Mann. Es fällt kaum auf, sorgt aber dafür, dass niemand sich von dir bedroht fühlt und man sich um dich kümmern will. Das hat bei Tom funktioniert, bei Olivier und sogar bei mir. Du entsprichst dem Durchschnitt menschlicher Vorstellungen und Ideale. Und weißt du was: Wenn wir mehr Zeit hätten, könnten wir dich nachbauen. Irgendwo gibt es sicher noch die Daten, die dir zugrunde liegen. Und noch was: Dass ich dich mag, ist kein Zufall, das hat nichts mit dir zu tun. Ich mag dich, weil sie es so wollten. Du und ich, wir folgen nur einem fremden Plan.«

Sie zögert, dann streicht sie vorsichtig über Sams rechten Arm und findet dort, was sie gehofft hatte, nicht zu finden: eine kleine, feste Erhebung. Also doch. Warum ist sie ihr nicht früher aufgefallen? Bei den Kompatibilitätstests hätte es mehr als eine Gelegenheit gegeben. Vielleicht ist sie ihr auch aufgefallen, aber sie hat sie ignoriert, hat sich eine Gewebeverhärtung eingeredet, die nichts zu bedeuten hat. Sie horcht auf seinen Herzschlag. Er ist gleichmäßig wie immer. Sie könnte ihn ohne weiteres ersticken, könnte mit Hilfe dieses schimmligen kleinen Kissens einer irren Idee ein Ende bereiten. Und wenn nicht mit dem Kissen, dann vielleicht mit der Pistole. Gegen die Pistole könnte er sich nicht wehren, sie würde ihn im Schlaf erschießen, er würde nichts merken, er hätte keine Schmerzen, oder zumindest nur kurz, und sie könnte nach Hause zurückkehren und versuchen, dort weiterzumachen. Sie schaut zu, wie ihre Hand nach der Waffe tastet, sie aus dem Bund der Hose zieht, auf Sam richtet. Sie könnte abdrücken, es wäre so einfach. Ein Schauder läuft ihr den Rücken hinab. Wie nah dran sie ist, am Töten. Entsetzt schleudert sie die Pistole weg. Sie landet polternd auf dem Boden und bleibt dicht vor der Tür liegen. Irma hört Schritte, Stimmen, und als sich die Tür öffnet, ist es zu spät, um nach der Waffe zu greifen.

Gesichter

»Was hat er?«

»Einen schiefen Mund.«

»Ja, aber was bedeutet das. Was macht er? Achte mal auf die Augen, was ist mit den Augen?«

Er beugt sich vor, studiert die Augen genau. Die Striche darüber stehen schräg.

»Er ist nicht fröhlich.«

»Genau. Und weiter?«

»Er ist wütend?«

»Falsch.«

Er strengt sich an. Er darf nicht zu oft falsch raten. Dann kommt abends keine Maske zum Gute-Nacht-Sagen, oder sie nehmen ihm den Hund weg. Wenn er das Richtige sagt, kann es sein, dass sie ihm später Honig geben. Oder Schokolade.

»Er hat Angst!«

Der Lehrer lässt sich in seinen Stuhl zurückfallen. Er reibt sich die Stirn, die Maske wackelt, als gehöre sie nicht zum Körper. Was, wenn sie tatsächlich nicht zum Körper gehört?

»Kommst du noch drauf?«

Der Lehrer rutscht an die Stuhlkante. Aus seinen grauen Augen sieht er ihn streng an. Streng. Das erkennt er sofort. Der Lehrer deutet auf das Gesicht.

»Hier, unter den Augen, auf der Wange, was ist das?«

»Ein Fleck.«

»Tropfen. Wasser. Tränen.«

»Oh.«

»Ja, oh. Der hier –«, sagt der Lehrer und hackt mit dem Zeigefinger immer wieder auf das Gesicht: Dong.

»Der hier weint.«

Dong.

»Weint!«

Dong.

»Weint!«

Dong.

»Verstehst du?«

»Ja«, sagt er leise. »Versteh ich.«

Der Lehrer drückt ihm die Zeichnung an die Brust, lässt zu schnell los, sodass er sie nicht zu fassen bekommt. Das weinende Gesicht segelt zu Boden. Er beeilt sich, es aufzuheben.

»Präg dir das ein. Präg dir das bloß ein. Weißt du, du musst wissen, was mit den anderen ist. Später wird das sehr wichtig, sonst funktioniert nichts.«

Er nickt.

»Beim nächsten Mal besprechen wir, was man tut, wenn jemand weint. Es wird nicht einfacher, und es ist verdammt wichtig, dass du kooperierst. Du hast sonst keine Chance.«

»Ja.«

»Den Hund nehmen wir heute Nacht raus.«

»Nein!«

»Nur, damit du dich konzentrieren kannst, damit du verstehst.«

Er drückt das Gesicht an sich. Der Lehrer schlägt mit den Fingern noch einmal leicht gegen die Zeichnung, dann geht er.

Etwas Feuchtes läuft seine Wange hinab, erst vereinzelte Tropfen, dann immer mehr. Das also ist Weinen, denkt er. So fühlt es sich also an, wenn man weinen muss.

10

Irma steht kerzengrade, zwingt sich, nicht die Pistole anzusehen, starrt ihnen entgegen, als ob sie mit ihrem Blick irgendetwas abwehren oder heraufbeschwören könnte. Die Frau ist dürr. Im Arm trägt sie Feuerholz. Als sie Irma sieht, lässt sie das Holz fallen, macht ein ersticktes Geräusch. Sie dreht sich um, aber sie läuft nicht weg, sie öffnet den Mund noch einmal, aber schreit nicht. Hinter ihr tritt ein Mann in den Türrahmen, mager und bleich auch er. Das Alter der beiden ist nicht auszumachen, *verlebt* fällt Irma ein, aber nicht alt.

»Was ist«, fragt er müde und schiebt die Frau zur Seite.

»Sie sind hier«, flüstert die Frau.

»So was«, sagt der Mann. »Ausgerechnet hier.« Es klingt aufgesagt, auswendig gelernt: *ausgerechnet hier.*

Sie stehen nebeneinander in der Tür, betrachten Irma, betrachten Sam, übersehen die Waffe, die direkt vor ihren Füßen liegt, schütteln den Kopf.

»Wir wollten gerade etwas kochen«, sagt die Frau. »Ihr habt sicherlich Hunger.«

Irma nickt, die Frau nickt, der Mann nickt. Aus seiner Wachstuchtasche zieht er drei schrumpelige Mohrrüben, legt sie in einen verbeulten Emailletopf und kippt Wasser aus einem Eimer dazu, der auf dem Boden steht. Emaille. Warum wird in der Einsamkeit und Einöde immer Emaille verwendet? Das scheint so vorprogrammiert wie der Wunsch, einmal im Leben das Meer zu sehen. *Emaille* klingt gut, wenn man es ausspricht, wie ein altmodischer Frauenname, und wenn man Wasser hineinfüllt, tönt es wie Regen auf einem Gartenhäuschen. Auch Irmas Oma hatte so einen Topf. Emaille ist immer roststichig, kurz vor dem Durchbruch. Irma muss an Milch denken, mit abgesetztem Rahm (warum denkt sie jetzt *Rahm*, obwohl es bei ihnen zu Hause einfach nur *Haut* hieß und auf keinen Fall sein durfte. Diese dünne, warme Schicht, die sich schlapp, aber entschlossen auf die Lippen legte, an Zähnen und Zunge klebte und dazu führte, dass der Kakao darunter matt schmeckte)? Als ihre Eltern das geerbte Haus aufgelöst haben, ist der Topf sicher gleich im Müll gelandet. Vielleicht haben die beiden Dürren ihn dort gefunden, vielleicht ist die Welt mittlerweile so klein. In Irmas Mund sammelt sich Speichel. Sie erinnert sich nicht mehr genau daran, wie Möhren schmecken, süßlich, nur das weiß sie noch. Die Frau versucht, in dem kleinen Ofen Feuer zu machen. Nach dem siebten Streichholz steht Irma auf, streckt die Hand aus:

»Ich kann gerne helfen.«

Die Frau zögert, dann lässt sie die Schachtel in Irmas Hand fallen. Nach zwei Versuchen brennen die Holzspäne, die Frau sieht Irma anerkennend an:

»Dann haben sie euch also doch was beigebracht. Ich frage mich nur, was euch das dort oben nützen soll.«

Irma zieht die Schultern hoch, sie hat keine Ahnung, ein Streichholz zu entzünden hat sie von ihrer Mutter gelernt, vor Ewigkeiten, sie durfte die Kerzen am Tannenbaum an-

zünden, und sie dachte immer, es gehöre zu den Dingen, die
man eben kann, doch aus dem Mund der Frau klingt es wie
Zauberwerk.

»Was ist mit ihm?«, fragt der Mann und deutet zum Bett.
Sam liegt da wie tot.

»Er ist krank geworden. Wir wurden ins Meer gespült und
sind seitdem nicht mehr richtig getrocknet«, erklärt Irma.

»Jetzt hat er überall an Armen und Beinen Punkte.«

»Jaja, die Kälte«, murmelt der Mann. Er klingt wie jemand,
dem sie schon lange Sorgen bereitet, aber dem die Kraft fehlt,
ihr zu trotzen. Das kaltklamme Haus spricht dafür, dass er
den Kampf längst aufgegeben hat. Hier versucht niemand,
es sich gemütlich zu machen, hier geht es allein darum, sich
mit den vier Wänden, dem Dach, dem grob gezimmerten
Boden vom Außen abzugrenzen.

»Sam ist es nicht gewohnt«, sagt die Frau. »Hier draußen zu
sein, so viel Platz und alles, wahrscheinlich strengt ihn das
zu sehr an. Man kann es sich gar nicht vorstellen, wie es ist, so
aufzuwachsen.« Sie sieht nicht zum Tisch, nicht zur Schublade, in der die Zeitungen lagen, aus denen Irma eben genau
das über Sam erfahren hat. Wie sie ihn aufgezogen haben.
Irma nickt. So wird es wohl sein.

Der Mann sieht sie forschend an: »Ihr habt die Artikel gelesen.«

»Ich. Er nicht. Ich habe sie hier, soll ich –«

Der Mann schüttelt den Kopf. »Ist schon gut.«

Er grinst Irma an, Irma versteht das Grinsen nicht.

Der Mann wendet sich ab, sagt nichts mehr dazu, stellt den
Topf mit den Möhren auf den Herd, und die Frau legt statt
eines Deckels ein Buch auf den Topf.

»Guck nicht so entsetzt, Irma, das ist ein alter Atlas, wer
braucht den heute noch?«

Der Mann lacht, dann tritt er ans Bett, sieht Sam nachdenklich an, legt vorsichtig eine Hand auf seine Stirn, sagt leise: »Er hat Fieber.«

Irma tritt neben ihn, schiebt seine Hand weg, seine Haut ist wie mumifiziert.

»Ich weiß.«

»Wir haben leider nichts, was wir ihm geben können. Wir sind nicht von hier, ich habe keine Ahnung von Heilkräutern und dem ganzen Zeug. Sie auch nicht. Wir hatten Jobs mit umständlichen Namen. Hierher sind wir gekommen, als es in der Stadt gar nicht mehr ging. Aber ehrlich gesagt geht es hier sogar noch weniger.« Er blickt sich achselzuckend um. »Ich meine, hier gibt es nicht mal die überraschend schönen Tage, an denen man zufällig eine alte Konservendose mit erst seit zwei Jahren abgelaufenen Ravioli findet.« Er wirft der Frau einen Weißt-du-noch-Blick zu, als Antwort leckt sie sich die Lippen.

Irma runzelt die Stirn.

»Wir sind nicht besonders geschickt«, sagt der Mann.

»Du solltest uns mal beim Fischen sehen«, sagt die Frau. Sie lachen. Beiden fehlen Zähne, was sie noch im Mund haben, ist schwarz-braun-gelb.

»Nur Möhren. Mit den dämlichen Mohrrüben kommen wir erstaunlich gut klar. Die gab es vor Urzeiten mal im Angebot, eigentlich wollten wir sie auf dem Balkon anpflanzen. Als wir wegmussten, hat sie sich daran erinnert und die Samen eingesteckt. Ich muss zugeben, dass ich sie für verrückt erklärt habe, aber hier sitzen wir nun und essen Tag für Tag nichts als Balkonkastenmöhren.«

»Die Kapuzinerkresse ist leider eingegangen.«

»Fisch gibt es nicht?«

»Doch, doch«, sagt die Frau und setzt sich. »Wir wissen nur

nicht, wie man ihn fängt. Aber ganz sicher gibt es hier Fisch. Wir sind doch am Wasser, irgendwo wird es auch Fische geben.«

»Ich habe mal einen Schatten gesehen, als ich an den Strand kam, das hätte ein Fisch sein können.«

»Das war bestimmt ein Fisch.«

Sie lachen schon wieder. Irma ahnt, dass die Geschichte mit dem Fisch das Größte für die beiden ist, ihr Traum. Einen Fisch zu fangen, zu braten, zu essen. Wirklich satt zu sein für ein paar Stunden.

»Ganz sicher gibt es hier Fische«, sagt Irma so überzeugt, wie es ihr möglich ist. Die beiden lächeln dankbar und die Frau klopft einladend auf den leeren Stuhl.

»Komm! Für den da kannst du ohnehin nichts machen. Entweder er überlebt oder eben nicht.«

Irma setzt sich zögernd zu ihnen. Sie riechen nach Schweiß und Kohle. Als sie klein war, war sie mit Julie und Phil in einem Freiluftmuseum, da roch es ähnlich.

»Es ist lustig, dass ihr hier auftaucht. Irgendwie absurd. Die Welt ist so groß, und dann landet ihr ausgerechnet hier.«

»Es ist kein Zufall. Wir wollten hierher.«

Die Frau nickt: »Die Insel. Ich weiß.« Sie sieht in Richtung des Bettes: »Er sucht jemanden.«

»Und er wird ihn finden.«

»Wen wird er finden?«

Der Mann zuckt die Achseln, schiebt müde einen leeren Salzstreuer über den Tisch. Irma fängt ihn mit einer Hand auf, als er über die Tischkante stürzt.

»Du bist wirklich so schnell wie in den Shows. Nicht schlecht.«

»Danke.«

»So sind sie, die Mythen, manche sind wahr, andere nicht.«
»Jaja. Mr. Basou –«, sagt die Frau und kichert heiser, der
Mann grinst. Er deutet matt auf Irma, dahin, wo sich ihr Pullover über den Zeitungen wölbt. »Niemand weiß, wie viel davon stimmt. Aber ich wette mit dir, die Hälfte der Menschheit glaubt alles. Sam aus dem Labor, Sam ein Mensch und
der größte Quatsch: Sam ein Alien – was macht das für
einen Unterschied? Keinen. Jetzt liegt er hier und stirbt
vielleicht. Sterblich ist er schon mal, ist das nicht beruhi-
gend?«
Irma weiß nicht, was sie darauf antworten soll. Wäre es
schlimm, wenn Sam unsterblich, wenn er anders wäre? Sie
fühlt sich ja selbst nicht heimisch, wie kann sie das beurtei-
len?
Der Mann beugt sich vor: »Was glaubst du denn? Wo
kommt er wirklich her?«
Irma zuckt die Schultern. »Ist mir ehrlich gesagt egal. Für
uns zählt nur die Zukunft.«
Das ist einer der Sätze, die sie ihnen eingebläut haben in der
Arena:
Für uns zählt nur die Zukunft.
Wahr ist daran nichts, Julie, Phil, Oma, die Apfelbäume, der
See, die Schubladen, Maja, Tom, die Straße, die Schule, der
langsamste Computer der Weltgeschichte, klebrige Kakao-
reste auf dem Küchenboden, der Birnbaum, die Hängematte, die Babydecke mit dem rot-blau-weißen Schaukelpferd-
muster – ein Erbstück, Freitagseinkäufe, Hamsterkäufe,
Brennnesselsuppe – selbstgemacht und über die Saison hinweg ständig verfeinert –, Alpträume und der Traum vom
Fliegen und der Geruch in der Halsbeuge ihrer Mutter,
an der Brust ihres Vaters beim Mittagsschlaf auf dem fleckigen Sofa, die Rabenmenschen in ihrer Küche, der Proviant,

die Arena – das alles und mehr zählt weiterhin, egal wo
Irma ist. Sie hätten ihr Gehirn manipulieren müssen, wenn
sie das nicht gewollt hätten. Aber vielleicht wollten sie es
gar nicht, vielleicht soll sie sich erinnern, vielleicht sind ihre
Erinnerungen ein Teil der Zukunft.

Die Frau stellt den Topf auf den Tisch: »Essen.«

Der Mann legt jedem eine Möhre auf den Teller. Die Möhren sehen aus wie abgehackte Finger, aber Irma isst gierig.
Der Mann und die Frau beobachten sie schweigend. Es ist,
als betrachteten sie Irma weiterhin über einen Bildschirm,
als wären sie nicht zur selben Zeit im selben Raum,.

Erst als Irma fertig ist, beginnen sie zu essen, schneiden
säuberlich Stück für Stück, kauen so lange, bis die Möhren
nur noch Saft sein können. Irma fällt es schwer, nicht zu
betteln. Noch ein Stück Möhre, ein winziger Bissen. Ganz
dunkel kann sie sich daran erinnern, wie man sich verhält,
wenn man zu Gast ist. Als Sam im Schlaf stöhnt, nutzt sie
die Gelegenheit aufzustehen. Seine Stirn glüht unter einem
glänzenden Schweißfilm.

»Leg dich doch zu ihm«, sagt die Frau. »Ruht euch doch
aus.«

Irma zögert. Alles kann passieren, wenn sie nicht aufpasst.
Sie könnten die Pistole entdecken, sie werden die Pistole
entdecken, und Irma ist sich ziemlich sicher, dass sie bei
den beiden noch schlechter aufgehoben ist als bei ihr oder
Tom. Die Frau lächelt, der Mann versucht ein Grinsen. Plötzlich ist Irma zu erschöpft, sich zu widersetzen. Es kann ohnehin jederzeit alles passieren, soll es doch. Sie schiebt Sam
wieder ein Stück zur Seite, dicht an die fleckige Wand, und
legt sich neben ihn. Das Kissen stinkt nach Katzenfutter,
der Mann und die Frau unterhalten sich flüsternd in einer
Sprache, die Irma nicht versteht. Es sind nur Zischlaute, die

in ihr Ohr dringen, bedrohlich zwar, aber nichts, was sie vom Schlafen abhalten könnte.

»Wir werden Sam glücklich machen«, glaubt sie zu hören.

»Und es ist wichtig, dass du mitspielst, Irma.«

Sie wollen Sam glücklich machen. Das ist gut. Das ist sehr gut.

»Ja«, murmelt Irma. »Selbstverständlich.«

»Wir sind der letzte Stolperstein vor dem großen Finale, verstehst du? Sam wird glücklich gemacht, und dann geht es endlich los, auf die eigentliche Reise, verstanden?«

Sie will etwas sagen, will nicken, aber Lippen und Kopf sind zu schwer, sie ist viel zu müde.

»Sieh mal«, sagt die Frau, »was hier liegt.«

»Also wirklich«, sagt der Mann.

Ich träume, denkt Irma, ich träume das alles nur. Alles ist gut.

Sie schläft.

Welt

Das, was sie *Welt* nennen, setzt sich für ihn aus den Bildern und Worten zusammen, die sie ihm geben.

»Da draußen ist es schlecht. Menschen sterben, töten einander.«

»Was ist das, töten?«

»Das erfährst du noch rechtzeitig, das lernst du später.«

Der Lehrer zeigt ihm eine Pflanze, er sagt, dass auch die Pflanzen sterben, die Tiere. Tiere, das sind Lebewesen wie sein Hund, die oft auf vier Beinen gehen, kriechen oder schwimmen. Etwas, was eine Sprache spricht, die man als Mensch nicht versteht.

»Tiere wollen nicht so viel wie wir«, sagt der Lehrer. »Aber leben wollen sie auch.«

Er sagt, dass draußen etwas grundsätzlich aus dem Gleichgewicht geraten ist. Keiner kann das noch stoppen, geschweige denn reparieren.

»Was ist aus dem Gleichgewicht?«, will Sam wissen. Der Lehrer überlegt, schüttelt den Kopf:

»Egal. Wichtig ist nur: Langfristig wird das nichts mehr mit uns und der Erde.«

Der Lehrer erzählt von Dinosauriern. Es gibt sie nicht mehr, sie wurden vernichtet durch feuerspeiende Berge oder vom Himmel stürzende Feuerbälle. Ganz geklärt ist das immer noch nicht. *Giganten*, nennt sie der Lehrer.

»Das ist lange her, aber das eine steht fest«, sagt er. »Früher oder später wird alles vernichtet, das heißt, dass es irgendwann nichts mehr gibt.«

Nach den Unterrichtsstunden schläft er schlecht. Er weiß, was Feuer ist, wie es beißt, wenn man ihm zu nah kommt. Er stellt sich die Welt draußen brennend vor. Der Lehrer sagt, dass dort Menschen leben. Wie ist das möglich? Wie schaffen sie das angesichts der Dinosaurierskelette, die in Gebäuden stehen, die sie *Museum* nennen? Der Lehrer sagt, dass die Menschen Angst haben, aber sehr gut darin sind, sich abzulenken. Er sagt ihm, dass er dafür da ist, einen Ausweg zu finden. Damit es weitergeht mit den Menschen: »Wir lassen uns nicht ausrotten wie die Dinosaurier. Wir entkommen der Apokalypse.«

Wenn er schlafen soll, liegt er in seinem Bett und flüstert das Wort in die Dunkelheit. *Apokalypse*. Das klingt schön.

11

Ein schweres blaues Etwas hat sich um ihn gelegt. Er weiß nicht, wo er ist. Seit sich Orte ändern können, seit die Welt für ihn weit ist und die Wege verschlungen, muss er sich bei jedem Aufwachen neu sortieren. Er trägt einen riesigen Pullover, neben ihm atmet Irma ruhig, es riecht nach Fisch und Hafenwasser.

»Du hast tief geschlafen«, sagt eine Stimme. Ein Mann beugt sich zu ihm herunter. Der Mund des Mannes ist schmal, aber er sieht nicht wütend aus, Sam kann den Ausdruck nicht lesen. Und er erinnert sich: Sie sind in der Hütte. Er hat sich hingelegt, um sich auszuruhen. War ewig im Dämmerschlaf und hat Irma sprechen hören mit einer Frau und mit dem Mann, der jetzt auf ihn herabschaut.

»Hallo«, sagt Sam vorsichtig. Trotz des Pullovers friert er so, dass seine Zähne klappern.

»Hallo, Sam«, sagt der Mann. Jetzt verzieht er den Mund, sieht freundlich aus und gleichzeitig gefährlich. Sein Mund grinst, aber die Augen sind starr.

Sam setzt sich auf, streckt dem Mann die Hand entgegen. Hinter dem Mann sitzt die Frau am Tisch. Die Gesichter der beiden erinnern Sam an die Kartoffel, die Irma geklaut hat. Es ist wahrscheinlich nicht so gut, wenn Menschen wie Kartoffeln aussehen. Der Mann drückt Sams Hand viel zu lange, zu fest. Sam versucht, seine Hand wegzuziehen, aber es gelingt ihm nicht. Er könnte Irma wecken, damit sie ihm hilft, aber sie hat so wenig geschlafen in der letzten Zeit. Er wird versuchen, alleine klarzukommen.

»Es ist schön, dass ihr hier seid«, sagt die Frau.

Sam nickt.

Der Mann setzt sich neben sie. Gemeinsam betrachten sie Sam. »Komm zu uns.«

Sam steht auf, seine Knie fühlen sich an wie kurz nach der Zentrifuge, der Raum schwankt. Das nennt man Schwindel. Er ist krank, er bräuchte wahrscheinlich einen Arzt.

»Du brauchst einen Arzt«, sagt die Frau. Sam nickt.

»Aber hier gibt es keinen Arzt. Hier gibt es nur uns.«

»Und euch«, sagt der Mann zufrieden. Sams Beine geben nach, er kann sich am Tisch festklammern, bevor er stürzt. Der Mann und die Frau werfen sich einen Blick zu, dann schiebt ihm der Mann einen Stuhl in die Kniekehlen. Sam lässt sich fallen und wartet darauf, dass einer der beiden ihm sagt, was zu tun ist. Draußen kreischt der Wind laut um die Hütte, brüllt im Kamin, es klingt wie Stimmen. Sie rufen ihn, warnen ihn, er muss weg, weiter, möglichst schnell. Aber wohin?

Sam greift nach dem Brief. Mann und Frau beugen sich vor. Er zögert, dann legt er ihnen das Papier hin.

»Was steht da?«

»Ich warte dort.«

»Wer wartet?«

»Ich weiß es nicht.«

Sie sehen ihn mitleidig an.

»Du denkst, dass du hier richtig bist, nicht wahr?«

»Ich hatte es gehofft. Das ist die Insel. Ich meine –«

Die Frau lacht laut auf:

»– jaja. Schon klar: Das ist eine Insel. Aber woher weißt du, dass es die richtige ist? Niemand weiß, wie viele Inseln es noch gibt.«

»Das muss man doch wissen! Ihr wisst doch alles über die Welt!«

Sie lachen beide.

»Ihr. Wer ist *ihr*?«

»Wir wissen nichts, wir nicht und die nicht. Wer immer *die* überhaupt sind. Nicht mal das wissen wir. Niemand weiß was, niemand, von dem wir etwas wissen.«

Sam fragt sich, ob es ihnen Spaß macht, so zu sprechen,

dass er sie nicht versteht und Angst bekommt, dass er das hier ohne Irma vielleicht doch nicht hinbekommt.

»Sam, ihr seid zufällig oder auch nicht auf irgendeiner Insel gelandet. Weil du dir eine Insel gewünscht hast, wollt ihr glauben, dass es die richtige ist. Und dabei weißt du nicht einmal, woran du die richtige Insel erkennen wirst.«

»Doch. Das weiß ich.«

Sie lachen: »Und? Woran?«

Er presst die Lippen zusammen. Das muss er ihnen nicht sagen. Er muss ihnen nichts verraten. Sie haben kein Recht auf irgendwas.

»Gut«, sagt die Frau schließlich. »Was machen wir denn nun mit euch?«

»Euch Auserwählten«, sagt der Mann und guckt komisch.

Die Frau nickt dem Mann zu, der greift nach Sams Arm.

»Ihr habt doch keine Chance.«

Sam sieht von einem zum anderen, dann hinüber zu Irma. Es sind nur drei Schritte. Er ist stark, eigentlich, sie haben so viel trainiert, so viel gehoben, gestemmt. Aber wie viel Kraft hat ihn die Reise, die Krankheit gekostet?

Du wirst kämpfen müssen, hat ihm eine der Masken gesagt, es ist so lange her. *Du wirst um dein Leben kämpfen müssen. Sei darauf gefasst.*

Er hat sie damals nicht verstanden. Man lebte, einfach so, weil das Herz schlug, ohne Kampf, ohne Anstrengung. Aber das war in einer anderen Welt, in der es nur ein Ziel gab. Hier draußen gibt es mehr als ein Ziel, gibt es Widersprüche, gibt es andere, die eigene Pläne verfolgen, so wie Tom und wie Irmas Vater. Vielleicht muss man hier kämpfen, um sein Leben.

Es geht ganz schnell. Der Mann springt auf, sein Stuhl fällt um, er zieht Sam an sich, hält ihn im Würgegriff, das und sein brackiger Geruch nehmen Sam fast den Atem, die Frau hebt den Arm, da ist ein rostiges Messer in ihrer Hand, und jetzt macht Sam die Bewegungen, die ihm beigebracht wurden.

Wiederhole sie, bis du es kannst. Du kannst es noch nicht. Noch mal! Noch mal!

Noch mal! Immer wieder derselbe Bewegungsablauf: wie man einen Arm packt, dreht, wendet, einen Körper zu Boden bringt, wie man mit dem Ellenbogen eine Magengrube trifft und einen Menschen in sich zusammensacken lässt wie eine lebensleere Hülle. Sie haben mit Ballons geübt, dann mit Sandsäcken, schließlich mit Masken im Trainingsanzug, Masken, deren Augen verborgen waren. Als er es schließlich hinbekam, wurde geklatscht und ihm auf die Schulter geklopft: *Du bist bereit, endlich.*

Haben sie ihn auf diesen Moment vorbereitet? Wie können sie damals schon gewusst haben, dass er genau diese Handgriffe brauchen wird, woher kannten sie den Abstand, den der Mann zu ihm, den die Frau zu ihm haben würde? Sein Körper macht alles automatisch, Sam sieht nur zu, sieht sich von oben, so, wie es Sterbende angeblich tun. Dann liegen Mann und Frau am Boden, kurzfristig handlungsunfähig, neben dem Mann das Messer. Sam könnte es sich schnappen, zustoßen, einmal, zweimal. Irma und er könnten das Haus übernehmen, hier unter dem niedrigen Dach wohnen, im Kamin ein Feuer machen. Sie könnten es sich hier schöner machen als der Mann und die Frau, sie könnten die neue Frau, der neue Mann werden und so tun, als wären sie schon immer hier gewesen, als gehörten sie hierher, als wäre das ihr Planet. Aber Sam greift nicht nach dem Messer, er greift nach Irma auf dem Bett. Zieht sie mit aller Kraft hoch, wirft sie sich über die Schulter. Es überrascht ihn selbst, wie einfach das geht, jemandem das Leben zu retten. Er stolpert zur Tür, stößt auf dem Weg dorthin gegen die Pistole, warum liegt die auf dem Boden, die war doch immer sicher verstaut in Irmas Hosenbund, und wieso haben der Mann und die Frau sie eben nicht benutzt, das wäre doch viel einfacher gewesen als mit dem kleinen Messer? Er bückt sich nach der Waffe, Irma wird wach, trommelt mit den Fäusten auf seinen Rücken, will sich befreien, will nicht gerettet werden:

»Lass mich runter!«

Aber Sam hält sie fest, jetzt ist er dran mit retten, da kann sie schlagen und treten und rufen, so viel sie will! Beim nächsten Versuch erwischt er auch die Pistole, hastet hinaus in den Regen, der auf seinen Kopf hämmert, als wolle er ihn zu Boden werfen. Aber er lässt sich nicht aufhalten, Regen ist nur Wasser, kurz nach dem Verlassen der Arena hatte er ihn noch eingeschüchtert, jetzt nicht mehr, jetzt kennt er sich aus in der Welt, jetzt kann auch Irma ihn nicht aufhalten, die ununterbrochen wütend nach ihm schlägt. Hastig wirft er einen Blick zurück. Hinter ihm rappeln sich Mann und Frau vom Boden auf, es sieht aus, als teilten sie sich einen Willen. Sie schwanken auf die Tür zu, werden immer schneller. In ihren Gesichtern kann er nichts Nettes mehr entdecken. Sam denkt an Baptiste, seinen Blick, kurz bevor er stürzte, während der dritten Show. Er bekam Baptiste nicht zu fassen, sah nur dessen Blick.

Sam wendet sich ab, beginnt zu rennen. Irma auf seinen Schultern ist schwer, aber er schafft das.

»Warte!«, ruft hinter ihm einer der beiden, dann folgt ein unfreundliches Lachen. »Bleib stehen! Wir tun euch nichts! Versprochen!«

Sam sieht sich wieder um. Er kann nicht anders. Die Frau

hat sich ein Fahrrad geschnappt, ein seltsam schmales, nur Räder und Rahmen, kein Sattel. Sie fährt im Stehen, tritt in die Pedalen, der Mann schiebt sie an, es sieht nicht so aus, als hätten sie das schon mal gemacht. Was wollen sie auf diesem steinigen Haufen Sand und Schutt überhaupt mit einem Fahrrad? Wie ist es hierhergekommen? Sam konzentriert sich aufs Laufen, hört, wie Fahrrad, Frau und Mann scheppernd umfallen, hört ihr Fluchen durch den Regen und läuft weiter, und jetzt sieht es in der Ferne bei den schmalen Bäumen so aus, als lichteten sich die Wolken. Sam entscheidet, dass das ein gutes Zeichen ist. Er taumelt auf die Bäume zu und rennt und rennt und rennt.

Wunsch

Einmal macht eine Maske einen Fehler und nennt eine andere »Oz«. Erst versteht er nicht, was das heißen soll, aber dann ruft die andere Maske: »Du bist wohl verrückt, meinen Namen zu sagen«, und beide haben ganz erschrockene Augen und laufen hinaus, verschwinden hinter der Wand. Er bleibt zurück und versteht: Draußen haben alle Namen. Nicht nur Oz und Mowgli und Simba und Cinderella und Bob und Rosa, sondern auch alle anderen. Er will dem Hund einen Namen geben, aber er weiß nicht, wie das geht, er versucht *Oz*, traut sich nur zu flüstern, weil niemand merken darf, dass er den Namen gestohlen hat. Oz klingt nicht richtig, und der Hund reagiert nicht. Er versucht alle Namen, die er kennt, die aus den Filmen, aber er macht irgendetwas falsch. Der Hund sieht ihn verwundert an, er gähnt und freut sich nicht, wie man es doch sollte, wenn man einen Namen bekommt. Irgendwann gibt er auf und überlegt sich stattdessen, nachts unter seinem Sternenhimmel, wie er selbst heißen könnte, wenn er draußen wäre. Es fällt ihm nichts ein, er will nichts stehlen, aber woher kommen die neuen Namen? Wie macht man das? Als man ihn fragt, was er sich wünscht, sagt er: »Einen Namen«. Sie sind wütend, darum geht es nicht, er soll sagen, dass er sich zu dem Planeten wünscht, wo seine Aufgabe auf ihn wartet. Sie trainieren weiter, und bei der nächsten Prüfung gibt er die richtige Antwort und sagt, dass er sich nichts mehr wünscht, als zu dem Planeten zu dürfen und immer dort zu sein. Insgeheim aber ist es der Name, wünscht er sich nichts sehnlicher als einen eigenen Namen.

12

Endlich gelingt es Irma, ihre Hände aus Sams Griff zu winden, sie fällt zu Boden. So will sie nicht gesehen werden, als jemand, der gerettet werden muss. Was denkt er sich nur, so funktioniert ihre Erzählung nicht! Sam gerät ins Straucheln, kann sich aber abfangen. Atemlos stützt er die Hände auf den Knien ab, der löchrige Pullover reicht ihm bis über die Knie, er zittert am ganzen Körper, es ist ein Wunder, dass er es bis hierher geschafft hat. Irma rappelt sich auf, geht zu ihm.

»Was ist passiert?«

»Wir mussten da weg!« Er keucht.

Wir werden Sam glücklich machen.

»Sam, was ist passiert?«

»Ich weiß es nicht, aber sie waren nicht nett, sie hatten ein Messer.«

»Wo ist die Pistole?«

Er deutet mit dem Kopf vor sich auf den Waldboden. Da liegt die Pistole. Irma nimmt sie, steckt sie zurück in den Hosenbund. Sam hindert sie nicht daran.

Wir werden Sam glücklich machen.

Er könnte recht haben, vielleicht waren die beiden wirklich gefährlich.

»Wie geht es dir?«

»Mir ist kalt und dann wieder warm.«

»Du hast Schüttelfrost.«

Sam nickt. Noch etwas, was er seinem Weltwissen hinzufügen kann.

Irma muss nicht lange nachdenken, um eine Entscheidung zu treffen.

»Wir sollten uns jetzt finden lassen. Selbst wenn wir noch ein paar Tage durchhalten, langfristig überleben wir hier draußen nicht. Und überhaupt: Was bringt uns das? Du hast doch jetzt alles gesehen, was wichtig ist.«

Sam schüttelt den Kopf:

»Hab ich nicht. Ich hab nichts gefunden. Gar nichts.«

»Was hast du gesucht?« Irma wundert sich selbst über ihre Frage. Wieso hat sie ihn das nicht gefragt, als er an ihrem Bett saß und sie bat, mit ihm zu kommen. Ganz am Anfang.

Sam stößt hervor:

»Meine Erinnerungen sind Lügen.«

»Selbst wenn, dann erzähl mir Lügen. Ist mir egal, ich brauche irgendwas, einen Grund.«

Er sieht sie skeptisch an:

»Man darf nicht lügen.«

»Theoretisch nicht. Praktisch macht das jeder. Ich lüge ständig.«

»Nein!«

»Doch. Manchmal im ganz großen Stil. Als ich gesagt habe, dass ich dich liebe, zum Beispiel. Erinnerst du dich, in der letzten Show vor der finalen Abstimmung?«

»Natürlich erinnere ich mich.«

»So. Und da habe ich gelogen. Ich liebe dich nicht. Ich mag dich. Aber Liebe? Ne, Liebe fühlt sich anders an.«

»Woher weißt du das?«

Sie zuckt die Schultern. Woher weiß sie das? Sie weiß es eben.

»Ich lüge, die Masken lügen, Tom lügt, meine Eltern lügen. Alle lügen, meistens einfach nur, um klarzukommen, um Sachen einfacher zu machen und weniger kompliziert. Und alle gemeinsam lügen sich die Welt so zusammen, dass sie Sinn ergibt. Verstehst du? Das ist menschlich! Also los, erzähl mir deine Erinnerungen. Lüg mich meinetwegen an.«

Er beißt sich auf die Lippen, es fängt sofort an zu bluten.

»Nicht beißen, reden!«

»Ich lüge aber nicht.«

»Ist mir egal. Dann erzähl es so, als ob es die Wahrheit wäre.«

»Ich erinnere mich ... aber nur an eine Sache«, sagt er schließlich. »Ich war im Wasser. Es war salzig, so wie hier. Jemand hat mich da rausgeholt.«

»Und?«

»Reicht das nicht?«

Irma hätte nicht fragen sollen. Sie sieht ihn fassungslos an.

»Deswegen sind wir hier? Nur deswegen? Wegen salzigem Wasser?«

Sam sieht sie fest an: »Ja. Das ist alles. Das ist alles, was ich habe.«

Irma schluckt alles hinunter, was sie jetzt sagen könnte. Sie wirft ihm nichts vor, nicht die Kälte, nicht die Angst, nicht die furchteinflößende Begegnung mit der Welt. Sam sucht Erklärungen, sucht nach seiner Geschichte. So ist das eben.

Sie wartet, aber Sam sagt nichts mehr, summt leise eine Melodie, die Irma bekannt vorkommt, irgendein Schlaflied, zu dem ihr der Text nicht mehr einfällt. Julie wüsste ihn, aber die ist Welten entfernt. Über ihnen hängt die Wolkendecke dicht und tief wie immer, zieht ein Schwarm Vögel ziellos Ellipsen vor dem Grau. Ihre Schreie hört man hier unten nicht. Dem Licht nach muss es irgendwann am Nachmittag sein, früher Abend. Sie sollten sich einen Unterschlupf suchen. Irma greift Sam bei den Schultern. Er lässt sich schieben. In irgendeine Richtung, für die sie sich entschieden hat, weil sie das Ende bedeuten könnte. Das Ende von dem hier unten, der Beginn des ganz Großen da oben. Des Abenteuers, das ab jetzt ihr Leben sein wird. Die Vergangenheit können sie vergessen. Es muss nichts mehr gesucht werden und vermisst. Irma will neue Geschichten schreiben, schöne, Geschichten ganz ohne Sehnsucht. Das muss doch verdammt noch mal möglich sein.

»Ich sag dir was.«

»Mh?« Er sieht sie nicht an.

»Es geht gar nicht um uns.«

»Wie meinst du das?«

»Ganz einfach: Bei der Sache geht es nicht um uns und schon gar nicht um den Ort dort oben. Es geht um das hier.«

Irma zieht mit den Armen einen weiten Kreis um sich: schlammiger Boden, kahle Bäume, darauf ein paar struppige schwarze Vögel, merkwürdig reglos und still, und hinter den Dünen brüllt hungrig das Meer. Der Mann und die Frau werden wissen, dass darin kein einziger Fisch mehr ist.

»Das hier?«

»Sie wollen unbedingt weiterleben. Alle. Aber nicht da

oben. Da will keiner hin und schon gar nicht dauerhaft. Nicht mal wir wollen das.«

»Nein?«

»Nein. Wir wollen uns nur vorstellen, dass es weitergehen kann. Jahre, Jahrzehnte, Jahrhunderte, vielleicht Jahrtausende lang wollen wir immer so weitermachen. Wenn sich jemand da oben um den Plan B kümmert, können hier unten alle sorgenfrei tun.«

»Ach so«, sagt Sam. »So ist das.«

»Genau. So ist das.«

Sam sieht sie großäugig an.

»Wir haben uns«, sagt Irma. »Darum ging es ihnen, dass wir uns alles werden, und wenn wir gehen, wollen sie glauben, dass das mit uns für immer ist.«

»Ist es das?«, fragt Sam.

»Ich weiß es nicht. Aber das spielt keine Rolle, es reicht, dass sie daran glauben dürfen.«

Sam denkt nach. Strengt sich sichtlich an zu verstehen, was sie meint, wie das funktioniert, wie das irgendwem helfen soll, und nickt schließlich.

»Ich verstehe. Ich glaube, das verstehe ich.«

Er lässt sich ins Laub fallen, Irma macht es ihm nach. Die Blätter verwandeln sich unter ihnen zu Staub, so flüchtig ist alles hier. Der einbeinige Vogel hat etwas gefunden, es sieht nicht essbar aus. Er fliegt. Sein Flügelschlag ist eckig.

»Und was machen wir jetzt?«

Irma überlegt, obwohl sie die Antwort schon weiß.

»Wir tun ihnen den Gefallen. Wir steigen in die Fähre und fahren weg.«

»Und dann?«

»Dann dürfen sie sich vorstellen, was mit uns passiert. Wir

haben so viele Filme gedreht, nicht mal die Hälfte davon wurde bisher gesendet. Ich wette, die basteln was Schönes, die erfinden uns eine gute Geschichte, eine mit glücklichem Ende, oder noch besser, eine ganz ohne Ende, die man ewig weitererzählen kann. Sie werden behaupten, dass wir heil angekommen sind, dass es schwierig war am Anfang, dann aber alles überraschend gut geklappt hat. Sie werden Bilder zeigen von blühenden Feldern, weißt du noch, neulich? Da brannte in einem der alten Gewächshäuser Licht. Sie werden zeigen, wie viel Nahrung es gibt und wie gut wir uns um sie kümmern. Um die Ernte und um die neue Welt. Sie werden dafür sorgen, dass alle immer wieder an uns denken. Nicht ständig und nicht so verzweifelt wie jetzt, aber sie werden uns nicht vergessen. Wir sind immer bei ihnen, wir geben ihnen Ruhe. Kennst du Gott?«

»Nein. Was ist das?«

»Keine Ahnung ... Ein Konzept dafür, wie man weitermachen kann. Trotz allem.«

»Und wir sind auch so was? So ein Konzept?«

»Wenn wir weg sind. Ja. Sie machen uns dazu. Oder nein, vielleicht sind wir es längst.«

»Ist das gut?«

Irma zögert. Dann nickt sie.

»Ja, ich glaube, das ist gut. Wir helfen ihnen. Und sie kümmern sich um das, worum es eigentlich geht.«

»Worum geht es denn?«

»Leben«, sagt Irma. »Es geht einfach nur darum zu leben, mehr ist es nicht, glaube ich. Und nicht weniger.«

Sie nimmt seinen Arm, drückt auf die Erhebung unter der Haut, beugt sich vor und spricht überdeutlich:

»Holt uns.«

»Was machst du?«

»Ich bringe uns hier weg«, sagt Irma und wiederholt in Sams Arm:

»Holt uns. Verdammt noch mal, hört endlich auf mit dem Theater und holt uns!«

Dein Tag

Im Unterricht erzählen ihm die Lehrer, dass sein Tag kommen wird.

»Dein Tag wird kommen. Der Tag, an dem dein wahres Leben beginnt.«

»Und bis dahin?«

»Bis dann bereiten wir dich vor. Das weißt du doch. Wir alle, all das gibt es nur für dich, damit du vorbereitet bist auf deine große Aufgabe.«

»Was ist das für eine Aufgabe?«

»Du bist auserwählt für das Fortbestehen der Menschheit.«

Er versteht nicht, aber der Lehrer sagt nur, dass er es irgendwann begreifen wird. Rechtzeitig. Sie machen weiter mit Physik. Mit Himmelskörpern und Entfernungen. Sie sprechen über die Schwerelosigkeit. Jeden Morgen, jeden Abend befestigen sie ihn im Simulator. Ihm wird nicht mehr schlecht. Er fixiert den roten Punkt, den sie für ihn angebracht haben. Als sie den Punkt eines Tages entfernen, geht es auch ohne ihn.

13

Hier unten, weit hinter der Hütte im Norden, gibt es wieder einen Wald. Schmale Kiefern, Birken und ansonsten Gestrüpp, golden vertrocknet, bronzefarben. Aber trotzdem: ein Wald. Sam folgt Irma durch das kniehohe Laub, bleibt stehen, greift mit den Armen tief in die Blätter und wirft sie hoch. Sie zerfallen noch in der Luft. Sams Haar ist bedeckt mit Blattstaub. Es scheint ihm besser zu gehen, vielleicht hilft der Pullover, die Wärme, der Gedanke, dass ihr Weg ein nahes Ende haben könnte.

»Was soll das?« Irma ist ungeduldig, sie müssen weiter, es ist keine Zeit für Spiele. Der Mann und die Frau werden sie nicht einfach so laufen lassen, sie müssen die Masken finden, möglichst schnell.

Wir werden Sam glücklich machen – was soll das bedeuten? Und warum hat sie die beiden nicht nach ihren Namen gefragt? Mann und Frau, das kann doch nicht alles sein.

Sam angelt mit der Zunge nach einem nassen Blattrest, der neben seinem Mundwinkel klebt.

»Ich würde das lassen, die sind bestimmt giftig. Wer weiß, was hier gespritzt wurde.«

Sam versteht nicht, so wie er nie etwas versteht. Seine Begeisterung selbst für die schäbigsten Weltreste, sein Lachen beim kreischenden Geschrei der Vögel, sie will es nicht hören. Jetzt isst Sam tatsächlich das Blatt.

»Kein Wunder, dass sie dich nie rausgelassen haben.«

Er sieht sie entsetzt an. Sie lächelt, aber das macht es nicht wieder gut.

»Rausgelassen?«

»Sie haben dich eingesperrt.«

Er schüttelt heftig den Kopf.

»Ich wette, du hast nie versucht, zu fliehen –«

Er öffnet den Mund, einen Augenblick lang denkt sie, er würde etwas entgegnen, aber er schließt den Mund wieder, sieht auf den Boden.

Sie nickt:

»Wusste ich's doch!«

Irma ist wütend auf ihn und weiß nicht warum. Sie zieht

346

die Zeitungen hervor, blättert, drückt ihm einen der Artikel ins Gesicht, soll er doch sehen. Er schiebt die Zeitung ein Stück weg und beginnt mühsam zu entziffern.

»H-h-i-i-i-e-rrrr –«

»Da steht *hier*. Das ist kein so schweres Wort! Da steht *Hier wurden die Probanden aufgezogen*.«

Sie kann das nicht, sie hat keine Geduld mehr. Er ist mit allem so langsam. Sie reißt ihm die Zeitung aus der Hand.

»*Probanden*. So nennen sie euch. Da steht, dass es noch andere gab. Andere wie dich. Du denkst doch, dass es nur um dich ging, dass sie von Anfang an nur auf dich gesetzt haben, oder?«

Er nickt.

»So war das nicht. Natürlich nicht. Da, wo sie dich aufgezogen oder gezüchtet oder was-weiß-ich haben, war es wie in einem Bienenstock. Einem mit sehr gut isolierten Wänden.«

Bienenstock – woher soll er einen Bienenstock kennen? Sie deutet auf eines der Bilder. Die Zeitung hat Risse, doch man kann noch erkennen, was sie ihm zeigen will: einen kahlen, weißwandigen Raum, an der Decke Neonröhren, eine Zelle wie im Film.

»Das ist mein Zimmer«, sagt er schließlich.

»Kann sein«, sagt sie. »Oder auch nicht. Wie gesagt: Es gab viele wie dich, alle Räume sahen gleich aus. Es kann also auch das Zimmer eines anderen gewesen sein.«

»Das ist mein Zimmer«, wiederholt er.

»Wenn du meinst. Wusstest du von den Hunden?«

»Ich hatte einen Hund –«

»Ich weiß. Alle hatten einen Hund. Sie haben sie alle eingeschläfert. Also umgebracht.«

»Er hatte seine Arbeit erledigt.«

»So kann man es auch sehen.«

Er versucht schon wieder, den Text zu entziffern. Irma setzt sich. Sie ist müde. Die Masken werden sie finden, darum muss sie sich nicht kümmern.

»Was meinst du, was sie mit den anderen gemacht haben?«

»Mit wem?«

Sam lässt sich neben sie fallen, legt seinen Kopf auf ihre Schulter. Sie lässt ihn. Er tut ihr leid und dann auch wieder nicht.

Sie kann sein Gesicht nicht sehen, und er sagt nichts. Irma nimmt ihm die Zeitung aus der Hand, knüllt sie zusammen, wirft sie weit weg. Sam will sie zurückholen, aber Irma hält ihn fest.

»Das macht es nicht besser.«

Sam setzt sich wieder. Irma denkt an Elin. Und von Viola hat sie nach der Auswahl nie wieder etwas gehört. Was ist mit Anas? Der kam doch von draußen, wie sie, oder nicht? Doch, Anas war normal, das hätte sie gemerkt, wenn auch er zu diesen Labormäusen gehört hätte. Und Cal und Carla, alle wie Irma, alle normal und freiwillig dabei trotz Milliarden anderer Optionen.

»Es wird Zeit, dass du verstehst, dass du Glück gehabt hast. Verdammt viel Glück.«

»Ich weiß«, sagt Sam leise, schlingt die Arme fest um sich, und dann tritt die Frau in Weiß aus dem Wald, und Sam springt auf, rennt auf sie zu.

»Warte!«, brüllt Irma. »Warte!«

Aber Sam bleibt nicht stehen.

Aufgaben

Er reicht ihm nur noch bis knapp über die Knie. Das Fell an den Ohren ist fast weiß, immer struppiger geworden, seine Nase ist trocken, er sieht nicht mehr gut, und sein Geruch hat sich verändert.

Früher hat der Hund manchmal an der Wand entlang geschnüffelt und geheult. Als ob dahinter mehr wäre als nur lange Gänge, niedrige Räume, glänzende Böden und das weißgrelle Licht der Neonlampen. Er hat sich an die Wand gedrückt und ihn aufgefordert, es ihm gleichzutun. Stundenlang lehnten sie an der kühlen Fläche. Er hat das Ohr an die Mauer gelegt, aber da war nichts. Nur das Rauschen von Wasser und Strom in den Leitungen, und vielleicht hat er sich auch das nur eingebildet. Doch der Hund hat jahrelang immer wieder nach diesem Etwas hinter den Mauern gesucht. Vielleicht war es das *Draußen*, von dem sie in den Unterrichtsstunden sprachen. Eine unheimliche Welt voller Gefahren, vor der sie ihn schützen wollen und die er trotzdem so gerne, wenigstens einmal sehen möchte.

Eines Morgens, der begonnen hat, wie jeder Morgen hier beginnt (ein Läuten, ein Schwall Luft durch das Lüftungsgitter, ein Tablett mit gräulichem Brei, ein Glas Wasser, wie aus dem Nichts mitten im Zimmer stehend), holen sie den Hund ab.

»Er soll bleiben!«

»Er muss kurz weg.«

»Wohin?«

Sie wollen ihm nicht sagen, wohin sie ihn bringen. Er brüllt und schreit, und er heult: Sie sollen ihm sagen, was sie mit dem Hund machen. Jetzt und sofort.

»Sonst –«

»Was sonst? Was willst du machen?«

Sie haben recht mit der Frage, was soll er machen?

»Ich höre auf zu essen.«

Sie lachen müde, und er weiß es ja selbst, das hatten sie schon. Drei verweigerte Mahlzeiten, einfach nur, um zu sehen, was dann passiert, sie haben ihn festgeschnallt und ihm einen Schlauch die Speiseröhre hinabgeschoben. Es hatte keine Folgen außer Schmerzen im Hals, und selbst die waren am nächsten Morgen verschwunden. Er brüllt seine Wut hinaus, schlägt nach ihnen, reißt an der Tür, von der er doch weiß, dass sie sich von innen nicht öffnen lässt, er greift nach den Masken, aber sie weichen nur stumm zurück, schließen die Tür hinter sich, er donnert dagegen beim Versuch, ihnen zu folgen, und rutscht erschöpft hinab auf den Boden, schlägt immer wieder seine Schultern gegen das Metall, seinen Kopf. Sie lassen ihn und irgendwann wird es schwarz vor seinen Augen.

Viel später bringt man ihn endlich zu ihm. Der Hund liegt in einem der Gänge in seinem Korb, den er noch nie benutzt hat, sie schlafen immer gemeinsam im Bett. Er kniet sich neben ihn. Etwas hat sich verändert. Der Hund ist still, seine Augen starr. Er legt ihm die Hand auf die weiche Brust. Sie hebt sich nicht, sie senkt sich nicht.

»Was ist mit ihm?«, fragt er.

»Er ist tot«, sagt die Maske. »Es tut mir leid, aber so ist das nun mal.«

»Was ist tot?«

»Das ist, wenn man all seine Aufgaben erledigt hat.«

»Bist du tot, wenn du sechs Monate bei mir warst?«

Die Maske lacht:

»Nein, nur arbeitslos.«

Er führt ihn weg. Er soll einen Koffer packen, mit Dingen, die ihm wichtig sind.

Er steht im Zimmer und sieht sich um. Er möchte den Hund mitnehmen.

»Der wird verbrannt.«

Die Feuerbälle, die auf die Erde knallen und die Dinosaurier auslöschen, die Flamme, die ihm in die Haut beißt, das können sie mit dem Hund nicht machen.

»Weck ihn wieder auf!«

Die Maske streicht ihm übers Haar. Er schlägt die Hand weg. Das hat er noch nie getan.

»Das kann ich nicht. Leider.«

In seinem Bauch wird es kalt, in seinem Kopf heiß. Er brüllt und brüllt und brüllt. Der Hund soll wieder da sein. Ohne den Hund ist er allein. Wenn er allein sein muss, will er nichts mehr. Er schreit, bis sein Hals brennt. Eine Maske kommt und gibt ihm eine Spritze. Es wird dunkel.

Als er aufwacht, sitzt er in dem Schalenstuhl, vor ihm der Arzt, in der Hand hält er ein großes, metallenes Gerät.

Der Arzt nimmt seinen Arm: »Keine Angst. Es tut nur kurz weh.«

14

Sie will ihm folgen, doch jemand hält sie zurück. Irma erkennt die dunklen Handschuhe. Masken. Eine zieht sie hinter einen mächtigen Stamm. Wo kommt der Baum her? Sie ist sich sicher, dass er eben noch nicht hier stand.

»Lass Sam, misch dich nicht ein.«

Sie hat nicht damit gerechnet, dass sie so schnell sein würden.

»Was sollte das in der Hütte? Wer sind diese beiden Psychos?«

»Das ist das Finale«, sagt die Maske.

»Und das?« Irma sieht zu Sam und der Frau. Sie ist höchstens zehn Jahre älter als Sam, sie trägt ein langes weißes Kleid, offenes Haar, das ihr weit über die Schultern fällt, sie ist sehr schön. Die beiden stehen dicht voreinander, stumm ineinander versunken. Sams Blick ist völlig entrückt. So hat sie ihn noch nie gesehen, er sieht jünger aus und älter. Irma macht einen Schritt auf Sam zu. Die Maske hält sie fest.

»Das gehört ihm.«

»Was gehört ihm?«

»Dieser Moment, dieses Wiedersehen. Diese Szene.«

Irma will sich davon nicht zurückhalten lassen, doch jetzt legt sich ein Schatten auf ihr Gesicht, einer, der schwerer wiegt als die Wolken. Sie sieht zum Himmel hinauf. Die Fähre schwebt über den Baumwipfeln. Ein Anker gleitet herab, golden schimmert er im künstlichen Sonnenlicht.

»Großartig«, sagt eine Maske und seufzt. Irma kommt das alles völlig surreal vor. Die Fähre, der Anker, das Licht, Sam und die Frau, die einander mittlerweile in den Armen liegen.

»Was spielt ihr ihm vor?«

Die Maske antwortet nicht, bestaunt den Himmel, das Schiff. Der Anker rauscht durch die Bäume, sinkt in den Boden, zieht eine tiefe Furche und bleibt schließlich an einer knorrigen Baumwurzel hängen. Das Schiff kommt direkt über ihren Köpfen zum Stillstand.

»Das meint ihr nicht ernst!«, entfährt es Irma.

Die Maske sieht angestrengt in Richtung Wald. Irma folgt ihrem Blick.

Sie kommen.

Aus allen Richtungen schreiten Masken heran, gleiten über Laub, Gestrüpp, Äste wie Gespenster. Sie machen einen Bogen um Sam und die Frau, die immer noch versunken dastehen, als würde sie das alles nichts angehen. Wie Felsen in der Brandung, denkt Irma und weiß im selben Moment, dass das Bild nicht stimmt: Sam und die Frau verströmen kein Gefühl von Sicherheit. Irma fühlt sich alleingelassen. Immerhin war es ihre Reise, hat sie sich mit Sam auf den Weg gemacht, ihn durch die Welt begleitet, damit er auf dieser gottverdammten Insel landet, jemanden finden kann, der seine Geschichte ergänzt, ihr einen Anfang gibt. Die Frau flüstert Sam etwas ins Ohr, er schüttelt den Kopf, vorsichtig löst sie sich aus seiner Umarmung, nimmt seine Hand, zeigt in Richtung des Schiffes. Unsichtbare Trommeln schlagen einen dumpfen Rhythmus, die Masken wuchten lange Stangen gen Himmel. Enterhaken. Sie greifen nach dem Ankerseil, mit vereinten Kräften ziehen sie das Schiff herab. Es sieht anstrengend aus, aber sie geben keinen Laut von sich, dreißig, vierzig, fünfzig Masken, eine perfekt einstudierte Choreographie. Das Schiff schwebt jetzt nur noch wenige Zentimeter über dem Boden. Irma hat Skizzen gesehen und Modelle, ihr wurde gesagt, wie großartig es sein würde, aber direkt davorzustehen ist dann doch etwas anderes. Sie geht davon aus, dass sie gefilmt wird, und bemüht sich, nicht allzu beeindruckt auszusehen. Es gelingt ihr nicht.

Komm jetzt, flüstert eine körperlose Stimme neben ihr.
Geh zu Sam, nimm seine Hand, lauft den Steg hinauf –
»Welchen Steg?«

Ein hölzerner Steg wird heruntergeklappt und gibt eine schmale Tür frei, die in den Bauch der Fähre führt. Augenblicklich wird der Weg von grellem Licht geflutet. Keine Lautsprecher, keine Scheinwerfer sind zu sehen, wie machen die das?

Geh jetzt!

Die Maske

Das Licht wird gedimmt, das nennen sie Nacht. Er sitzt auf seinem Bett und starrt die Sterne an. Die Matratze riecht nach dem Hund. Sein rechter Oberarm schmerzt, sie haben ihn verbunden, in seinem Hals sticht es.

Eine Maske kommt herein. Sie steht einfach da, an die Wand gelehnt, und sieht ihn lange an.

»Da bist du also«, sagt sie schließlich. Er antwortet nicht. Was soll er auch sagen? Er kennt sie nicht, er kennt niemanden.

Zum Punkt kommen, bitte, sagt die Stimme aus der Wand. *Wir haben keine Zeit.*

Die Maske hockt sich vor den leeren Koffer, der mitten im Raum steht. Sie sieht eine Weile hinein, zieht einen Umschlag unter ihrem Mantel hervor, legt ihn in den Koffer, dann den Finger auf den Mund: Er weiß, das heißt Schweigen. Vorsichtig drückt sie die Verriegelung zu, zuckt die Schultern, lächelt ihn an:

»Bist du aufgeregt?«

Er schüttelt den Kopf. Er weiß nie, was als Nächstes kommt, auch jetzt nicht, es ist wie immer, warum sollte er aufgeregt sein?

»Ich bin sehr glücklich, dass ich dich rüberbringen darf«, sagt sie.

Er fragt nicht, wohin sie ihn bringen darf und warum sie das glücklich macht.

»Es ist gut, dass es endlich losgeht.«

Er nickt, obwohl er nicht versteht. Schon immer sprechen sie darüber, dass *es* irgendwann losgeht. Er hat nie gefragt. Seit er denken kann, wartet er auf etwas, von dem er keine Vorstellung hat.

»Das in der Arena wird brutal, aber danach wird es besser.«

Drüben. Rüber. Arena. Er weicht zurück, drückt sich an die Wand.

»Keine Angst. Du musst keine Angst haben.«

Ihre Stimme klingt traurig. Traurig ist man, wenn sich einem der Hals zuschnürt, es im Körper sticht, Hände und Füße sich anfühlen, als flösse darin kein Blut.

Beeilung bitte. Ihr habt noch fünf Minuten.

»Die mit ihrer Zeit«, sagt die Maske.

»Genau«, sagt er. »Die immer mit ihrer Zeit.«

Er weiß nicht, was dieser Satz bedeuten soll, wem die Zeit gehört, wer *die* überhaupt sind. Warum diese Maske nicht zu *denen* gehört. Egal, er will, dass sie ihn mag, er weiß nicht warum.

»Bist du so weit?«

Er steht auf.

»Was machen wir?«

Sie schüttelt den Kopf: »Ich darf dir nichts sagen.«

Er nickt.

»Nimm deinen Koffer.«

»Aber –«

»Nimm ihn!«

Er nimmt den Koffer und folgt ihr aus dem Raum. Gemeinsam wandern sie durch die langen Flure, keiner von ihnen wirft einen Schatten an die weißen Wände, das Licht fällt wie immer exakt vertikal.

»Du«, sagt sie schließlich, ohne anzuhalten.

Ruhe bitte, sagt die Wand. Sie zeigt der Wand den Mittelfinger. Sam versteht nicht, was das soll.

Die Wand brüllt. Ein unmögliches Geräusch, ein kreischendes Donnern, das einen in die Knie zwingt. Er hat es erst einmal gehört, als er versucht hat, die Mauer einzureißen, um herauszufinden, ob dahinter nicht doch irgendetwas ist. Sie ducken sich vor dem Geräusch weg, halten sich die Ohren zu. Er sieht, dass die Maske etwas ruft. Er versteht sie nicht.

Masken mit Gehörschutz kommen den Gang entlang, zwei ziehen seine Begleiterin auf die Beine, einer ihn. Sie wehrt sich. Wehren bringt nichts, das weiß er schon lange, und er hat recht. All ihr Schlagen und Treten hat keinen Sinn. Sie führen sie weg. Sie ruft immer noch.

»Es wird gut!«, sagt sie. »Alles wird gut!«

Aber vielleicht hat er sich auch getäuscht, es ist eigentlich viel zu laut, um irgendetwas zu verstehen. Er will nicht, dass sie geht, obwohl er sie doch überhaupt nicht kennt.

Die Wand verstummt. In seinen Ohren rauscht es. Die Masken führen ihn den Gang hinunter und in einen finsteren Raum. Etwas heult auf, er schreit, hört sich selbst nicht dabei.

Jemand stülpt ihm Ohrenschützer über, drückt ihn an die Wand. Ein großes Fahrzeug steht da. Zwei kleine Lampen an der Decke, die den Raum kaum heller machen. Vier Räder, sechs Scheiben. Eine Tür im hinteren Teil wird geöffnet, man schiebt ihn hinein, der Koffer wird hinterhergeworfen, landet auf seinem Schoß, die Tür wird zugeschlagen. Er nimmt die Kopfhörer ab. Es ist ganz still. Eine Stille, die sich tief in seine wunden Ohren gräbt. Er sieht hinaus. Draußen dreht sich ein orangefarbener Lichtkegel. Eine Wand öffnet sich, wird von der Decke verschluckt. Er hält die Luft an, sein Herz schlägt schnell. Gleich sieht er es, das *Etwas*, nach dem der Hund gesucht hat, hinter der Wand, *draußen*. Das Fahrzeug setzt sich schweigend in Bewegung, gleitet auf die Öffnung zu. Dann werden die Scheiben dunkel, kann er darüberwischen, so viel er will. Sie zeigen ihm nichts.

Aber er ist nicht allein:
Im Koffer liegt der Umschlag.

15

Das Schiff. Es ist viel größer, als er es sich vorgestellt hat, und es interessiert ihn kein bisschen.

»Du musst jetzt gehen«, sagt die Frau. »Du weißt ja, die Aufgabe.«

Sie lässt seine Hände los, streicht ihm über die Wange. Er will bei ihr bleiben, aber er weiß, dass das verboten ist.

»Geh jetzt.«

Sie schiebt ihn sanft, ihre Hand liegt warm auf seiner Schulter. Warum will sie, dass er geht? Sie können ihr doch unmöglich reichen, diese paar Augenblicke.

»Ich will nicht!« Das hat er laut gesagt.

»Du musst! Es ist alles, was zählt, das weißt du doch.«

»Ich dachte, ich soll hierherkommen? Dich finden, ich dachte, darum geht es!«

Sie lacht:

»Du hast den Umschlag also geöffnet?«

Er nickt. Natürlich hat er.

»Natürlich hast du. Solltest du auch. Und du hast die Insel gefunden, du hast mich gefunden.«

»Ja –«

»Dann ist es doch gut. Dann kann es jetzt weitergehen. Zum nächsten Ziel.«

Sie deutet nach oben, wo die Fähre an den Seilen zerrt. Er wird wütend. Er fühlt es im ganzen Körper, und er merkt auch, dass sein Mund trotz der Wut nicht zu einem schmalen Strich wird. Alles wissen sie anscheinend doch nicht.

»Das ist alles?«

Sie nickt, aber er glaubt ihr nicht. Ihr Griff um seine Schultern wird fester, er stolpert, sie schiebt ihn weiter auf die Brücke zu, die ins Innere des Schiffes führt. Wo ist Irma?

»Ich bin so stolz auf dich«, ruft sie und stößt ihn Schritt für Schritt vor sich her. »So unfassbar stolz.«

Was hilft ihm ihr Stolz, wenn er gehen muss, warum sagt sie das?

»Warum kommst du erst jetzt?«, fragt er. »Wir hätten viel mehr Zeit gehabt, wenn du früher gekommen wärst.«

»Ich war immer da«, sagt sie. »Unter den Masken.«

Er nickt, obwohl er ihr schon wieder nicht glaubt. Irma wird neben ihn geschoben, und im selben Moment ist die Frau weg.

Irma sieht ihn seltsam an. *Hoffnungsvoll*, das ist wahrscheinlich das richtige Wort.

»Bist du jetzt zufrieden?«

Nein, ist er nicht. Er weiß nicht, was er erwartet hat, aber dass das alles sein soll, das kurze Treffen mit der fremden Frau, die vielleicht gar nicht wirklich zu ihm gehört, gefällt ihm nicht.

Er schüttelt den Kopf. Irma nickt:

»Zeig es ihnen nicht. Sie wollen sehen, dass du zufrieden bist.«

»Da war niemand«, sagt Sam. »Da war die ganze Zeit niemand. Nur dieser eine Satz, den irgendwer aufgeschrieben hat, um mich wegzulocken. Hier raus.«

»Ist es schlimm?«, fragt Irma.

»Wusstest du davon?«

Irma überlegt.

»Ich habe es geahnt«, sagt sie leise.

»Ich weiß nicht, was ich gehofft habe.«

Sie nickt.

»Aber ich: Du hast gehofft, dass da mehr ist. Und dass sich ein Kreis schließt.«

»Ich weiß nicht«, sagt Sam. »Vielleicht.«

»Sie haben dir zu viele Filme gezeigt da drinnen, damals.«

Ich warte dort.

Der Brief ist noch da. Soll er ihn der Frau zeigen, ihr erklären, dass diese drei Worte mehr versprechen als nur das: Da zu sein, zu warten. Worauf hat sie gewartet? Wirklich auf ihn? War sie es, die den Brief geschrieben hat oder eine der Masken? Gehört sie zu ihnen, und ist das überhaupt wichtig?

Irma hat recht. Die Filme erzählen immer davon: von Reisen, die mit Antworten enden, mit einer abschließenden Erkenntnis.

Hier bin ich, hat sie ihm ins Ohr geflüstert, sobald ihre Köpfe sich nah genug waren, um einander zu verstehen. *Hier bin ich, und hier bist du. Ich habe so lange auf dich gewartet, mein Schatz.*

Es klingt wie in den Filmen. Es klingt genau so, wie er sich vorgestellt hat, dass sie hier draußen sprechen. Nicht in Fragen und Befehlen, wie damals in den Katakomben. Es klingt zu schön.

Dein Tag, hat die Frau geflüstert und gelächelt. *Das heute, das ist endlich dein Tag!*

Der Umschlag

Er hält den Koffer mit beiden Händen, die Fahrt dauert lange, schicken sie ihn jetzt schon hinauf? Er versucht, draußen etwas zu erkennen, aber es ist unmöglich. Eine lange Weile sitzt er angespannt, sieht starr geradeaus. Seine Finger fühlen sich seltsam an, die Knöchel sind weiß, er hält den Koffer zu fest. Es dauert eine Weile, bis er es schafft, seinen Griff zu lockern. Der Koffer hat ein Schloss, und er besitzt keinen Schlüssel. Trotzdem drückt er auf den winzigen silbernen Knopf. Der Verschluss springt sofort auf. Er hebt den Deckel. Da liegt der Umschlag, die Maske hat ihm nicht verboten, ihn zu öffnen. Aus den Filmen weiß er, dass Umschläge immer irgendwann geöffnet werden. Je früher das im Film geschieht, desto größer ist die Wirkung: Tränen, Zorn, Angst oder eine Aufgabe. Er hat bereits eine Aufgabe, und auch das andere braucht er eigentlich nicht. Der Umschlag ist schwer. Er kann alles Mögliche enthalten. Millimeter für Millimeter öffnet er ihn. Das Kuvert reißt trotzdem, erst will er es zurücklegen, dann macht er doch weiter. In dem Umschlag steckt ein Zettel, wenige Worte. Sie haben ihm Lesen beigebracht, er kann es nicht besonders gut, die Buchstaben tanzen vor seinen Augen, ordnen sich ständig neu, er braucht mehrere Anläufe, bis er entziffert hat, was dort steht:

Die Insel
Ich warte dort.

Mehr nicht. Was soll das bedeuten? Wer wartet und auf wen und welche Insel ist gemeint? Er hat von einer einzigen Insel gehört, aber die gibt es höchstwahrscheinlich nicht wirklich. Unter den Wörtern ist ein länglicher Fleck. Bloß Schmutz oder ein Symbol? Er dreht den Zettel um, auf der Rückseite steht nichts. Was soll er damit? Plötzlich ein kreischendes Geräusch, er wird nach vorne geschleudert, fliegt gegen eine schwarze Scheibe, der Koffer bohrt sich in seinen Bauch, der Umschlag verschwindet im Dunkel des Fußraumes, den Brief hält er fest in der Hand. Von draußen hört er dumpf Stimmen. Ohne darüber nachzudenken, schiebt er den Brief unter seinen Pullover, da wird er rausfallen, besser, er steckt ihn in seinen Hosenbund. Die Stimmen kommen näher, er setzt sich wieder aufrecht hin, fixiert die Tür und wartet angespannt darauf, was sie als Nächstes mit ihm machen werden.

16

Kommt freiwillig, erhobenen Hauptes!
Irma sieht sich um, sucht weiter nach einem Körper zu der Stimme, aber da sind nur Masken, Umhänge, rotleuchtende Anstecker, behandschuhte Hände, die sich auf ihre Schultern legen.
Ihr könnt Helden bleiben. Wenn ihr jetzt alles richtig macht.
Sam wehrt sich, schlägt die Hände weg, drei Masken müssen ihn halten.
Bring ihn dazu, sich zu benehmen, Irma. Und falls ihr es noch nicht verstanden habt: Ihr gehört uns. Steht sogar in Absatz dreihundertvierundzwanzig b des Vertrages: Eure Geschichte gehört uns, ihr gehört uns. Also, macht jetzt!
Irma greift nach Sams Armen, er schlägt nach ihr. Es ist das erste Mal, dass er sich wehrt, das ist gut, und trotzdem muss sie ihn daran hindern.
»Einmal, Sam. Einmal müssen wir noch mitmachen.«
Er nickt. Er vertraut ihr. Natürlich vertraut er ihr, sie ist der einzige Mensch, den er wirklich kennt. Er hat keine andere Wahl. Das hat nichts mit irgendeiner Art von Zuneigung zu tun.
Irma sieht hinüber zum goldenen Steg. Auch aus dem Inneren der Fähre leuchtet es vielversprechend.
»Alles wird gut. Denk an die Welt, die jetzt kommt, denk an unseren Planeten.«
Sams Gesicht entspannt sich nicht.

Los!

Die Masken rücken näher, bilden eine Gasse.

Sam will zurückweichen, aber Irma hält ihn fest.

»Keine Angst. Es ist vorbei.«

Es ist nicht schlimm, es ist alles gut. Sie werden nur vorbereitet für den letzten großen Auftritt. Ihre Kleider werden ihnen vom Körper geschnitten, natürlich finden sie die Pistole. Maske reicht sie an Maske weiter, bis Irma sie irgendwann aus den Augen verliert. Die Waffe verloren zu haben, macht Irma trauriger als der Abschied von Tom, als Julie auf der Treppe.

Jemand reibt sie mit einem nassen Tuch ab. Der Dreck liegt in Schichten auf ihnen, die Erde klammert sich an sie. Es dauert, es ist kalt. Irma und Sam starren einander an. Es hilft, sich einander durch Blicke zu versichern. Als sie sauber genug sind, streift man ihnen neue Kleidung über. Die Kostüme der Arena, verzweifelt altmodischer Kriegerkram. Für das große Finale in leuchtenden Farben, Irmas purpurrot, Sams dunkelgrün. Die roten Punkte an seinen Armen und Beinen verschwinden unter dem Stoff. Zwei Masken frisieren Irma, ihr Haar ist lang geworden, ohne dass sie es bemerkt hat, dass es sie gekümmert hätte. Mit groben Kämmen durchpflügen sie Strähne für Strähne, reißen an der Kopfhaut, sie presst die Zähne aufeinander, sie wird nicht schreien. Den unsichtbaren Kameras streckt sie ein mutiges Gesicht entgegen. Der Zopf, den sie ihr flechten, liegt schwer auf ihrem Rücken. Sie sieht zu Sam, er wird geschminkt. Schrammen und Schnitte verschwinden hinter einer dicken Schicht Puder. Er hat nach wie vor ein Talent dafür, mit der Welt zu kollidieren, er kennt sich immer noch nicht aus mit Entfernungen und Hindernissen, mit den Dingen, die einem hier plötzlich einfach begegnen und widerfahren können, Zweige, Steine, Menschen, Masken und Raumfähren. Sie legen ihm glitzerndes Weiß unter die Augen und einen Hauch Frische auf die Wangen. Er sieht gesund aus, ausgeschlafen und fremd.

Er hustet.

Hör auf zu husten, sagt die Stimme, aber Sam hustet weiter.

Wie kann man zornig husten? Sam kann das.

Phantastisch seht ihr aus! Wunderschön!

Die Masken treten beiseite. Irma und Sam wandern durch das Spalier.

Lächeln, bitte.

Sie stößt ihn in die Rippen, sie grinsen in die Kameras. Irma schickt eine Kusshand in die Welt da draußen, da hinten, mit der sie nichts mehr zu tun hat.

Fällt euch etwas ein, was ihr sagen wollt?

Nein, ihnen fällt nichts ein.

Auch gut. Und: sehr gut, dieser Gesichtsausdruck. Ihr seid Helden, ihr seid groß. Ihr seid die Zukunft. Wir sind so dankbar für die Hoffnung, die ihr uns schenkt.

Irma ist sich sicher, dass sie Musik drüberlegen: das Klavierstück des ein Jahrzehnt umspannenden Tanzes, vielleicht haben sie auch extra etwas Neues komponieren lassen.

Die Fähre setzt sich in Bewegung, gleitet vor ihnen her bis hinunter zum Strand, dort senkt sie sich die letzten Zentimeter herab, liegt jetzt schwer im Wasser, unbeeindruckt von der unruhigen See, von den Wellen, die hoch an den Bug schlagen. Das Schiff ist wunderschön, die Farben glänzen frisch im Scheinwerferlicht der künstlichen Sonne. Mittlerweile ist es Nacht, aber das wird vor den Bildschirmen niemand bemerken. Irma denkt an die Taschen, dreißig mal dreißig Zentimeter, an ihre Rollen voller Fotos, sie kann sich nicht mehr daran erinnern, was auf ihnen zu sehen ist. Ein paar vergangene Momente, die sie ebenfalls vergessen hat. Und in Sams Tasche? Was soll er schon eingepackt haben? Einen Fetzen Zellophan, einen Rest Verpackung? Ein Hundehalsband? Ob die Masken die Taschen tatsächlich wie versprochen in den Fächern der Fähre verstaut haben? Es ist ihr nicht wichtig.

Geht, schreitet erhobenen Hauptes!

Sam neben ihr wird immer schneller, eilt auf das Schiff zu, als wäre es seine Rettung. Doch die Rettung wovor? Irma weiß, die Fähre war nie sein Ziel, wahrscheinlich nicht mal der entfernte Planet.

Freu dich, Irma, du hast es geschafft! Du hast durchgehalten, bis hierher! Jetzt geht es los!

Die Stimme klingt ehrlich begeistert, und Irma sollte sich verdammt noch mal freuen. Sie ist nur noch wenige Schritte vom Finale ihrer Heldengeschichte entfernt. Und trotzdem und vielleicht gerade deshalb streckt sie jetzt die Hand nach Sam aus, greift ihn an den Oberarmen, drückt eventuell ein bisschen zu fest zu und fühlt unter ihren Fingern die kleine Erhebung. Ein Grund mehr. Sie zieht ihn mit sich. Er gerät ins Straucheln, sie stolpern, aber sie fallen nicht. Sie laufen weg von der Fähre, weg von den Masken, in die entgegengesetzte Richtung, zu der Stelle, an der sie angespült wurden, erst vor ein paar Tagen, die sich wie eine Ewigkeit anfühlen: die Zeit auf der Insel.

Sie rennen.

Bleibt stehen, sagt die Stimme, überrascht, nicht ärgerlich.

»Wir laufen weg!«

Sam klingt begeistert und ängstlich zugleich.

»Du hast die Tür geöffnet!«, ruft sie. »Du bist damals einfach hinausgegangen!«

»War das ein Fehler?«

»Nein!«, ruft Irma, »war es nicht!«

Er bleibt stehen, sieht sie ratlos an, und sie kann ihn gut verstehen: Er weiß doch, dass sie immer nur zurückwollte, zur Arena, und von da aus so schnell wie möglich weiter, hinaus ins Universum.

Ja, warum, Irma?, fragt die Stimme. *Warum machst du es euch so schwer? Sam hatte doch seine Begegnung, er hat jetzt seine Geschichte!*

Sie sieht sich um, keine Spur eines Lautsprechers oder anderer Technik. In der Ferne hört sie Schritte, Motoren, Reifen im trockenen Laub.

Sam starrt in die Richtung, aus der die Verfolger jede Sekunde auftauchen werden.

»Sie können uns nichts tun«, sagt Irma. »Nicht mehr, als uns in die Fähre zu stopfen und auf *Start* zu drücken.«

»Aber warum laufen wir weg?«

Sie denkt nach, weiß, dass sie ihm jetzt sofort einen Grund nennen muss, damit er mitkommt. Warum läuft sie weg?

»Weil es nicht vorgesehen ist.«

Er versteht nicht.

»Sie wollen nicht, dass wir weglaufen. Alles andere war von ihnen geplant, der Brief damals, die Insel, die Karte, deine Flucht. Sie wollten uns draußen in der Welt zeigen, wir sollten allen nahekommen. Es war alles geplant, verstehst du? Das hier aber nicht! Es ist noch nicht zu Ende, Sam. Verstehst du? Mit dir, hier unten.«

»Nein?«

»Nein.«

Er nickt.

»Komm, Sam! Komm noch ein letztes Mal mit!«

Sie sagt nicht, dass er ihr vertrauen soll. Sie verspricht ihm nichts. Sie hat selbst keine Ahnung, was sie tun wird, und sie ist sich ganz und gar nicht sicher, ob es richtig ist, ihn hinter sich herzuschleifen. Trotzdem greift sie erneut nach seiner Hand, er zieht sie weg.

»Du musst nicht an mir zerren, ich kann selber laufen.«

»Entschuldigung!«

Er grinst.

Sie rennen, stolpern über zerfetzte Wurzeln, vertrocknete Maulwurfshügel und gelangen auf der anderen Seite der Insel ans Meer, haben so viel Schwung, dass sie erst im Wasser zum Stehen kommen. Am Strand wird es taghell, Scheinwerfer, Helikopter, überall Masken. Eigentlich ist es unmöglich, von hier zu entkommen. Aber vielleicht, denkt Irma, ist es zu viel, sind es zu viele, steht sich hier gegenseitig alles im Weg. Vielleicht ist genau jetzt ihre letzte Chance.

Irma sieht sich hektisch um, sie kommen nicht weiter als an diesen Meeressaum, der im Scheinwerferlicht metallisch glänzt. Das Wasser liegt endlos, es ist kein Horizont zu erkennen, Himmel und Erde geben sich, als wären sie eins, eine feine Nebelschicht lässt alles erscheinen wie gemalt, und im Nebel entdeckt Irma etwas, was auf den ersten Blick aussieht wie ein gigantisches Tier auf vier mächtigen Beinen.

Irma zögert nicht länger, watet ins Wasser:

»Schwimm!«

»Ich kann doch nicht schwimmen!«, ruft Sam, sieht das Wasser an, als warte es nur darauf, ihn zu fressen, und schwimmt Sekunden später neben ihr, schluckt salziges Meer, geht unter und taucht prustend wieder auf und hustet und spuckt und jubelt:

»Ich schwimme, Irma! Verdammt, ich schwimme!«

Zug um Zug kämpfen sie gegen die Wellen an, und mit jedem Schwimmzug verändert sich das Tier in der Ferne, verwandelt sich langsam in etwas Menschengemachtes. Rotbraun-rostig, Türme und Kräne und Rohre und Leitern und möwenumkreischt, muschelbewachsen schaukelt im Meer vor ihnen eine Bohrinsel.

Ankunft

Die Tür öffnet sich, als er nicht sofort aussteigt, ziehen sie ihn am Arm hinaus, der Koffer landet mit einem Knall auf dem Boden. Er steht in einem quadratischen Raum mit blendend weißen Wänden und grellem Deckenlicht und kneift die Augen zusammen. Um ihn herum versammeln sich Masken, ihre Umhänge sind schwarzblau. Ihre Münder nur Striche.

»Das ist er also«, sagt eine Maske.

»Ich hatte mir mehr vorgestellt.«

»Wie, mehr?«

»Na ja, mehr Held halt.«

»Das wird schon, der wird schon noch. Den machen wir uns zum Helden.«

»Trotzdem. Er sieht so menschlich aus, so sterblich. Ich meine, der ist ja praktisch noch ein Kind.«

»Warte es ab!«

Eine Tür öffnet sich lautlos, zwei Masken greifen ihn an den Schultern, schieben ihn in Richtung der Öffnung.

»Dann mal los, du Held. Jetzt zeig uns, was du kannst!«

Er kann Entfernungen berechnen und Planeten aufsagen und Formeln und Wahrscheinlichkeiten berechnen und Hitze aushalten und Kälte und er kann Erinnerungen vergessen und einem Apfel widerstehen. Er kann so viel, aber er weiß nicht, was sie sehen wollen.

»Na?«, fragt eine Maske, und er hört genau, dass sie auf irgendetwas wartet.

»Hallo!«, sagt er, weil ihm nichts anderes einfällt. Die Masken sehen ihn einen Moment lang stumm an, dann lachen sie gleichzeitig los, schrill und atemlos.

»Hallo! Er hat *Hallo* gesagt!«

Er legt sich die Arme um den Kopf, hält sich die Ohren zu. Nichts sehen, nichts hören. So lange, bis sie aufhören oder bis ein Lehrer kommt, der ihm das alles erklärt.

17

Keuchend greift Irma nach den Sprossen der Leiter, angelt nach Sam, bekommt seinen Arm zu fassen, er zieht sich hoch. Schwerfällig klettern sie hinauf, das Metall schneidet in ihre Hände, ihre Kleidung hängt schwer an ihnen, zieht sie gen Wasser, aber sie lassen es nicht zu. Irma sieht sich immer wieder nach Sam um, er sieht völlig erschöpft aus, aber als sie ganz oben ankommen, lächelt er:

»Ich bin nicht ertrunken!«

»Nein«, sagt Irma, »bist du nicht.«

Der Wind weht sanfter, als es die Wellen dort unten vermuten lassen. Sie stehen zehn, zwanzig, dreißig Meter über dem Meer, die Insel ist gut zu sehen und auch die Landzunge, die sie mit dem Festland verbindet. Streng genommen ist die Insel also gar keine Insel. Eine Weile schweigen sie.

»Wie konnten wir das übersehen?«, fragt Sam schließlich, und zum ersten Mal, nach all dem, was war, klingt er ernsthaft empört.

»Ich weiß es nicht. Sie wollten nicht, dass wir es sehen. Wir hätten es uns aber denken können, spätestens, als sie vorhin mit den Fahrzeugen ankamen.«

»Und wo ist dann die Insel?«, fragt er trotzig.

»Es gibt keine Insel, Sam. Die Insel ist ein Mythos, wie schon gesagt, mein Vater hatte recht, ich hatte recht. Sie haben dir von der Insel erzählt, damit du ein Ziel hast, damit du dich auf deine Reise begibst. Du wärst doch sonst niemals rausgegangen, oder doch?«

Er überlegt, schüttelt den Kopf:

»Nein. Wahrscheinlich nicht.«

»Deshalb. Der Brief, die Insel.«

»Tom?«

Was soll sie dazu sagen? Etwa auch Tom? Der Peilsender, das Kind, die Frau, Familie und ein Leben, das ihn einfach so entlässt? Ein Freundschaftsdienst, die Hoffnung, dass Irma sich anders entscheidet?

»Wahrscheinlich auch Tom.«

Sam nickt, als hätte er es die ganze Zeit über schon geahnt.

»Nichts«, sagt er dann. »Es gab also nichts. Um mich rum. Davor. Währenddessen, niemanden, der etwas weiß.«

Genau. Für Sam gibt es nur das, was kommt. Irma will nicken, seine Hoffnung ein für alle Male zerstören, nein, nicht zerstören, verschwinden lassen, nein, nicht mal das will sie.

»Setz dich zu mir«, sagt sie. »Ich erzähle dir eine Geschichte.«

»Eine Geschichte?« Sein Gesicht hellt sich auf. Er liebt Geschichten, sie hat ihn beobachtet, wenn Tom erzählte.

»Genau, eine Geschichte. Eine schöne.«

Er nickt aufgeregt, setzt sich zu ihr auf den rostigen Boden dieser nutzlosen künstlichen Insel, die ausgerechnet jetzt hier aufgetaucht ist. Soweit Irma sich erinnert, waren Bohrinseln dieser Größe einmal fest im Meeresgrund verankert. Tom hat ihr alles darüber erzählt, im Zusammenhang mit

Mads, seinem verschollenen Bruder, der damals noch nicht verschollen war, sondern der Held der Familie. Eine Zeitlang war Tom wie besessen, hatte Skizzen an die Wand geklebt und Fotos von Menschen mit Schutzhelmen und wettergegerbten Gesichtern, hinter ihnen nichts als die stürmische See. Irma vermutet, dass Bohrinseln heute nicht mehr in Betrieb sind, dass dieses einsame Relikt niemand vermisst. Sie hat Tom nie gefragt, was er macht, wenn er nicht gerade Auserwählte in einem alten Auto durch die Welt kutschiert, und obwohl sie nicht glaubt, dass er in die Fußstapfen von Mads und seiner Mutter getreten ist, gefällt ihr der Gedanke, dass die Bohrinsel Toms Abschiedsgeschenk an sie und Sam ist.

Am Rande ihres Blickfeldes öffnet sich quietschend eine Tür, sie springt auf. Aus der dunklen Öffnung springt eine einbeinige Gestalt.

»Ein Flamingo!«

Sie sieht Sam überrascht an. Woher kennt er Flamingos, aber vor ihnen steht tatsächlich ein Flamingo mit schmutzig-pinken Federn und sieht sie müde boshaft an.

»Er hat nur ein Bein.«

»Das zweite ist angewinkelt, das machen die immer. Keine Ahnung, warum.«

Als das Tier versucht, auf sie zuzuhüpfen, sieht sie, dass Sam recht hat: Dieser Flamingo hat tatsächlich nur ein Bein, und anscheinend brauchen die Vögel das stets angewinkelte zweite Bein, um das Gleichgewicht halten zu können, denn der Flamingo kippt nach zwei kläglichen Hüpfern um. Auch als er reglos daliegt, bleibt sein Blick auf Irma und Sam gerichtet.

»Was machen wir?«

»Lass ihn liegen! Wir gehen woanders hin«, sagt Irma, der

das Vieh und sein starrer Blick unheimlich sind. Sam schüttelt den Kopf, kniet sich neben den Vogel, streckt die Hand aus, um ihn zu streicheln, und schreit auf, als das Tier nach seinen Fingern schnappt.

»Sag ich doch! Lass ihn liegen!«

»Das können wir doch nicht machen!«

»Doch, können wir! Willst du jetzt die Geschichte hören oder nicht?«

Sam sieht von Irma zum Flamingo und wieder zurück, er steht auf, folgt ihr hinter das Gebäude, aus dem der Flamingo wundersamerweise ohne umzufallen herausgehüpft kam. Ein Aufgang, ein schwarzes Loch, eine schiefe Treppe, die halb aus der Verankerung gerissen ist.

»Er tut mir leid.«

»Mir auch, aber so ist das eben. Er hat nur ein Bein, er fällt um. Was willst du machen, ihn sein Leben lang festhalten?«

»Cal hatte eine Prothese.«

»Sam, du spinnst. Ich baue doch jetzt keine Flamingoprothese! Guck mal hoch!«

»Wohin?«

»Da drüben, auf dem Dach –«

»Die grüne Fläche?«

»Ja. Weißt du, was das ist?«

»Ein Sportplatz?«

»Ne. Ein Landeplatz. Für Helikopter. Oder Raumfähren –«

»Du meinst –«

»Meine ich. Und jetzt hör mir zu!«

Er nickt, und Irma beginnt zu erzählen.

»Es war einmal einer, der angespült wurde, an einem der letzten Sommertage –«

»– ich, ich wurde angespült, an einem der letzten Sommertage!«

»Ja«, sagt Irma. »Das wurdest du. Und jetzt vergiss alles,
was dir jemals erzählt wurde.«

»Alles? Wirklich alles?«

»Alles. Alles, was ich dir erzählt habe, die Lehrer, die Masken, Tom, diese dämliche weiße Frau oder sonst jemand –«

»Warum?«

»Weil es egal ist! Es ist egal, oder nicht wahr. Such es dir
aus. Nur diese Geschichte, die ist wirklich wichtig.«

»Okay.«

Er rutscht noch einmal hin und her, macht es sich so bequem wie möglich, in der klatschnassen Kleidung auf dem
kalten Boden. Bevor sie anfängt zu erzählen, lauscht sie,
horcht nach den Masken, hört nichts. Sie sucht den grauen
Himmel nach der Fähre ab. Er folgt ihrem Blick. Keine Spur.
Doch die Masken werden kommen, mit Schiffen, mit Hub-
schraubern, über das Meer wandelnd, sie werden die Fähre
an langen Seilen führen, sie werden sie am rostigen Boden
vertäuen, und die Fähre wird dort oben an den Seilen zerren wie ein störrisches Ungeheuer. Die Masken werden Irma
und Sam fest an den Armen packen, der Steg wird noch einmal herabsinken, sein Ende Zentimeter über dem Boden
schweben, und dann wird die Stimme ihnen befehlen, sich
sofort an Bord zu begeben. Weil die Zukunft nicht länger
warten kann und die Menschheit auch nicht. Weil zu viel
Aufwand betrieben wurde, um dieser Geschichte über Hoffnung und Mut und Helden kein Ende zu geben. Und sie
werden gehorchen, sie werden an Bord gehen, ihre Plätze
einnehmen, so wie sie es hundertmal geübt haben, vor langer Zeit, vor ein paar Tagen noch in der Arena. Irma und
Sam werden sich anschnallen und ihre Köpfe zurücklegen,

weil sonst, im schlimmsten Fall, das Genick brechen kann, und dem Countdown lauschen, und dann werden sie sich in die Unendlichkeit schießen lassen. Aber vorher, verdammt noch mal, wird Irma Sam seine Geschichte erzählen.

Ich

Sein neues Zimmer hat blaue Wände, eine riesige Lampe. Es gibt ein großes Bett mit duftenden Laken, einer schweren Decke und einem Kissen, in das der Kopf tief einsinkt. In einer Ecke steht ein großer, weicher Stuhl, aus dem er nie wieder aufstehen will. Es gibt ein Bild an der Wand, auf dem ein neugierig aussehender Mensch ohne Maske zu sehen ist, der alle seine Bewegungen nachmacht. Irgendwie fühlt er sich diesem blassen Menschen näher als den Figuren in den Filmen. Er verbringt viel Zeit mit ihm, er ist immer da, wenn Sam ihn braucht. Er braucht ihn oft. An diesem neuen Ort und ohne den Hund ist er froh, dass der Bildmensch da ist. Auch, wenn er keine eigene Stimme hat, immer nur lautlos mitspricht, was er ihm erzählt. Die Masken lachen, wenn sie ihn erwischen:
»Ganz schön eitel, unser Held!«
Er ahnt: Sie finden es nicht gut, dass er vor dem Bild steht, und er versucht, ihre Schritte zu hören, bevor sie die Tür öffnen. Es gelingt ihm nicht, die Gänge sind weich, und der Boden schluckt jedes Geräusch. Eine Maske lacht nicht. Sie sagt den anderen, dass sie gehen sollen und stellt sich neben ihn. Jetzt ist auf dem Bild auch eine Maske zu sehen, die genau das tut, was die Maske dicht neben ihm tut: stehen und atmen. Die Maske sieht ihn an, er weiß nicht, worauf sie wartet.
»Na, hast du eine Idee?«
»Was für eine Idee?«

»Was das sein könnte?«

Er schüttelt den Kopf, und der Mensch im Bild macht es ihm nach.

»Ein Spiegel, schon mal gesehen?«

Nein. Aber er weiß, was ein Spiegel ist. Aus den Filmen. In einem Spiegel sieht man sich selbst oder die Zukunft oder die Vergangenheit oder die größten Wünsche. Was sieht er? Wer ist der Mensch, der ihm Gesellschaft leistet?

Die Maske zeigt auf den Spiegel:

»Das bist du.«

Das ist er. Ein Mensch mit dunklem Chaos auf dem Kopf, einem breiten Mund, der ständig in Bewegung ist, mit kleinen braunen Punkten auf der Nase. Er ist etwa zehn Zentimeter kleiner als die Maske, und da, wo es seit kurzem immer juckt, am rechten Oberarm, knapp unterhalb der Schulter, entdeckt er die Erhebung, die er bisher immer nur ertastet hat, die er nie richtig deuten konnte.

»Das bin ich?«

»Klar.«

Er kann es nicht glauben. Natürlich weiß er, dass er kein Tier ist, kein Fell hat, dass er auf zwei Beinen geht, aber in seiner Vorstellung sah er doch eher aus wie der Hund. Dabei sieht er ganz anders aus, wie eine Mischung aus Mowgli und dem namenlosen Mädchen aus dem Film mit den Schiffen. Er schüttelt den Kopf. Das kann nicht sein.

»Also, du bist echt seltsam«, sagt die Maske, schlägt ihm leicht auf die Schulter und geht. Auch die Maske im Spiegel verschwindet.

Er steckt die Hand aus. Er hat große Hände, das bemerkt er erst jetzt, im Vergleich zum restlichen Körper. Einzeln genommen, Körperteil für Körperteil, sahen die Hände kleiner aus.

Das Glas ist kalt, da, wo sich seine Fingerspitzen berühren, spürt er keine Haut. Natürlich nicht. Da ist niemand, da war nie jemand, da ist nur er selbst. Es macht ihm Angst, und es macht ihn traurig, und in der Nacht träumt er schlecht, von riesigen Händen, die nach ihm greifen, und als er versteht, dass es seine eigenen sind, ist es noch schlimmer. Er wacht schweißgebadet auf und brüllt um Hilfe, und sie kommen und geben ihm eine Spritze, und er schläft wieder ein, traumlos.

18

»Du wurdest angespült, an einem der letzten Sommertage. Das haben sie dir oft genug erzählt. Es soll ein heißer Tag gewesen sein, einer ohne Wolken am Himmel, knallblau und strahlend, wie man es eigentlich nur aus Filmen kennt. Und zufällig lief genau da jemand diesen einsamen Strand entlang, der schon lange, von Kind an, eine Vision hatte: die Mission, den neuen Planeten. Und da lagst du, nackt und umwickelt von Seetang und einem alten Fahrradschlauch. Der Visionär, dessen Namen niemand kennt, der lieber anonym bleiben will wegen der Brisanz der Sache, befreite dich zuerst von Pflanzen und Schlauch, dann erst vom Wasser in der Lunge und wusste beim Anblick deines muschelzerkratzten Körpers sofort, dass du der Richtige bist. Er rief keinen Krankenwagen, er nahm dich einfach mit, suchte sich selbst die Informationen zusammen, die er brauchte, um dir das Leben zu retten. Keinen Moment zweifelte er daran, dass ihm das gelingen würde, und natürlich gelang es ihm. Du lebtest. Du lebst. Mit dir an seiner Seite wagte er es, seine Vision Realität werden zu lassen, er stellte ein Team zusammen, entwarf für seine Helfer die Umhänge, die Masken, plante die Arena und entwickelte mit Hilfe von Psychologen die Prüfungen, die darin stattfinden sollten. Man war sich einig, dass es noch weitere Anwärter geben müsse, auch, um noch einmal abzuklären, ob er sich wirklich nicht in dir getäuscht hatte. Natürlich hatte er sich nicht getäuscht. Du warst der einzig Richtige. Auserwählt eigentlich schon vor der Auswahl –«

»Irma! Hör auf! Das weiß ich doch alles! Das haben sie mir schon tausendmal erzählt! Du warst doch dabei!«

Er sieht sie vorwurfsvoll an, ein Blick, den sie von ihm noch nicht kennt. Irma nickt. Natürlich, das weiß sie. Es gab sogar einen Film, in dem der Visionär oder ein Schauspieler nachstellt, wie er vor Jahren am Strand entlanglief, beim Laufen verwandelte sich der Visionär in eine Comicversion seiner selbst, animiert ging es weiter, alles, was folgte, war sehr hübsch: wie da jemand lag, der aussah wie Sam (wie Sam in der Arena, fällt Irma auf, hätte er nicht eigentlich jünger sein müssen, ein Kind?), wie der Visionär sich hinunterbeugte und eine Alge vom Gesicht des Gestrandeten wischte, wie mit einem Blick alles klar war: Hier liegt die Zukunft! Unterlegt mit optimistischer Musik, Vorbereitungen, Planungen, Bauten flossen ineinander, dazwischen immer wieder Sam, strahlend wie ein Erlöser. Die Stimme, die mit großen Worten erklärte, wie eins zum anderen kam und sich schließlich alles fügte. Und Irma hat fast wortwörtlich wiedergegeben, was die Stimme sagte, was sie ihnen und den Zuschauern in der Arena über Sam erzählt hat. Wieder und wieder, ein Ursprungsmythos, der dem kollektiven Gedächtnis eingepflanzt werden musste, die Geschichte von Sam als einem, der wie aus dem Nichts auftauchte, angespült wurde am richtigen Ort, zur richtigen Zeit, und selbstverständlich an einem der letzten Sommertage. Und immer endete die Erzählung damit, dass er der Auserwählte sei, blieben die Jahre unerzählt, die vor und zwischen seinem Gefundenwerden und dem ersten Auftritt in der Arena lagen. Die klamme Zeitung in der Hüttenschublade hat diese Lücke für Irma gefüllt, ob wahr ist, was dort steht, wird sie nie erfahren. Es könnte sein, und es würde passen. Sam sieht sie ungeduldig an, er lauert auf seine Geschichte, und der Flamingo in ihrem Rücken stößt heisere Schreie aus.

»Haben sie dir eigentlich erzählt, was vor diesem Sommertag geschah? Bevor du gefunden wurdest?«

Sam schüttelt den Kopf: »Ich war im Wasser, vermute ich.«

Sie lacht leise, erkennt seinen Versuch an, einen Witz zu machen.

»Es gibt Gerüchte darüber, dass du außerirdisch bist –«

»Was ist das?«

»Dann wäre der Planet vielleicht schon deine Heimat, dann würdest du nur nach Hause fliegen.«

»Über den Planeten weiß ich alles –«

»Weil sie dir wieder und wieder davon erzählt haben. Du meinst, alles zu wissen, aber woher weißt du, dass alles stimmt, was sie dir erzählt haben? Wir wissen nicht mal, ob es den Planeten wirklich gibt.«

Er sieht sie entsetzt an. Was tut sie da? Sie wollte ihm helfen, und jetzt zerstört sie seine Welt. Eigentlich, wird ihr klar, macht sie diesen Umweg nicht für Sam, sondern für sich. Sie will sich nicht fügen, will sich wenigstens einmal dagegen wehren, Teil eines Plans zu sein und sie will ihn dazu bringen, dasselbe zu tun. Als sie vor Jahren die Arena betrat, kam sie sich rebellisch vor und mutig. Jetzt ahnt sie, dass das eventuell nicht angemessen war: Eigentlich hatte sie sich in dem Moment ihres Lebens, in dem sie hätte anfangen müssen, eigene Entscheidungen zu treffen, in fremde Hände begeben, sich einen Weg vorgeben lassen. Um jetzt wegzulaufen? Zeit zu schinden? Ist das mutig? Muss sie überhaupt mutig sein?

»Irma!«

»Was denn?«

»Erzähl!«

Er ist plötzlich so blass. Was ist mit dem Fieber? Sie hat nicht mehr an das Fieber gedacht, seit sie die Insel verlassen haben, die gar keine Insel ist, sondern nur eine Landzunge, nicht an seinen Schüttelfrost und Husten. Sie ist auf die Farben hereingefallen, die ihm die Masken aufgetragen haben, aber die Schminke ist verwischt, und darunter ist seine Haut fahl. Er sitzt eingesunken da, zittert wie vorhin in der Hütte, sie kriecht zu ihm, er glüht.

»Lehn dich hier an«, sagt sie und will einen Stapel Seile heranziehen, aber die Seile sind aus Stahl und am Boden festgerostet.

»Rutsch ein Stück nach hinten, da ist eine Art Reling, da kannst du dich anlehnen.«

Es ist die einzige Hilfestellung, die ihr einfällt. Ein Arzt wäre besser, einer, wie sie ihn in der Arena hatten, der, wenn er durfte, alles heilen, jeden gesund machen konnte. Sam kriecht bis zur Reling, sie folgt ihm, ihre Hand Zentimeter über seinem Rücken. Seufzend lehnt er sich an, das rostige Metall ächzt, sicher ist das nicht, aber er sieht ein bisschen optimistischer aus, so aufrecht. Es beginnt zu regnen. Sie sehen gleichzeitig hinauf zum Himmel, dann einander an: Er lächelt schwach. Schlimmer kann es wahrscheinlich nicht kommen.

»Immerhin sind wir schon nass.«

Sam zieht den Mundwinkel noch ein bisschen weiter nach oben, lässt ihn dann wieder fallen:

»Okay«, sagt er mit erstaunlich fester Stimme. »Jetzt erzähl
mir diese Geschichte!«

»Mach die Augen zu!«

»Warum?«

»Mach einfach!«

»Nein! Warum?«

»Weil du dann besser siehst.«

Er überlegt einen Moment, dann schließt er die Augen, und
Irma, die Streberin, die Realistin, die sich nicht erinnern
kann, jemals eine Geschichte erzählt zu haben, beginnt zu
erzählen.

Irma

Zwei Masken kommen, halten ihn fest, er soll etwas schlucken und sich schön anziehen. Er schluckt eine bittere Flüssigkeit. Sein Herzschlag wird ruhiger. Aber wie zieht man
sich schön an? Sie geben ihm neue Kleidung, eine hellblaue
Hose, einen dunkelgrünen Pullover, weiß-blaue Schuhe.

»Sieh dich im Spiegel an«, sagt eine Maske. »Ich habe gehört, du weißt jetzt, was das ist, ein Spiegel.«

Die Maske lacht.

Er will sich nicht im Spiegel ansehen.

»Dann eben nicht.« Die Maske drückt auf den Anstecker an
ihrem Mantel. Die Tür öffnet sich. Sie gehen den weichen
Gang entlang und kommen in einen weißen Raum mit glän-
zendem Boden. In der Mitte steht eine ebenfalls weiße Bank,
es sieht aus, als würde sie schweben.

»Setz dich!«

Er setzt sich vorsichtig. Die Bank schwebt nicht, ist fest im
Boden verankert. Die Maske geht. Er wartet. Irgendwann
öffnet sich die Tür erneut, und ein Mensch kommt herein.
Ein echter, kein Spiegelbild. Der Mensch hat langes tief-

blaues Haar, trägt eine große Brille und sieht nicht besonders freundlich aus.

»Was soll das denn jetzt?«

Der Mensch ist ein Mädchen, und er weiß auch nicht, was das soll. Er weiß selten, warum etwas passiert.

»Wer bist du?«, fragt das Mädchen.

Was soll er sagen?

»Ich.« Seine Stimme klingt ganz fremd, und aus irgendeinem Grund stört ihn das.

»Tolle Antwort! Bist du so ein Esoterik-Heini? Bitte nicht! Sie filmen uns, hörst du das Surren? Wenn sie uns filmen, wollen sie irgendwas von uns, dann bedeutet das hier gerade was, dass wir einander vorgestellt werden. So einzeln. Und wenn du ein Esoterik-Fuzzi bist, dann geh ich wieder nach Hause! Da hab ich wirklich keine Lust drauf, mit einem Spinner hochgeschossen zu werden!«

Sie sieht ihn erwartungsvoll an, aber was erwartet sie? Er versteht fast nichts von dem, was sie sagt. Es sind zu viele unbekannte Wörter. Jetzt hält sie ihm die Hand hin. Er steht auf, nimmt sie. So machen sie das draußen, auch das weiß er aus den Filmen. Sie drückt fest, er drückt fest zurück. Sie grinst, bewegt die Nase so, dass ihre Brille hochrutscht, schiebt mit dem Zeigefinger nach.

»Irma.«

Er nickt.

»So heiße ich.«

»Verstehe!«

»Du siehst aber etwas verwirrt aus.«

»Neinnein.«

»Neinnein?«

Was versteht sie nicht?

»Moment, ich kenne dich doch!« Sie sieht ihn prüfend an.

Es ist anstrengend, zurückzuschauen. Er sieht auf den Boden. Der Boden glänzt wirklich sehr glänzend.

»Du bist überall! Ich habe dich auf Plakaten gesehen und in der Sendung. Erinnerst du dich nicht, es ging um deinen Namen? Sie haben dir immer noch keinen verpasst. Ich bin mal gespannt, wie sie dich nennen werden. Maja hat auch einen Vorschlag gemacht, langsam wird es mal Zeit. Natürlich kennst du Maja nicht. Wir waren Freunde, schon ewig, aber jetzt ist sie wütend, wegen der Mission, sie hält das für Quatsch, und ich weiß echt nicht, ob sich das jemals wieder einrenkt mit uns.«

Irma sieht ihn schon wieder erwartungsvoll an. Er nickt. Nicken ist gut, damit macht man nicht so viel falsch. Die meisten freuen sich, wenn man nickt, das hat er schon in den Katakomben gemerkt.

»Jedenfalls bist du ziemlich berühmt. Weil du der Erste bist. Und weil du halt so aussiehst, wie du aussiehst. Mit deinen Grübchen und so und den Augen. Die sind ja in echt noch größer. Ziemlich spooky –«

Sie lacht. Auf ihren Zähnen ist Metall. Vielleicht ist sie so eine Art Roboter? Aber dafür sieht sie eigentlich zu menschlich aus.

»Was heißt spucky?«

»Nett«, sagt Irma und grinst breit. Er freut sich. Nett ist gut, haben sie ihm gesagt. Da hat er anscheinend was richtig gemacht. Wobei er nicht versteht, was der Zusammenhang zwischen großen Augen und nett ist. Man kann nett gucken, aber dafür braucht es mehr als große Augen, oder?

»Alles klar? Du guckst schon wieder so weggetreten.«

»Entschuldigung.«

»Schon okay. Solange du da oben nicht vergisst, den Herd abzuschalten und die Tür zuzumachen.«

Sie lacht. Warum lacht sie ständig?

»Es ist doch irre, dass du nicht weißt, wie berühmt du bist. Völlig irre. Sie sagen, dass du irgendwo angespült wurdest, und ehrlich gesagt, so siehst du auch aus. Ein bisschen angespült und ein bisschen verpeilt.«

Er nickt. Sie lacht. Er möchte zurück in sein Zimmer, aber die Tür ist zu. Weil er nicht weiß, was er sonst tun soll, setzt er sich wieder auf die Bank. Irma setzt sich neben ihn. Sie riecht gut.

»Sag mal, schnüffelst du an mir?«

Er nickt. Sie steht auf.

»Okay, das ist jetzt echt strange.«

Was sind das für Wörter? Ist *strange* auch so was wie *nett*, wie *spucky*? Wahrscheinlich nicht, sie guckt ihn nicht besonders freundlich an.

»Lass das, okay?«

Er nickt. Sie setzt sich wieder.

»Es gibt ja auch noch andere Jungs«, sagt sie nachdenklich. »Ehrlich gesagt, hast du mir auf den Plakaten sehr gut gefallen. Da wusste ich ja noch nicht, was du für ein Freak bist.«

Sie lacht, er nickt. Langsam fühlt es sich vertraut an.

»Damit fing es an. Aber natürlich mache ich das hier nicht deinetwegen. Ich find's einfach gut. Endlich mal was richtig Großes, wofür man wirklich mutig sein muss. Wir sind Pioniere! Wie Kolumbus! Oder dieser Gagarin. Oder wie der Mensch, der als Erster seine Höhle verlassen hat, um mal kurz um die Ecke zu schauen, und der höchstwahrscheinlich nicht mal einen Namen hatte. Oder Cousteau! Wir sind Lilienthal, nur ohne Absturz und noch größer, oder? Und bitte, nick jetzt nicht schon wieder!«

Er schüttelt den Kopf. Sie lacht.

»Aber kurz zurück, also trotz des Höhlenmenschen, es ist echt seltsam, dass du noch keinen Namen hast. Wie funktioniert so was denn im Alltag? Irgendwie müssen dich deine Leute doch angesprochen haben, oder?«

Er traut sich nicht zu nicken.

Irma springt auf, sie sieht begeistert aus, macht wieder das mit Nase, Brille und Finger.

»Weißt du was, ich geb dir jetzt einfach erst mal Majas Namen. Okay? Also: Sam! Sam passt, oder? Du heißt jetzt Sam, bis das endgültig entschieden ist, okay? Einverstanden?«

Jetzt kann er gar nicht anders, als zu nicken. *Sam.* Das klingt wunderschön.

»Also Sam«, sagt Irma und stemmt die Hände in die Hüften, »ich denke mal, das wird schon irgendwie klappen mit uns beiden, was meinst du?«

»Ja«, sagt Sam, und dieses Mal ist es Irma, die nickt.

19

»Es begann auf einer Insel. Einer der einsamen Sorte, bei der man sich wundert, dass sie nicht mit den Wellen auf und ab tanzt. Es war eine stille Insel ohne große Besonderheiten und ohne kleine. Eine Insel also, die man leicht verwechseln kann, und höchstwahrscheinlich ist genau das uns beiden passiert. Wir waren auf der falschen Insel. Du kannst dich erinnern, du darfst dich jetzt erinnern, wie es gerochen hat: nach Salz und Algen und warmem Holz und Rauch vom Kamin und Wind, und weißt du, wie Wind riecht? Ich auch nicht, aber es muss nach Wind gerochen haben, denn die Insel war flach und weit und breit nichts, außer dem Meer, und da brauste der Wind ungebremst. Hörst du noch zu, Sam? Gut. Der Wind blies, und die Sonne schien, und es war warm auf der Insel, aber nicht heiß. Wenn die Insel nicht mitten im Nirgendwo gelegen hätte, wäre sie sicher voller Urlauber und Strandmatten und Sonnenschirme und Eiswagen und Andenkenbuden gewesen. Weißt du, was eine Andenkenbude ist? Ich habe keine Ahnung, ob es das Wort wirklich gibt, aber meine Mutter hat mir erzählt, dass man früher oft Dinge mitgebracht hat von Orten, die einem besonders gefallen haben oder die irgendwie wichtig waren. Frag mich nicht, warum. Vielleicht hat man seine Erinnerungen an Sachen festgemacht, um sie nicht zu verlieren? Je mehr Sachen, desto mehr Erinnerungen? Was weiß ich! Es gab sogar Maschinen, in die hat man eine Münze gelegt – weißt du, was eine Münze ist, Sam, damit zahlt man, hast du schon mal gezahlt? –, und die Maschine hat die Münze dann zu einer dünnen ovalen Scheibe gewalzt, auf der man je nach Ort zum Beispiel ein Schloss oder einen Leuchtturm oder ein Piratenschiff sehen konnte. Verrückt, oder? Wie auch immer, das alles gab es auf deiner Insel nicht. Was es gab, waren der Strand, der sich einmal rund um die Insel zog, schneeweiß und pudrig, und ab und zu eine Muschel oder ein ausgeblichenes Stück Holz oder eine Flaschenpost. Weißt du, was eine Flaschenpost ist? Das sind Briefe, die in einer Flasche verschickt werden und bei denen es nicht wichtig ist, wann sie ankommen und bei wem und ob überhaupt. Und dann gab es auf der Insel ein Haus, nicht so wie die Hütte auf unserer Insel, sondern ein richtiges, weißt du, aus Stein. In dem Haus wohnten zwei Menschen mit ihrem Kind, und das Kind, das warst du. Hörst du mich, Sam, du warst das, du und deine Eltern. Du warst noch klein, und sie waren sehr jung, und wie ihr drei auf die Insel gekommen seid, das kann ich dir leider nicht sagen. Ich vermute mal, dass du schon dort geboren wurdest. Warum ich das denke? Weil du aussahst wie jemand, der dort zu Hause ist.

Ihr hattet ein Bett und einen Tisch und Haken an der Wand für eure Kleidung. Es gab auch eine Hängematte zwischen zwei Bäumen, und da habt ihr nachts oft gelegen und euch die Sterne angesehen. Das klingt schön, oder? Sterne und Meer und Insel und jemand, der der Hängematte ab und zu einen Schubs gibt. Das reicht eigentlich für ein Menschenleben, oder nicht? Dir hat es gereicht und deinen Eltern auch, denke ich. Jedenfalls hat keiner von euch ein Boot gebaut oder eine Flaschenpost losgeschickt, niemand wollte abgeholt werden. Was ihr gegessen habt? An den zwei Bäumen wuchs allerhand: seltsam geformte Äpfel und Mangos und Ananas und Kokosnüsse und Haselnüsse und Walnüsse und etwas, was ich nicht kenne, aus dem ihr Öl hergestellt habt. Und Fische gab es natürlich auch, ihr musstet nicht warten und hoffen. Es gab genug, und abends, vor der Hängematte, habt ihr die Forellen und Lachse und Makrelen und Goldfische und Piranhas und Haie und die fliegenden Fische über dem offenen Feuer gegrillt. Es war schön bei euch, es war, wie es sein sollte. Und natürlich, natürlich Sam, haben sie dich nicht weggegeben. Hörst du mich? Das denkst du doch, oder? Dass es kein Meer war, das dich freigegeben hat, sondern deine Eltern. Ich kann dir versichern, ich verspreche dir, dass das nicht so war. Okay? Sie wollten das nicht. Aber eines Nachts blies der Wind stärker als sonst, fegte ein Sturm über die Insel. Ihr lagt in eurer Hängematte, und nur dich hat der Wind geweckt. Wie das klingt: *hat der Wind geweckt.* Aber so war es, ich bin mir sicher. Vielleicht war tatsächlich einzig und allein der Wind schuld. Und die Welle. Du hast dich nämlich vom Wind bis zum Meer schubsen lassen, standest mitten im Sturm, und in dem Moment, als die Welle dich erfasste, eine einzige, eine tosende, eine gigantische Welle, sind deine Eltern in eurer

Hängematte aufgeschreckt. Sie sind zum Strand gelaufen, aber mit der Welle war auch der Sturm abgeflaut, warst du weg, und es wehte kein Lüftchen mehr. Der Strand lag ruhig, das Meer still, und über allem funkelten die Sterne. Den Satz mit den Sternen habe ich irgendwo mal gelesen, ich weiß leider nicht mehr wo, ich leihe ihn mir. Hörst du mir zu, Sam? Ich bin nicht geübt im Erzählen, ich bin keine Märchentante, aber ich gebe mein Bestes, okay? Frierst du? Du frierst. Ich setz mich neben dich, okay? Ist es so besser? Gut. Das ist gut. Wo war ich? Stimmt. Am Strand. Mit deinen Eltern am Strand. Sie wussten, dass du nicht ertrunken bist, und sie versicherten einander, dass natürlich alles okay sei, weil du ein hartgesottener kleiner Kerl bist. *Hartgesotten*, noch so ein Wort, keine Ahnung, woher ich das habe. Sie erzählten einander davon, wie es war, als du schwimmen gelernt hast, dass es eigentlich gar nichts war, was du lernen musstest, dass du einfach so geschwommen bist. Sie sagten *Wasser ist sein Element* und den Satz wiederholten sie auch in den nächsten Jahren immer wieder: *Wasser ist sein Element.* Sie haben dich immer im Wasser vermutet, nie an Land. Vielleicht ist das die Antwort auf deine Frage, woher deine Eltern eigentlich kamen. Vielleicht wurden auch sie schon auf der Insel geboren, anscheinend konnten sie sich kein Land jenseits, keine andere Welt vorstellen. Sie haben da unten am Wasser auf dich gewartet, sie sind rausgeschwommen, so weit sie konnten und noch weiter, und übrigens sind sie dabei fast ertrunken. Sie haben dich gesucht. Ist das eine schöne Geschichte? Hey, Sam, bist du noch wach? Nick mal, wenn das okay so ist. Du frierst doch nicht mehr, oder? Soll ich weitererzählen? Ich erzähl weiter. Und ich frag mich ehrlich gesagt, warum sie dir das alles nicht schon viel früher gesagt haben, die Masken, Olivier. Es hätte genug Gelegenheiten gegeben dafür. Aber ich habe ja selbst ewig gewartet. Das tut mir leid. Dass du hier landen musstest, um endlich eine Geschichte zu hören, die ganz und gar dir gehört. Weißt du was? Der Flamingo hat es geschafft! Er steht wieder. Und wenn ein Flamingo zufrieden aussehen kann, dann ist das wohl der Gesichtsausdruck dazu. Wie du das überlebt hast, tagelang alleine im Meer? Ich weiß es nicht. Fest steht nur, dass du irgendwann angespült wurdest, und zwar wirklich an jenem Strand, von dem sie in den Shows ständig erzählt haben. Aber es war nicht einer der letzten Sommertage. Es gab auch danach noch welche, und es wird wieder und wieder Sommertage geben. Und du lagst da nicht nackt und eingewickelt und hilflos rum, das ist nicht wahr! Das hat ihnen natürlich gefallen, dieses Bild, das war so schicksalhaft und wunderbar archaisch und passte dazu, wie sie dich erfinden wollten: als einen, der nichts hatte, der hilflos war und ahnungslos und, ja, sie würden sogar sagen nutzlos, bis man dir die Mission gab, deine Bestimmung. Weil hier draußen immer alles eine Funktion haben muss, ohne Funktion können wir nichts anfangen mit der Welt und leider auch nicht miteinander und uns selbst. Du solltest ihnen dankbar sein dafür, dass sie dich ins Weltall schießen. Deshalb haben sie versucht, dir das einzureden. Du hast das doch nicht etwa geglaubt? Hast du nicht! Du weißt, dass es anders war, oder? Nämlich so: Du bist an Land geklettert, hast dich einmal geschüttelt und lange umgesehen. Der Strand war so einsam wie der deines Zuhauses, aber voller Spuren, die du nicht einordnen konntest: Da lagen schlaffe Plastiktüten wie bunte Häute, Scherben und Autoreifen. Das mit dir und der Verzauberung begann damals schon: Du fandest alles unfassbar schön. Ich wette, du hättest den Autoreifen mitgenommen und zum Freund erklärt, wenn nicht gerade noch rechtzeitig der Hund aufgetaucht wäre. Erinnerst du dich an den Hund? Das war eine rhetorische Frage. Natürlich erinnerst du dich. Erzähl du mir, wie der Hund aussah, das weißt du besser, daran erinnerst du dich ganz sicher. Okay, ich weiß es auch: groß und dürr und zottelig und schwarz-weiß oder braun. Der Hund stand plötzlich neben dir. Er ging dir fast bis zum Kinn, du warst so klein oder er so groß. Er hat dich gefragt, ob du hierbleiben willst. Sag mir jetzt nicht, dass Hunde nicht sprechen, du hast doch gar keine Ahnung von der Welt, was hier alles möglich ist, ich habe dir nur einen Bruchteil gezeigt, das tut mir jetzt, im Nachhinein, sehr leid. Ich hätte dir anderes, Besseres zeigen sollen. Ich habe mir nicht viel Mühe gegeben, und weißt du, warum? Weil ich einfach nur zurückwollte in die Arena. Aber das hast du dir wahrscheinlich gedacht, was? Gut, dass wir Tom hatten, zwischendurch, oder nicht? Mit ihm war es mehr so, wie man es erwartet von seiner ersten und einzigen Reise durch die Welt. Hast du etwas erwartet? Etwas anderes als das, was wir gesehen haben? Du kennst Reisen, ähnlich wie unsere, aus deinen Filmen, hab ich recht? In den Filmen gibt es am Ende immer eine Belohnung, selbst wenn es schlecht ausgeht, also tödlich. Und vorher Sonnenuntergänge und Begegnungen und Lehrreiches und Antworten. Vor allem Antworten. Und Musik. Wir hatten Musik und Begegnungen, und du hast auch was gelernt. War das genug, war das richtig? Hat es sich gelohnt für dich? Aber ich schweife ab. Der Flamingo hüpft, und jetzt fliegt er. Wusstest du, dass Flamingos fliegen können? Ich nicht. Er macht das sehr gut. Er dreht Runde um Runde um unsere Bohrinsel. Von der Fähre oder den Masken ist übrigens noch nichts zu sehen. Anscheinend sind sie nicht besonders flexibel, wenn etwas nicht nach Plan läuft.

Du weißt ja selbst, wie es war: Der Hund hat dich gefragt, und du fandest, dass der Hund nett aussieht, und du hattest nichts anderes vor, also bist du mitgegangen. Und irgendwann haben der Hund und du entschieden, dass ihr bei der Mission mitmachen wollt. Und an der Stelle haben sie euch reingelegt, weil Hunde dort oben nämlich nicht vorgesehen sind und einer, der sich erinnert und Heimweh bekommen könnte, auch nicht. Also haben sie euch eingesperrt, in den Katakomben unter der Erde, sie haben dir die Erinnerungen genommen und dem Hund das Leben. So war das, Sam. Und noch eine Sache, eine wichtige. Du hattest schon einen Namen. Den haben sie dir nicht erst in der Arena gegeben, das war kein Geschenk der Masken oder der Zuschauer und das war auch nicht ich, nicht Maja. Hörst du? Du hast deinen Namen von deinen Eltern bekommen, du heißt Sam seit deiner Geburt und vielleicht sogar einige Monate länger, das weiß ich nicht sicher. Aber merk dir das, Sam. Dein Name gehört dir, so wie jeder Mensch seinen Namen hat und mit ihm machen kann, was er will. *Sam*, das steht nicht für die Mission, die Weltrettungspläne, das steht nur für dich. Verstanden? Mach damit, was du willst. Und alles, absolut alles, was ich dir eben erzählt habe, ist wahr. Ganz genau so war es, und mehr kann ich dir dazu nicht sagen.«

Irma betrachtet Sam, der mit geschlossenen Augen dicht neben ihr liegt. Sieht er zufrieden aus? Auf jeden Fall entspannt und kein bisschen ängstlich. Sie hat ihm eine ganze Welt zusammengelogen, und sie hat deswegen absolut kein schlechtes Gewissen.

Vorsichtig fährt sie mit dem Finger über seinen Oberarm, die kleine Erhebung, ihre Lippen berühren fast seine Haut, als sie flüstert:

»Wir sind so weit.«

Sie nimmt seine kalte Hand, legt den Kopf auf Sams Schulter, sieht hinauf ins Nebelgrau, aus dem jeden Moment die Fähre auftauchen wird, und Sam flüstert, so leise, dass nur Irma es hören kann: »Es ist eine Sternkarte, Irma, nur eine Sternkarte, wir haben den Himmel mit der Welt verwechselt.«

*

Die Arbeit an diesem Roman wurde ermöglicht durch
den Robert Gernhardt Preis und die Unterstützung
meiner Familie und Freunde, Julia Eichhorn und
Martina Wunderer.
Und tausend Dank an alle, die nachgefragt haben.